엔지 후미코

円地文子

엔지 후미코 지음

최은경 옮김

어문학사

엔지 후미코(円地文子)

본 간행 사업은, 고려대학교 글로벌 일본연구원 〈일본 근현대 여성문학연구회〉가 2018년
일본만국박람회기념기금사업(日本万国博覧会記念基金事業)의 지원을 받아 기획한 것이다.

차례

● **여자고개** 女坂

제1장   06

제2장   90

제3장   173

● **주홍을 빼앗는 것** 朱を奪うもの

제1장   230

제2장   269

제3장   306

제4장   349

제5장   375

작가 소개와 작품 소개 및 연보   418

역자 소개   427

여자고개

女坂

제1장

초화初花

초여름 오후였다.

아사쿠사浅草 하나카와도花川戸의 스미다강隅田川을 배경으로
구스미ス須美집에서는 어머니 긴きん이 아침부터 정성스레 이층의
두 칸짜리 방을 청소했다. 그리고 정원에서 가져온 흰 클레마티스
덩굴 꽃을 넣고 이제 다 되었다는 듯이 한손으로 허리춤을 두드리
면서 어두운 계단을 내려왔다.

현관 옆 좁은 다다미 방에서 창 아래 강에서 오는 밝은 물빛에
바느질을 하고 있던 딸 도시とし는 꽃모양의 종이를 들고 방으로
들어온 어머니에게 말을 걸었다.

"지금 옆집 봉봉(시계)이 3시를 쳤어요. 손님이 늦네요, 어머
니"

"어머, 벌써 그렇게 됐니? 어차피 우쓰노미야宇都宮에서 갈아타
고 인력거로 온다니 오후라고 해도 저녁나절이나 돼야겠지."

긴은 거실의 화로 앞에 앉아 긴 쓰기라오繼羅宇[1] 담뱃대에 불을 붙였다.

"아침부터 신경을 썼더니 피곤하지요 어머니?"

라고 도시는 방긋 웃으며 조금 풀어진 이쵸가에시銀杏返し[2] 한 머리카락에 가는 바늘을 쓱쓱 문지르고 나서 빨간 바늘겨레에 꽂았다. 그리고 나서 무릎 위의 하마치리멘浜縮緬[3] 의 재봉을 가만히 다다미 위에 놓고 불편한 다리를 끌며 어머니 옆으로 나왔다. 자신도 잠시 쉬어야겠다고 생각한 것이다.

"매일 청소를 해도 금방 먼지가 쌓여."

긴은 어깨띠를 푼 옷자락을 쫙 펴고 검은 옷깃을 손으로 청결하게 털면서 말한다. 받침대에 올라서 난간에서부터 가모이鴨居[4] 의 나게시長押[5] 의 틈까지 깨끗하게 먼지를 닦아냈던 것은 딸에게는 말하지 않겠지만 자랑인 것이다.

"시라카와白川씨 부인은 왜 도쿄로 나오시는 걸까요?"

도시는 청소에는 어머니만큼 흥미가 없고 바느질에 지쳐서 눈

---

1 사용할 때 이어 붙여서 길게 할 수 있게끔 만든 담뱃대. 기세루(キセル)의 담배설대

2 여자의 머리 모양의 하나로 정수리에서 모은 머리를 좌우로 갈라 반원형으로 틀어 맨 것. 에도시대 중기부터 등장하여 메이지 이후는 중년 여성의 머리 모양으로 사용되었다.

3 시가현(滋賀県) 나가하마시(長浜市) 부근에서 주로 생산되는 두꺼운 질감의 고급 크레이프천

4 미닫이문·맹장지·미닫이 등을 세우기 위해 개구부(開口部)의 상부에 걸친 좁고 긴 홈을 붙인 가로대

5 일본 건축에서 기둥과 기둥을 연결하는 수평재(水平材)

주위를 손끝으로 만지면서 말했다.

"무슨 말이니?"

긴은 언짢은 듯이 미간을 찌푸리고 딸을 보았다. 마음이 젊은 어머니와 몸이 불편하고 혼기를 놓쳐버린 딸은 지금까지 모녀라기보다는 자매처럼 온갖 것을 말하는 사이지만 때때로 도시가 긴보다 늙은이 같은 생각을 했다.

"도쿄 구경이라고 편지에 쓰여 있었잖아."

"그랬나요?"

도시는 고개를 갸웃거렸다.

"젊은 부인이 여유롭게 도쿄 구경하러 나올까요? 시라카와씨는 대서기관이니까 현청에서는 현령님 바로 아래지요?"

"그렇지. 대단한 위세라더구나."

긴은 툭툭 화로 가장자리에 담뱃대를 치면서 말했다.

"출세했지. 전에 도쿄부에 근무할 때 옆집 살 때는 저렇게 될 사람이라고는 생각지 못했는데. 그래도 그때부터 뛰어난 사람이긴 했지만."

"그러니까, 어머니"

라고 도시는 어머니의 어깨를 치는 듯한 목소리로 말했다.

"그런 바쁜 남편을 두고 딸하고 하녀를 데리고 한두 달 동안이나 도쿄 구경이라니 뭔가 너무 이상해요. 친정이 있는 것도 아니고."

"그렇지. 젊은 부인도 시라카와씨도 같은 구마모토熊本 출신이니까. 하지만, 너는......"

하고 긴은 상상이 안 된다는 듯이 딸의 얼굴을 들여다보고

"설마 이혼은 아니겠지. 시라카와씨한테서 온 편지에 그런 기색은 전혀 없었어."

"그거야 그렇지요."

라고 도시는 말하면서 점이라도 치는 듯한 눈으로 화로 끝에 얹어 놓은 판자에 턱을 괴고 있다. 긴은 이제까지 다리가 불편한 딸이 예감한 것이 묘하게 딱 맞았기에 가끔 자신의 딸이지만 무서울 정도였다. 무당의 말을 듣고 있는 듯한 눈으로 한동안 도시의 얼굴을 보고 있으니 도시는 턱을 괸 손을 풀고

"모르겠어."

라고 고개를 흔들었다.

시라카와 도모白川倫가 아홉 살 된 딸 에쓰코悅子와 하녀 요시ょ
し를 데리고 구스미 집 앞에서 내린 것은 그로부터 한 시간정도 지난 뒤였다.

먼저 물을 데운 욕조로 들어가 여행의 먼지를 씻어낸 뒤 도모는 후쿠시마福島 명물이라는 곶감이랑 칠기잡화 등 외에도 긴이랑 도시에게도 어울릴 법한 옷감을 선물로 들고 계단 아래 거실로 왔다.

줄무늬 검은 지리멘縮緬[6] 의 하오리羽織[7] 를 갖춰 입고 가슴이 보이지 않도록 비스듬히 앉은 도모의 모습에는 4,5년 만나지 않은 사이에 완전히 고위 공무원의 아내다운 자태가 갖춰져 있었다. 윤기가 나는 얼굴색에 이마가 조금 넓고 살이 붙어 보기 좋은 코를 중심으로 눈도 입도 여유롭게 간격을 두고 있어서 신경질적인 인상은 어디에도 찾아볼 수 없었다. 그러나 부은 눈꺼풀 아래로 눌려진 듯이 가늘게 넓어진 눈에는 그 눈꺼풀을 거죽으로 하여 여러 가지 표정의 유출을 막고 있는 듯한 일종의 갑갑함이 있었다. 긴은 시라카와 부부가 도쿄에 살 때 2년 정도 옆집에 살며 사이가 좋았지만 긴이 도모에게 마음을 풀지 못하는 것도 그 무거운 눈빛과 풀어진 적이 없었던 말투와 동작 때문이었다. 그것은 잘난 척 하거나 고약한 것과는 달라서 서로 어렵긴 했지만 도쿄 토박이 긴에게는 간단하게 정리하자면 마음을 가늠할 수 없는 사람이라고 말할 수 있을 것이다. 그러나 젊을 때 보다 남편의 지위가 높아진 지금에는 도모의 그런 견고함도 꽤나 관록이 있어서 훌륭하게 보인다고 긴은 생각했다.

에쓰코는 아직 길지 않은 머리를 묶고 강이 신기한 듯이 창쪽으로만 눈을 돌려 쳐다보고 있었다.

"꽤나 예쁘게 컸네요."

---

6 크레이프
7 긴 옷 위에 걸쳐 입는 옷깃을 접은 짧은 옷

라고 긴이 빈말 없이 말했다. 에쓰코는 피부가 하얗고 콧날이 오똑한 아름다운 얼굴을 하고 있었다.

"아버님을 많이 닮았네요."

라고 도시도 말했다. 정말로 에쓰코의 살집이 없고 품위가 있는 얼굴에다 긴 목과 몸은 도모보다도 시라카와를 닮아 있었다. 도모는 에쓰코에게는 무서운 엄마여서

"에쓰"

라고 도모가 한마디 낮게 부르자 에쓰코는 얼른 어머니 옆으로 와서 앉았다.

"잘 오셨어요. 남편께서도 현령님만큼 대단히 바쁘시다고 들었어요. 사모님도 걱정이 많겠네요."

라고 긴은 끓인 차를 권하면서 능숙하게 말했다.

"아뇨, 이제 저는 바깥일은 전혀 알지 못해요."

라고 도모는 말을 아꼈다. 긴은 시라카와씨가 현에서는 대단한 위세라고 들었지만 도모는 그러한 자랑 따위는 조금도 내비치지 않았다,

변화가 생겼다는 이야기, 머리모양이 그 사이에 조금 바뀌었다는 이야기, 신토미좌新富座의 연극은 어떤 교겐狂言 [8]이 등장하는지 등 도쿄를 중심으로 한 세상 이야기가 꽃을 피운 뒤 도모는

"저도 이번에는 푹 놀다 오라는 허락을 받았어요. 음, 그 중에

---

[8] 노가쿠(能楽)의 막간에 상연하는 희극

는 잠시 해야 할 일도 섞여 있지만요."

라고 말하고 옆에 있는 에쓰코 머리의 빨간 머리핀을 살짝 고쳐주었다. 자연스런 이야기였기에 긴은 조금도 신경 쓰지 않았지만 도시는 역시 뭔가 도모가 중요한 용무를 갖고 온 것을 느꼈다. 차분하게 안정된 도모의 행동에는 뭔가 범상치 않은 쇠붙이가 가라앉아 있는 듯 보였다.

그 다음날 외출을 싫어하는 도시가 어제 선물의 답례로 에쓰코를 관음보살 참배에 데려가려고 하자, 에쓰코도 즐거워하며 따라 나섰다.

"돌아오는 길에 상점에서 그림종이라도 사 주렴."

라고 긴은 딸에게 말하고 문까지 배웅했다. 그리고 2층으로 올라가자 도모가 앉아서 들고 온 옷을 옷농에 넣고 있었다. 흰 구름이 흩어져 있는 하늘이 강물에 비춰서 도모가 앉아있는 방도 하얗게 밝아져 있었다.

"어머 피곤하실텐데 벌써 정리를 하세요?"

라고 말했다. 긴이 옆에 무릎을 대자 도모는 천천히 기모노를 한 장 한 장 옷농에 정리하면서

"에쓰가 자라서 이것도 가지고 가고 저것도 가지고 간다고 해서 여행을 하는 것도 귀찮아졌어요. 긴씨, 지금 일이 있으신가요?"

라고 말했다. 마침 무릎을 세우고 옷농 안으로 에쓰코의 옷을 넣고 있는 참이라서 도모의 얼굴은 보이지 않았다. 긴은 세상살이

이야기라도 할 요량으로 올라 왔지만 도모가 그렇게 말해서 왠지 올라온 것이 머쓱하게 되었다.

"아뇨, 사모님 무슨 볼일이라도 있어요?"

"아니, 바쁘다면 지금이 아니어도 되지만, 마침 에쓰가 나가고 없으니까. 잠시 이쪽으로 와 주세요."

도모는 느긋한 모습으로 말하고 방 가장자리 근처에 방석을 가지고 왔다.

"저기, 실은 이번에 여기 머물 동안 꼭 당신에게 부탁할 일이 있어요."

"어머나 무슨 일인가요? 저라도 괜찮으시다면 뭐든 하겠습니다."

긴은 힘주어 말했지만 도모의 무릎에 예의바르게 올린 손, 내려감은 눈, 얼굴에서 무엇을 말하려는 것인지 상상되지 않았다. 도모가 천천히 뺨의 끄트머리에서 긴 입꼬리에 연하게 미소를 짓고 있는 것이 보였다.

"묘한 이야기에요."

라고 도모는 잠시 비녀에 손을 올리면서 말했다. 단정한 차림의 도모의 머리카락은 언제나 정갈하게 올려져 있었지만 도모는 한 가닥의 머리카락도 보기 싫어했기에 자주 머리를 만져보는 버릇이 있었다.

뭔가 여자와 관련된 거라고 긴은 그 때 알아차렸다.

시라카와는 도쿄에 있을 때도 여자들과의 소문이 무성했고 도모가 걱정한 것을 알고 있었기에 지금과 같은 지위라면 더욱 그런 경향이 짙어졌을 것임에 틀림없다. 하지만 그러한 비밀이야기를 추측하며 참견하는 것은 도시인의 에티켓에 반하는 것이기에 긴은 역시 아무렇지도 않은 표정을 지어 보였다.

"무슨 일인가요? 부디 사양마시고 말씀해 주세요."

"예, 어차피 부탁하지 않으면 안 될 일이라서요."

도모의 입가에는 역시 여자얼굴을 한 가면 같은 엷은 미소가 번졌다.

"저기 실은 잔시중 드는 아이를 한 명 데리고 가고 싶어요. 나이는 열다섯에서 열일곱 여덟 정도. 가능하면 괜찮은 집안의 아이로 기량이 있는 아이라면 좋겠어요."

말을 끝냈을 때 입가에 미소가 확실해 지며 두꺼운 눈꺼풀 아래 눈이 그 웃음과 전혀 어울리지 않는 건방진 빛을 띄웠다.

"아아, 그렇군요."

그렇게 말한 자신의 목소리가 얼마나 경박하게 들렸는지 긴은 고개를 숙였다. 여기까지 들으면 일전의 도시가 예감한 것이 맞다는 생각이 들었다.

끄덕이는 건지 한숨을 쉬는 건지 숨을 깊이 들이마시고 긴은 말했다.

"역시 이제는 그런 자리에 계시니까 그런 사람도 필요하지요."

"아무래도 일을 확실히 매듭지어야 하니까요."

그것은 거짓말이었다. 도모는 가슴 속에 차오르는 감정을 힘껏 누르고 또 누르고 있었다.

남편이 첩을 새롭게 들이려고 하는 것은 벌써 1년 정도 전부터의 계획이었다. 시라카와의 밑에서 일하는 사람들은 도모가 술자리 등에 있으면 자주

"사모님, 이렇게 큰 저택에 일하는 사람이 부족하네요."

라든가

"대서기관이 너무 바쁘세요. 좀 다른 베개로 편하게 주무시게 해드리시지요."

라든가 하는 참견같은 말을 했다. 부하가 얕보는 것을 매우 싫어하는 시라카와지만 아내에게 그런 말을 하는 무례한 남자들을 야단치지 않는 것을 보면 도모에게는 남편이 그들의 입을 빌려 자신에게 상담을 하고 있는 것이라고 생각했다.

시라카와는 여자에게만은 방탕했고 도모는 이제 이 나이가 되니 알게 되었다. 결혼한 후 몇 년이 지나자 남편에게 순수한 애정은 없었지만 그래도 수완 좋고 남자다운 시라카와는 매우 매력적인 남편이었다.

하급 무사 집안에서 나고 메이지 유신 전 혼란한 질서 사이에서 교육도 기예도 익히게 되어 일찍 결혼해 버린 도모에게는 지금 남편의 위치에 어울리는 교제와 가정을 책임지고 맡아가는 것은 꽤나 어려운 일이었다. 하지만 성격이 깐깐한 도모는 남편과 가정을 소중하게 생각하는 도덕으로 엄하게 자신을 구속하고 누구부

터도 지적당하지 않도록 방심하지 않고 집안일에 마음을 쓰며 생활했다. 도모의 가득한 애정과 지혜가 남편을 중심으로 한 시라카와 집안의 생활에 들어가 있었던 것이다.

그래서 도모는 나이보다 늙어 있었다. 미인은 아니지만 보통의 기량으로 맵시도 좋은 편이었지만 특별히 늙은 것은 아니지만 원래의 기질이 있어서 책임을 언제나 무겁게 지고 있기 때문에 중년의 여자에게 보이는 성숙된 육감 등은 아무 도움이 안되고 시라카와는 열 살 이상이나 젊은 아내가 때로는 누나처럼 보여서 놀란 적이 있었다. 원래 도모의 그런 두터운 표피 아래에는 뜨거운 피가 기름불처럼 강하게 타오르고 있는 것도 시라카와는 누구보다도 느낄 때가 있었다. 시가카와는 그런 도모의 억눌린 정열에 뜨거움을 느낀 적이 있었다. 그것은 자신들이 태어나 자란 나카큐슈中九州의 아낌없이 내리쬐는 여름날의 햇빛을 연상시켰다. 아직 야마가타山形에서 근무할 때 어느 여름밤에 부부가 자고 있는 모기장 안으로 작은 뱀이 들어온 적이 있었다. 문득 잠이 깨어 시라카와는 유카타의 가슴팍으로 서늘한 물기를 느꼈다. 이상하다고 생각하고 손을 대자 그 서늘한 기운이 줄줄 흘러 내렸다.

시라카와가 고함을 지르며 일어나자 도모도 놀라서 몸을 일으켰다. 베개 근처로 등을 가져와 불빛을 비추니 남편 어깨에 검은 끈 같은 것이 걸쳐져 빛나고 있었다.

"뱀!"

이라고 시라카와가 소리침과 동시에 도모의 손이 자신도 모르는 사이에 그 살아 있는 끈을 잡고 있었다.

도모는 시라카와와 함께 마루로 나가 열어둔 문으로 정원을 향해 그것을 던졌다. 도모의 몸은 떨리고 있었지만 잠옷의 풀린 옷깃 사이로 드러난 가슴에도 손에도 언제나 도모가 감추고 보이지 않았던 생생하고 당당함이 풍겨 나고 있었다.

강한 척하는 시라카와는

"왜 버려? 죽여야 되는데."

라고 도모를 나무랐지만 도모의 정열을 느끼면서 시라카와는 이미 그때부터 도모가 애정의 대상으로는 되기 어려웠다. 자신의 강함보다 한층 더 강한 도모가 거북해서 다가가기 어려웠다.

"첩이라고 하면 왠지 공연히 말이 많지만, 당신에게도 시중드는 사람이야. 잘 다듬어서 당신이 밖에서 일을 볼 때도 안심하고 맡겨 둘 수 있는 성격 좋은 젊은 여자가 우리 집에 있는 것도 괜찮잖아? 그러니까 나는 게이샤를 집에 들여 분위기를 망치고 싶진 않아. 당신을 신용하고 당신에게 모든 것을 맡길 테니 젊고 가능하면 순진한 여자애가 좋아. 그런 사람을 당신이 찾아와 줘. 비용은 여기서 써도 좋아."

그렇게 말하고 시라카와는 도모가 놀랄 정도의 거금을 눈앞에 두었다.

지금까지 타인의 입으로 들었을 때는 아무렇지도 않게 지나쳤던 도모도 시라카와로부터 그런 말을 듣자 어떻게 할 수 없었다. 자신이 이런 역할을 거절하면 남편은 아마도 직접 맘대로 고른 여자를 집으로 불러들일 것이다. "당신의 선택에 맡길게"라는 말 속에는 시라카와가 집안을 위해 도모의 입장을 중하게 보고 있다는 신뢰가 담겨져 있는 것이다. 그 기묘한 신뢰를 무겁게 가슴에 간직하고 도모는 도쿄 구경을 기대하는 에쓰코와 요시를 데리고 인력거에 흔들리며 구스미의 집까지 왔던 것이었다.

"알겠습니다. 제가 신세지고 있는 가겟집의 여자 중에 그런 소개를 잘 하는 사람이 있으니까 서둘러 부탁해 보겠어요."

긴은 도모의 마음 구석에 있는 무거운 것은 건들지도 않고 사무적으로 이야기를 이끌어 갔다. 구라마에蔵前의 후다사시札差⁹ 집에서 나서 예전 막부시대의 큰 상인과 무가武家의 가풍을 잘 알고 있는 긴에게 남자가 출세하면 첩 한 두 명 갖는 것은 이상한 일로 생각되지 않았다. 오히려 집안이 번성해 가는 현상으로 부인에게는 질투와 자랑이 섞여있는 것이라고 긴은 생각했다.

밤이 되어 두 명의 딸이 돌아오고 나서도 긴은 아직 마음이 안정되지 않아 목소리를 낮추며 흘깃흘깃 2층으로 눈길을 주면서 도시에게 도모가 한 이야기를 하자

"가엽게도."

라는 딸의 가라앉은 목소리에 오히려 깜짝 놀랄 정도였다.

"어머니는 사모님이 한동안 만나지 못한 사이에 관록이 붙어 근사해졌다고 했지만 나에게는 고생한 관록처럼 보여요. 우리 집

---

9 에도시대의 돈놀이하던 사람 혹은 역참에서 화물의 무게를 검사하던 사람

대문을 열고 들어왔을 때의 얼굴을 보고 어머? 라고 생각했어요."

"복 있는 사람에게는 그만큼의 고생도 따라 오는 거야."

라고 긴은 태연스럽게 말했다.

"어쨌든 괜찮은 아가씨를 소개해 주고 싶어. 남편은 숫처녀가 아니라면 약간 순진해도 괜찮고 까진 여자가 아니라면 좋다고 하는 것 같아."

모든 방이 조용해서 큰 절의 곳간 같은 현청사와는 달리 스미타강隅田川의 넓은 풍경이 눈앞에 있고 배의 노를 젓는 소리와 강파도의 움직임이 하루 종일 귀에 들리는 이 집 2층은 굉장히 밝아서 어린 에쓰코의 마음에 들었다. 요시가 일을 하고 있는 사이 에쓰코는 뒷문으로 잔교로 나가 발아래 말뚝을 흔들고 있는 물의 완만한 움직임을 바라보거나 바쁘게 가는 배 앞머리의 위세 좋은 뱃사람의 목소리에 빠져서 듣거나 했다. 그러면 창문 사이로 도시의 창백한 얼굴이 보이고

"아가씨, 조심해요. 떨어져요."

라고 말을 건다. 오늘도 긴은 도모와 함께 외출했다.

"괜찮아요."

라고 에쓰코는 뒤돌아보고 방긋 웃었다. 나이보다 어른스럽게 보이는 작고 반듯한 얼굴에 붉은 천을 올린 작은 상투가 귀여웠다.

"아가씨, 좋은 것을 줄 테니 이리로 와요."

"네"

라고 순수하게 말하고 에쓰코는 붉은 줄무늬의 소맷자락을 흔들거리며 창문 아래로 왔다. 창문 아래 좁은 땅을 부드럽게 해서 긴이 키우고 있는 나팔꽃 대 여섯 그루가 가는 대나무를 따라 줄기를 뻗치고 있었다. 밖에서 보면 창안의 도시의 얼굴도 늘어놓은 바느질도 에쓰에게는 집에 것과는 달리 보였다. 도시는 창 사이로 야윈 손을 내밀어 손가락 끝으로 집고 있는 붉은 천으로 만든 작은 원숭이 봉제인형을 에쓰코의 눈앞에서 흔들흔들 흔들어 보였다.

"예뻐라."

라고 에쓰코는 양손으로 잡고 기쁜 듯이 실이 달려있는 작은 원숭이를 보고 있었다. 그 에쓰코가 천진난만하게 웃고 있는 것을 보고 도시는 이 아이는 어머니가 없어도 쓸쓸해하지 않는구나 라고 생각하고 혼자서 끄덕이는 것이었다.

"어머니는 어디에 가셨어요?"

원숭이봉제인형의 실을 흔들거리고 있는 에쓰코에게 도시는 물어본다.

"볼 일"

이라고 에쓰코는 분명히 말한다.

"아가씨, 어머니 안계시면 외롭죠?"

"네"

라고 말했지만 눈은 생기 있게 살아있었다.

"하지만 요시가 있으니까."

"아아, 그렇군요. 요시씨가 있네요."

라고 도시는 끄덕여 보였다.

"집에 있을 때도 어머니는 일이 많으셔요?"

"네"

라고 다시 에쓰코는 분명히 말했다.

"손님이 있어요."

"힘들겠네요. 아버님은 자주 외출하시죠?"

"네. 낮에는 계속 현청에 계셔요. 밤에도 부르는 곳이 많고 우리 집으로 손님이 오시기도 해서 나는 아버지와 하루 종일 만나지 못할 때가 자주 있어요."

"그래요? 하녀는 지금 몇 명이나 있어요?"

"세 명. 요시와 세키せき, 그리고 기미きみ. 또 마부와 서생."

"어머머 굉장하네요. 그렇다면 어머니도 당연히 바쁘겠죠."

도시는 바느질을 멈추고 미소 지었다. 체류하는 동안에 도모가 찾아내서 데리고 갈 여자를 떠올리며 그 일은 에쓰코에게도 뭔가 변화를 줄지도 모른다고 상상했다.

도시와 에쓰코가 이야기하고 있을 때 도모와 긴은 야나기교柳橋의 우즈키卯月라는 가게 2층에서 남자게이샤 요시미善好의 접대를 받으며 이야기하고 있었다.

도모를 주인으로 하고 긴은 완전히 자세를 낮춰 있었다. 긴과 전부터 아는 요시미는 예전에 무사였던 탓인지 천박한 구석은 없고 반듯한 남자로 긴과는 장사를 떠나서 말이 통하는 인물이었다.

"그렇군요. 말씀을 들으니 꽤나 어렵네요. 조금 있으면 네다섯 명 괜찮은 아이들이 오긴 해요."

요시미는 은으로 된 가는 담뱃대를 빙그르 손가락 끝으로 돌렸다. 마음속으로는 어느 나라에서 첩을 본처에게 찾게 하는 사람이 있어요, 나랏일을 하는 사람은 이러니까 싫다고 혀를 찼지만 마주하고 있는 도모의 권위 있는 모습 탓인지, 애교가 있다고 할 수 없는, 어디에도 이상한 곳이 없이 조롱하거나 능청을 피우거나 할 수 없는 엄숙함이 요시미 안에 남아 있는 어딘지 모를 전통적 긍지에 맞아떨어졌다.

"우리들 눈으로 보고 좋다고 생각해도 남편분의 취향이 있으시니까요. 사모님"

언변이 좋은 긴은 술잔을 요시미에게 돌리면서 도모 쪽을 보았다.

"아뇨, 저는 취향도 그다지 신용할 수 없어요. 요즘 앞머리를 자르고 양산을 쓴 여학생은 아무래도 좀......"

"아니에요. 호소이細井씨, 그런 라샤멘らしゃめん[10] 같은 사람을 찾는 것은 아니겠지요? 견습에기라면 지금이라도 호소이씨 취향의 괜찮은 여자도 있겠지요."

"그런데 나는 입이 거칠어서 젊은 여자에게는 미움을 받아요."

---

10 서양인을 상대로 한 유녀

그때 중간 2층의 사다리를 통통 올라오는 발소리가 들리고

"안녕하세요?"

라는 뒤섞인 목소리.

선배격의 노기老妓가 데려온 견습예기 네다섯 명이 뭉쳐서 들어왔다.

"많이 기다리셨죠?"

라고 노기는 요시미에게 말하고 하녀한테서 샤미센을 받아 줄을 맞추기 시작했다.

지방 관리의 부인이 도쿄 방문 기념으로 아름다운 춤을 보고 싶다고 해서 낮인데도 견습예기들은 목단처럼 꾸미고 왔다.

자리에 앉자 두 명씩 돌아가며 견습예기가 춤추기 시작했다. 춤추지 않는 사람은 도모 곁으로 와서 음식을 올리거나 술을 따르거나 했다. 도모는 술은 싫어했지만 할일 없이—그저 술잔을 입에 대면서 춤을 보거나 옆에서 요시미와 긴에게 이야기를 하는 견습예기의 모습을 보거나 했다.

나이는 모두 열네다섯 정도일까. 그 중에 두 명은 매화나 벚꽃이라고 말해도 좋을 정도로 아름다웠지만 한 명은 춤추고 있을 때 보니 손이 가늘고 거무튀튀하여 빈상이었고 또 한 명은 웃을 때 높은 코 옆으로 지는 주름이 왠지 냉혹해 보여 왜가리느낌이었다. 저런 아이가 우리 집에 들어와서 점점 자란다면 하고 생각하는 것만으로도 도모는 벌떡 일어날 정도로 이 선택을 자신에게 맡긴 남편에게 감사하고 싶을 심정이었다.

견습예기들이 돌아간 뒤 도모가 긴에게 그 이야기를 하자 요시미가 거들며

"사모님은 눈이 높으세요."

라고 말했다.

긴은 일전부터 도모와 함께 여자를 감정하였지만 도모의 정확한 눈썰미에는 감탄하며 오히려 무서울 정도였다. 평소에는 시끄럽게 남의 소문 따위를 말하지도 않고 다툴 일도 없는 도모가 지금처럼 경우에 따라서는 여자들의 눈이 닿지 않는 구석구석까지 비평하며 긴을 놀라게 했다.

일전 가겟집 여주인 오시게ぉしげ가 데려온 금속가게의 여동생뻘이라는 여자아이도 이목구비가 반듯하고 말도 얌전하게 하여 긴이라면 바로 괜찮다고 생각했지만 도모는 고개를 흔들며

"저 아이는 열여섯이라고 말했지만 열여덟은 되었어요. 그리고 숫처녀가 아니라고 생각해요."

라고 어렵게 말했다. 설마하고 생각했지만 자세히 알아보니 형부라는 사람과 정분이 났었다는 것을 알았다.

"사모님은 어떻게 그렇게 눈이 정확하신가요?"

라고 긴이 감탄스런 눈을 하자 도모는 쓴 웃음으로 고개를 숙이며

"저도 옛날부터 이랬던 것은 아니에요."

라고 말하고 자신을 탄식하듯 한숨을 쉬었다. 남편의 잦은 바

람을 보고 경험한 사이에 도모에게는 진실을 꿰뚫어보는 눈이 생겨났던 것이다. 인간의 깊은 집착과 번뇌에 관해서 생각하기 귀찮아하는 긴도 도모와 함께 첩을 찾고 있는 사이에 딸 도시가 말한 도모의 "고생의 관록"이 조금씩 이해가 되었다.

도모가 밤에 책상 옆에 앉아 몇 장이나 아름다운 여자의 사진을 보고 있으니 에쓰코는 가만히 옆으로 와서 엿본다.

"예쁜 사람이네요. 어머니, 누구에요?"

에쓰코가 머리의 빨간 천을 기울이며 묻자 도모는 그것에 답하지 않고 두세 장 사진을 건네고

"에쓰, 어느 사람이 좋아?"

하고 물었다.

"음"

이라고 에쓰코는 부채모양으로 펼치고서 잠시 사진을 봤지만 아이다운 성급함으로

"이 사람"

이라고 말하고 가운데를 가르켰다. 흰 가방에 머리를 묶고 얌전히 손을 앞으로 모은 열네다섯의 소녀의 반신이었다. 반듯한 이마에 검은 진주를 박아놓은 듯한 큰 눈동자가 아름다워서 에쓰코의 마음에 들었다.

"그래? 너도 이 사람이구나"

라고 도모는 놀란 듯이 말하고 다시 한 번 그 사진을 들고 바라

보았다.

"그 사람 누구야, 어머니?"

라고 에쓰코가 묻자 도모는 사진을 겹쳐서

"누구라도 괜찮아. 이제 곧 알게 될 거야."

라고 조용히 말했다.

그 사진은 2, 3일 전에 야나기교의 호소이 요시미로부터 받았다.

도모의 선택이 까다로워서 긴의 집으로 오고 벌써 한 달 이상이 되는데도 아직 남편에게 통지할 정도의 상대는 찾지 못했다. 도모는 서툰 글씨로 몇 번이나 남편에게 편지를 부치고 마음에 들지 않는 아이를 데리고 가지는 않을 거라고 말했다. 그때마다 남편한테서 서두르지 않아도 되니까 충분히 신경써달라는 답장이 왔다. 그래도 장마가 끝나고 이제 여름 앞이 되자 도모의 마음도 급해졌다. 남편뿐 아니라 비워둔 집이 걱정이 되었다.

거기에 요시미로부터 새로운 이야기가 들어왔다.

긴이 들어온 바에 의하면 이거라면 시라카와의 부인도 마음에 들어 할 것임에 틀림없었다.

고쿠쵸石町의 대나무 가죽집 딸로 이름을 스가須賀라고 한다. 나이는 열다섯으로 무용은 니시카와西川[11], 도키와즈常磐津[12]도 어릴

---

11 일본 무용의 한 유파
12 에도 중기의 조루리의 가락중 하나

때부터 배우고 있다. 발표회에 나오면 어릴 때부터 평판이 좋았다. 어머니도 집안의 오빠도 평판이 좋은 인물이지만 요 근래 2,3년 가게 사정이 나빠져서 지금으로서는 가게를 접든지 딸을 게이샤로 내놓아야 할 정도로 어려웠다. 부모는 딸을 첩으로 보낼 생각은 없었지만 춤선생이 요시미와 사이가 좋아 시라카와의 이야기를 듣고서 그런 저택이라면 굳이 힘들게 살기보다는 본인의 출세에도 도움이 되니까 이야기해 보려고 했던 것이다.

"그 아이라면 기질도 얌전하고 무엇보다 도쿄 출신인데도 피부가 새하얘서 목욕을 가도 아이들이 곁으로 보러 올 정도에요."

라고 춤을 가르치는 선생은 말했다.

마침 2,3일 안에 월 품평회가 있어서 스가라는 아이가 '매화의 봄梅の春'을 춘다고 하여 도모와 긴은 요시미의 안내로 선생 집으로 향했다. 품평회를 보러 온 거로 해서 스가를 보려는 것이다. 고쿠쵸의 도매상 사이의 골목 안에 선생의 집은 있었다. 문은 좁았지만 2층에는 무대가 있고 도모 일행이 올라갔을 때 선생은 샤미센을 켜고 작은 여자아이가 '고로五郎'[13] 를 추고 있었다.

선생은 요시미를 보자 샤미센을 든 채로 눈으로 끄덕이며 살짝 웃었다. 까만 이로 입 안은 까맣고 그것이 생기 있는 눈을 한층 빛내게 했다. 세 사람은 대체로 시간을 맞춰 왔기에 스가도 와 있을 거라고 생각하고 좁은 방에 다닥다닥 붙어서 구경하는 여자아

---

13 가부키 무용

이들을 보았다. 모두 유카타를 입고 붉은 색이 들어간 오비를 매고 있었지만 가장자리 쪽에 앉아 무대를 쳐다보고 있는 여자아이가 눈에 띄게 아름다워 금방 그 아이가 스가인 걸 알았다. 모두가 부채를 움직이며 있는 사이에도 그 아이는 크게 더운 것 같지도 않게 단정히 있었다. 열다섯 살치고는 몸집이 크고 사진에서는 본 얼굴이었지만 종잇장처럼 피부가 하얗다. 그리고 머리카락은 더울 정도로 숱이 많고 윤기가 나서 흰 얼굴을 돋보이게 하고 눈썹과 눈이 한층 또렷하게 보여 무대화장이라도 한 듯이 화려한 이목구비였다.

놀란 듯한 느낌의 도모는 스가의 얼굴에서 눈을 떼지 못했다. 아름다울 뿐 아니라 거기에는 정신의 파편이 번뜩이는 표정은 없었다. 단지 탁하지 않은 느낌만은 확실했다. 친구와 이야기하고 있는 목소리가 의외로 낮고 내려 뜬 눈에다 뭔가를 말하고는 조용히 눈을 뜨고 상대가 말하는 것을 듣는 모습이 자연스럽고 어른스러웠다.

고로가 끝나자 샤미센을 세워두고

"다음은 스가"

라고 말했다. 스가가 일어나서 도모 일행이 있는 곳으로 왔다.

예상 했던 대로 도모가 눈길을 준 아이가 일어나서 옷자락을 양손으로 든 채로 조금 구부정한 모습으로 무대 쪽으로 걸어갔다.

"이 아이입니다."

라고 선생은 샤미센이 들리자 바로 도모와 긴 쪽으로 말을 걸었다.

"어른스러운 아이네요. 저런 아이라면 사모님이 가르치기에 편할 거라고 생각해요."

저런 화려한 얼굴에 성격은 차분한 편이고 빨리 외우지만 '춤'은 그다지 눈에 띄지 않는다고 한다. 본인도 남 앞에서 예능을 보이는 것은 그다지 좋아하지 않고 부모를 즐겁게 하려고 예능을 몸에 익히긴 했지만 가업도 기울어 자신처럼 내성적인 성격은 잘 되지 않을 것. 그리고 사람이 많은 곳은 진심으로 자신의 기질에는 맞지 않기에 푸른 논과 강이 넓게 바라다 보이는 한적한 곳에 산다면 기분이 얼마나 상쾌할까라고 말하는 것 등 스가의 춤을 보고 있는 사이에 선생은 이런 저런 것을 말해 주었다. 스가의 어머니가 아이문제로 머리 아파했는데 선생으로부터 시라카와의 이야기를 듣고 후쿠시마로 간다고 생각하니 그렇게 멀리 간다고 생각하니 갑자기 울기 시작했다는 것과 만약 마음에 들어 결정해 준다고 해도 사모님 마음하나로 딸의 앞날이 결정되기에 꼭 한번 만나 뵙고 여러 가지 이야기를 하고 싶다고 말했다는 것. 긴과 요시미가 선생의 이야기 상대가 되어 듣고 도모는 스가가 춤추고 있는 모습을 보고 있었다. 그러나 귀에 들어오는 이야기 중에서 어머니의 자애로운 모습 등이 지금까지의 어느 이야기보다도 마음을 녹이는 것이 있었다. 그런 어머니의 딸이라면 나쁜 구석도 없을 테고 후쿠시마로 데리고 가도 자신이 뭔가 가르쳐 주면 금방 받아들일 거라고 생각했다.

춤을 보고 있어도 아무 것도 모르는 도모에게는 자세한 것은 이해되지 않았지만 눈초리와 손발의 움직임에 뭔가 위에서 누르는 듯한 무게감이 느껴져서 기량이 좋은 데도 화려하지는 않았다. 그것도 괜찮다고 도모는 생각했다. 자신의 집으로 들여 올 여성에 대해서 도모는 거의 무의식으로 선명하게 강한 성격을 꺼려했다. 얼굴형은 화려하고 생기 있어도 마음이 가라앉은 조심스런 아이. 그것은 도모에게는 이상에 가까운 "음陰의 여자" 타입이었다.

"괜찮지 않으세요?"

라고 돌아오는 길에 골목을 나오자 바로 요시미가 말했다. 도모와 이야기 할 때 요시미는 연예인의 태도를 취할 수는 없었다. 폼을 잡고 싶어서 무사 가문의 둘째 아들내미의 말투가 자연스레 나왔고 도모도 요시미를 "호소이씨"라고 부르는 것이 말하기 쉬웠다.

"저 아이는 게이샤에는 어울리지 않아요. 저런 어두운 아이는 인기가 없어요."

"그럴까요? 저렇게 예쁜데도?"

라고 긴이 물었다.

"예쁘다고 되는 것이 아니에요. 하지만 사모님 저런 기질의 아이는 10년이 지나면 꽤 심지가 굳어지니까 그것만은 주의하셔야 돼요."

"그건 그럴지도 모르겠네요."

도모는 칼날이라도 스친 듯이 몸을 부르르 떨었다. 좀 전의 스가의 춤을 보고 있는 사이에도 그런 전율이 도모를 덮쳤던 것이다.

스가는 무대 위에서 얼굴을 기울이거나 몸을 빼거나 여러 가지 요염한 자태를 만들어 주로남녀의 정사를 표현했다. 실제로 스가는 아이와 같은 순수한 몸을 하고 있고 그런 스가를 바라보니 도모에게는 이 미숙한 여자아이를 자신의 집에 들이면 여자를 능숙히 다루는 남편의 손으로 어떤 식으로 다듬어져 변해 갈지 그만 눈을 감고 숨을 들이마셨다. 그러자 눈앞에 남편과 스가가 엉켜있는 사지가 떠올라 머리에 피가 올라와서 도모는 악몽을 떨치려는 듯이 눈을 크게 떴다. 눈앞에 큰 나비와 같이 춤추고 있는 여자아이의 운명에 관해서는 안타까운 동정심이 일어나고 동시에 질투가 뜨거운 급류가 되어 전신을 돌고 있었다.

마음에 드는 여자가 없었을 때는 그것을 찾는 조급함으로 공백이었던 마음에 돌연히 단식을 끝낸 듯한 시장함이 쇄도해 왔다. 남편이 다른 여자의 것이 되는 것을 공연하게 지켜보지 않으면 안 되는 괴로움이 슬슬 몸을 태우는 것이었다. 이러한 괴로움을 아내에게 주고 아무렇지도 않게 있는 남편은 지옥의 귀신같이 무정하게 도모는 생각되었다. 남편을 하늘로서 떠받드는 것을 자신의 생활 신조로 하고 있는 도모에게 남편이 등을 돌리는 것은 자신을 동시에 잃는 것이었고 그러한 신조 이상으로 도모는 무정한 남편을 사랑하고 있었다. 헌신하고 헌신해도 보답이 없는 애정의 혼자놀이에 지치면서 도모는 시라카와와 헤어지려고는 꿈에도 생각하지 않았다. 시라카와의 지위와 재산, 에쓰코와 고향에 맡겨둔 장남 미치마사道雅의 장래, 그것이 도모의 끈이 되어 있는 것은 맞지만 그 밖에도 도모는 어떤 희생을 해서라도 자신의 욕망과 정서를 바닥의 바닥까지 남편이 알아 줬으면 했다. 그것은 도모로서는 아무리 해도 시라카와 이외는 풀 수 없는 염원인 것이다.

자신과 남편과의 사이에 또 다른 한 사람, 어린 여자 스가가 들어오는 것을 상상하자 도모는 지금까지도 아무리해도 자신의 목소리를 거의 들어주지 않았던 남편이 더욱 멀리 갈 것처럼 생각되었다.

도모는 남편에게 스가의 사진을 보내고 허락의 답장을 받은 밤, 남편을 죽이는 꿈을 꾸고 자신의 목소리에 놀라 잠을 깼다.

남편의 목을 조르는 손의 힘이 잠이 깬 뒤에도 아직 꼭 쥔 주먹에 남아서 도모는 자신의 몸이 무서워 잠자리 위에 일어서 한동안 가슴을 안고 있었다.

행등의 가는 불빛에 옆방에서 잠든 에쓰코의 부드럽게 부푼 잠든 얼굴이 희고 흐릿하게 떠올랐다. 이 아이는 깨어있을 때는 어른스럽지만 자는 얼굴은 천진난만하여 도모는 귀엽다고 생각했다. 예쁘게 잘 키워야한다고 언제나 마음으로는 생각하기에 에쓰코는 어머니보다도 하녀와 사이좋고 남과 친하게 지내서 다른 사람에게 귀여움을 받는 딸이었지만 이렇게 심야에 괴로운 꿈에서 깬 도모가 식은땀을 온몸에 흘리면서 타들어가는 사막에서 유일한 샘과 같이 눈물지으며 바라보는 시선을 에쓰코는 꿈에도 모를 것이다.

스가가 어머니와 함께 구스미의 집으로 처음 인사를 왔을 때

에쓰코는 어머니와 긴으로부터 함께 후쿠시마로 데리고 갈 사람이라고 듣고 스가의 아름다움에 어린 마음에 즐거워했다.

"예쁘네요. 일전에 사진에서 봤던 사람이네. 저 사람 우리집에서 무엇을 하지요?"

라고 에쓰코가 묻자 어머니는 잠시 눈을 피하면서

"아버지 일을 도울 거야."

라고 말했다.

"그럼 세키와 같은 일을 해요?"

"응, 그렇지"

그 이상 물으면 어머니에게 야단맞을 것 같아서 에쓰코는 묵묵히 있었다. 도모가 말하지 말라고 해서 요시도 에쓰코에게 스가에 관해서는 아무것도 말하지 않았다.

도모는 복잡한 감정을 가슴에 감추고 스가의 어머니와도 대담해야 했다. 스가와 닮지 않아서 코가 낮고 뺨이 둥근 작은 체구의 어머니는 돈 때문에 보내는 스가를 가엽다고 생각하여 도모를 유일한 의지처라고 생각하고 딸의 몸이 건강하지 않은 것과 아직 진짜 여자가 되지 않은 것을 솔직하게 말했다.

"점잖고 꼼꼼한 사모님이어서 저는 안심했습니다. 스가가 부디 남편분의 마음에 들지 않아도 사모님이 어떻게든 해 주실 거라고 말씀해 주셨어요."

솔직한 도모는 자신을 앞에 두고 긴에게 믿음직하게 말하고 있는 스가의 어머니를 보고 무슨 일이 있어도 스가를 불행하게 만들지 않을 거라고 마음속으로 다짐했다. 남편의 애정을 빼앗을 여자를 위해서 장래의 보호까지 생각해야한다. 모순된 운명을 짊어지고 있는 자신을 도모는 때때로 쓸쓸하게 웃어 보일 때가 있었다. 그럴 때 도모는 자신을 둘러싸고 있는 인연의 끈에서 잠시나마 빠져나와 그런 남편과 에쓰코와 스가를 같은 눈으로 바라볼 여유를 가졌다.

오봉お盆[14] 이 지나고 이,삼일 뒤의 아침, 도모일행은 새롭게 스가를 포함하여 네 대의 인력거로 구스미 집을 떠났다.

보라색 천에 하카타오비博多帶[15] 를 맨 스가는 벌써 에쓰코와 친해져 도중까지 같이 타고 갔다. 큰 꽃과 작은 꽃이 핀 것 같은 인력거를 보내고 긴모녀는 거실로 돌아왔다.

"따님 마음에도 든 것 같고…… 어쨌든 잘됐어."

긴이 걸어둔 총채를 들고 먼지를 털면서 도시는 다리를 절면서 창 아래로 가서

"시라카와씨라는 사람도 죄인이에요."라고 말했다.

"나는 사모님과 따님과 스가씨 모두 불쌍해서 눈물이 나왔어요."

그렇게 말하고 도시는 손가락 끝으로 살짝 눈을 누르고 바느질대를 무릎 아래에 받쳤다.

---

14 매년 8월15일 무렵에 있는 일본의 전통명절
15 하카타카직(博多織)으로 만든 일본 옷에 매는 넓은 띠

청포도靑い葡萄

옛날에는 본진이었다. 지금도 우쓰노미야宇都宮에서 가장 좋은 여관으로 손님이 묵는 바깥 2층 마루근처 파란 주렴을 걷어 올리고 바둑을 두고 있는 손님이 있었다. 상좌는 후쿠시마현청에서 대서기관으로 있는 시라카와 유키토모白川行友, 상대는 수행해 온 속관 오노小野이다. 시라카와는 강력한 추진력으로서 당시 도깨비현령이라면 아이도 울음을 멈춘다고 하는, 현민이 두려워한 가와시마 미치아키川島通明의 심복으로 최근 빈발하는 자유민권운동의 탄압에도 가와시마 공세의 급선봉으로서 활약하고 있다.

시원스레 긴 목에 물색의 깃이 흘깃 보이는 에치고조후越後上布[16]의 홑옷이 시원하게 부풀어 오를 정도로 야윈 체격의 시라카와는 작은 얼굴에 항상 의식한 부드러운 눈이 때로는 강한 눈빛으로 반짝 빛나서 어딘가 고집스런 성격의 편린을 엿보게 한다. 그러나 슬쩍 보면 도깨비현령의 오른팔이라고는 보이지 않을 청초한 풍채의 신사이다.

"아직 도착하지 않으셨나요?"

한 면이 다 채워진 검은 바둑돌을 손에 돌리면서 속관 오노가 말했다. 시라카와는 담배를 한번 피우고 나서 천천히 오비 사이의

---

16 에도시대의 에치고국(越後国) 오지야(小千谷) 부근에서 모시로 짜낸 품질이 좋은 마직물의 총칭

금시계를 꺼내서

"이래저래 5시니까 이제 도착하겠지. 마을 앞까지는 마부가 가 있으니까 틀림없을 거야."

라고 반은 독백처럼 말했다. 평온한 듯 보이지만 마음을 쓰고 있는 증거로 바둑판의 '또 다른 면'은 말하지 않는다. 오노는 바둑을 두면서 다다미에 먼지가 없나하고 살폈다. 시라카와의 결벽을 알고 있기 때문이다.

시라카와는 도치기현栃木県청과의 연락사무를 명목으로 하여 이 마을로 어제 출장왔지만 실은 도쿄로 3개월 가량 가 있었던 부인과 딸이 돌아오는 것을 기다리고 있는 것이다. 오노는 함께 온 시라카와의 마부로부터 시라카와가 일부러 우쓰노미야까지 온 목적이 본부인과 어린 딸을 마중하기 위한 것만이 아님을 이미 들어 알았다.

"굉장한 미인이라고 하더군요. 사모님을 일부러 도쿄로 보내서 찾도록 했다니 우리집 어른도 특이해요."

라고 마부는 어이없다는 표정을 하고 신기한 듯이 말했다. "시라카와도 저렇게 놀아서는 아예 첩을 한 두 명 집에 두는 편이 오히려 나을 거야."라고 가와시마현령이 말했다든가, 후쿠시마의 어느 게이샤가 시라카와의 것이 될 거라는 등의 소문이 이제까지 가끔 들렸지만 도쿄로 부인이 나가서 부인 직접 첩을 데리고 온다는 이야기는 마부가 그랬듯이 간이 작은 오노에게는 놀랄 일이다. 대체 저런 고지식한 시라카와의 부인이 넓은 도쿄를 어떻게 돌아다니며 첩이 될 여자를 찾아냈을까? 출세하는 남자를 남편으로 두면 여자에게도 자신조차 상상할 수 없는 재능이 나오는 것일까?

마침 그때 현관 쪽에서 인력거가 멈추는 소리가 나서 손님을 맞이하는 남녀의 목소리가 복도를 달리는 발소리와 함께 소란스러워졌다.

"도착하셨네요."

라고 말하고 오노는 재빨리 계단 쪽으로 잔걸음에 가서 섰다.

"이번에 도쿄에서 데려온 스가라고 합니다."

시라카와의 부인 도모가 그렇게 말하고 땋은 머리에 싱그러운 여자아이를 앞으로 데리고 온 것은 그로부터 1시간 정도 뒤였다. 도모는 자신과 딸 에쓰코만 일단 남편에게 인사를 한 후 계단 아래에 기다리게 한 스가를 에쓰코와 함께 목욕시켰다. 그리고 올라 온 스가를 거울 앞에 앉혀 풀어진 머리를 올려주었다. 목욕을 한 스가의 머리는 칠흑같이 빛나고 두꺼워서 빗질이 어려웠지만 화장기 없는 하얀 민얼굴에 새삼 도모는 눈이 부실정도였다. 자신의 눈으로 골라 그 부모한테 많은 액수의 돈을 건네고 데려온 이 아이를 도모는 여자를 보는 눈이 높은 남편에게 꼭 잘 찾아서 왔다는 소리를 듣고 싶었다. 그러기 위해서는 스가를 더욱 아름답게 치장해 주어야 한다. 도모 옆에 있는 에쓰코가 큰 인형이라도 보는 듯이 거울 안의 스가를 보고

"구스다마薬玉[17] 장식, 예쁘다."

라고 천진난만하게 떠들고 있는 기묘함에 어지러운 마음으로 보고 있었다.

"부족합니다만 잘 부탁드립니다."

스가는 어깨가 올라간 보라색 옷의 어깨를 움츠리며 도쿄의 어머니에게 배운 대로 인사말을 머뭇거리며 말했다. 열다섯의 어린 아가씨 스가는 집안을 위해 자신을 팔아 희생하여 후쿠시마의 시라카와 집으로 평생 일하러 가는 것이라고만 들었다. 주인님을 모시는 일이라고 하지만 그것이 어떤 일인지는 몰랐던 것이다. "주인님을 소중히 모시고 무슨 일이 있어도 결코 거역해서는 안 된다"고 단단히 일러 준 어머니의 말을 소중히 지켜서 야단맞을 일만은 만들지 말아야 한다. 다행스럽게도 도쿄에서 이삼일 함께 지내는 동안 아홉 살 난 딸 에쓰코와는 사이가 좋아졌고 사모님도 나랏일 하는 분의 부인이라서 딱딱한 부분은 있지만 고약한 사람 같지는 않아 안심했다. 남은 것은 가장 중요한 주인어른뿐인데 대서기관이라고 하는 현령의 대리를 하는 높은 관원으로 부인보다 훨씬 나이가 많다고 하니 꽤나 무서울 것이다. 큰소리로 야단맞거나 하면 어쩌지? 도쿄라면 도망갈 집이 있지만 몇 십리나 떨어진 후쿠시마에서는 어떻게 할 수 없으니 스가의 불안함은 더했다.

---

17 5월 5일 단오에 부정을 없애고 나쁜 기운을 피하는 도구로서 발이나 기둥에 걸거나 또는 몸에 지니고 다니는 것. 사향·침향·정향 등 갖가지 향료를 둥근 공 모양으로 만들어서 비단주머니에 넣고 오색실을 달아 만든 것.

"호, 스가라고 하니? 좋은 이름이구나. 나이는 몇 살인고?"

"열다섯입니다."

스가는 열심히 대답하고 울기 직전의 얼굴로 앉아 있다. 두꺼운 일자 눈썹에 심지굳은 마음을 감추고 눈꺼풀이 또렷한 큰 눈을 놀란 듯이 뜨고 있지만 램프의 노란 불빛 속으로 무대의 얼굴처럼 선명하게 도드라져 보인다. 시라카와는 젊을 때 요시하라吉原[18]의 밤벚꽃을 보고 아름다웠던 이마 무라사키今紫라는 오이란花魁[19]의 얼굴을 떠올렸다.

"북적거리는 도쿄에서 시골로 와서 외롭지?"

"아니요."

"연극은 좋아하니?"

"네"

라고 말하고 그렇게 대답해도 괜찮은지 스가는 긴장했다.

"하하하하 그건 도모와 같네. 후쿠시마에도 연극은 있어. 지금 괜찮은 연극을 하고 있으니 곧 보여주마."

주인어른은 기분이 좋았지만 스가에게는 부드러운 말씀 하나하나가 던지듯이 강하게 울린다.

"오늘밤은 푹 쉬려무나."

라는 말을 듣고 에쓰코를 따라서 방을 나왔을 때 처음으로 안

---

18 에도시대 도쿄의 유곽지대
19 에도시대 요시하라 유곽의 유녀

도하고 몸이 가벼워졌다.

"약간 어두운 성격 인 것 같습니다만."

스가가 일어나간 후 도모는 무겁게 남편의 얼굴을 보았다. 흐릿하게 있던 눈 아래로 시라카와의 눈동자가 검은 물에 흔들리는 빛을 머금고 있었다. 그것은 시라카와가 마음에 드는 여자에게 움직이기 시작할 때의 얼굴이다. 도모는 젊었을 때의 몸도 뭐도 없이 기뻤던 경험과 함께 몇 번이나 피와 살이 변해 가는 괴로움으로 다른 여자에게로 가는 남편의 그 눈빛을 바라볼 수밖에 없었다.

"얌전하니 좋네. 저 아이라면 에쓰도 좋아할 것 같군."

남의 일인 양 말하면서 시라카와는 옷자락을 잡듯이 들고 일어나는 스가의 허리춤을 날카로운 시선으로 흘깃 보았다. 그것은 열네살에 시골집 어머니가 손님으로 데려온 도모의 모습과 똑 닮아서 여자를 모르던 소년의 몸이었다. 스가의 얼굴과 어깨와 가슴이 여자답게 살집이 붙어있어서 그것을 발견한 시라카와는 흥분되었다. "당신의 일도 도와주는 여자가 좋으니까 가능한 닳지 않은 순수한 아이가 좋아."라는 주문을 한 것도, 도모가 자신이 말한 것을 지켜서 열심히 찾아서 데려 온 여자가 상상이상으로 아직 열리지 않은 꽃봉오리인 것에 시라카와는 오히려 머쓱해졌다.

"대나무 가죽가게의 딸이라고?"

"네 고쿠쵸의……예전에는 상당히 괜찮았다고 해요. 그런데 아랫사람이 잘못 들어와서 경제적으로 곤란해 졌다는 군요. 어머니도 만났지만 정말로 정직하고 좋은 사람이었어요."

거기까지 말하고 도모는 수발드는 인물을 찾기를 위해 시라카와가 맡긴 막대한 돈을 말하지 않으면 안 된다고 생각했다. 스가의 몸값과 준비금으로 500엔을 썼고, 그 외 스가를 찾기 전에 견습예기를 만나거나 주선인을 끼고 몇 명의 아가씨를 보는 데에 쓴 비용을 빼면 아직 도모에게는 남편이 준 돈 반 이상이 남아있었다. 도모는 숙소에 도착하자 그것을 바로 시라카와에게 돌려줄 작정이었다. 지금도 그럴 요량으로 말을 끊었는데 어쩐 일인지 목을 막아 입이 움직이지 않았다. 도모는 당황하며 얼굴을 붉혔지만 시라카와는 알아채지 못한 모습으로 갑자기 손을 치며 소리를 내고 오노를 불렀다.

"오노군. 좀 전의 바둑판을 정리하게. 내일 이르니까 도모는 아래층에서 얼른 자도록 해."

바둑판을 방 중앙으로 옮겨오는 오노의 힘쓰는 짧은 등을 비스듬히 보고 도모는 자리에서 일어났다. 3개월간 떨어져 있어서 새로운 매력이 느껴지는 남편이 자신을 원하지 않는다는 것이 서른이 막 된 도모의 심신을 지글지글 태운다. 익어가는 괴로움이 남편을 향한 애정인지 증오인지, 자신도 모르지만 이 도가니 속을 결코 나가지 않겠다는 집념으로 도모는 가면같은 표정으로 조용히 흔들흔들 복도를 걸어갔다.

도쿄에서 자란 스가의 눈에는 후쿠시마의 마을은 다니는 사람도 적고 바깥거리의 가게 선반도 비어서 활기 없어 보였다. 시라카와의 관저는 현청에서 조금 떨어진 야나기코지柳小路라는 곳에 있었다. 나가야문長屋門[20] 의 옛날 무사집으로 절과 같이 높은 마루에 다다미 10장 12장의 넓은 방이 이어져 열려져 있고 장지문 저쪽의 뒷 정원에는 감, 사과, 배, 포도 등의 과수원이 채소밭과 나란히 있어 있었다.

집으로 돌아오고 나서 도모가 우선 놀란 것은 그 과수원의 포도시렁 앞에 남향의 볕을 받는 세 칸짜리 새로운 방이 편백나무의 냄새를 풍기면서 세워져있었던 것이었다. 방은 복도를 건너 본채에서 갈 수 있게 되었다.

"사모님이 도쿄로 가시고 나자 바로 목수가 왔어요."

라고 일하는 세키가 눈치를 살피는 얼굴로 말했다. 이 여자도 시라카와와 단순한 관계가 아니란 것을 일찍이 도모는 본인의 입으로 들어 알고 있었다.

도모는 거기에 들어가 보고 천 덮개를 한 새 경대와 장롱이 방에 줄지어 들어서 있는 것에 놀랐다.

"이불도 새 거로."

라고 세키는 말하면서 어쩔 수 없다는 눈초리로 벽장의 문을 열어 보였다. 싹트는 풀과 같이 보자기를 깔아 논 위에 황색 네모반듯한 면의 새 침구가 붉은 어깨심을 댄 잠옷이 상단과 하단으로 짝으로 정리되어 있었다.

---

20 에도시대 무가의 저택 등에서 양쪽에 가신이나 고용인들이 살던 나가야(長屋를) 갖춘 문

"여기는 누구의 방이지?"

따라온 에쓰코가 시라카와와 꼭 닮은 희고 마른 얼굴을 갸웃거리며 물어서 도모는

"아버지가 책 읽는 방으로 쓰려고 만든 거야. 에쓰는 저리 가 있으렴."

라고 물러서듯이 강한 어조로 말했다. 자신을 끊임없이 괴롭히는데 딸까지 힘들게 해서는 안 된다. 필사적으로 보호하려는 것이 에쓰코에게는 도리어 어머니는 무서운 사람이라고 생각하게 한다. 에쓰코는 어머니보다도 아름다운 스가의 옆으로 가면 좋은 냄새가 나고 좋아서 복도를 달려갔다.

"주인어른의 잠자리는 오늘밤부터 이리로 준비하는 걸까요?"

라고 세키는 도모의 눈을 삼킬 듯이 쳐다보고 말한다.

"응, 그렇게 해 두게."

"스가씨는 옆으로 준비할까요?"

"스가에게는 스스로 이부자리를 펴도록 말해 두지."

도모는 대범하게 처리하면서 세키의 가슴에도 자신과 같이 뜨거운 불이 타고 있다고 생각하자 견딜 수 없는 수치를 느끼며 정원 쪽으로 눈을 돌렸다.

과수원의 포도시렁의 까칠까칠한 녹색 이파리 아래로 스가와 에쓰코가 서로 마주 앉아 있는 것이 보인다. 감색 유카타를 입은 스가는 에쓰코가 조르는 것인지 손을 뻗어 머리 위로 내려와 있는 청포도 한 송이를 가볍게 쥐고 있다. 포도 시렁을 통해서 들어오는

볕의 그늘이 스가의 흰 얼굴에 푸르게 언뜻언뜻 비치고 있었다.

"이렇게 파래서 먹을 수 있어요?"

"정말 맛있어. 서양종의 백포도야."

에쓰코의 목소리가 청량하고 맑게 들려온다. 스가는 포도 송이를 따서 파란 구슬 같은 한 알을 입에 넣었다.

"어때? 달지? 그 나무 옆 농사시험소에서 가져온 거야."

"어머, 정말. 이렇게 청포도가 단 것은 처음이에요."

두 소녀는 포도를 따고 산호색 입술로 가져가면서 즐겁게 미소 짓고 있었다. 방 안에서는 딱딱하게 긴장하여 큰 체격의 어른으로 보이는 스가도 이렇게 보니 아직 천진한 에쓰코의 놀이 상대였다. 풀어진 듯이 웃고 있는 무구한 얼굴과 자유로운 손발의 움직임을 보면서 도모의 마음에는 옷장 안의 황색 잠옷이 무겁게 마음에 남아 떠나지 않는 것이다.

죄가 많다고 생각한다. 아직 인형놀이를 하고 있을 나이의 여자아이를 두 바퀴 이상이나 나이가 많은, 유흥을 즐기는 남자에게 준다. 여자아이의 부모도 승낙했다. 첩으로 보내지 않더라도 스가의 어린 몸을 밑천으로 하지 않으면 집을 지탱할 돈은 결코 얻지 못한다. 여기서 먹힐지 아님 다른 곳에서 먹힐지의 차이로 스가의 무구한 몸은 빛이 날 정도로 아름다워서 금방이라도 먹힐 운명에 놓여 있다. 그래도 자신의 눈앞에서 죽인 새의 살은 무참하여 삼킬 수 없듯이 도모는 스가를 사서 왔지만 남편과 연대한 죄를 느끼고 있다. 이렇게 사람을 사는 무자비한 일을 자신은 왜 하지 않으면 안 되었을까?

스가의 막 내린 눈과 같은 빛을 머금은 차가운 피부와 검고 크게 열린 의미도 없이 우수에 차서 어두워 보이는 촉촉한 눈동자를 보고 있으니 도모는 지금 죽음을 앞둔 짐승과 같이 불쌍하여 견딜 수없는 때와 이 무구한 소녀가 언젠가는 남편을 먹고 집 안을 휘젓고 다닐 괴물이 될지도 모른다고 하는 증오스런 눈으로 볼 때가 있어서 스스로도 종잡을 수 없었다.

후쿠시마로 돌아온 다음 날부터 시라카와의 저택으로는 '마루이丸井'라는 출장 옷집이 매일 산더미같은 짐을 지고 출입했다. 그것은 대개 시라카와가 관청에서 돌아와 있는 시간으로 다다미 방 가득 펼쳐 논 색색의 의상을 남편도 보고 고르는 것이다. 도모도 에쓰코도 샀지만 물론 스가의 기모노를 갖추는 것이 목적이었다.

옷단에 무늬가 있는 여름겨울용 옷, 수자직 마루오비, 그 외에 견직물의 윗옷 비단, 크레이프, 나가쥬반長襦袢[21] 까지 신부의 의상을 갖추듯이 시라카와는 스가의 기모노를 아낌없이 샀다.

본인 스가는 온지 얼마 되지 않아서 어떤 일도 하지 않고 손님처럼 대우받으며 옷까지 얻는 것이 기쁘기보다 이상한 기분이 들어 멍히 있지만 시라카와의 눈에는 검은 물에 움직이는 빛이 강해져서

---

21 여자의 화려한 긴 속옷

"스가, 그 보라색 옷 입고 가노코鹿の子[22] 오비를 매고 서 보렴."

라고 말할 때 야윈 볼의 눈 주위가 화난 것 같이 붉어져 이상하게 밝은 빛으로 눈이 번쩍번쩍 빛나 보인다.

스가는 떨면서 절반 거북하지만 그래도 무용의상을 입어온 여자답게 가봉된 옷의 소매를 걸치고 가노코 오비를 앞으로 매고 서자 고바야시 기요치카小林清親[23]

의 색채 짙은 미인화처럼 생기 있고 아름답다.

앉아 있는 마루이의 하녀들도 감탄하듯이 "오오"하며 아름답다고 말했지만 가장 기뻐하며 "예뻐, 예뻐."

라고 스가 옆을 돌아다니는 것은 에쓰코였다. 새끼 학처럼 희고 가는 에쓰코는 목단의 봉오리 같은 스가의 옆에 있으니 한층 기품 있어 보여서 그것도 시라카와를 만족시켰다.

"에쓰코에게는 흰 천의 쑥 모양이 좋겠어, 거기에 붉은 비단을 매는 거야."

라고 시라카와는 도모를 돌아보며 말했다. 시라카와의 기분이 넘치게 좋은 것과 스가가 떨면서 있어도 조금도 시라카와를 부끄러워하지 않는 것이 도모는 시라카와가 아직 스가에게 손을 대지 않은 것을 알았다. 역시 시라카와도 스물 이상 차이 나는 소녀를 손에 넣는 데는 게이샤와 하녀를 손에 넣는 것과는 격이 다른 기술

---

22 사슴문양의 홀치기 염색을 한 것
23 메이지시대 판화가이자 우키요에 화가

을 쓰지 않으면 안 된다. 가난한 여자아이에게 화려한 의상을 여러 장 제공하는 것을 도모는 바라보면서 예전 남편이 도쿄에서 고향에 남겨둔 젊은 아내인 자신에게 비녀라든지 장식용 깃이라든지 세세한 것을 사서 보내준 것을 떠올리고 있었다.

연극을 보여주기로 한 시라카와의 말도 거짓말은 아니고 후쿠시마에 단 하나 있는 치토세좌千歲座에는 매일 밤 도모, 에쓰코, 스가, 거기에 두 세 명의 하녀를 데린 시라카와 집안의 가족의 얼굴이 보였다.

"저 아이가 현의 대서기관 집으로 이번에 온 첩이라고 해. 마치 하고이타羽子板²⁴의 압화같은 얼굴이지 않아?"

라고 대기실에서 배우들도 서로 이야기할 정도로, 진홍색의 바둑무늬 여름 기모노를 새롭게 맞춰 입은 스가의 모습은 극장 안에서도 눈에 띄었다. "저렇게 돈으로 산 여자에게 영화를 누리게 하고 국민의 자유로운 권리를 탄압하는 시라카와와 같은 놈을 국가의 도적놈이라고 말하지"

때때로 비밀스런 집회를 급습하거나 중심인물을 체포하거나 해서 원수처럼 시라카와를 증오하고 있는 자유당의 인사는 스가를 보자 주먹을 쥐고 이를 갈았다. 스가와 에쓰코는 물론 그런 중

---

24 하고(羽子)를 꽂는 데에 사용하는 장방형으로 손잡이가 달린 판자로 오동나무 삼나무 등으로 만들며 겉에는 그림을 그리거나 압화(押絵)를 붙이거나 한다.

오에 찬 눈이 자신들을 보고 있다고는 알지 못한다. 도모조차도 남편 시라카와와 현령 부인으로부터 황제의 명령으로 나라를 다스리는 관리에게 반항하며 자유라든지 민권이라든지 국민을 선동하는 무리는 불을 붙여 강도와 같이 처벌해야한다고 들어왔기에 그런가 보다고 생각하고 있다. 이치에 맞지 않는 일도 남편의 주장하는 일이라면 어디까지나 쫓아가지 않으면 안 된다고 배운 도모는 황제와 위로부터 막연하게 강압 받아왔다. 봉건시대의 막바지 규슈의 시골에서 태어나 겨우 읽고 쓰기가 될 정도의 도모에게는 기성의 도덕 이외에 의지할 방패는 없는 것이다.

연극의 내용은 매일 밤 달랐다. 어느 밤 극장에 들어가자 에쓰코가 "무서워, 무서워."라고 소란을 피웠다. 연극은 '요쓰야 괴담四谷怪談'이었다. 오이와お岩의 도이타가에시戶板返し[25] 와 망령이 나오는 장면提灯抜け이 있어서 무서운 것을 보고자 하는 관객이 많아 여름연극에는 자주 나오는 교겐이다.

"괜찮아요 아가씨. 귀신이 나오기 전에 함께 눈을 감아요."

스가는 평소 떨고 있는 모습과는 달리 무서워하지도 않고 에쓰코와 무릎을 맞대고 열심히 무대를 보고 있다. 심지가 강한 여자라고 도모는 생각했다.

서막의 아사쿠사관음상의 경내와 오이와의 아버지가 살해되

---

25 가부키(歌舞伎)의 장치 가운데 하나로 사태나 장면, 사람의 태도 등이 급변하는 것을 표현하는 것.

는 장면이 끝나고 오이와의 역할의 가장 중요한 장면인 이에몬伊右衛門의 머리를 빗는 장면까지 왔을 때, 도모는 어느 새 빠져서 곁눈질도 하지 않고 무대를 보고 있었다.

무대에서는 산후의 홀쭉해진 아직 얼굴이 아름다운 오이와가 막 태어난 갓난아기를 안고 빛바랜 모기장을 뒤로 앉아 있다. 오이와는 아이가 생기고 갑자기 사이가 나빠진 남편과 몸이 약한 자신의 불행한 처지를 절실히 한탄하며 어머니에게서 받은 빗을 살아 있을 동안 여동생에게 주고 싶다고 혼잣말로 푸념한다. 그 남편 이에몬은 이미 옆집 아가씨를 사랑하고 오이와를 버릴 마음이다. 옆집 사람은 이에몬이 오이와에게 미련 두지 않도록 오이와의 미모를 추하게 할 독약을 산후에 듣는 약이라고 말하고 오이와에게 보내 정직한 오이와는 거짓말이라는 것을 모르고 그 약을 몇 번이나 아깝다며 마시는 것이다.

도모는 그 장면을 보면서 가슴을 조여 오는 괴로움에 몇 번이나 굳게 눈을 감고 몸에 들끓는 피에 견뎠다. 정직하게 사람을 믿어도 보기 좋게 배신당하는 오이와의 운명이 남일 같지 않게 느껴졌다. 그리고 한 번은 끓는점에 도달한 남녀의 애정이 어쩔 수 없이 식고 끝내는 지옥이 계속되는 지겨운 이야기가 이 연극에는 다 담겨있을 것이다. 이에몬을 빼앗는 오우메お梅를 스가로, 냉혹하고 여자에게 매력적인 이에몬을 시라카와로, 무참하게 배신당한 원한으로 결국엔 이형적인 악령으로 변해가는 오이와를 자신에 빗대는 것은 실로 쉽고 실감나는 일이다.

오이와의 망령이 강하고 집념 있게 복수해 가는 괴이한 여러 장면을 도모는 뭔가 에 씌인 듯이 보고 있었다. "무서워, 무서워" 라고 말하고 작은 손을 얼굴에 대고 있던 에쓰코는 어느 새 스가의 무릎 위에 얼굴을 갖다대고 잠들어 있었지만 도모는 축 처진 무거운 몸을 안고 인력거를 탔다.

여름 밤바람이 장막 안으로 시원하게 불어들어 온다. 도모는 묶은 머리를 자신의 무릎에 대고 정신없이 자고 있는 에쓰코의 인형같이 작고 반듯한 옆얼굴을 삼켜버릴 듯한 눈으로 쳐다본다. 고향 친정에 맡긴 에쓰코의 오빠 미치마사의 얼굴도 도모의 환영으로 떠오른다. 오이와가 되어서는 안 된다. 오이와의 광기를 몇 배나 강하게 몸 안으로 잠재우면서 그것만으로 한층 열렬하게 기도하듯이 도모는 에쓰코를 껴안는다. 내가 광인이 된다면 이 아이들은 어떻게 되겠는가.

세키에게 그렇게 담담하게 말했지만 도모는 혹시나 하고 매일 밤 항상 거실에 남편의 이부자리를 폈다. 그것은 하녀들이 물러간 뒤 스스로 펴고 아침은 일찍 개어놓는 것이다. 이부자리는 매일밤 주인 없이 식은 채로 단정히 도모의 이부자리 옆에 나란히 있었다.

어느 밤 예외 없이 늦게 돌아온 시라카와가 신 거처로 가지 않고 도모의 거처로 들어 왔다.

"여자들은 자게 해. 그리고 술을 들고 와."

시라카와의 눈은 충혈되어 관자놀이가 퍼렇게 핏줄이 도드라져 보였다. 술을 싫어하는 시라카와가 이런 시각에 술을 가져오라고 하는 것은 이례적이다.

"도모"

라고 말하고 시라카와는 팔을 걷어 보였다. 왼쪽 위쪽이 흰 천으로 감싸져 피가 번져 있다. 술병을 든 채로 도모의 몸은 굳어졌다.

"어머, 어디서?"

"자유당 비밀지회를 습격했어. 열 명 정도 체포했는데 남은 놈에게 돌아오는 길에 당했어. 하하하하. 왼쪽이어서 다행이야."

시라카와의 목소리는 상기되어 웃음이 얼굴을 당기고 있다. 감당하기 힘든 상대였지만 다행히 죽지 않고 돌아왔다. 그리고 스가한테 가지 않고 이리로 온 것이 도모의 술병을 든 손을 덜덜 떨게 했다.

"무사하여서 다행이에요."

라고 뜨문뜨문 말했지만 경탄스런 눈으로 시라카와를 지켜보았다. 시라카와의 눈이 강렬한 빛으로 빛나고 잔을 비우자 오른손으로 도모를 낚아채듯이 난폭하게 가슴으로 안았다. 머리카락이 흐트러지고 느닷없이 가슴에 얼굴을 갖다 대고 중심을 잃은 도모의 몸은 순간 몸부림치듯 무겁게 시라카와로 쓰러졌다. 도모의 손에 들린 술병의 입에서 술이 시라카와의 가슴으로 흘러 발효된 냄새 속에서 시라카와는 도모의 얼굴을 쳐다보고 씹어먹듯이 입술을 훔쳤다.

새벽녘에 시라카와는 신 거처로 갔다. 스가에 관해서 시라카와는 한마디도 도모에게 말하지 않았지만 아직 손에 넣지 않은 어린 스가에게 피투성이의 난폭한 성욕을 부딪히는 것을 두려워 한 것이라고 도모는 혼자서 이부자리에 돌아가서 입술을 깨물었다. 상처 입은 채로 곧장 자신에게 달려 온 남편에게 온갖 정열을 쏟았는데 자신의 어리석음을 다 안다는 듯한 조소하는 남편의 얼굴이 찢어버리고 싶을 정도로 미워졌다.

다음날 신문은 시라카와 대서기관이 자유당 비밀집회를 급습한 뒤 몇 명의 인사에게 저격당해 자신도 가벼운 상처를 입고 그 중 한명을 사살한 기사가 실려 있었다. 피스톨을 쏜 것을 시라카와는 도모에게 말하지 않았다. 그러나 도모는 몇 개월 만에 자신을 찾아 온 이유가 사람을 죽인 뒤의 살벌한 흥분을 처리하기 위함이었다고 확실하게 이해할 수 있었다.

현청에서도 거리에서도 그 소문으로 가득했지만 에쓰코를 상대로 이야기 하는 스가의 눈에 두려움보다도 무구한 감탄스런 아름다움의 색이 움직이는 것을 도모는 놓치지 않았다. 마루에서 빨간 끈을 고운 손에서 손으로 능숙하게 실뜨기를 하면서 두 사람은 이야기 하고 있다.

"주인님은 정말로 훌륭한 분이라고 생각했어요."

"왜? 스가?"

"왜냐면 일전의 밤에 그렇게 위험한 일을 당하고도 한마디도 말씀하지 않으셔요. 아침에 얼굴을 씻으실 때 한손으로 수건을 물에 넣어 이상하길래 무슨 일이시냐고 여쭈었더니 어깨근육이 경직되었다고 웃으시고 상처 난 일은 한마디도 말씀하지 않으셨어요."

"아프지 않으셨을까?"

"아프셨겠죠. 오늘아침 붕대를 갈아드렸더니 이 정도 상처였어요."

스가는 선명한 눈썹을 모으고 실뜨기의 끈을 양손 손가락 사이로 좁히고 에쓰코에게 보였다. 그런 큰 상처를 입으면 얼마나 아플까하고 생각하지만 에쓰코는 아버지가 죽지 않은 것이 다행이라고 생각하는 것이다. 스가는 그것만으로는 부족한 듯이

"남자다운 남자는 아플 때와 힘들 때 남에게 보이지 않는 것이래요. 주인님은 혼자서 견뎌왔으니 정말 훌륭해요."

방 안에서 바느질을 하면서 도모는 평소 말이 없는 스가가 힘을 주어 말하는 말에 순수한 동경이 느껴지는 것을 부끄럽고 안타까운 심정으로 보고 있다. 스가가 꿈꾸는 듯한 시선에도 완만하게 부푼 몸에도 처음 왔을 때의 긴장되어 굳은 부자연스러움은 빠지고 에쓰코와 크게 다르지 않는 의젓한 아가씨다움이 넘치고 있다. 여기까지 스가를 자유롭게 거스를 것 없이 풀어놓은 것에 시라카와는 여유롭게 한 달 이상의 시일을 들였다. 스가는 아직 처녀인 채로였다. 그러나 한 발 더 있다. 아버지와 같이 너그럽게 귀여워해 주는 시라카와에게 막연하게 가까이 다가가는 정서를 느끼고 있는 스가는 지금 다시 용감한 시라카와를 새롭게 보게 되어 흐

릿한 안개가 걷히는 듯한 기쁨에 녹기 시작했다. 사랑의 싹이 스가 안에 싹트기 시작한 것이다. 단단한 목단의 푸릇한 봉오리가 아침 이파리 하나가 붉게 물들어 가듯이 스가가 물들어 가기 시작한 변화가 도모를 거칠게 흔든다. 하지만 아직 육체 관계는 없다. 도모에게는 시라카와와 육체관계를 나눈 여자인 자신에게 향한 미묘한 감촉이 스스로도 기분 나쁘게 몸으로 울려왔다. 스가로부터 아직 그 감촉이 전달되어오지 않는 것이다.

언제, 어떤 식으로 스가가 시라카와를 허락하게 되는 것일까 하고 생각하자 도모는 시라카와가 자신의 방으로 오고난 뒤 더욱 잠들지 못하게 되었다. 때때로 인내할 수 없어 일어나면 에쓰코의 잠든 숨소리를 엿듣고 덧문을 열어 본다. 가을 안개에 젖은 정원의 풀에 달빛이 어른거리고 신 거처의 둥근 창에는 심지가 약한 램프의 빛이 흐릿하게 떠올라 보인다. 저 빛이 침구를 비추어 새근새근 잠들어 있는 스가의 보라색 잠옷의 둥근 어깨를 비추고 있는 것인가 하고 생각하자 도모는 그 빛 속으로 머리를 쳐들고 남편과 스가를 쳐다보는 한 마리 뱀처럼 자신이 느껴져 꿈속에서도 양손을 가슴에 모으고 눈을 굳게 감은 채 누구든 상관없이 "도와주세요, 도와주세요"라고 단말마와 같은 외침으로 입술을 움직였다. 무서운 폭풍우의 파도에 오르락내리락 하면서 배를 왔다갔다 운전하면서 숨을 쉴 수 없는 꿈을 도모는 자주 꾸었다.

어느 아침 스가가 두통이 난다고 말하고 일어나지 않았다. 학

교에서 돌아온 에쓰코가 종이접기를 갖고 신 거처로 들어가자 스가는

"아가씨"라고 말하고 이부자리에서 다정하게 에쓰코를 올려 봤지만 눈꺼풀이 물을 머금은 듯이 부어있었다.

"어머 스가의 눈이 오늘은 홑꺼풀이네."

에쓰코는 아무렇지도 않게 말했지만 스가는 눈부시다는 듯이 눈을 누르며 부끄러워했다. 어젯밤 생각지 않게 당한 일을 에쓰코에게 들킨 듯이 느껴졌다. 시라카와가 밉다는 것이 아니다. 스가는 아버지와 어머니의 곁을 떠나온 이후 허전했던 마음을 시라카와에게 의지하고 싶었다. 하지만 놀란 것은 놀란 것이고 수치는 수치였다. 어떤 변명도 없이 스가는 자신의 심신이 개화했다고는 생각지 않고 망가진, 상처 입은 슬픔에 시들었다고 생각했다. "주인어른의 의향을 거절하지 않도록"이라는 것은 결국 이런 의미였을까? 하고 부모조차 원망스럽게 생각된다. 자신의 몸은 돈에 팔려 온 것이라고 실감하자 아픈 비련함이 스가에게 달라붙기 시작했다.

그 우수를 담은 눈으로 올려다보자 시라카와를 많이 닮은 에쓰코의 가늘고 하얀 얼굴이 하늘에 춤추듯이 맑고 아름답게 느껴졌다. 그것은 막연한 적의이기도 했지만 스가 자신에게는 도저히 구분되지 않았다. 에쓰코가 보채서 '종이학'과 '삼보三宝'와 '얏코상奴さん'을 색색의 종이로 이부자리 위에서 접으면서 스가는 어제까지 자신이 에쓰코와 함께 꽤나 이런 시시한 놀이로 바쁜 순수한 소녀였던 것이 먼 옛날처럼 슬프게 생각되었다.

스가를 정말로 손에 넣은 후 시라카와의 총애는 놀랄 정도로 높아져 갔다. 게이샤에게도 숫처녀에게도 여자에 있어서는 자신감이 넘치는 시라카와였다. '오한쵸우에몬お半長右衛門'[26] 이라고 뒷담화할 정도 나이차이가 나는 어린 스가는 아버지와 같이 의지하는 마음으로 시라카와를 대했고, 두 번째 결혼을 한 것인양 시라카와를 회춘시키며 하루하루 빛나게 했다. 휴일이 되자 시라카와는 따르는 부하와 요리집의 안주인을 데리고 스가와 둘이서 이이자카飯坂 온천장으로 외출했다. 거기서 스가는 사람들로부터 "새댁"이라고 불리며 아무한테도 신경 쓸 일없이 시라카와에게 어리광부리며 지냈다. 온천에서 돌아올 때마다 스가는 조금씩 피어가는 꽃잎이 많은 큰 송이의 목단처럼 색과 향기를 더해가며 처음 왔을 때의 하녀같은 가련한 겁쟁이와는 사람이 달라진듯했다.

스가에게 빠진 이후로 시라카와는 도모의 방으로 발을 들이지 않게 되었고 도모도 스스로 남편의 이부자리를 펴고 남몰래 기다리는 어정쩡한 마음으로는 도저히 있을 수 없었다.

유흥을 즐기는 시라카와에게는 미치마사와 에쓰코 이외에 아이는 만들 수 없다고 생각하고 있지만 만약 만에 하나 스가에게 아이라도 생긴다면 어떻게 할까하고 새삼스레 도모는 전율한다. 스가를 데리고 오기까지 몇 번이나 상상하고 각오를 정했지만 손이

---

26 가부키, 조루리의 등장인물로 14살의 소녀 오한과 38살의 쵸에몬이 사랑하게 된다는 내용

미치지 않는 깊은 골이 부부 사이에는 생겨나있었다. 그 골은 이제 부터도 나날이 깊고 넓어져 갈 것을 생각하지 않으면 안 된다. 도 모는 그즈음이 되어 도쿄에서 돌아온 날 우쓰노미야의 숙소에 맡 겨둔 돈을 남편에게 털어놓지 않은 이유가 비참하게 납득되어 왔 다. 상대가 어떻든 정직하지 않으면 자신이 힘들어서 안 되는 도모 는 특히 금전적으로 남편에게 감춘 일은 없다.

비자금을 만드는 일반적인 주부를 도모는 부끄러운 여자들이 라고 경멸해 왔지만 지금 자신이 그런 여자가 되려고 한다고 생각 하자 도모는 슬프고 동시에 가는 바늘이 몸 안으로 들어온 듯이 부 러지기 어려운 자신을 찾아냈다.

냉정하게 생각하면 지금 세상에서는 시골 출신의 본처를 내쫓 아 고향으로 돌려보내고 춤을 배운 게이샤 출신의 아름다운 여자 를 당당히 아내로 두는 관직 높은 신사가 많다. 도모의 정직함과 조심스런 현명함은 가와시마 현령과 부인에게도 신용을 얻고 있 어서 시라카와도 다른 사람은 몰라도 그런 무모한 일은 하지 않을 거라고 생각하지만 이즈음 스가를 향한 맹목적인 마음으로는 무 엇을 생각하고 어떤 대책을 세워 자신을 내쫓을 방안을 세우고 있 을지도 모를 일이다. 유신 전의 가정에서는 처와 첩은 다르고 넘기 어려운 계급이 있었지만 혁명후의 현재는 "취해서 잠들면 미인의 무릎, 깨서 손에 쥐면 천하의 권력"은 청운의 꿈에 불타는 남자의 이상을 말하는 것이고 남자의 능력에 따라서 움직이는 처의 위치 는 덩굴풀처럼 허무한 것이다.

도모는 다른 사람은 신경도 쓰지 않고 스가를 거리낌 없이 총애하는 남편의 처신이 너무나 노골적일 때는 감춰둔 돈으로 에쓰코를 데리고 고향인 먼 규슈九州로 돌아가 버릴까 하고 생각할 때도 몇 번이나 있었다. 그러나 예쁘게 자라고 있는 에쓰코의 미래를 생각하면 그 때마다 결심이 무뎌지는 것이다. 다행히 에쓰코는 스가와 사이가 좋고 아버지로부터 사랑받고 있다. 자신만 참으면 에쓰코는 규슈의 시골집에서 가난하게 사는 것 보다 지위가 있는 아버지의 딸로서 풍요롭게 자라는 편이 행복할 것이다.

도모의 분별력은 미친 듯이 거칠게 흘러서는 끝내는 언제나 거기로 결론이 난다. 시라카와를 위해서도 그러는 편이 낫다. 아무리 화가 난다고 해도 답답하고 바보같이 정직한 마누라를 잃는다면 그는 분명히 공직에서도 또 어딘가에서 분명히 만회할 수 없는 실패를 할 것임에 틀림없다. 원만한 인격이 아닌 시라카와에게는 적이 많다는 것을 아는 도모는 한발 뒤로 물러난 간격으로 어느 사이에 남편의 성격을 주시하게 되었다. 도모의 안에서 한 사람의 인간을 비판할 수 있는 눈이 생겨난 것이다. 도모는 학문을 익히지 않았기에 지적인 인간을 이해하는 방법을 배우지 못했지만 근본은 몸의 밑바닥에서 솟아나는 본능의 움직임으로 자연스럽게 움직일 수 있는 여자이다. 도모는 봉건시대의 여성도덕에 따라서 이제까지 남편을 위해서도 집안을 위해서도 희생을 주저치 않는 정숙한 여자를 자신의 전형으로 두고 한결같이 살아왔다. 지금 도모 안에는 의혹도 없이 자신의 신조로써 삼아 온 도덕을 향한 불신이 생겨나 있다.

　자신의 아내로서의 위치를 불안하게 하는 여성과 한 집안에서 매일 얼굴을 마주하고 아무렇지도 않게 말을 주고받는다. 어찌하여 이런 생활이 명확하게 바른 것이라고 믿을까? 수 십 년에 걸친 자신의 희생과 작열하는 정열을 다루기 쉬운 하인의 충성정도로밖에 이해하지 않는 교만하고 방탕한 남편을 어찌하여 존경하고 사랑할 수 있을까? 남편은 자신의 사랑의 대상이 아니고 이런 생활도 허위이고 추한 것이다. 도모는 내조해야 할 남편도 꾸려 가야할 집안도 무자비하게 벗겨져 가는 중에 어린 에쓰코만을 단단히 안고서 황량하고 불모의 들판에 필사적으로 서 있다. 쓰러지면 두 번 다시 일어나지 못한다는 것을 도모는 알고 있다. 세 겹을 입은 옷도 사람들의 입에 발린 아첨도 지금 도모에게는 살아 갈 힘이 되지 않는다. 몇 번이나 배신당하면서도 시라카와의 애정을 어리석게도 믿어 온 예전의 자신에게로 도모는 오히려 눈을 감고 돌아가고 싶었지만 격류와 같이 흘러 멈추지 않는 힘은 도모를 거침없이 밀어 쓸어내고 깊은 한숨과 함께 먼 물위를 바라볼 뿐이다.

　머리카락 한 올의 흐트러짐도 보지 않겠다는 마음으로 살았던 도모는 이전보다도 생기 있게 집안의 사람들을 대했다. 스가의 총애로 그림자가 흐려지기는 커녕 스가가 아름다워질수록 거실에 앉아서 움직이지 않는 도모의 어깨와 등에는 오래된 하녀와 하인들조차도 오싹할 정도의 무거운 힘이 가해져 있다. 아무 말도 하지 않는 도모의 모습에 눈속임과 거짓말을 예리하게 꿰뚫어보는 엄격함이 있어서 시라카와보다도 무섭게 느껴지는 것이다.

도모에게 고향의 어머니로부터 꾹꾹 눌러 쓴 편지가 왔다. 도모는 알리지 않았지만 시라카와와 함께 현청에서 일하고 있는 사람 집에 친척이 묵었는데 그 사람이 규슈로 돌아가서 소문을 퍼뜨린 것이다. 도모의 어머니는 젊은 첩과 한 집에 사는 도모가 얼마나 마음이 아플지 안타까워서 익숙치 않은 편지를 어렵게 써서 보내왔다.

시라카와처럼 출세한 사위는 친척 중에 한 사람도 없기에 도모는 그 행복을 감사하지 않으면 안 된다. 첩을 갖는 것도 수완이 좋은 남자에게는 흔히 있는 일이고 그럴 때 아내는 더욱 몸을 낮추고 남편의 애정을 붙잡아 두지 않으면 안 된다. 미치마사와 에쓰코가 있기에 무분별하게 살아서는 안 된다. 질투에 불타는 자신은 그렇다고 해도, 아이까지 불행의 늪으로 빠뜨리지 않도록 해야 한다. 어머니의 편지는 글자가 커졌다가 작아졌다가 삐뚤하거나 번져서 읽기 어려웠지만 가슴 가득 딸을 위한 마음이 세세하게 쓰여져 있었다. 도모는 편지를 읽자 늙은 어머니의 숨소리를 듣는 것처럼 안심되어 아이처럼 눈물이 자연스레 흘러나왔다. 이런 달콤한 눈물의 맛을 잊어가는 일상의 험난함이 새삼 가슴으로 전해왔다. 감정은 두고서 어머니의 교훈어린 말 모두는 도모가 이미 반복적으로 읊조리는 것이고 하는 수 없이 버린 옛날 윤리의 잔재이다. 어머니 편지 안에서 도모의 마음에 새롭게 숨결이 들어간 것은 마지막 네다섯 줄의 문구였다.

"어차피 이승은 번뇌의 땅으로 괴롭고 힘든 일이 많고 인간의 얇은 지혜로는 이해하기 어렵단다. 우리는 알게 모르게 죄를 짓고 있기에 단지 아미타불에 기원하고 한결같이 믿으며 아침저녁 나무아미타불을 잊지 말고 무슨 일이든 여래님에게 의지하여라. 나도 한번 목숨이 있는 한 너와 만나 자세한 이야기를 하고 싶으니 유키토모가 허락하면 한번 고향으로 오려무나."

거기를 읽으면서 도모는 오랫동안 잊고 있었던 고향 친정집에서 아침마다 불단에 머리 조아리고 어머니가 "나무아미타불"을 외우던 모습을 선명하게 떠올렸다. 어린 도모가 무릎에 달라붙으며 어머니의 얼굴을 올려다보면 어머니의 입술은 항상 같은 말을 하여 천진난만하게 꿈틀거리며 따라서 "나무아미타불"을 외웠다. 도모도 흉내내며 "나무아미타불"이라고 외쳐봤지만 그 말은 벌써 몇 년이나 입에 올리지 않았다. 부처님이라든지 아미타불이라든지 하는 것이 마치 아이를 속이는 거짓말처럼 느껴졌던 것이다. 지금도 어머니의 편지에 "여래님에게 뭐든 의지하라"고 적혀 있어도 무엇을 어떻게 의지하면 좋다는 것인지 성이 난다. 하느님이라든지 부처님이라든지 인간의 세계를 꿰뚫어 보고 있는 높은 분이 계시다면 자신처럼 열심히 진실되게 살려고 노력한 자에게 더욱 밝은 길을 열어 주셔도 될 것이다. 그렇게 생각하면서 도모는 역시 어머니가 소원하는 귀향을 언젠가 기회를 봐서 하려고 결심했다. 어머니가 글에 다 쓰지 못한 하고 싶어 한 이야기, 유언을 반드시 들어야 된다고 생각했다.

이듬해 봄, 가와시마 현령이 경시총감으로 옮겨가서 시라카와 유키토모도 가족을 데리고 도쿄 소토간다外神田의 경시청 관택으로 화려하게 상경했다. 그때 에쓰코의 전학 때문에 호적등본을 받아본 도모는 무심히 그 얇은 종이를 훑어보고 그만 작게 소리를 질렀다. 등본에는 시라카와 유키토모, 도모 부부의 양녀로 스가의 이름이 에쓰코의 다음에 적혀 있었던 것이다.

채비초彩婢抄

국화가 보기 좋은 쌀쌀한 밝은 오후였다.

구스미씨는 가미나리문雷門에서 산 전병의 바구니를 선물로 들고 도키와하시常磐橋내의 경시청 관사 문을 잔걸음으로 들어갔다. 일등 경시 시라카와 유키토모의 저택으로 갔지만 오늘은 기분이 어떤지 다른 용무를 갖고 있기에 그것이 잘 더해질지 어떨지 걱정이다.

작년 신축한 시라카와의 관사는 경시총감저택에 다음가는 규모라고 한다. 마차가 도는 중앙에 가지가 좋은 단엽송을 심은 저편으로 넓은 현관이 보이고 금색의 문양이 박힌 인력거가 2대 나란히 세워져 있다. 누군가 외출하려고 하는 참인 것 같다. 유키토모가 있을 시간은 아니기에 '사모님일까? 그렇다면 마침 좋은데.' 라고 긴은 생각했다.

오랜 시간 교류해서 마음이 통한다고 생각하지만 시라카와의 부인 도모와 마주하면 긴은 어쩐지 마음이 불편하고 몸이 굳어가는 듯 한 압박을 느낀다. 오늘은 3년 전에 자신이 주선하여 이 집으로 보낸 젊은 첩 스가에게 친정어머니로부터 비밀스런 전언을 부탁받아 온 것이어서 도모가 앉아 있으면 안정이 되지 않을 것이다.

안쪽 현관에서 안내를 기다리자 머리를 묶은 눈에 익지 않은 시종의 고운 여자아이가 정중하게 인사를 한다. 긴은 왠지 두근거리는 마음을 진정시키고 익숙한 하녀 세키를 불러달라고 청했다.

"지금 사모님과 아가씨가 자선회에 가신다고 하셔서 외국인 양복점에서 사람이 와서 의상을 맞추고 있어요. 구스미씨도 오셔서 보시지 않겠어요?"

라고 말해서 구경하기 좋아하는 긴은 세키의 뒤를 따라서 깨끗이 닦아 놓은 긴 복도를 졸졸 걸어갔다.

"꽤나 날씬한 예쁜 하녀가 들어왔네요. 언제부터?"

"저저번달이에요. 오토와야音羽屋의 에사부로榮三郎²⁷를 똑 닮았다고 하는 구실로."

세키는 뒤돌아보고 의미심장하게 긴의 눈에 신호를 보냈다. 긴도 어쩐지 두세 번 끄덕여 보이며 역시 스가의 어머니가 어디서 듣고서 걱정한 것은 거짓이 아니었다고 생각했다.

---

27 가부키의 배우

"몇 살인가요? 어디에서 온 아가씨죠?"

태연스레 묻는 목소리가 힘 있어서 긴은 스스로 귓가가 확하고 뜨거워져 나이를 먹었다고 생각했다.

"열여섯이라고 해요. 스가씨와는 두 살 아래지만 키가 있어서 거의 비슷하게 보여요. 도다戶田님댁 고용인의 딸이라고 해서 꽤나 자부심이 있어요."

"그래요?"

라고 긴은 크게 몸을 젖히며 놀라워했다.

"하지만, 지금은.......그렇니까 아직...... 일개의......"

하나하나 말마다 눈을 크게 뜨고 말하자 세키도 같은 간격의 박자로 끄덕이며

"아직, 예. 지금은, 아직......, 하지만 언제간은......"

거기까지 말하고 침을 삼켰다고 생각하자 갑자기 뛰어오르듯이 긴이 야윈 어깨에 손을 올리고 귓가에 뜨거운 입김으로 속닥속닥 말했다.

"흐음, 사모님은 허락한 거예요?"

"그렇겠지요. 어머 부르는 소리가 났어요."

세키는 몸을 떨듯이 어깨와 허리를 뿌리치고 보폭 넓게 복도를 달렸다.

거실 입구에 붉은 빛이 도는 황색의 자잘한 색실로 꿰맨 모양의 양복을 입고 고래뼈 콜셋으로 종이를 바른 듯이 허리 주위를 부

풀린 도모가 서 있었다. 누런빛이 도는 부드러운 피부에 눈꺼풀이 무거운 고풍스런 얼굴이 꽉 채운 깃 위로 갑갑한 듯 보이고 조금 큰 입술을 굳게 다물고 있는 모습이 중국여자같다고 긴은 생각했다. 도모의 시선은 방 중앙에 장식된 녹색 서양거울 앞에서 영국인 여자 봉제사에게 양복을 맞추고 있는 딸 에쓰코의 모습을 향하고 있다. 긴도 에쓰코 곁에서 무릎을 붙이고 있는 스가의 옆에 앉아 보고 있다.

열세 살치고는 키가 큰 에쓰코도 기린과 같이 목이 긴 연갈색 머리카락의 재봉사 옆에 서니 작은 사슴정도로 밖에 보이지 않는다. 감색을 깊게 머금고 있는 루리색 비로드의 주름이 많은 옷이 분홍빛의 뺨과 입술이 붉은 기품 있는 얼굴에 잘 어울리고 에쓰코는 평소와는 달리 소공자와 같이 늠름하게 보였다.

"아가씨, 프린스 같아요. 예뻐요, 예뻐요!"

여재봉사는 옷을 입힌 에쓰코의 어깨를 양손으로 짚으면서 도모를 향해 웃는 얼굴을 보였다. 도모의 눈에도 순간 만족스런 빛이 번졌지만 입가는 무너지지 않는다. 어머니가 쳐다보고 있으니 편하지 않은 에쓰코는 흘깃 거울의 모습에 눈을 주고 머뭇머뭇하고 있다.

"오늘은 적십자 자선회가 있어 총감 사모님이 이것을 팔라고 말씀하셔서 왠지 익숙하지 않는 일을 하게 되어 이상하네요."

도모는 귀찮아했지만 싫어하지는 않았다. 귀빈들의 부인과 어울려 로쿠메이칸鹿鳴館[28] 을 양장을 입고 돌아다니는 현란함을 도모는 몸에 맞지 않다고 힘겹게 생각했다. 하지만 관리인 남편을 따라 가는 이것도 하나의 의무라고 생각하면 도망칠 마음은 들지 않는 것이다.

"황후님이 계시니 우리 아가씨가 차를 올리는 역할이라고 해요."

라고 스가가 벗어 놓은 에쓰코의 기모노를 개면서 말을 더했다.

"그건 대단하네요. 아가씨, 잘 자라셨네요. 아름다워서 선택된 거겠지요?"

"아니에요, 그렇지는 않아요. 그럼 잠시 다녀오겠지만 저녁에는 돌아올 거니까 긴 아주머니는 천천히 놀다 가세요."

그렇게 말하고 도모는 긴 스커트의 옆을 어색하게 잡은 에쓰코를 따라 현관 쪽으로 걷기 시작했다.

2대의 인력거가 양장한 모녀를 태우고 달려가는 것을 보낸 후 긴은 현관에서 세키와 이야기를 나누고 나서 스가의 빙으로 들어갔다.

동백나무의 연홍색꽃이 피어 있는 뒤 정원으로 향한 곳이 스가의 방이었다. 세 갈래의 머리에 연분홍색 반점 무늬의 댕기를 한 스가는 붉은 견의 바늘겨레를 세운 바느질대를 무릎에 깔고 유젠

___

28 메이지시대 외국 국빈과 외교관을 접대하기 위해 만든 사교장

안팎의 다른 천의 오비를 부지런히 꿰매고 있었지만 긴의 얼굴을 보자 기다린 듯이 바느질을 멈추고 화로 옆 이불을 가져왔다.

"어머니는 그 뒤에 오셨나요? 요즈음 편지가 없어서요."

친정은 고쿠쵸여서 이 관사와는 지척의 거리이다. 스가의 입장에서는 자유롭게 왕래할 수 없다. 집안은 어떻든 스가는 호적상으로는 시라카와의 양녀로 되어있어서 겉으로 친정과는 인연이 끊어진 몸이다. 시라카와는 부모자식 만큼 나이가 차이 나는 스가를 손에 넣고 자신만이 유일무이한 남자라고 믿게하고 사랑하고 가르친다. 그러나 형리刑吏[29] 출신의 잔혹한 성격의 시라카와는 뒤로는 확실하게 스가의 몸에 사슬을 묶어 자유롭게 도망칠 수 없도록 묶어놓고 있다. 시라카와의 총애에 익숙해진 스가에게는 그런 남자의 험악한 계략은 모르는 채 부모형제의 일을 말하면 왠지 시라카와는 언짢아해서 두려운 마음에 입에 올리지 않는다. 자연스레 여름 오봉, 세밑에 어머니가 인사하러 와서 얼굴을 보이는 이외는 심부름으로 오는 세키를 통해서 친정의 소식을 듣는 것이 보통이다.

"지난 달 말에 만났어요. 절에 들른 길에요 .건강하셨어요. 올해는 가을이 되어도 각기병을 앓지 않아서 매우 편하다고 했어요."

"아아, 장사는 그렇지도 않은 것 같아요. 그래도 대나무 거죽

---

29 예전에 지방관아에서 형률에 관한 사무를 맡아보던 구실아치

만이 아니고 이것저것 뭐든 도매상에서 넣는다고 해요."

"괜찮을까요? 오빠는 사람이 너무 좋아서 언제나 여러 가지 일에 속아 넘어가니까요."

스가는 불안한 듯이 말했다. 구슬을 싼 듯 깊은 눈꺼풀이 갈라지고 새까맣게 빛나는 눈동자가 가만히 움직이지 않고 쳐다보자 아름다운 고양이와 같이 어두운 기운이 몸 전체로 번졌다. 마음이 가벼운 긴은 그 어두운 기운에서 빨리 벗어나고 싶어서

"괜찮아요. 걱정하지 않아도."

라고 단호하게 손을 흔들고 나서 담배주머니에서 담뱃대를 꺼내 한 모금 피웠다.

"저기, 그것보다도 어머님은 당신을 걱정해서 찾아오셨어요. 스가씨!"

"나를요? 무엇 때문에?"

스가는 멍한 눈으로 이상하다는 듯이 고개를 갸웃했다. 어른 같지만 어머니의 마음을 헤아려보는 얼굴에는 아직 어린 무심함이 남아있다.

"어머나, 떨어져 있는 어머니가 신경을 쓰는데도 정작 당신은 전혀 개의치 않다니."

긴의 집으로 찾아 왔을 때 스가의 어머니는 정말 뼈가 목에 걸린 듯 한 안색이었다. 이 댁으로 찾아뵙고 사모님에게 직접 물어볼까도 생각했지만 그것도 어쩐지 체면이 서지 않아서 어렵고 구스미씨와 친한 분에게 분위기를 물어봐 달라고 생각했다고 하면서

작은 뺨에 언제나 보이는 애교스런 웃음조차 잊고 때때로 진지한 얼굴로 이야기를 꺼냈다.

시라카와의 집으로 들어오는 화분가게의 주인으로부터 나온 이야기라고 한다. 그것에 의하면 요번 9월에 시라카와 집으로 하녀 두 사람이 들어왔다. 사촌지간으로 소개해 준 것은 시라카와 부부와 같은 고향이 규슈 사람으로 지금은 골동품을 사고 파는 일을 하고 있는 소노다園田라는 부부이다. 기량이 좋은 하녀를 원한다는 시라카와의 이야기를 받아들여 소노다 부인이 데리고 온 것이지만 한 명은 남기로 하고 한 명은 돌아갔다.

하녀가 화분가게에 이야기한 바로는 지금 하녀는 3명이 있고 주인어른을 모시는 일은 스가가 하고 있다. 연회 등을 집에서 할 때는 신바시와 야나기바시에서 작부와 요리집 주인도 오고 아무리 생각해 봐도 새롭게 사람을 늘릴 필요는 없다. 부인은 참을성이 좋은 사람이고 따님은 놀 상대가 늘어서 기쁘겠지만 그 사람이 단지 하녀로 끝날 리가 없다. 반드시 가까운 시일에는 손을 타서 방을 고칠 것이다. 그래도 스가는 어떻게 생각하고 있을까? 부인 쪽에서 생각하면 스가가 집에 있는 이상 첩이 한 명 있으나 두 명 있으나 크게 다르지 않을지도 모르겠지만 만약 남편이 스가에게 슬슬 질려서 또 새로운 사람을 집에 넣으려고 한다면 스가도 언제까지나 따님과 같이 편히 있을 수는 없다.

위세당당한 경시청의 관리로 출세한 남편은 신바시의 일류급 게이샤를 화족의 젊은 도련님과 서로 다툴 정도로 방탕하지만 여자에 관해서는 스가처럼 세상물정 모르는 아가씨를 이리저리 요리해서 먹으려고 생각하는 것이다.

마지막 이야기는 아무리 소심하고 사람 좋은 스가의 어머니라도 가만히 있을 수는 없는 악의를 담고 있다. 질투와 독설이 떠벌려지는 시라카와집에서 스가의 신분을 이제다시 확실히 알게 되어 어머니는 마음이 끊어지는 것 같았다.

스가는 어둡고 활발하지 않지만 어릴 때부터 바보는 아니었다. 무용 등 배움도 빨랐고 부모를 생각하는 마음도 있는 아이였다. 부모가 잘 살았다면 어떤 좋은 인연을 만났을지도 모른다. 그런데 가세가 기울어진 가게를 버티기 위해서 아직 여자도 되지 않은 열다섯의 그 해 여름에 스가를 후쿠시마에 있는 시라카와 집으로 첩시중으로 보내버린 것이다. 무자비하고 매정한 부모였다. 그래도 스가는 딸을 팔지 않으면 안 되었던 부모의 안타까운 마음을 잘 이해해 주고 있고 친정집에 들르는 일은 없지만 먹을거리와 돈을 사람 편에 보내주기도 한다.

현령의 가와시마가 경시총감으로 영전함에 따라 상경해서도 시라카와는 계속 경시청의 능력자로 요시하라의 유곽에서 몰래 쓰는 돈도 대단하다는 소문이다. 그런 잘나가는 관리의 집에서 딸처럼 예쁨을 받으며 잘 산다는 소문을 들으면 어머니도 따뜻한 마음이 들어 좋지만 화분가게 사람이 들고 온 이야기를 들으니 부인, 딸, 하녀, 서생과 손가락을 꼽아보아도 남편이외 가족은 모두 스가에게는 가시 돋힌 적과 같고 가시덤불 속에 있는 딸이 안아주고 싶을 정도로 불쌍해졌다.

만약 새로운 첩이 생겨서 그 여자한테로 주인어른의 마음이 옮겨가버린다면 스가는 도대체 어떻게 될까. 어머니는 딸이 이런 처지에 빠져들 것을 생각하여 스가를 데리고 갈 때 도모에게는 딸의 신상을 간곡하게 부탁한 것이다.

"주인어른이 먼저 가고 스가가 천덕꾸러기가 된다면 나는 그것을 생각하면 밤에도 자지 못합니다."

긴과 앉아 무릎에 손을 모으고 있는 도모는 스가 어머니의 애정에 넘치는 자식만 생각하는 이야기를 깊이 느끼고 끄덕이며 들었다. 남편의 명령으로 첩을 고르러 온 이상한 역할 안에서 도모는 딸을 파는 부모의 절실한 애정을 보고 괴로운 족쇄를 하나 더 마음에 채웠다.

"안심하세요. 남편의 마음이 아무리 바뀌어도 저는 반드시 스가를 챙길 겁니다. 착실한 아가씨를 데리고 가니까요. 어머니 저를 믿어 주세요."

녹초가 된 시든 어머니는 도모 앞에 엎드렸다. 두서없는 울음소리로 감사의 인사가 도막도막 끊어지는 것을 도모도 북받쳐 오는 괴로운 눈물을 이를 악물고 참고 들었다.

어머니는 그것을 떠올리고 있다.

그리고 이제 다시 도모를 만나 그때의 말을 확인하고 싶다는 마음에 조급해졌다. 그러나 설령 그렇게 되자 마음이 무거워 긴한테로 왔던 것이다.

"유미씨 일이지요?"

다 듣고 스가는 눈부신 듯 눈을 껌벅이며 말했다.

"그런 일이라면 괜찮아요. 아주머니에게 말씀드릴 것은 없어요. 걱정할 일이 아니라고 어머니에게 전해주세요."

"그래요? 그렇지요."

긴은 담뱃대의 입구를 뺨에 대고 애매한 표정으로 끄덕여 보였다.

"그럼 당신이 본 바로는 유미씨가 그렇게 될 것 같지는 않는 거네요."

"아니오. 그렇지는 않아요."

스가의 백지장처럼 하얀 뺨에 문득 웃음이 떠올랐다.

그것은 무섭고 순수한 웃음이었지만 긴은 뭔가 목덜미에 차가운 손으로 문지르는 것 같이 오싹했다.

"유미씨는 벌써 손을 탔어요. 그 사이에 주인어른 쪽에서 부모한테 이야기를 건네고 내 방에서 함께 지낼 거예요."

스가는 웃는 얼굴로 술술 말하지만 긴은 눈을 크게 뜨고 얼굴에 댄 담뱃대를 잊고 있었다.

"어머 그래요? 그럼 당신 어머니가 걱정하는 것도 무리가 아니잖아요?"

"하지만 걱정할 일은 아무 것도 없어요. 유미씨는 씩씩한 남자 같은 사람이니까 나와는 마음이 맞을 것 같아요."

"물론 마음이 맞으면 좋지만 주인어른의 마음이 유미씨한테로

가 버린다면 스가씨, 곤란하잖아요."

"괜찮아요."

라고 말하고 스가는 다시 무심한 웃음을 웃었다. 어딘지 모르게 어둠에 빨려들어 가는 듯 느낌이 없는 웃음이다.

긴은 다시 한 번 소름이 돋을 것 같은 전율을 등으로 느끼고 스가를 쳐다보았다.

갑자기 시라카와가 어떤 식으로 스가를 길들여 왔는지, 감춰진 막 안을 들여다보고 싶은 호기심이 긴 안에서 솟아났다.

"괜찮다니? 주인어른은 그런 일을 당신에게 모두 말해요?"

"모두라고는 할 수 없지만......"

스가는 거기까지 말하자 뺨이 발그레 불에 비친 듯 빨개져 부끄러워하는 얼굴이 되었다. 이상한 말을 했다고 곤란해 하는 모습이다.

"그러니까 당신이 그렇게 말해도 어머니는 납득하지 않을 거예요. 안심시키려면 안심하도록 해 줘야지요. 결국 어머니는 사모님한테 올 거예요."

"그런 일은"

안타깝다는 듯 스가는 눈썹을 모으고 어깨를 살짝 흔들었다.

마침 그때 지금까지 유젠의 방석 위에서 둥글게 앉아 있던 삼색털의 작은 고양이가 방울을 울리며 다가왔다. 스가는 고양이를 껴안으며 무릎위에 올렸다. 그 부드러운 털을 쓸면서 혼잣말처럼 긴의 눈을 보지 않고 천천히 말하는 것이다.

"주인어른은 저를 소중하게 여겨주세요. 나는 몸이 보통의 여자들보다 약해서 무리를 해서는 빨리 죽는다고 해요. 그래서 유미 씨가 그렇게 된 것이에요. 주인어른은 게이샤와 유녀를 잘 아시니 여자를 어떻게 하면 된다는 것도 잘 알지요. 나는 주인어른에게는 처음부터 딸같은 마음으로 질투 따위 해 본적도 없어요. 역시 나이가 많이 차이 나는 탓이겠지요. 하지만 이것은 사모님도 모르시는 일이니까 아무한테도 말해선 안돼요."

스가는 말을 끊고 어른스런 얼굴이 되어 깊이 눈을 감았다. 그 얼굴에는 자신도 모르는 허무가 무한하게 펼쳐져 농염한 이목구비를 요염하게 밝혔다.

긴이 개운하지 않는 얼굴로 돌아간 후 스가는 영문 모를 슬픔에 사로잡혀 한동안 작은 고양이의 목을 쓰다듬으면서 정원의 애기동백의 토끼귀같이 연붉은 꽃잎에 눈을 주고 눈물지었다. 어머니와 긴이 신경 쓰듯이 경쟁 상대 유미에게 질투를 느끼지 않는 마음이 스스로도 한심스러웠다.

변두리에서 자랐어도 부모가 엄격해서 남녀 사이의 일은 전혀 알지 못했다. 무용 연습에서는 언제나 남자역할을 맡았고 여자가 매달리며 유혹할 때 "요염하게, 요염하게"라고 선생님이 말할 정도로 색기라든지 연애라든지 하는 것에는 언제나 화려한 조루리 의상이 둘러져 있다고 생각했다.

후쿠시마의 시라카와집으로 와서 얼마 있지 않아 음악도 색채도 없는 어둠 속에서 남자라는 것이 어떤 것인지를 몸으로 먼저 알아버리고 나서도 스가 안에는 직접 자신과 몸을 섞는 시라카와 외에 조루리의 구절이 슬프게 단속적으로 들리고 화려한 색채의 후리소데와 긴 소매가 안타깝게 뒤엉킨 세계가 조금도 훼손되지 않고 황홀하게 빛나고 있었다. 그래서 그 환영이 현실의 시라카와를 조금도 거부하지 않는 것도 이상했다.

시라카와는 집에 있을 때도 높은 곳에 앉아서 웃는 얼굴을 쉽게 보이지 않는 남자이다. 술도 그저 두 모금 세 모금 정도로 흐트러지는 일이 없다. 도모에게 약한 몸을 보이지 않겠다고 하는 포즈만이 아니라 여자에게는 눈도 주지 않는다는 식으로 청결하고 권위 있게 보인다. 기모노의 매무새가 여자보다도 까다롭고 자주 출입하는 옷가게의 주인에게 잔소리를 하고 주름이 간 다비[30] 를 신은 적이 없다.

스가는 시라카와가 기모노를 걸쳐보거나 면도를 하는 옆에서 거울을 고치거나 할 때면 시라카와가 배우처럼 멋지고 젊다고 생각한다. 그런 때 스가의 가벼운 몸 움직임은 부인이 하는 일과는 전혀 다르다. 그렇다면 시라카와를 사랑하고 있는 것인가 하고 물으면 역시 스가는 답을 할 수 없다.

시라카와가 아무리 스가의 몸을 소중하게 보물처럼 아껴주더라도 도둑당해 포박되어 있는 느낌은 스가의 마음 아래에 무겁게

---

30 일본버선

자리하고 있어서 스스로는 확실히 깨닫지 못한 채로 스가의 아름다움을 흐린 날의 벚꽃처럼 그늘지게 했다.

"너도 나와 같은 처지네."

스가는 삼색 털의 작은 고양이의 하얀 배를 쓰다듬어 보거나 등을 쓰다듬어 보거나 고양이의 작은 발톱에 손을 긁히면서 꽉 숨이 멎을 정도로 껴안아 이상한 울음소리를 내게 한다. 그리고 나중에 한숨과 같이 그런 말을 중얼거리는 것이었다.

작은 고양이가 아무리 발버둥 쳐도 인간의 상대가 아니란 것을 스가는 알고 있다. 단정하게 품위 있게 보이는 시라카와의 밑바닥에 어떤 잔인한 가차 없는 영혼이 숨어있을지도 모른다고 스가는 육감적으로 알고 있었다.

아직 후쿠시마에 있을 때의 일이었다.

시라카와 집으로 출입하는 젊은 속관으로 복도에서 왔다갔다 하는 길에 스가의 어깨와 손을 은근슬쩍 스치면서 만지거나 얼굴을 주시하고 보거나 한 키가 작은 가자하야風早 라는 남자가 있었다. 어느 날 술자리에서 가자하야가 뭬 그랬는지 스가가 손에 끼고 있던 금반지를 보여 달라고 말했다.

스가는 개의치 않고 빼서 보여주자 가자하야는 그것을 주머니에 집어넣고 아무리 애원해도 돌려주지 않았다. 사람들이 있는 자리여서 큰 소리도 내지 못하고 그대로 두었지만 스가는 가자하야가 돌아간 뒤 이 일을 시라카와가 알게 된다면 어쩌나하고 겁이 나서 어쩔 줄을 몰랐다.

물론 시라카와에게 그 일을 솔직하게 털어놓을 수는 없었지만 미숙한 스가가 이상하게 떨고 있는 것을 그날 밤 시라카와가 눈치채게 되었다. 어둠 속에서 차갑게 굳은 스가의 손가락을 하나하나 쥐면서

"반지가 없군."

이라고 태연하게 말을 하자 부드러운 피부에 소름이 돋고 갑자기 떨리기 시작했다.

"누구에게 준 거니?"

시라카와는 아버지처럼 부드럽게 소름 돋아 있는 스가의 등과 팔을 쓰다듬어주자 스가는 몸을 웅크리고 울어버렸다. 그리고 딸꾹질까지 하면서 야단맞은 어린애처럼 도막도막 가자하야에게 반지를 뺏겼을 때를 이야기했다.

"바보같이. 울 일이 아니야. 젊은 놈들은 곧잘 그런 장난을 하지. 그러나 그런 일이 어처구니 없는 일이 될지도 모르니까 조심해야 해."

그렇게 말하고 시라카와는 한손으로 스가를 안고 한손으로 잠옷의 소매로 스가의 눈물을 닦아주며 뺨에 붙어있는 머리카락을 한 올 한 올 떼 주었다.

스가는 그 일이 그 밤에 다 끝났다고 생각했지만 며칠 후 가자하야가 현청의 연회로 간 온천의 술자리에서 동료와 싸움이 나서 허리뼈가 부러졌다고 듣고서 오싹했다. 함께 갔던 사람 중에는 시라카와의 복심이라 불리는 유도에 능한 경관이 몇 명 섞여 있었던

것이다. 스가는 그 후에도 절뚝거리는 가자하야가 시라카와에게 몸을 굽히며 찾아오는 것을 볼 때마다 자신의 몸이 맞은 듯 아팠다. 가자하야는 이제 스가의 머리카락조차도 보지 않겠다는 듯 눈을 돌렸다.

주인어른은 무서운 분이다. 화나면 무슨 일을 할지 모른다. 그렇게 생각한 이후 아무리 어리광을 부리고 마음대로 요구를 해도 스가의 마음 한구석에는 다리를 절며 걸어오는 가자하야의 모습이 딱 붙어서 사라지지 않는 것이다.

"나는 놀이를 즐기는 사람이지만 너는 아이를 낳지 못하는 구나."

라고 가끔 시라카와가 하는 말도 스가의 심신에 낙인처럼 지워지지 않는 흔적을 남기고 있다. 시라카와가 아이를 원한다고는 생각하지 않았지만 아이를 낳을 수 없는 여자라고 규정해버리는 것은 여행 끝에 묵을 곳이 없는 듯 한 쓸쓸함에 젊은 스가의 마음을 닫게 하는 것이었다.

어차피 나는 아무리 사랑받아도 그저 모시는 사람이어서 장래가 있는 것도 아니다. 내가 이렇게 있어서 어머니도 오빠도 조금이나마 편하게 지낼 수 있다면 적어도 살아있는 보람은 있는 것이다. 여기를 나간다한들 어머니의 딸로 돌아갈 수 있지 않고 어차피 사모님이 있어서 이 저택에 있으면 같은 처지의 여자가 한 명 더 있어도 없어도 크게 변함은 없을 것이다. 그렇게 될 것이라고 생각했을 때부터 스가는 키가 크고 가무잡잡한 피부의 유미에게 오히려 그리움마저 느꼈다.

시라카와가 어디서 어떤 식으로 했는지 어느 날 토장 벽의 두꺼운 문 그늘에서 가는 팔을 떨면서 유미가 울고 있는 것을 스가가 발견했다.

"무슨 일이야? 유미씨, 무슨 일이야?"

하고 어깨에 손을 올리고 뒤에서 들여다보니 유미는 소매로 얼굴을 감추고 울고 있었다. 어깨가 흔들릴 때마다 일종의 감각이 스가의 몸에 퍼져와서 스가는 말을 듣지 않아도 유미가 슬퍼하는 원인이 확실히 이해되었다.

"유미씨! 이해해, 이해해. 나도 같은 경우였어."

스가는 말하면서 눈물이 흘러나와 콧소리가 되었다. 유미는 그 목소리에 정신을 차린 듯 스가를 올려다보고 스가의 눈물 가득 머금은 눈동자를 보자 갑자기 다시 슬픔이 북받쳐서 스가의 가슴에 얼굴을 묻고 더욱더 울기 시작했다. 스가도 따라서 울면서 유미의 가는 어깨를 쓰다듬어주었다. 가는 골격에 살이 단단하고 얇은 어린 대나무같이 강하고 유연한 몸이었다. 가무잡잡한 피부에 조금 거친 피부도 남성적이어서 스가는 마음에 들었다.

"아버지와 어머니에게 야단맞아요. 이런 몸이 되다니 부끄러워요."

라고 말하고 유미는 울었다. 스가는 유미의 슬피 우는 것이 자신이 그랬을 때의 한탄과는 다른 탄력을 갖고 있음에 마음이 끌렸다. 질투보다도 유미와 가까워지기보다 함께하고 싶고 껴안고 하나의 운명으로 떨어진 한탄을 서로 허심탄회하게 털어놓고 싶다는 마음이 가득했다.

"유미씨, 힘이 되어줄게요. 나를 언니라도 생각해요."

"그렇게 생각해 주세요. 스가씨. 저, 저....."

유미는 스가의 무릎에 머리를 갖다대었다. 유미는 그날 밤 스가의 방으로 와서 자신의 출생과 집의 사정 등을 말했다. 지금은 형부가 구청에 근무하고 있을 뿐으로 가난한 집안이었지만 옛날에는 다이묘의 부하격으로 어머니도 윗분을 모신 적이 있다고 한다. 소노다의 부인으로부터 이야기를 듣고 예의범절을 배울 작정으로 시라카와집으로 왔지만 이런 일이 되고 보니 중간에서 소개해 준 사람도 그런 흑심이었는지도 모르겠다. 시라카와는 스가와 마찬가지로 양녀로 들인다고 본가에 말했지만 완고한 아버지가 승낙할까? 딸의 몸에 흠을 만들었다고 고함치며 달려온다면 나는 몸 둘 곳이 없다. 그런 것을 생각하면 지금쯤 어딘가로 몸을 숨기고 싶다고 생각하는 유미는 걱정 어린 얼굴빛이었다.

눈물로 씻은 홍분된 유미의 얼굴에는 한층 눈썹이 힘 있고 미소년같은 단순한 아름다움이 있었다. 유미가 슬픔 속에도 무법적인 시라카와를 조금도 원망하지 않는 것이 스가는 어쩐지 마음이 온화해져 손을 잡고 싶은 마음이었다.

그 날 자선회는 예상보다도 좋은 성적이었다고 했다. 저녁에는 시라카와가 산 과자와 화장품 꾸러미를 들고 도모와 에쓰코가 한

걸음 앞서 돌아왔다.

답답한 양복을 벗고 노란색 유젠을 걸친 에쓰코는 스가의 방으로 와서 묻는 대로 오늘 로쿠메이칸에서 황후폐하에게 차를 올릴 때의 모습을 즐겁게 말했다.

"그건 말이야, 아름다운 분이셔서, 저기 유미를 조금 닮은 것도 같애."

에쓰코는 불쑥 그렇게 말하고 어깨를 움츠리며 뒤를 보았다. 어머니가 있으면 "그런 쓸데없는 예를 들다니."라고 엄하게 야단 맞을 것임에 틀림없다. 도모의 훈육이 엄격해서 에쓰코는 스가와 하녀랑 함께 있을 때가 생기 있고 아이같이 보인다. 스가는 에쓰코의 순수하고 친근한 마음으로 기분이 자연스레 좋아졌다. 자신의 어머니가 머리를 땋아주거나 꽃핀을 사주거나 너무나 자상했기에 아직 어린 에쓰코가 부모님이 다 계신데도 그 어느 쪽에도 마음껏 어리광부리지 못하고 어린애이면서도 긴장하는 것이 스가에게는 어떨 때는 가엾게 생각되었다.

"유미씨를 아가씨도 좋아해요?"

"응 좋아해. 정말 좋아해."

"저보다도 좋아해요?"

"어머, 그렇지 않아. 스가가 더…… 하지만 둘 다 좋아."

에쓰코는 곤란한 듯 고개를 갸웃거리며 말했다. 스가는 에쓰코의 순수한 치우치지 않은 성격이 예뻐서 에쓰코와 농담을 주고받을 때만큼 어린 아이로 돌아간 듯 상쾌한 기분이 드는 것이다 그날 밤 스가가 잠자리로 오라고 시라카와의 말을 전하러 왔을 때 도모는 오싹 몸이 차가워 졌다. 로쿠메이칸에서 돌아올 때 자선회에서 산 선물 꾸러미를 들고 먼저 돌아가도록 말할 때에는 기분이 좋았던 시라카와가 밤이 되어 돌아와서는 상당히 기분이 나빠져 있는 것을 알았기 때문이다. 기분의 변화가 심한 남편에게는 자주 있는 일이지만 눈썹도 눈도 맑게 뜨고 있는데 관자놀이의 정맥이 치켜 올라가 실룩실룩 움직이고 손가락 관절이 굳어지고 엄지손가락이 뱀 머리처럼 휘어져 있다. 그럴 때 시라카와의 기분은 꼬여서 여간 까다롭지 않다는 것을 도모는 긴 시간 경험으로 알고 있다. 그리고 또 그럴 때에는 시라카와는 스가를 상대로 그런 꼬인 마음을 풀려고 하지 않고 오로지 도모를 불러서 집안일과 재산 관리 등에 관해서 자세하게 묻고 따지는 버릇이 있었다. 도모도 한 달에 한 번이나 두 번은 첩이 없는 자리에서 남편과 상담해서 정해야 할 것이 있기에 시라카와가 그런 기회를 만들어 준 것은 다행이었지만 그것이 언제나 시라카와가 밖에서 안 좋은 일이 있었을 때에 맞아떨어져 화풀이상대가 되는 것은 괴로웠다. 도모는 상사에게 회계 검사를 받는 수납담당 같은 기분으로 이불을 두 개 나란히 깔아 놓은 남편의 잠자리로 들어가는 것이었다. 오늘은 유난히 시라카와가 화가 난 있는데다 이쪽도 아무래도 꺼내지 않으면 안 될 유미의 문제도 있어서 더욱 말이 떨어지지 않았다.

유미네에서 이삼일 전에 달필로 적은 아버님의 편지가 도모 앞으로 배달되었다. 정중한 문체로 유미의 아버지는 딸의 신상에 일어난 생각지도 않은 변화가 반은 도모의 책임이기도 한 듯이 쓰고 있었다. 아내도 있고 애첩도 있는 시라카와가 왜 유미까지 손에 넣으려고 하는가? 아무리 주인어른이라고 해도 부모의 승낙 없이 딸의 처녀를 함부로 뺏고는 태연하게 지내서는 안 된다. 어차피 무구한 몸으로는 돌이킬 수 없는 이상 어떻게 처리를 해 주실 건지? 가까운 시일에 찾아뵙고 의향을 여쭙고 싶다는 내용의 편지는 은근하지만 딱 부러지는 질문이 역력히 읽혔다.

그러나 유미의 부모도 내심 이렇게 될 거라고 어렴풋이 알고 있으면서 오히려 그것을 바라며 고용살이로 보낸 것도 도모는 소노다를 통해서 알고 있다. 스가와 나란히 시라카와의 첩이 된다면 돈도 보내고 편하게 살 수 있다고 기대하고 있을 아버지가 편지를 보낸 것도 무사 집안의 노인다운 면모일까? 한 겹 아래에서 나오는 자상한 스가의 어머니의 무지한 정직함 쪽이 도모는 동감되었다. 훌륭한 글자와 문장의 행간에 숨겨진 욕심이 오히려 비겁하고 그 편지를 손에 든 채로 도모의 입가에는 차가운 웃음이 한동안 머물렀다.

도모가 침실로 들어가자 시라카와는 잠옷으로 갈아입고 램프 곁의 자단 책상에 한쪽 팔꿈치를 대고 관청의 서류에 빨간색 붓으로 뭔가를 적고 있었다. 그러다 언짢은 얼굴로 돌아보며

"옷을 갈아입지 그래"

라고 말했다. 도모는 다시 조용히 건넛방으로 갔다. 오비를 푸는 옷 스치는 소리가 묘하게 맑게 들려온다. 시라카와는 빨간색 붓

을 두고 천천히 무겁게 움직이는 소리에 귀를 맡기고 있다. 그것은 20년 가까이 들은, 익숙한 도모의 몸과 목소리를 구석구석 느끼게 하는 겨울바다의 파도같이 음울하게 단조로운 압력을 지닌 소리이다. 태어난 고향 규슈의 산하와 깊고 깊은 눈에 파묻힌 동북의 근무처 곳곳은 도모의 소리와 함께 왔다갔다 한 추억 많은 풍경이었다. 도모는 그림자처럼 떨어지려고 해도 자신으로부터 떨어지는 않은 채로 아마도 평생 이 집에서 늙어 집안 귀신이 되어 죽어 갈 것이다. 시라카와에게는 도모가 제멋대로인 자신에게 순종하는 것이 애정과 헌신과는 거리가 먼 냉철한 의지인 것을 막연하게 의식하고 증오에 가까운 강한 감정을 불러일으킨다. 스가와 유미를 사랑하는 것과는 정반대의 아무리 눌러도 부숴지지 않는, 성에 둘러쌓인 적과 같이 도모가 어려운 상대로 느껴지는 것이다. 그러나 오늘 시라카와는 도모와 마주하며 평소 갑옷과 같이 걸친 것을 버리고 젊은 날의 이마를 맞대고 이야기하고 싶을 정도로 마음이 울적했다.

왜일까? 시라카와는 오늘 대낮 유령을 본 것이다.

자선회 뒤 로쿠메이칸의 넓은 강당에서 개최된 무도회에 가와시마총감을 따라서 앉았지만 서양음악과 무용에 흥미가 없는 시라카와는 소파에 앉아 보이가 가져다 준 백포도주를 마시고 있었다.

어깨를 두드리는 사람이 있다. 뒤돌아보자 팔자수염에 눈이 날카로운 프록코트를 입은 남자가 입가에 애교와 증오를 섞은 웃음으로 서 있었다.

"시라카와씨 후쿠시마에서는 신세를 많이 졌지요. 인사를 하지요."

그는 후쿠시마현에서 가와시마현령의 명령으로 시라카와가 자유민권운동을 혹독하게 탄압했을 때 만난 사람이었다. 그는 포박당해 가혹한 취조를 당하여 도쿄로 재판을 받고 투옥된 후 병사했다고 전해들은 우노 다카나카海野高中의 문하생 하나시마花島라는 청년이었다. 시라카와의 살을 발라먹어도 모자랄 정도로 호언장담했다고 한다. 그즈음 폐의파모弊衣破帽[31] 하고 지금은 푸석푸석한 머리카락을 반 갈래로 하여 향료냄새를 풍기며 세련된 풍채로 바뀌어 있다. 시라카와는 정말 놀랐다.

하나시마는 쉽게 움직이지 않는 시라카와를 놀래킨 것이 즐거운 듯이 가슴을 젖히고 큰소리로 웃기 시작했다.

"놀라지 마시오. 당신은 내가 죽었다고 생각했겠지? 왜 그럴까? 당신들 같은 간교한 관리들을 남기고 죽으면 국민이 납득하지 않지. 봐, 이 샹들리에가 화려하게 빛나는 불야성을. 이것은 번벌정부의 단말마의 규환이야. 꺼지기 전의 촛불이 확하고 타오르는 것이야. 아무리 허둥지둥되어도 헌법은 내후년 발표될 거야. 그렇게 되면 싫어도 국회는 열려. 의원은 국민들이 뽑고 정부가 독단적

---

31 헤진 옷에 찢어진 모자를 의미하는 말로 일본의 제국시대 고등학생 사이에서 유행했던
품위 없는 옷차림 언동 등을 의미하기도 한다.

으로 명령하는 관리는 없지. 당신들의 시대는 끝난 거야. 도쿠가와의 봉건정치로 바뀌고 정권을 얻은 사쓰초의 번벌정치의 전횡도 이제 얼마 남지 않았어. 당신같은 관료의 횡포도 이제 끝날 때가 온 거야. 권세를 누리고 자기 이익만을 추구한 당신들에게 민중이 들고 일어나는 힘을 곧 보여 주지. 하하하하하."

웃으며 하나시마는 떠났지만 시라카와는 얼어붙은 듯이 한동안 입을 열지 못했다. 스스로도 허탈상태였다. 주위에 삼삼오오 무리지어 있던 사람들은 하나시마가 너무나 쾌활하게 이야기 하고 있어서 두 사람이 친한 친구 사이라고 생각했을지도 모르겠다. 눈 내리는 날 호송하는 도중 줄이 너무 견고하여 숨이 막힌다고 비명을 지르던 때의 초췌했던 하나시마의 모습은 어디에 간 것일까? 넓은 방을 보니 황홀한 빛이 주위를 밝히고 수수한 바닥 위를 양악의 리듬에 맞춰 손을 마주잡고 차려입은 남녀가 꽃다발과 같이 흐르듯이 미끄러져 갔다. 조금 전 여기를 떠난 하나시마는 이제 보라색 야회복의 어깨를 드러낸 목이 긴 미인과 껴안고 즐거운 듯이 춤추고 있다. 그것을 기묘하게 쓸쓸하게 격리된 분위기 속에 시라카와를 남겨두었다.

"여기 1,2년 사이에 천하를 얻지 못하면 우리들의 막은 내릴 거야. 그러나 나는 그때까지 살고 싶진 않아."라고 기센 가와시마총감이 큰 쌍꺼풀에 언짢은 듯이 주름을 만들며 말한 것도 4,5일 전의 일이다. 국민에게 자유스런 권리를 주장하는 것을 힘껏 억압해 온 강한 총감도 밀물과 같이 밀려오는 새로운 시대의 괴물에는 저항할 수 없다는 자각이 있었던 것일까? 현이 길을 만들기 위해서 민가를 강탈하여 부수거나 아시오足尾광산을 융성시키기 위해서 와타라渡良 세가와瀬川 연안 일대의 광독피해를 아무렇지도 않게 여기며, 그것은 국가에게 바치는 충성이라고 믿고 있었던 가와시마의 강건한 성격조차 이미 금이 가시 시작한 것을 시라카와는 멍청하게 바라볼 수 밖에 없었다.

오늘 연회에는 자유당의 총재 이타가키 다이스케板垣退助의 얼굴이 보이지 않았지만 하나시마는 아마도 그를 따라 온 것이다. 국회가 열린 우노와 하나시마가 의석을 얻어 인민의 권리를 주장하는 날을 생각하면 자신들 관리의 전성시대는 과거가 되어 가는 것을 시라카와는 부정할 수 없다. 텐포개혁天保改革 때 미즈노 에치젠노카미水野越前守[32] 의 부하로서 권세를 떨친 도리이 요조鳥居耀蔵[33] 의 말로와 이이 다이로井伊大老[34] 가 죽은 뒤에 참수당한 나가노 쥬젠長野主膳[35] 의 운명이 슬금슬금 자신에게 실감되어 온 것이다.

시라카와는 약해진 마음을 도모에게 위로받고 싶다고 생각했다. 그것은 금붕어와 작은 새처럼 애완하는 스가와 유미에게 털어놓을 수 없는 감정이며, 자신보다도 강하고 믿음직한 의지로 살고

---

32 에도시대 후기의 다이묘

33 에도시대 막부의 신하

34 1860년 3월 24일 에도 성 사쿠라다 문 밖에서 미토 번의 낭인 무사들 사쓰마 번을 탈번했던 낭인 무사 한 명이 히코네 번에 속하는 다이로(大老) 이이 나오스케(井伊直弼)의 행렬을 습격하여 암살했다.

35 에도시대 후기의 국학자로 다이로 이이 나오스케의 가신

있는 도모만이 감싸주고 피를 빨아 줄 수 있는 상처인 것이다. 그러나 그것은 시라카와가 그리워하는 어머니의 환영이 도모에게 비쳐진 것이지만, 현실의 도모에게는 이제 남편 안에 그런 미묘한 정신의 상처를 찾아낼 만큼의 민감한 애정은 벌써 예전에 재가 되어 버렸던 것이다. 시라카와의 어두운 얼굴을 보면 단지 부종을 만지지 않도록 가만히 내버려 두고 자신을 지키는 자세가 된다. 도모는 스가 외에 새로운 첩이 생겨도 단지 유미의 성격이 이 집에서 어떤 식으로 발전할지 걱정할 뿐이지 생생한 질투로는 결코 불타지 않는다.

오늘밤도 도모는 자신이 무리한 부탁이라도 한 듯 사양하는 말투로 조용히 유미의 본가로부터 온 말을 이야기했다, 조금이라도 남편을 자극해서 이야기를 어렵게 해서는 안 된다고 조심하는 식이다.

"부모가 사족士族이어서 좀 귀찮은 것도 있지 않을까 생각하지만……"

"그런 일은 없어. 소노다의 밀로는 함께 온 미쓰光라는 아이가 첩이 되는 건 아닐까하고 걱정했다고 하던데. 어머니는 도다집에서 일했다고 하니까 그런 일에는 밝을 거야. 하고 싶은 이야기라는 건 결국 체면과 돈이야."

시라카와는 남의 일처럼 말하고 날카로운 눈빛으로 도모를 보았다. 유미의 일보다도 직접 스가를 데리고 왔을 때만큼 도모가 동요하지 않는 것이 얄미웠다.

남편의 눈을 보고 도모는 조용히 말한다. 도모도 유미가 처녀를 잃은 것이 스가 때만큼 결벽적으로 한탄하지 않는 차가워진 마음이 스스로도 타락한 듯해서 싫었다.

"스가와 마찬가지면 되지. 지금이 오히려 내려가 있어."

시라카와는 잘라 말하듯 냉담히 말했다. 게다가 유미는 스가보다도 담백한 윤곽이 흐릿한 얼굴의 여자라고 시라카와는 비웃었다. 도모 외에 스가를 사랑하고 스가 외에 유미를 사랑해 본들 어떻게 살아갈 세계가 변할까? 시라카와는 황량하게 검은 바람과 같이 심신을 빠져나가는 고독을 견뎠다.

제2장

스물여섯날 밤의 달二十六夜の月

무엇보다도 나비 보이지 않으니 서글퍼져 -꽃구경의 권花見の巻-

"인력거가 왔어요. 가마가 들어가요, 가마가 들어가요."

상호가 적힌 작업복 윗도리를 입고 문에 서 있던 인부 한명이 목청 좋게 부르면서 가로수 사이의 언덕길을 위세 좋게 올라오자 신부를 기다리고 있는 현관에는 새가 일제히 날아가는 듯 웅성거림이 일었다.

별채에서 젖을 먹이고 있던 유모 마키牧도 그 기색에 몸을 일으켰다. 자신의 팔을 베개로 하고 잠들어있는 다카오鷹夫의 작은 머리 아래에서 살짝 빼내고 가슴팍을 추스르며 마키는 마루 쪽으로 섰다. 언젠가는 다카오에게 어머니라고 불리게 되겠지만 혼례하는 밤만은 적어도 신부에게 영아의 울음소리를 듣게 하고 싶지는 않다는 할머니 도모의 배려로 평소는 옆을 떠난 적이 없는 다카오를 오늘밤은 마키와 둘이 별채의 이층으로 옮겨 갔던 것이다.

2천 평 정도의 완만한 경사 위에 서 있는 저택은 낮이면 2층에서 한눈에 시나가와品川의 바다가 다 내려다보인다. 오후가 되면 짙은 봄의 석양에 물들어 정원수의 녹색도 검게 번져 보이고 졸졸 언덕 양옆으로 군데군데 만개한 벚꽃만이 큰 연한 보라색의 우산을 펼친 듯이 해질녘으로 보였다. 중매인을 앞세운 신부의 인력거는 지금 그 만개한 벚꽃 우산 아래를 바느질 하듯 느긋한 경사를 올라오는 참이었다. 덮개를 걷은 인력거 위에 신부는 깊숙하게 머리를 숙이고 있었다. 흰천 위에 머리장식을 꽂아 꾸미고 틀어 올린 머리가 무겁게 흔들거리며 덧옷의 비색의 가는 그물모양이 여기서 확실히 눈에 띄게 보였다. 현관에 서 있던 초롱과 맞이하는 사람들의 손에 든 제등의 불빛이 연한 불빛 속에서 아직 빛은 흐트러지지 않고 살구색으로 흐릿하게 보이는 것이 신부 행렬을 한층 환상적으로 아름답게 하고 있었다. 이런 꿈을 언젠가 본적이 있는 듯이 마키는 마음을 뺏겨서 보고 있었지만 문득 정신을 차리자 조금 전의 기분은 사라지고 이렇게 화려하게 차린 신부가 몹시 운이 나쁜 사람으로 생각되었다.

젊은 주인이 저런 사람이라고는 전혀 모르고 왔을 것이다. 한 번 결혼 경험이 있는 마키는 신부가 불쌍하다고 생각한다. 마키는 젊은 주인 미치마사의 전처가 산욕열로 죽은 뒤 다카오의 유모로 들어와 벌써 1년 정도 살고 있지만 시라카와 집안의 평범하지 않은 복잡한 가정사는 사람 좋은 마키도 대략 알고 있었다.

시라카와 유키토모는 헌법이 발포된 후 얼마 있지 않아 관료를 그만두었다. 오랜 세월 알고 지내왔던 가와시마 경시총감이 쉰 근처의 젊은 나이로 갑자기 뇌일혈로 세상을 떠난 것이 유키토모의 은퇴 직접적인 이유였다. 실제로 고집이 강한 유키토모가 자신의 의사를 말하고 따르는 상사는 가와시마 이외에는 없었고 이미 여생을 보낼 충분할 정도의 부를 재직 중에 모아둔 그로서는 가와시마의 사후 뒤로 물러나 근무할 기분은 들지 않았다. 하지만 그 외에도 호소가와번細川藩의 무사로서 한자와 무예 수행을 교양으로서 해 온 메이지 정부의 젊은 관료 유키토모는 슬슬 서양에서 돌아온 신지식이 받아들여지고 영어도 하고 서양의 법률이론을 실행하려는 경향이 조금씩 강해져 오는 것에 자신의 힘으로는 저항할 수 없다는 것을 느꼈다.

아랫사람에게 우습게 보이는 것은 그의 긍지로 도저히 용서할 수 없는 일이지만 더 이상 가와시마라는 뒤 방패도 없이 남아있어 봤자 더한 굴욕을 보지 않으리라는 보장은 없다. 오히려 국회가 열려 의원정치가 행해지면 언젠가 로쿠메이칸에서 하나시마와 같은 사람이 새로운 정권 대표로서 등장할 일도 당연히 예상된다. 유키토모는 이런 앞날이 험한 것을 피해서 스스로 자리를 버렸던 것이다. 그가 시나가와 고텐야미御殿山 근처의 외국인 주기였던 넓은 집을 산 것도 이제부터의 여생을 이 집에서 누구에게도 방해받는 일 없이 자기본위의 생활을 보내려는 생각이었다. 이른바 이 저택은 유키토모의 성이고 그가 바깥으로 향해있던 권세욕이 절반에서 꺾인 분묘이기도 했다.

시라카와는 집 안에서는 봉건시대의 번주와 같은 전제군주이고 아내 도모도 첩 스가와 유미도 화려한 것을 즐기며 성격이 강한 남편의 기질에 맞추지 않으면 하루도 이 집에서 마음 편히 지낼 수 없었다. 에쓰코는 재작년 조선에서 돌아온 법학사와 결혼했다.

이 집에서 유키토모의 기분을 고려치 않는 것은 장남 미치마사가 유일했다.

미치마사는 일찍 결혼한 시라가와 부부가 고향에 있을 때 태어난 아이로 그들이 도쿄로 나오고 게다가 관리로서 동북의 여러 현을 돌아다니는 동안에 계속 구마모토의 작은아버지 손에서 자라났다.

도쿄로 온 뒤 고향에서 데려왔을 때에는 이미 열다섯, 여섯이 되었다. 유키토모는 미치마사에게 영어를 배우게 하거나 그즈음 막 생긴 도쿄전문학교에 들어가 교육을 받게 하려 했지만 미치마사의 기억력은 보통수준이었지만 타인과 결코 친해지지 않는 성격으로 학교에서도 손가락질 당해 결국은 집에서 지낼 수밖에 없었다.

자존심이 강한 유키토모는 성격이 이상한 아들을 가엽게 여기기보다도 극단적으로 싫어했다. 타인이어도 미치마사와 같은 상대에게는 경멸을 느끼는데 그 경멸해야할 자가 자신의 피를 이어받은 아들인 것이 유키토모에게는 더욱 견딜 수 없는 수치였다.

"남자란 독립하기까지는 제대로 된 인간으로 취급받지 못한다."

라고 유키토모는 집안에서도 아들과 함께 식사도 하지 않았다. 미치마사는 결혼하기 전까지 고향에서 온 조카와 둘이서 서생들

방에서 함께 살았다.

　도모에게 그것은 이중의 고통이었다. 스가와 유미가 반은 하녀와 같지만 공연하게 남편의 방에서 함께 살고 있는데 아들 미치마사가 변변치 못한 다다미의 서생들 방에서 조카 세이조와 함께 서툰 젓가락질로 밥을 먹고 있는 것을 보니 안타까움으로 마음이 무거웠다. 혹여나 하고 미치마사가 유키토모의 방에 들어오면 유키토모의 눈은 갑자기 날카로워져 미치마사의 얼굴과 자잘한 소리가 많은 동작이 싫어서 거슬린다는 듯이 감시하고 있는 것이다. 평소에도 유키토모의 변하기 쉬운 감정에 시종 신경을 쓰는 도모는 미치마사가 있으면 더욱 신경이 예민해져 아들이 공연히 바보같은 말을 하여 아버지를 화나게 하지 않을까하고 마음이 놓이지 않았다.

　미치마사가 평범한 청년으로 유키토모에게 미움을 받는다면 도모는 물론 뒤에서 미치마사를 비호하며 모자의 애정은 더욱 깊어졌겠지만 미치마사의 말과 동작을 보고 있으면 어머니 도모조차도 유키토모와 마찬가지로 혐오를 느낄 일이 많았다.

　미치마사를 낳은 것은 자신이고 그 씨앗은 틀림없이 유키토모라는 것을 생각하니 미치마사 안에 자신 이외의 살아있는 것에 대해서 애정다운 것의 한조각도 없다는 것이 안타까웠다. 또 그런 그 자신이 타인으로부터도 사랑받지 못하게 숙명 지어진 것이 도모에게는 참을 수 없이 불합리하다는 안타까움에 감정은 뒤엉켰다.

　'왜 저런 아이가 태어났을까? 저 아이를 저런 인간으로 만든 것

은 우리들이 저 아이를 곁에 두고 키우지 않았던 벌일 거야.'

도모는 지인과 친척 남자아이가 특히 뛰어나지 않더라도 평범한 젊은이로 성인이 되어 가는 것을 볼 때마다 미치마사와 비교하고 자신을 반성해 봤지만 고향의 작은아버지 곁에 유소년시절을 보내게 한 것 이외에는 미치마사를 특별한 성격으로 만들어 오지 않았다고 생각한다. 유키토모의 방탕함을 아이들에게까지 영향이 미치게 하지 않겠다고 생각하고 아버지의 험담 하나도 미치마사와 에쓰코에게는 말하지 않았다. 결국 미치마사의 성격 중에 영원히 성인이 되지 않는 것은 자신이 미치마사를 낳은 열다섯이라는 미성숙함에 책임이 있고 생각한다. 미치마사는 아직 어린 어머니의 뱃속에 잉태되어 성장하지 않은 정신을 가지고 나서 자라왔다. 가엽다고 한다면 이만큼 가여운 아이가 또 있을까?

세상의 모든 사람이 미치마사를 싫어해도 그의 아버지이고 어머니인 유키토모와 도모만은 미치마사를 있는 힘껏 사랑하고 껴안아주어야 하는 것이 도리이다. 그런데도 현실에는 한 사람의 성인으로 상정한 몸에 열매 맺지 않은 마음을 가지고 무자각인 채로 고아와 같이 인생을 어슬렁어슬렁 방황하고 있는 미치마사에게 어머니의 자신조차도 맹목적인 사랑을 주지 않는 것이다. 도모는 그것을 생각하자 자신 안에 집요하게 뿌리를 내리고 있는 바보를 거부하는 마음의 완고함에 침을 뱉고 싶은 격렬한 마음이 되었다.

적어도 미치마사에게도 아내를 갖게 하고 아이를 낳게 하여 보통 남자의 생활만을 부여해 주고 싶다. 그 비밀스런 도모의 소원이 유키토모에게도 암암리에 통했던 걸까 몇 년 전 겨우 미치마사는 첫 아내를 맞이할 수 있었고 그 이후 새롭게 온 신부의 보람이 있어서 미치마사는 처음으로 시라카와 집안의 젊은 주인답게 표면만이라도 그럴싸한 형태를 갖추었다.

마키는 그런 앞의 사정은 예전부터 있던 세키에게서도 들었지만 처음에는 아무리 인간이 부족하다고 해도 장남을 세우지 않다니 충분히 이상한 집안이라고 경멸하거나 해보았다. 하지만 미치마사가 실제 부모님한테서 조차 인정받지 못하는 것도 무리가 아니라고 생각하게 된 이후 전제군주의 유키토모라 해도 든든한 도모라고 하더라도 스가, 유미라고 해도, 제멋대로인 점과 답답한 점, 여자다운 어둔 점과 변덕스런 점, 다 어쨌든 익숙해져 가며 각각 친숙해져 갔지만 미치마사에게만은 길게 있으면 있을수록 그가 없다면 오히려 안심이 된다고 생각하게 되었다. 미치마사는 식욕이 왕성하여 고용인에게는 인색하고 욕심이 많았다. 음식이 나오면 굶은 아이마냥 걸신들린 입을 열면 이상한 냄새와 불쾌함을 반드시 상대에게 안겨주었다. 미치마사가 거기 있는 깃만으로 주위 분위기는 이상하게 나빠졌다.

어린 다카오를 유키토모와 도모가 총애하는 것을 봐도 곧잘 미치마사는 화를 냈다. 즐거움의 감정을 나타내지 않는 동물이 분노와 질투만 무제한적으로 비축하고 있듯이 마키가 안고 있는 다카오를 보고는

"흠, 이런 갓난아이에게 새 옷을 갈아입히고 바꿔 입히고 뭘 안

다고. 이해 안돼."

라고 밉살맞게 이야기 하고 지금이라도 한 대 칠 듯 험악한 날이 선 눈을 크게 뜨며 갓난 쟁이의 얼굴을 노려본다. 마키는 그때마다 자신까지 미움을 받는 것 같아서 기분이 나빠져 다카오의 어머니는 죽어서도 행복하지 않을거라고 생각하기도 한다. 아무리 선인이라도 아니면 악당이라도 저 사람을 남편으로 삼아서 행복해질 여자는 없다고 마키는 생각했다.

오늘 신부로 온 미야美夜는 조죠지增上寺 상가의 전당포 집 딸이었다. 미치마사의 신부로는 자산과 가문을 사람됨이 보다 먼저 보려고 하는 장사집이 아니면 도저히 어울리지 않는다고 도모는 마음먹고 있었다. 첫 신부도 니혼바시日本橋의 포목점의 딸을 골랐다. 미야의 본가에서는 중매인으로부터 시라카와 가문의 재산과 유키토모의 경력을 듣고 전처의 아이 다카오는 조부모의 손에서 키우고 미야에게는 일절 육아를 맡기지 않겠다고 듣고 어머니도 오빠도 바로 승낙했다. 현재는 집 한켠에서 살지만 유키토모가 죽은 뒤는 도쿄 시내에 몇 개나 있는 토지와 집의 대부분은 미치마사의 소유가 된다는 것만으로도 화려한 것을 즐기는 미야의 어머니는 후처라는 것도 아이가 있다는 것도 사위가 일이 없다는 것도 모두 용납되었다. 준비할 것은 아무것도 없다는 그 쪽의 말도 마음에 들었다. 오늘밤 혼례복은 전당포 물건으로 붉은 천의 당의를 입었지만 백의 신부 의상의 속옷과는 소매가 차이 났다. 외동딸 에쓰코를 시집보낼 때 시집가서 시어머니와 친척에게 비웃음 사지 않도록 꼼꼼하게 속옷의 밑단까지 신경을 썼던 도모는 언제나 세련된 차림으로 눈치도 빠르고 말도 잘하는 미야 어머니가 대충한 것에 실망하여 이런 성격이라면 미치마사와 같은 아이의 후처로 딸을 시집보낼 법하다고 새삼 미야가 가엽게 느껴졌다.

"사모님"

신부가 옷을 갈아입는 한 구석방에서 도와주고 있던 스가가 미야가 있는 곳으로 간 후 개고 있던 백의의 신부 의상에 갈색 얼룩이 남아있는 것을 가만히 손가락으로 가르켰다. 도모는 미간을 찌푸리며

"하녀들에게는 말하지 마라. 너와 유미가 정리해줘. 우리들이 알았다는 것을 미야가 알게 되면 가여우니까."

라고 조용히 말하고 미야의 뒤를 쫓아서 나갔다. 스가는 차분히 백의 신부 의상을 개고 문득 뒤를 돌아보자 둥글게 머리를 묶은 유미가 미야의 벗어 놓은 붉은 당의를 걸치고 거울 앞에 서 있는 것에 놀랐다.

"어머나, 유미씨 뭘 하고 있어요?"

키가 큰 유미는 가는 얼굴의 두꺼운 눈썹으로 쳐다보고 거울 속에서 방긋 웃었다.

"제가 신부가 되면 이렇겠지요. 빳빳하네요. 칼이라도 막을 수 있겠어요."

"밤에 적이 들이닥쳐도 살겠네요."

라고 입이 무거운 스가도 분위기에 못 이겨 농담을 한다.

"얼른 벗어요. 사모님이 보면 야단맞아요."

"괜찮아요. 지금 축하연으로 신바시의 고쓰네小つね와 에이키치栄吉가 '쓰루가메鶴亀'를 추기 시작한 참이에요. 모두 그걸 보고 있어요. 그러지 말고 스가씨도 한번 입어 봐요. 우리들 평생 이런 혼례 의상을 입을 일이 없을 것 같아요."

유미는 말하면서 벗은 후리소데 당의를 스가의 어깨에 살짝 걸쳐 주었다. 긴장했지만 스가도 역시 금방 벗으려고 하지 않고 가만히 서서 주위를 둘러보고 나서 유미가 한 것처럼 거울 앞에 서 보았다.

"무겁네. 나는 품위가 없어서 유미씨 만큼 어울리지 않아요."

"아니요, 예뻐요. 조금 전 젊은 사모님 보다 훨씬 어울려요."

"그런가."

라고 말하면서 흡족한 듯 스가는 당의의 소매를 당기고 배색 옷에 물든 선명한 자신의 얼굴을 쳐다보고 있다. 열다섯 나이에 돈으로 팔려 이 저택의 첩살이로 온 스가도 심부름하는 아이에서 첩이 된 유미도 무구한 처녀의 몸이 유키토모에 의해 여자가 되고 이 저택 안에서 어른이 되어 세상물정을 모르고 산다. 그러나 사람들의 축복을 받고 반듯하게 한 사람의 아내가 되는 이런 혼례의식의 화려함에는 견디기 힘든 선망이 몸 안에서 일고 있었다.

"이 당의도 전당포 물건인 것 같아요. 봐요! 소맷자락의 붉은 색이 빛바랬어요."

유미는 서 있는 스가의 긴 소매를 뒤집어보고 말했다.

"누군가 입었던 당의군. 전당포 물건이라면 전에 이것을 입었던 신부도 분명 행복하지는 않았겠지."

"이번에 젊은 사모님도......"

스가는 말을 던지고 한숨을 쉬면서 무거운 당의를 어깨에서 떨어뜨렸다. 이런 말을 축하의 날에 해서는 안 된다고 생각하면서 "스지루시, 스지루시"라고 자신을 개고양이같이 경멸하여 부르는 미치마사를 향한 반감이 차올라왔다. 유미는 금세 알아차리고

"예, 그 젊은 주인님한테 두 번째 오는 거잖아요. 낡은 옷이 당연하지요. 나라면 싫을 것 같아요!

아무리 돈이 있어도 외동아들이라고 해도 저런 바보같이 다들 싫어하는 사람과 부부가 되다니 소름끼쳐요."

벌레라도 만진 듯이 몸을 떨면서 얼굴을 찡그렸다.

"주인어른도 사모님도 비범하고 영리하신데 어떻게 저런 분이 태어났을까요? 사모님이 열다섯 나이에 낳은 아이라서 뭐든 부족했기 때문이라고 언젠가 주인어른은 말했지만요. 시집간 따님과는 전혀 달라요."

"주인어른이 많은 여자를 속였으니까 그런 것에 대한 인과응보라고 세키씨가 말했어요."

"무섭네요."

라고 스가는 짙은 눈썹을 모으고 음울한 얼굴이 되었다. 세키의 그런 말도 유미의 경우에는 간단히 말하지만 스가에게는 '저

주'라든가 '원한'이라든가 하는 유령같은 집착이 되어 나중까지 잊히지 않았다. 말을 입에 올리고 상쾌한 얼굴을 하고 있는 유미를 보니 스가는 뭐든 시원하게 말하지 않는 자신의 심신이 뭉친 진흙처럼 더럽게 느껴졌다.

도모는 혼례가 끝나고 2,3일 신부 미야가 조용히 말없이 꽃처럼 희게 시들어 가는 것이 보기 안타까웠다. 여자의 일이라면 잘 아는 유키토모도 미치마사가 신혼의 침실에서 이상한 것을 말하거나 미야의 심신을 슬프게 한 것은 아닌가하고 걱정이 되는 모양으로 평소라면 미치마사를 보면 노골적으로 불쾌한 얼굴로 옆을 봐 버리는데도 결혼기념으로 미치마사가 전에부터 원하고 있던 백금의 사슬이 붙은 스위스제 시계를 주거나 미치마사가 즐기는 진귀한 양식을 일부러 멀리에서 가져와서 먹이기도 했다. 미치마사에게는 새로운 아내를 사랑하도록 세세하게 가르치거나 하는 것 보다도 가진 것과 음식으로 그를 기쁘게 하는 것이 엉뚱한 것을 말하여 아내를 곤란하게 하지 않는 결과가 될 것이라고 유키토모는 생각했다.

예상대로 미치마사는 무의미하게 밝아지고 그에 따라 시들어 있던 미야도 부드러운 뺨에 사라질듯이 실눈을 하고 화려한 웃음소리를 세우게 되었다.

미야는 사진이라도 찍으면 스가와 유미만큼 윤곽이 뚜렷한 미인형은 아니었지만 날씬한 골격에 강물고기 같은 섬세하고 부드러운 몸을 가지고 얼굴도 손도 발도 피부처럼 벚꽃잎 같이 연한 분홍색으로 물들어 있었다. 미야는 아랫입술을 내밀고 가는 눈꼬리로 웃으면 애교가 넘쳐나고 금방이라도 녹아버릴 듯 위험한 아름다움을 가졌다. 몸이 날씬한 탓인지 동작도 가볍고 조금 변두리 사투리가 섞인 부드러운 말투도 딱딱한 시라카와의 저택에서는 드물게 밝게 들렸다.

미야의 애교 섞인 여자다움에 처음으로 반한 것은 도모였다. 맞선을 보고 난 뒤 돌아가는 길에 "어머님, 윗옷이······"라고 애살맞게 옷매무새를 고쳐주었던 동작에 정이 있어서 이런 며느리가 온다면 언제나 조심하며 갑옷을 입고 있어야 하는 자신의 집에서 조금은 따뜻하게 녹아서 풀릴지도 모른다고 도모는 생각했다. 남자가 여자에게 반하는 순간에 귀신이 쓰이는 기분을 맛본 것처럼 도모는 이 인연이 이루어지길 열심히 기원했다. 작년에 시집보낸 딸 에쓰코는 흠없는 구슬처럼 키웠다고 도모는 생각하고 있었지만 차갑고 딱딱한 느낌도 수정 같았고 스가의 어둡고 언제나 수상쩍게 무겁게 가라앉은 눈빛은 아름나운 고양이같아서 나이 들어감에 따라 속을 알 수 없는 기분 좋지 않은 느낌이다. 가장 마음이 담백한 유미는 꽁한 것이 없이 흰 복숭아처럼 꽃도 가지도 밋밋하여 도모가 원하는 달콤한 정서와는 인연이 없었다. 두 명의 젊은 애첩을 집안에 두고 언제부터인지 유키토모와 육체적 관계는 없어진 도모의 마음에는 고향의 어머니로부터 얻어온 정토신종의 타력본원을 믿는 마음이 조금씩 생활에서 자라나기 시작했다. 하지만 이제 마흔이 되어 건강한 심신으로는 거부하고 거부해도 살아있는 인간의 체온을 원하는 마음은 어쩔 수 없이 솟아났다.

도모의 윤리는 유키토모라는 남편이 있는 한 다른 이성을 사랑의 대상으로 하는 것은 죄라고 생각하고 거부하며 굴절된 성욕을 무의식으로 동성한테서 찾았는지도 모르겠다. 도모가 여자를 보는 눈은 여성의 눈이 아니고 남자가 여자를 원할 때에 모나지 않은 한없이 부드러움을 원하고 있었다. 미야는 우연히 도모가 찾고 있던 여자다운 여자의 취향에 맞아떨어졌다.

도모가 그런 미야를 미치마사의 후처로 원한 것은 손자 다카오 때문이기도 했다. 도모는 태어나자 곧 엄마를 잃은 다카오를 자신의 손으로 키워야하는 불행을 만난 이후 어린 손자를 향한 애정이 숙명이라 생각했다. 어머니를 모르고 미소 짓는 갓난쟁이의 무구한 얼굴은 무한한 애처로움과 함께 새로운 생명에서 솟아나오는 매력으로 강하게 도모를 감쌌다.

도모는 자식이지만 미치마사를 사랑하지 않는 자신을 비열하다고 생각했지만 그 미치마사의 아이에게 어째서 이토록 애착을 느끼는지 스스로도 이상하여 손자가 건강하게 뻗는 손발을 쳐다보는 일이 있었다. 도모뿐만 아니라 미치마사와 에쓰코가 클 때에는 갓난아이의 울음소리를 시끄럽다고 도모를 멀리낸 아낸 유키토모가 다카오에게는 너그럽고 그를 껴안고 양손을 위로 올리며

"다카오는 다카(매)처럼 높이 날아라, 높이 날아."

라고 말하고는 큰 소리로 웃었다. 유키토모가 사랑하니까 스가

도 유미도 "도련님!" "도련님!"이라고 치켜세우며 다카오는 저택에서 이 사람의 손에서 손으로 소중하게 여겨져 다카오가 거기 있는 것만으로 유키토모는 도모에게 옛날처럼 마음을 열고 말을 걸고 도모도 거리낌 없이 이야기할 수 있었다. 미치마사라는 불초의 아이를 통해 얻은 다카오가 허울뿐인 부부인 유키토모 부부에게 두 사람의 피가 흐르는 것을 무언으로 나타내고 있었다. 도모는 이것을 작년 다카오가 태어나기 얼마 전에 돌아가신 구마모토의 친정어머니가 도모의 고독한 영혼에 선사해준 선물처럼 소중히 생각되었다.

유키토모는 다카오를 예뻐하기에 미치마사에게 제2,제3의 손자가 태어난다 하더라도 다카오를 시라카와 가문의 맏손주로 할 것을 벌써부터 정해두고 있었으며, 이미 재산의 일부를 다카오의 이름으로 해 둘 정도여서 조부모가 있는 한 다카오의 시라카와 가문에서의 지위는 굳건했다. 그래도 자신들이 갑자기 죽을 경우 미치마사의 후처가 믿음직하지 않은 여자인 것을 도모는 다카오를 위해서 본능적으로 두려워했다.

미야는 그 선에도 합격한 것이다.

미야는 한 달도 지나지 않은 사이에 집안의 누구와도 밝게 이야기하게 되었다. 노력해서 그렇게 되는 것이 아닌 미야가 있는 주위는 달콤한 꽃향기가 나고 유키토모도 도모도 젊은 여자들의 질투심을 가지고 있을 스가와 유미조차도 웃는 얼굴이 되었다. 미야는 마키가 안고 있는 다카오의 얼굴을 들여다보고

"아이 예뻐라, 잠시 안아볼게요."

라고 말하고 자연스럽게 안고는 다카오의 얼굴에 입술을 갖다 대고 눈을 실처럼 가늘게 뜨고 웃었다. 다카오를 낳은 전처의 일은 전혀 생각지 않는 것처럼 유키토모와 도모를 즐겁게 했다.

시끌벅적한 마을의 친정에서 이 높은 곳으로 오니 기분이 상쾌해진다고 말하고 미야는 개인 날에는 2층에서 시나가와의 바다를 바라보고는 아이처럼 좋아했다.

미야는 도키와즈常磐津[36]에 능하다고 하는데 어느 날 밤 유미의 샤미센으로 '오소노 로쿠산お園六三'[37]의 한 소절을 불렀다. 미야의 목소리는 힘 있으면서 윤기가 있어서 자살하는 남녀의 이야기를 부르면 눈썹을 모으고 흰 목을 늘려서 목소리를 거칠게 하여 어느 사이에 미야가 오소노가 된 듯 착각을 불러일으켜 모두는 안타깝고 울적한 기분을 맛본다. 일단 다 부르고 미야가 풀어진 머리카락을 쓸어 올리면서 땀이 밴 이마를 손수건으로 닦고 있을 때 미치마사는 과음한 뒤 다다미에 토를 하여 옆방으로 옮겨졌다.

미야는 미간을 찌푸리며 일어나려고 했지만 유키토모가 하녀들에게 맡겨두면 된다고 하자 기쁜 듯이 시아버지 옆으로 와 앉았다.

"제가 술을 따르겠습니다. 서툰 도키와즈 탓에 서방님이 토했

---

36 샤미센 음악의 일종

37 1749년에 일어난 오사카의 유녀 오소노와 목수 로쿠사부로와의 자살사건을 각색한 것으로 조루리, 가부키 등의 통칭이다.

네요."

그렇게 말하고 손바닥을 비스듬히 술병을 든 모습은 마치 젊은 게이샤처럼 자연스럽고 옆에 앉아 있던 도모를 왠지 모르게 놀라게 했다.

"왠지 나는 너의 조루리를 들으니 자살하는 기분이 되어 버렸어. 모두 조용해 있잖아. 마음껏 마셔. 미야는 아무래도 술을 잘 마시는 것 같아."

유키토모는 자신의 술잔을 미야에게 주고 넘칠 듯 부어주었다. 술을 좋아하는 미야는 시집 온 이후 한동안 조신하게 있었지만 유키토모가 권하는 대로 두세 잔 마시자 눈도 퀭하니 벌개져서 스가가 그만 유미에게 눈치를 줄 정도로 활짝 핀 꽃같은 얼굴이 되었다.

유키토모가 우연히 본 미야의 모습에 주목하고 있으니 미야는 집에 있을 때도 밖으로 나갈 때도 미치마사와 함께 있지 않을 때가 원래의 밝은 싱싱함을 유지했으며 나비처럼 즐겁게 행동하는 것을 알았다. 남편 미치마사가 옆에 있을 때에도 도모와 스가 등이 젊은 부부 둘만 두려는 배려를 해도 미야는 어두운 얼굴로 언제나 남편의 곁을 떠나 유키토모의 주위에서 스가 등과 함께 있게 되었다.

시험 삼아 한번 미치마사를 자신의 대리로 시멘트회사의 원유회에 가게 간 후, 유키토모는 도모를 집에 있게 하고 스가와 유미 그리고 미야를 데리고 호리키리堀切의 창포를 보러 갔다.

창포원의 넓은 연못 안에는 여덟 개의 굽어진 폭 좁은 나무다리가 걸쳐있고 연못의 면은 일면 짙은 녹색의 창포잎으로 덮여져 보라와 흰색의 선명한 색 꽃이 초여름의 바람에 살랑거리고 있었다. 제비가 수면을 아슬하게 흰 배를 뒤집어가며 날아다니고 있었다. 야회복을 입은 스가와 유미, 보라색 윗옷을 걸친 미야 세 명의 아름다움은 눈에 띄어 지나가는 사람들의 시선을 끌었다.

"창포 안에 저렇게 아름다운 여자 세 명이 서 있다니 그림같아."

라고 빠져서 보는 늙은 여자도 있었다.

세 명 중에서는 미야가 가장 즐거워했고 아래로 나무다리가 끽 끽 소리를 내자

"어머나 부러질 것 같아. 무서워."

라고 겁내는 목소리로 스가와 유미의 손을 붙잡았다. 유키토모는 물가로 오르자 가벼운 미야의 몸을 안듯이 하여 올리면서 옛날 신바시의 어린 게이샤 중에 이런 유연한 피부를 가진 소녀가 있었던 것을 떠올렸다.

"젊은 사모님은 젊은 서방님과 함께 있지 않아도 조금도 쓸쓸해 보이지 않는군요. 오히려 젊어서 따님처럼 보이네요."

라고 그날 밤 유키토모의 침실에서 스가는 아무렇지도 않게 말해보았다. 조용하고 무심한 말투로 유키토모의 숨겨진 마음 구석을 건드리는 기술을 10년의 첩살이로 스가는 몸에 익혔다. 유키토모는 스가의 말 뒤편에 은미한 감촉을 느끼는지 아닌지 그것에는

답하지 않고 애매한 웃음을 짓고 있다.

"왜 웃으셔요? 싫어요."

"아니, 너 때문이 아니고, 미야 때문이야.."

"젊은 사모님이 뭘 어쨌다는 거예요?"

"미야의 웃는 얼굴, 뭔가에 닮지 않았어?"

"알아채지 못했어요."

"웃긴 그림 속의 여자야. 언젠가 너에게도 보여주지."

"어머, 싫어."

라고 말하고 스가는 얼굴을 붉혔다.

"저런 아이는 미치마사 같은 바보를 남편으로 할 여자로는 괜찮겠지."

뒤는 말하지 않고 유키토모는 스가의 눈이 쌓인 듯 차가운 어깨를 껴안았다. 스가는 유키토모의 뒤를 흐린 말에서 미야를 가볍게 보고 있는 마음을 읽은 듯이 솔직하게 가까이 다가왔다.

도모가 걱정한 것은 역시 기우가 아니었다.

예년보다 더위가 심한 여름이었던 탓인지 어렸을 때 늑막염을 앓은 적이 있어서 더위에 약한 미야는 병자처럼 쇠약해져 2층 거실에 눕거나 일어나거나 했지만 겨우 서늘한 바람이 불어오는 어느 아침 젊은 부부의 거처로 삼고 있는 2층에서 심상치 않은 소리가 들려온다고 생각하자 잠옷 차림의 미야가 굴러가듯이 뛰어내려 와서 복도에서 도모와 딱 마주쳤다.

"어머님"

이라고 숨을 가삐 쉬면서 말하자마자 소리 높여 울기 시작했다. 2층에서는 미치마사가 발을 쿵쿵대며 미친 사람처럼 고함을 치는 것이 들렸지만 누구도 올라갈 자는 없었다. 가슴을 치는 이런 일이 늦든 이르든 언젠가는 올 것을 도모는 각오하고 있었다. 몸을 떨면서 울고 있는 미야를 안듯이 구석 거실에 앉히고 거의 사죄하듯이 미야를 쓰다듬으면서 미치마사와의 싸움의 전말을 물었다.

처음은 단지 "억울하다" "괴롭다" "저런 사람과는 함께 있을 수 없다"라고 울면서 말하기만 하던 미야도 조금 감정이 안정되자 미치마사의 무정함과 행태를 비난하기 시작했다. 도모가 생각한 대로 처음부터 왠지 마음에 쏙 들지 않는 사람이었지만 이 여름병이 들고 나서 더욱 미치마사의 냉혹함을 알게 되었던 것이다. 미치마사는 미야가 허약하여도 아내의 몸을 걱정하는 것이 아니라 매일 밤 성관계를 요구해 온것이다. 싫어하면 더욱 집요해 지기에 허락했지만 요 며칠은 생리도 있고 그때만은 거절하는 데도 아무리 부탁해도 역시 단념하지 않았다. 결국 어젯밤은 등을 지고 잤지만 아침이 되자 굉장히 화난 모습으로 남편의 명령을 따르지 않는 여자는 법률로 벌한다고 말하고 손에 잡히는 대로 물건을 집어던졌다. 이런 사람과 함께 산다면 나는 목숨을 잃을지도 모르니까 오늘은 친정으로 가겠다고 하는 것이다. 히스테리성의 과장은 있어도 미치마사라면 능히 그럴지도 모르기에 도모는 미야의 말을 하나하나 다 듣고 자신들이 미치마사에게 말해서 두 번 다시 그런 짓은 안 된다고 말할 거니까 어찌되었든 시집온 이 집을 나갈 거라는 말은 하지 말아달라고 열심히 설득했다.

도모가 생각했던 미야는 다정한 마음을 가진 여자임에도 오늘 미야는 사람이 바뀐듯 새파랗게 질려 평소의 온화한 웃고 있는 눈꼬리도 올라가서 메마른 얼굴이 되어 있다. 도모는 미야에게 유키토모에게 항시 견디고 참고 있는 자신의 심정까지 털어놓고 말하며 여자가 가진 숙명적인 불행에 공감을 얻으려고 해 보았지만 그런 음울한 딱딱한 이야기는 귀먹은 양 유쾌하지 않은 자신들 부부 생활이 도모의 책임처럼 말했다. 도모는 말하면 말할수록 자신을 시골사람으로 보는 미야를 느끼고 깊은 실망에 사로잡혔다. 미야가 겉모습처럼 사람의 생명에 생기를 불어넣는 한없이 따뜻한 여자가 아니란 것을 알고 변해버린 간사한 자신에게 도모는 화가 났다.

미야에게 어찌되었든 조금 더 생각하도록 말해두고 방을 나오자 도모는 다시 이것으로 유키토모가 미치마사와 미야에게 화를 내고 그 화풀이를 자신에게 하지 않을까 소마조마했다. 미치마사가 뭔가 불쾌한 사건을 일으킬 때마다 유키토모는 미치마사를 마치 도모 혼자서 낳은 아이처럼 화풀이를 하는 것이었다.

유키토모는 뜻밖으로 기분 좋은 모습으로 정원의 억새에 고추잠자리가 무리지어 있는 것을 다카오에게 보여주겠다고 하고 마키를 데리고 정원으로 나갔지만 도모의 얼굴을 보고 안고 있던 다카오를 마키에게 건네고 마루 쪽으로 돌아왔다.

"미치마사란 놈, 결국 일을 저질렀다지? 미야가 돌아가겠다고 말했다고?"

도모가 말하기도 전에 그렇게 말하고 쓴웃음을 지어보였다. 스가인지 유미가 이미 상세한 보고를 한듯 하지만 도모는 역시 의연하게 전말을 말했다.

유키토모는 끄덕이며 듣고 있었지만 다 듣자 온화한 어투로 미치마사에게 질타를 하기보다도 부부싸움 화해를 위해 보름정도 미치마에게사를 에치고越後의 유전油田을 보여주자고 말했다. 마침 사원이 된 친척이 내일 가시와자키柏崎로 떠난다고 하니 그에 붙여서 보내고 니가타新潟부터 사도佐渡라도 구경시키면서 친척한테 아내를 어떻게 다루어야하는지 들으면 미치마사도 조금 감정이 누그러질지도 모르고 그 사이에 미야도 생각을 고칠지도 모른다고 했다. 가보지 않은 땅을 가보는 것을 좋아하는 미치마사는 틀림없이 즐거워할 것이다. 도모는 남편의 조치가 얼마나 적절한지 감동했다. 그래서 유키토모가 평생 암처럼 미워하는 미치마사를 역시 아내를 얻게 해 주고 보니 육친다운 애착이 생긴 걸까 하고 믿음직스럽게 쳐다보았다.

미치마사가 여행을 떠나고 2,3일 미야는 기분이 나아지지 않는다고 말하고 방에 틀어박혀 있었지만 상대가 없어서인지 고집이 누그러져 친정으로 돌아가겠다고는 말하지 않았다.

"어때? 미야, 마키와 다카오를 데리고 하룻밤 에노시마에 가려고 생각하는데 너도 함께 갈래?"

쓱 장지문을 열고 들어온 유키토모는 화장기 없는 작은 얼굴을 베개에 붙인 채로 있는 미야의 옆에 앉아 밝게 말을 걸었다. 미야는 그 젊은 목소리에 상반신을 일으키고

"에노시마? 어머 기뻐요. 저는 거기 조개세공 가게를 정말 좋아해요."

라고 소녀처럼 가늘게 몸을 비틀듯이 말했다.

에노시마에서 돌아왔을 때 미야는 완전히 건강해져 있었다. 특유의 애교가 넘치는 얼굴로 해변에서 어부가 바다로 잠수하여 능숙하게 전복과 조개를 캤던 이야기, 선물가게에서 가장 큰 소라를 다카오가 원해서 작은 입에 대자 후후하고 불던 이야기 등을 재밌게 들려주었다.

도모의 방으로 와서

"일전은 화가 나서 그랬어요. 죄송합니다. 이제부터는 걱정 끼치지 않겠어요."

라고 손을 붙이고 한동안 사죄했다.

유키토모도 다카오를 어르고 있는 도모에게

"미야도 어찌되었든 안정이 된 듯하네. 미치마사도 우리들이 잘 다룰 거라고 말해 두었어."

라고 묻지도 않았는데 말했다.

열흘 정도 지나 미치마사가 돌아와도 미야는 전보다도 애교 있

게 대하며 두 사람의 방에서 웃음소리가 새어나오는 날도 많아졌다. 유키토모도 젊은 부부 사이가 좋은 것을 반기는 것으로 보였다.

일단 파도가 잠잠해진 듯했지만 도모의 마음에는 처음 귀엽고 다정한 여자 아이가 어느 날 눈꼬리를 치켜세우고 자신을 잡아먹듯이 달려든 미야의 얼굴이 간사하게도 미워져서 언제까지나 사라지지 않고 남았다.

음력 9월 26일 밤은 한밤중에 가는 상현달이 동쪽 하늘에 뜨는 것을 처음 본 자에게 행운이 찾아온다고 전해지고 있어서 달을 볼 수 있는 높은 곳에 많은 사람이 모여서 달을 기다리는 관습이 있다. 배처럼 생긴 달빛 안에 아미타불, 관음보살, 삼존이 타고 현신하는 것이 보인다고 한다.

동쪽으로 시나가와의 바다가 보이는 시라카와의 집도 달맞이 하기에 좋은 장소였고 유키토모는 그럴 때에 친척과 지인을 불러서 시끌벅적하게 술자리를 만들거나 내기를 해서 노는 것을 매우 즐기는 성격이어서 그날 밤도 남녀 수십 명의 손님이 바깥 2층의 열어 논 두 칸 방에 무리지어 있었다. 꽃을 따는 사람, 바둑을 두는 사람, 술을 마시며 세상이야기를 하는 사람, 모두 달이 나오기를 기다린다는 명분으로 이렇게 밤놀이에 흥에 겨워 떠들며 즐기고 있었다.

"이제 달님이 나올 시간인가? 1시는 지났지요?"

"아직이요. 월출은 1시 35분이라고 신문에 났어요."

"달이 나올 때 구름이 걸리지 않으면 좋으련만."

등 생각난 듯 어둔 하늘을 가르키거나 또 화투를 딱딱 내리치는 손님도 있었다.

도모는 안주를 더 가져 오라고 말하러 계단 아래로 내려왔다. 지나치는 길에 다카오가 자고 있을 방을 슬쩍 엿보자 다카오가 자고 있을 이불 옆에 마키가 소곤소곤 스가와 유미를 두고 뭔가 열심히 작은 목소리로 이야기하고 있었다.

도모의 얼굴을 보자 세 명은 갑자기 이야기를 멈추었지만 이래 저래 얼굴에는 노골적으로 허둥지둥 낭패를 본 표정이었으며 도모는 순간 전기를 만진 듯이 뭔가를 알아챘다.

용무를 마치고 돌아오자 2층으로 올라가는 입구에 스가의 그림자가 서 있다.

"사모님."

이라고 고통을 참는 듯 한 목소리로 부른다.

"무슨 일이야? 무엇을 마키하고 무슨 이야기를 하고 있었어?"

라고 말하면서 도모와 스가는 누가 먼저랄 것도 없이 인기척이 없는 마루 쪽으로 나갔다.

환하게 밝은 2층 방의 등불이 심어놓은 정원수를 푸르게 부각시키며 웃음소리가 여기까지 손에 잡힐 듯이 들린다. 가을밤의 밤기운이 물처럼 피부를 적신다.

"사모님, 저는 정말 놀랐어요. 젊은 사모님이라는 분."

스가는 거기까지 말하고 숨을 참고 부는 피리같은 소리를 냈다. 눈앞이 캄캄해져 오는 것을 어렵게 참고 도모는 떨리는 스가의 어깨를 양손으로 잡았다.

"알고 있어. 그날 에노시마에서 뭔가 있었다고 하는 거야?"

"네, 마키씨가 마키씨가 확실하다고"

스가는 이를 부들부들 떨면서 마키한테서 오늘밤 들은 것을 반복했다. 그날 밤 미야는 유키토모를 상대로 좋아하는 술을 꽤나 마시고 파도소리가 무섭다며 마키와 다카오가 자고 있는 옆방을 잡았다. 그날 밤 잠옷으로 갈아입을 수 없을 만큼 술에 취한 미야를 마키와 숙소의 하녀가 겨우 방에 눕혔다.

유키토모는 후스마 건너편의 구석방에서 혼자 자고 있었다. 낮부터의 피곤함으로 뻗어 잔 마키가 문득 잠이 깨자 밤은 아직 날이 밝지 않고 어둠 속에 바위를 깨문 파도소리가 폭풍우처럼 굉장하게 들린다. 행등의 가는 심지 불빛에 옆을 보자 술에 취해 뻗어 있을 미야의 잠자리는 비어있고 다가와서 멀어지는 파도소리 간간이 코에 걸리는 미야의 소리가 울고 있는지 웃고 있는지 이상하게 도막도막 구석방에서 들렸다. 마키는 몇 번이나 꿈인가하고 자신의 귀를 의심했지만 구석방의 정담은 교태스럽게 새벽녘 가까이까지 계속되었다.

"오늘밤도 젊은 사모님 감기에 걸려서 별채에 혼자....."

스가는 다시 목소리를 삼켰다. 유키토모가 조금 전 방을 빠져나가 거기로 몰래 간 것이었다.

도모는 지금 2층에서 손님을 상대로 바둑을 두고 있는 미치마사의 태연하게 흰 얼굴에 움직임 없는 삼백안을 떠올리고 오싹해서 소름이 일었다. 미치마사가 만약 이 일을 안다면 어떤 무서운 일이 벌어질까? 여자를 좋아하는 유키토모로 인해 이제까지 몇 번이나 힘든 일을 겪어왔지만 도모는 아직 유키토모 속에 자신과 같은 도덕이 남아있을 거라고 믿었던 어리석음에 허탈했다. 며느리라는 넘어서는 안 될 담을 유키토모는 태연하게 밟고 부셨다. 유키토모에게 여자는 모두 암컷에 불과하다. 그렇게 생각하니 미야는 스가보다도 유미보다도 훨씬 매력적인 젊은 암컷에 틀림없다. 그렇다고 해도 도모는 스가와 유미를 유키토모가 사랑하기 시작했을 때에 맛본 질투와는 전혀 성질이 다른 타는 듯한 분노에 어지러워하며 스가가 호소하는 목소리를 듣고 있었다. 그것은 이제 부부로서의 사랑도 증오도 아니었다. 스가와 유미와 미야조차도 등 뒤에 두고 상대할 수 없는 수컷 유키토모에 대항하는 격렬한 분노였다.

"나왔어. 나왔다구."

"어머, 저기 스물여섯날 달님이."

소란스런 목소리와 함께 2층 마루 쪽에 사람 발소리가 시끄러웠다.

도모도 바다 쪽을 보자 이 계단 아래 방 마루에서도 어슴푸레한 빛에 바다표면을 통과하여 눈썹을 거꾸로 해 놓은 듯 한 달이 떠오르는 것이 보였다. 가는 금반원의 선위에 미타삼존의 모습이 보인다고 어릴 때부터 들어 온 것을 도모는 지금 신기하게 떠올렸다. 삼존의 빛나는 그림자가 달빛을 타고 인간 눈에 보이는 것은 거짓말일까? 아니 그런 진실이 있어도 좋을 것 같다고 도모는 생각한다. 이 세상이 너무 추하다. 너무 슬픈 것이다. 도모가 쳐다보는 달빛에는 그러나 부처님의 모습은 떠오르지 않고 흰 나비가 엉켜서 연한 아지랑이 속으로 날아가는 것이 보였다.

보라색 댕기紫手絡

집이 큰 것에 비해 불단이 초라하다고 출입하는 사람들은 말한다.

그것은 시라카와 부부가 젊을 때 공무원생활로 지방을 돌아다닐 일이 많아서 근무처 설국에서 죽은 어머니의 유골함을 전근할 때마다 들고 다녔던 안정되지 않았던 시절의 흔적일지도 모르겠다. 어찌되었든 그 작은 불단이 안치되어 있는 문 옆 후스마를 열면 검은 바탕에 금박의 금고가 있어서 도모는 집과 땅에 관한 사무와 계산 일체를 언제나 이 구석진 곳에서 하였다. 시바ザ와 니혼바시日本橋와 시타야下谷에 각각 천 평 이내의 땅이 있고 그 대부분은 집이기에 지대와 집세는 상당한 액수가 되지만 체납도 많고 때로는 재판소를 갈 일이 생겨서 관리에는 꽤나 수고가 든다. 각각 관리인은 두고 있지만 관리인에게 맡겨두기만 하면 반드시 허술한 곳이 생기니까 도모는 한 달에 한 번은 반드시 자신이 나가서 지대와 집세의 현상에 관해서 자세하게 관리인으로부터 이야기를 듣는 것을 습관으로 하고 있다.

지금 도모가 금고 앞에서 작은 책상을 끼고 마주하고 있는 사람은 관리인이 아니고 이른바 도모의 비서와 같은 역할을 하는 이와모토 류지岩本留次라는 남자였다. 도모의 배다른 여동생의 아들로 앞서 구마모토에서 시라카와를 찾아 상경해 왔다.

계산에도 능하고 무엇보다도 인간이 고지식하여 꾸밈이 없는 것을 시라카와도 도모도 신용하고 있다. 도모는 관리인만으로 안되는 골치 아픈 일과 재판소의 용무를 임시로 이와모토에게 시키고 있었다.

집세를 일 년 이상 체납하고 게다가 이사비용을 요구하고 있는 임차인에게 보낼 편지를 쓰고 이와모토는 도모에게 건넸다. 도모는 이와모토의 무뚝뚝한 모습과는 다른 아름다운 필체를 정성스럽게 읽고 나서

"고맙구나. 이즈음 네가 써줘서 크게 도움이 되는구나. 이런 내용은 여자인 나로서는 도무지 쓸 수 없고 이모부(시라카와)는 이런 귀찮은 일은 싫어하니까."

라고 한쪽 뺨으로 웃으며 담뱃대를 들었다.

"가게 일은 어때? 손님은 늘 것 같아?"

"네, 그럭저럭 좋습니다. 일전에도 대장성의 사람들로부터 서류 넣는 함을 대량 주문 받아서 사원 두 명과 저하고 이리 뛰고 저리 뛰며 처리했습니다."

고향 사투리가 묻어나는 이와모토는 입 무겁게 이야기하면서

사람 좋은 미소를 짓고 있다. 이와모토는 시라카와 부부를 도우며 작년부터 시바의 다무라초田村町에 상자를 만들어 파는 작은 가게를 열었다. 손재주가 뛰어나고 시골에 있었을 때도 주위의 혼례도구 장롱은 모두 도맡아 만들었고 많지 않은 장사로 나쁘지 않은 벌이가 있었다고 들어서 자금을 대주었던 것이다.

"그래? 그건 잘됐네. 뭐든 장사는 2,3년 동안 꾸준히 신용을 쌓아야 하니까 힘내서 잘 꾸려가거라."

"네, 모두 이모 덕분입니다. 은혜 갚을 수 있도록 열심히 하겠습니다."

손을 무릎에 둔 채로 곰처럼 고래를 갸우뚱하는 이와모토를 도모는 짧은 담뱃대를 입에 댄 채로 가만히 보고 있었다.

"너도 이제 슬슬 결혼해서 안정하지 않으면 안 되겠구나."

라고 반 독백처럼 말했다.

"저 같은 사람한테 올 사람이 있겠습니까?"

이와모토는 쑥스러운 듯이 몸을 비틀며 웃었지만 검은 얼굴이 붉어지고 감정이 그대로 드러났다.

"그렇지 않아. 찾으면 얼마든지 상대는 있어."

도모는 생각에 잠긴 얼굴이 되어 말을 끊었다. 주저한 듯 하다가 한동안 담배를 피우면서 가만히 있자 이와모토는 거북해져서 책상 위의 서류를 반듯하게 고쳐 놓고

"그럼, 이모님 물러가겠습니다. 다시 용무가 있으시면."

라고 정중하게 고개를 숙인다.

"응. 괜찮아. 오늘은 바쁘니?"

"아니요. 가게는 별로……"

"그렇다면 앉아보렴. 실은 지금 말한 결혼 건으로 내가 너에게 말해 둘게 있는데."

책상을 한쪽으로 물리고 도모는 손 근처의 화로를 이와모토 쪽으로 조금 밀었다.

"불을 쬐렴."

"네."

"실은, 여기서 하는 이야기지만 너는 아내로 숫처녀가 아니면 안 되니?"

"네?"

라고 이와모토는 의아스러운 듯이 크게 눈을 뜨고 도모의 얼굴을 보고 있다.

"두 번 결혼하는 여자는 마음에 들지 않겠지?"

"두 번째라고 말씀하시면…… 첫 번째는 끝이란 건가요?"

"응, 확실히 정리되었냐고는 말할 수 없지만……"

도모는 말을 멈추고 놋쇠 화로의 재를 고르다가 얼굴을 들고

"실은 유미 말인데."

라고 말했다.

"유미씨?"

라고 그대로 되받아 말한 채 이와모토는 멍해져서 초점 잃은 눈이 되었다.

앞서도 이와모토가 현관으로 들어와 바깥 방의 복도를 지날 때 유미는 스가와 둘이서 마주앉아 꽃꽂이를 하고 있었다.

"외출하셨나요?"

라고 시라카와에 대해 묻자 유미는 가위를 째깍째깍 거리면서

"쓰나마치綱町에 있는 새집으로 다카오군과 유모를 데리고 가셨어요. 예, 오늘밤은 아마도 묵고 오시겠죠."

라고 또렷한 목소리로 말했다. 쓰나마치라는 곳은 장남 미치마사부부가 작년부터 살고 있는 집이다. 스가는 입안에서 뭔가 말하고 고개를 숙인 채로 암녹색 난잎에서 눈을 떼지 않았다. 애교는 없지만 유미가 시원시원하고 스가는 어쩐지 언제나 흐릿하다고 이와모토는 그때 생각했지만 지금 도모에게 생각지도 못한 말을 들으니 초점이 맞지 않는 머리에 문득 조금 전의 느꼈던 것이 되살아나서 마음이 들썩들썩거렸다.

이와모토의 놀란 얼굴을 보고 도모는 다시 유미의 성격과 시집가도 괜찮을 사정에 대해 말을 꺼냈다.

유미 집은 도다라는 작은 다이묘의 가로家老[38] 격의 가문이었지만 메이지유신 이후는 계속 가난해서 유미가 열여섯에 시라카와 집으로 고용인으로 와서 결국 유키토모가 손을 대고 나서는 전부

---

38 에도(江戸) 시대에 다이묘(大名)의 중신으로 가신(家臣)의 무사를 통솔하고 집안일을 총괄한 직업

터 있던 스가와 같은 첩이 되었을 때에는 상당한 돈이 친정으로 건너갔다. 그것과 함께 유키토모는 스가와 마찬가지로 유미의 호적을 시라카와로 바꾸고 양녀의 이름으로 신고했다. 유키토모가 말하길 착실한 여자아이를 한때 꽃으로 아끼다가 버리는 짓은 하지 않겠다는 계약인지는 모르겠지만 만약 양녀라는 이름의 여자가 사실상 첩이라는 것은 호적을 더럽히는 일이기도 하고 한편으로는 스가와 유미가 만일 유키토모 이외의 남자에게 마음을 빼앗기거나 할 때 자유를 구속하는 끈이 미리 준비된 것이나 마찬가지라서 도모는 가혹하다고 느꼈다.

요번 설날 유미의 언니로 남편을 잃어 미망인이 된 신しん이 연초에 인사하러 왔을 때 사모님한테 부탁이 있다고 하고는 유미에게 휴가를 달라고 말을 꺼냈다. 말인즉 신에게는 아이가 없기에 이대로라면 집의 혈통이 끊어져 버린다. 유미도 벌써 10년 가까이 봉사했으니 주인어른만 허락해 주신다면 친정으로 돌아와서 어딘가 인연을 맺어 아이를 얻는다면 그 중 한 명을 자신의 아이로 키우고 싶다는 것이었다.

"본래라면 양자를 들여야 합니다만 도저히 그럴 형편을 되지 않으니 결국 시집을 보내는 편이 낫다고 생각됩니다."

라고 언니는 말했다.

"본인은 알고 있습니까?"

라고 도모가 묻자

"예, 대강은……"

이라고 애매하게 대답했지만 도모에게는 유미가 언니에게 어떤 이야기를 했을지 대략 상상할 수 있었다.

그 다음날 오후 도모는 창고에서 도구류를 꺼내고 있는 스가를 불렀다. 거실에서 유키토모가 글을 쓰겠다고 해서 유미에게 묵을 갈게 하고 있을 때여서 자연스레 스가가 왔다.

스가에게 지시한 접시와 그릇의 상자를 선반에서 내리게 했을 때 도모는 유미의 모습을 스가에게 물어보았다. 원래 첩끼리 서로 질투도 할 법한데 두 사람은 유키토모와 부모자식정도로 나이가 차이 나는 탓인지 총애를 다투는 모습은 보인 적이 없다. 자매같이 사이가 좋아서 집안을 시끄럽게 하지 않아서 좋다고 생각하면서도 도모는 거세된 것 같은 젊은 두 여자를 이상하게 바라볼 때가 있었다. 이번과 같은 경우에는 유키토모와 유미의 진심을 알려면 직접 본인에게 물어보기보다 스가를 통하는 편이 낫다고 생각했다.

스가는 접시의 상자를 두고 마루에 무릎을 붙인 채 짙은 속눈썹을 내려깔고 도모의 말을 듣고 있었지만 우울한 목소리로

"주인어른은 허락하실 거예요. 유미씨가 휴가를 얻어 신변을 정리할 거라고 말을 꺼낸 것은 주인어른이 먼저였다고 생각해요."

라고 말했다. 창문의 빛을 등으로 업고 스가의 그림자가 드리운 얼굴에는 큰 눈만 음울하게 번져 보인다. 도모는 스가로부터 질책당하는 듯 한 착각에 빠졌다.

"남편은 유미를 처음부터 너만큼은 생각하지 않으셨던 것 같

아. 최근 바뀐 것도 없지?"

"네. 제가 뭐라고."

라고 스가는 늘쩍지근한듯 몸을 움직이고 무릎을 쓰다듬으면서 말했다.

"제가 뭐라고. 아무런 일도 없어요. 하지만 유미씨는 씩씩하니까요. 언제나 그늘인 자신이 싫어졌겠지요."

'그늘인 자신'이라는 말을 할 때 스가의 낮고 둔탁한 목소리에 무거움이 묻어 도모의 가슴에 강하게 부딪혀 왔다. 도모는 그 말을 들을 때마다 유키토모에게 명령받아서 소녀였던 스가를 도쿄까지 찾으러 와서 후쿠시마로 데려왔을 때의 괴로운 기억이 떠올랐다. 도모는 그때의 가련한 희생이 현재의 누에같이 차가운 스가로 만든 것에 남편뿐만 아니라 자신의 책임을 느끼는 것이었다.

"우리들이 그늘인 것은 처음부터 알고 있었지만 그늘이 아닌 분이 그런 일을 하고 태연하게 계시잖아요. 세상에서는 우리들 같은 처지의 인간만 나쁘게 말하잖아요. 너무하다고 생각해요."

스가의 깊은 눈꺼풀에서 똑하고 큰 눈물방울이 떨어졌다. 스가는 무릎에 떨어진 눈물을 손가락끝으로 누르고 그대로 고개를 숙였다.

"쓰나마치를 말하는 거구나. 나도 그 일은 얼마나 걱정을 하고 있는지...... 스가도 조금은 이해해 주리라 생각했는데."

도모는 스가의 눈물을 더하게 하듯 스가의 손가락 끝에 시선을 주고 한숨을 쉬었다.

며느리 미야를 유키토모가 사랑하고 있다는 것을 스가는 말하고 있는 것이다. 미야는 첫 출산을 마칠 때까지 이 저택에 함께 있었지만 만일 미치마사가 아버지와 아내와의 사이를 안다면 어떤 소동이 일어날지 모른다고 생각한 도모는 요 몇 년 몸을 깎는 수고를 했다. 타인인 자신은 어떻게 할 수 없기에 스가에게

"너희들도 주의 해 두렴. 미야는 밖으로는 어떻게 할 수 없는 관계이니까 너와 유미의 힘으로 미야 쪽으로 신경이 가지 않도록 해줘."

라고 몇 번이나 말했지만 그때마다 스가는 심하게 고개를 저으며

"제가 뭘 할 수 있겠어요. 젊은 사모님은 게이샤나 유녀에 어울리는 성격이에요. 뭘하면 주인님에게 사랑받을까, 어떻게 하면 주인님을 집중시킬까를 이리저리 궁리하고 있어요. 저와 유미씨와는 비교하지도 못하지요."

라고 원망스러운 듯 말했다.

실제로 유키토모는 호색한으로 무리한 연애를 즐기는 것이 더없이 마음에 들어서 스가를 손에 넣을 때와 부족하지 않을 정도의 정성을 미야에게 쏟았다. 미야도 무능력하고 편집증적인 남편보다도 여자를 잘 다루는 능숙한 시아버지에게 사랑받는 편이 훨씬 즐거워서 유키토모가 스가와 유미를 옆에 두고 자신에게 서먹서먹하면 눈에 띄게 기분상하여 도모와 스가 등에 화풀이를 했다.

유키토모도 이런 일은 곤혹스러워서 도모에게 얼핏 의견을 넣

어 작년부터 젊은 부부의 주거를 미타의 쓰나마치로 옮겨서 자신이 때때로 거기로 가는 것으로 했다. 갈 때마다 반드시 미치마사의 전처가 낳은 다카오와 다카오의 유모를 데리고 갔다. 미치마사는 그럴 때마다 두둑히 아버지로부터 용돈을 받아 연극을 보러 가거나 1박으로 여행을 가거나 했다. 손자를 안고 유모와 하녀들도 놀러 나간다. 그 뒤에 유키토모는 미야와 둘이 되는 것이었다. 여자들은 알고 있어도 생각지도 못한 용돈을 받을 수 있기에 주인어른이 오는 것을 기다릴 정도였고 미치마사는 혼자서 좋아하는 것을 하면 아이처럼 즐거워서 자신이 없을 때 아버지와 아내 사이 따위는 의심하지도 않았다.

이랬다 저랬다 라는 이야기는 대부분 다카오의 유모인 마키의 입에서 스가와 유미의 귀에 들어가고 주로 스가의 입을 통해서 도모에게 이어서 흘러들어왔던 것이다.

도모는 처음에는 스가의 완곡하게 말하는 것에 진심으로 웅하며 안타까워했지만 스가는 그럴 때 도모가 말한 것만을 떼버리고 유키토모에게 속닥거렸다. 또 그런 일이 있으면 유키토모는 생각지도 못한 불쾌한 감정을 드러내기에 요즘 도모는 고자질하는 스가를 상대하지 않기로 정했다.

유미는 스가만큼 유키토모가 총애하지 않았기에 미야가 생긴 요즘 이미 예순 가까이 된 유키토모에게는 유미가 있는 것은 오히려 짐이 되는 것이었다.

도모는 유키토모도 유미에게 휴가를 주어 착실한 아내가 되도록 장려하고 유미도 그럴 마음이 되어 있다는 것을 스가의 시원하지 않는 이에 뭔가 끼인 듯 한 말투로 거의 추측할 수 있었다.

유키토모와 유미가 그럴 기분이 되었다면 호적을 빼서 친정으로 돌아가는 것에 불만이 없을 것이다. 10년 가까이 채워둔 의류와 신변물품에 상응하는 돈을 붙여준다면 그것으로 정리될 이야기이다. 그러나 조심성이 많은 도모는 거기에 또 깊이 생각했다.

유미가 친정으로 돌아가서 어디로 시집을 간다고 해도 미야와 유키토모의 패륜적인 행위를 남편에게 이야기하지 않을까? 보통의 고용인이라면 그것도 괜찮겠지만 만약 양녀라는 이름으로 오래 저택에 있던 여자의 입에서 그런 것이 조금이라도 세상에 알려진다는 것은 시라카와 집안으로서 좋은 일은 아니다.

어차피 어딘가로 시집을 간다면 자신의 집과 떼려야 뗄 수없는 관계인 곳으로 유미를 시집보낼 수 없을까?

이럴까, 저럴까라고 생각하고 있는 사이에 도모는 생각지도 않게 가까이에 있는 조카 이와모토를 떠올렸다. 그래, 이와모토라면 아마도 자신이 말하는 것을 알아줄 것이다.

유키토모의 첩인 것을 다 알고 있기도 하고 시라카와 집에서 첩이 바느질과 요리도 하는 한편으로 하녀의 우두머리와 같은 입장에 있는 것도 알고 있고 유미의 조금은 남자아이 같은 시원시원한 성격도 알고 있는 것이다. 게다가 무엇보다 키가 크고 작은 얼굴에 품위 있는 유미의 미모에 두둑하게 갖고 있는 의상과 도구는 이와모토의 지금 신분으로 얻을 수 있는 신부로서는 분에 넘치는 것이다. 십중팔구는 이와모토가 이해해 줄 것을 예상하고 도모는 말을 꺼내보았다. 물론 유미가 싫어한다면 되지 않지만 긴 시간 한 집에 있으면서 봐 와서 유미가 특별히 싫어하는 것이 없는 단순한 성격이란 것을 도모는 잘 알고 있는 것이었다.

도모가 알맞게 연결한 혼담을 이와모토는 생각대로 흡족해하며 승낙했다. 구마모토의 무사의 집에서 나서 주군의 여자였던 하녀를 시중이 아내로 받거나 윗사람의 첩을 부하가 받거나 하는 것을 여사로 듣고 자란 이와모토에게는 메이지30년을 지난 지금도 의리 있는 이모부이기도 하고 은인이기도 한 시라카와의 애첩을 아내로 받는 것이 조금도 불명예라고도 불결하게도 생각지 않았다.

유미의 친정에서도 시라카와의 부인의 조카인 이와모토에게 유미를 시집보내는 것을 양녀의 호적을 빼서도 시라카와 집과 새롭게 친척의 인연으로 연결되는 것이므로 유미의 앞날까지 걱정해 준 것으로 기뻐했다.

나이는 부모자식만큼 떨어져 있기도 하고 정부인 도모 외에 자신보다 앞에 있는 스가라는 첩도 있으니 유미의 이 저택에서의 지위는 처음부터 불안했지만 외견상으로는 품위 있어서 스가보다도 부인처럼 보이고 비굴하고 곡해하거나 꼼꼼한 여성스러움이 없어서 그늘인 자신으로서의 어둠은 전혀 없었다.

이와모토와의 이야기도 유미는 깨끗하게 승낙했다. 이와모토

의 무뚝뚝한 말과 고지식하고 딱딱한 동작을 자주 웃고 이야기 했
는데 결혼을 하다니 전혀 믿어지지 않는 것을 스가는 이상하게 생
각하고 유키토모에게

"유미씨, 이와모토씨와 잘 살 수 있을까요?"

라고 물어보자 유키토모는 가볍게 기미가 낀 얼굴에 거리낌 없
는 웃음을 띄우며

"괜찮아, 유미는 누구와도 잘 살 거야."

라고 말을 던졌다.

"확신하시네요."

라고 스가는 재미없다는 듯이 어둔 눈으로 유키토모를 쳐다보
았다.

"너도 시집가고 싶어진 거야? 나같은 늙은이를 보살피는 것도
지쳤지?"

"어차피 저는 그럴 의지도 없어요."

아무렇지도 않게 말하고 스가는 가슴 구석에서 올라오는 말을
입에 올리지 못하는 갑갑함에 안달복달한다.

"어차피 젊은 사모님처럼은 되지 않아요." "나는 그분처럼 남
자를 속이는 기술을 배우지 못했어요." "그럴 재주가 없으니 사모
님한테 머리 조아리고 언제까지 그늘인 자신으로 나이 들어 가는
거예요." 어리광 부리더라도 스가에게는 유키토모가 아버지이기
도 하고 남편이기도 해서 유키토모의 마음을 찌르는 심한 말은 하
는 것이 두려웠다.

화려하게 밝은 얼굴로 쓸데없는 웃음을 코에 건 목소리로 "아버님, 아버님"이라고 개의치 않게 애교를 부리는 미야의 들뜬 몸움직임을 떠올리자 스가는 질투를 느꼈지만 자신의 남편을 빼앗기는 질투란 결코 이런 것은 아닐 거라고 생각했다.

유미가 드디어 내일 친정으로 떠난다는 밤, 유키토모의 허락을 얻어 스가와 둘은 방에 베개를 나란히 하고 잤다.

묶은 머리를 베개에 누이고 서로 마주보며 둘은 어둑한 행등의 빛에 희뿌옇게 떠 있는 서로의 얼굴을 사랑스럽게 보고 이야기했다.

3월 말의 밤에 바깥에는 비가 소리도 없이 내리고 밤공기는 촉촉하게 젖어 있었다.

"유미씨가 내일부터는 이제 이 집에 없다고 생각하니 쓸쓸해져요."

라고 스가가 가라앉은 목소리로 말했다. 유미에게 혼담이 나왔을 때부터 유미가 이 집을 나갈 거라고는 알고 있었지만 드디어 헤어지게 되니 유미가 날갯짓을 하고 날아가는 젊은 새처럼 용감하게 보이고 이런 처지에 남게 된 자신이 더욱 한심하게 느껴지는 것이었다.

"쓸쓸하지 않을 거예요. 여기는 사람이 많잖아요. 저야말로 작은 집에 언니와 둘이서 정말 외로울 거예요."

유미는 위로할 작정으로 힘주어 말했지만 스가는 유미의 얼굴에 눈동자를 맞추고 혼잣말처럼 말했다.

"달라요, 그런 외로움과는. 당신이 가버리고 나면 나만 이런 그늘인 신세가 되어 혼자서 이 저택에 남아 있는 거. 그것을 말하고 있는 거예요. 유미씨, 당신은 역시 나보다 똑똑해요."

"왜요? 똑똑하지 않아요."

라고 유미는 조금 머리를 들고 말했다.

"이번 휴가를 얻은 것도 반 이상은 주인어른이 젊을 때 결혼하는 편이 낫다고 말씀하셨기에 나온 것이에요. 나를 매우 걱정해 주었지요. 스가씨."

유미는 한쪽 팔꿈치에 얼굴을 기대면서 스가 쪽으로 얼굴을 가져갔다.

"주인어른이 나를 놓아주고 싶지 않다면 왜 그런 말을 하겠어요? 자신 것을 소중히 생각하고 있어요. 옷이라든지 비녀라든지. 우리들을 그렇게 간단히 팔거나 남에게 주거나 하지 않겠지요. 남자라면 모두 같은 마음이라고 생각해요. 만약 당신이 내 입장에서 휴가를 달라고 한다면 주인어른은 결코 허락해 주지 않을 거예요. 그것은 당신을 정말 아끼고 있기 때문이에요."

"그렇지 않아요. 지금 주인어른이 빠져 계신 것은 쓰나마치의 사모님이에요. 당신도 잘 알고 있잖아요?"

스가도 몸을 일으켜서 배를 깔고 엎드려 있었다. 미야의 이름을 말할 때 스가는 목소리가 떨렸다.

"그건 그래요. 하지만 사모님은 어차피 주인어른의 본처니까.

아무리 재밌다고 해도 떳떳해도 내 것은 되지 않아요. 주인어른도 점점 나이를 먹어가고 사모님은 마치 이 집의 지배인같이 되었어요. 주변을 챙기는 것에 당신이 없으면 안 될 사람이지요. 젊은 사모님이란 사람이 생겨서 필요 없게 된 것은 나예요. 가을의 부채인 거예요. 한죠가네야班女が閨[39]의 원망인 거지요."

유미는 우물거리는 목소리로 도키와즈의 한 소절을 읽고 호호호 하고 웃었다. 조금 자조적이지만 상쾌한 웃음소리에 스가는 조금도 물러나지 않고 중얼거리듯이 낮은 목소리로 말했다.

"주인어른도 이제 나이잖아요. 쓰나마치로 가시면 꽤나 피곤하실 거예요. 가다랑어 수프를 먹거나 달걀을 대여섯 개나 노란자만 마시거나 하신대요. 당신이 없으면 아마도 나는 그런 일만 할 거 같아요. 평생 고용인거지요. 그것을 생각하면 확실히 정리하고 나가는 당신이 부러워요. 이와모토씨와 결혼하면 아이도 생기겠지요. 그야말로 누구에게도 신경 쓰지 않고 떳떳하게 세상을 걸을 수 있잖아요."

"그 대신 여기에 이렇게 있으면 돈으로 고생은 하지 않겠지요. 당신은 열다섯부터 여기로 와 있었으니 나보다도 세상을 모르겠지만 친정이 최악이었던 시절을 생각하면 나도 여기를 나가는 것이 발이 떨어지지 않아요. 나는 포기가 빠른 성격이고 몸은 가늘어

---

39 한쇼요(班婕妤)가 황제의 사랑을 잃었을 때 자신이 이제 쓸모없는 몸이 된 '가을의 부채'라고 비유하고 시를 지었다고 하는 고사에서 남자에게 버림받은 여자를 의미함.

도 건강하니까 어떻게든 할 수 있겠지만 당신은 도저히 무리일 거예요. 언제나 주인어른이 스가는 고장난 몸이라고 말씀하셨지만 정말 이 저택에 누에고치처럼 있어도 괜찮지만 당신은 바깥의 바람을 쐬면 금방 힘들어질 거예요."

"그렇게 되어도 좋으니까 여기를 나가고 싶다는 마음이 생기지 않는 것이 한심해요."

"그것은 힘들어요. 아무리 고생해도 좋다고 해도 결국 나가지 않으면."

"하지만 당신은 그렇게 하지 않아도 나가잖아요."

"나는 달라요. 나는 나가는 것보다 먼저 버려졌어요. 이번에 함께 될 이와모토씨도 고지식한 사람으로 부러워할 만한 혼담도 아니잖아요."

"아뇨, 부러워요, 나에게는 죽도록 부러워요."

말하면서 스가는 베개를 양손으로 껴안고 그 위에 얼굴을 갖다 대었다. 평소 답답할 정도로 완곡하게 말하고 허심탄회하게 말하지 않는 스가라서 적극적인 동작에 유미는 놀랐다.

스가는 몸 안에서 다 익은 생각을 어떻게 말해야 좋을지 몰랐다. 입에 올리면 스스로도 놀랄 정도로 기분 나쁜 저주라든가 실체가 없는 한탄으로 미칠 것 같았다. 그것은 유미에게는 도저히 이해할 수 없을 것이다. 자신의 인생에 무겁게 내려앉은 깊은 업보와 같은 기분이 든다.

옛날 옛날 자신이 이 집으로 팔려 왔을 때 부모는 왜 게이샤로 팔지 않았던 것일까 하고 스가는 생각한다. 게이샤가 되었다면 세상의 험한 비바람을 맞았겠지만 싫어도 지금보다는 조금 더 건강한 사람이 되었을 것이고 남편이 있어도 모시는 주인이 있어도 조금 더 떳떳하게 푸른 하늘 아래에서 태양의 빛을 받으며 자유롭게 화내고 울고 할 수 있었을 것이라고 생각한다.

아버지만큼 나이가 차이 나는 유키토모에게 사랑받고 신분에 맞지 않는 호사를 부려왔지만 여자를 좋아하는 남자여서 소녀의 스가를 여자답게 꽃피우게 하기에도 자신의 집에 두기에 좋을 정도로 궤도를 잘 깔아두었다. 스가는 그 레일을 순순히 달려왔기에 현재와 같은 기력이 없는 여자가 되어버린 것이다. 유키토모는 도모를 애정의 관점에서는 문제로 하지 않는 것 같았다. 실제 두 사람 사이에 부부다운 따뜻함은 조금도 느껴지지 않지만 남편의 애정을 의지하지 않고 이 집의 아내로서의 위치를 지탱하고 있는 인내심 강한 도모의 의지력에 스가는 매일 무거운 돌로 누른 듯 한 상대하기 어려움을 느꼈다.

도모의 일상에는 이완된 휴식이 조금도 없다. 언제라도 앙양된 진검승부와 같은 기백이 조용히 앉아 있다. 남편은 육체의 끈이 끊어진 아내에게 터무니 없는 것을 요구하지만 도모는 한마디도 싸우지 않은 채 전신의 힘으로 막고 있었다. 유키토모가 총애하고 있는 여자들에게 뭔가를 말하면 그것이 금방 유키토모에게 미묘한 반향을 일으키는 것을 알고 있기에 도모는 스가와 유미에 관해서는 무엇도 의견을 말하지 않는다. 말하지 않는, 자신을 흐트러뜨리지 않는, 방심하지 않는 도모의 일상이 스가에게는 눈에 보이는 강한 속박이 되고 있다. 그래서 또 그런 속박을 도모가 스가 등에게 주고 있는 것도 유키토모에게는 충분히 알고 있어서 그래서 만족하는 것이다.

사모님이 없어져 준다면 스가는 때때로 생각해 보지만 아무리 자신이 부추겨보아도 유키토모가 도모를 쫓아내리라고는 생각하지 않는다. 도모는 유키토모의 성의 대상이 아니어도 가장 신뢰할 수 있는 지배인의 위치를 쥐고 있다. 유키토모에게 가장 편리한 가장 충실한 지배인 것이다. 만약 도모를 내쫓았다고 해도 스가에게 재산을 관리할 능력은 있을 리 없고 그런 수고스럽고 두려운 일을 생각하기보다도 스가는 사모님의 까다로운 압력 아래에 무기력하게 하루를 보내는 편이 얼마나 편안한지 모른다. 하지만 사모님이 무슨 일로 갑자기 죽게 된다면 그건 다른 문제다. 우연히 그런 일이 생긴다면 자신의 머리 위에 덮여있던 두터운 구름이 활짝 걷힌 듯 얼마나 개운할까? 그런 생각이 일어날 때마다 스가는 스스로도 역겨워서 마음에 쳐진 끈적한 거미줄을 걷어내려고 한다. 자신의 몸에 악마가 살고 있다고 생각한다. 그것과 함께 이런 환경에 처해지지 않았다면 자신은 결코 악마는 되지 않았을 거라고 생각한다.

행동에도 말에도 드러내지 않는 스가의 무기력이 내부에서 해결할 수 없는 생각이 밤눈같이 검고 차갑게 켜켜이 내려 쌓이고 있다.

같은 처지의 유미의 마음에는 그늘이 없는 것을 스가는 부럽게 또는 모자란다고 생각했지만 마음에 응어리가 없는 유미는 스가가 전전긍긍하고 있는 지옥을 쉽게 빠져나가 넓은 하늘로 날아가는 것이다. 스가에게는 유미가 이와모토와 결혼하는 것이 부러운 것이 아니라 이렇게 윤회에서 떨어져 가는 유미가 부러운 것이었다.

하지만 그것을 말해도 유미가 이해하지 못할 것을 스가는 알고 있다.

"싫어요. 스가씨, 울지 마요. 나도 슬퍼져요."

그렇게 말하고 유미가 어깨를 흔들자 스가는 얼굴을 들었다. 바로 가까이 있는 유미의 가늘고 긴 쌍꺼풀에 눈물이 가득 고여 있었다. 유미는 뭔가 착각을 하고 있다고 생각한 순간 스가는 불이 나올 것 같은 부끄러움을 느꼈다. 스가의 눈에도 유미와 헤어지는 슬픔이 눈물이 되어 자연스레 젖어 왔다.

"정말 생각해 보면 스가씨와 나는 뭔가 인연이 있는 것 같아요. 이렇게 10년이나 첩으로 불리는 처지로 주인어른 한사람을 수발들어 왔고 싸움도 없이 사이좋게 지내다니 드문 일이지요. 아마도 전생에 자매였는지도 몰라요."

"그럴지도요."

라고 스가도 감격에 벅찬 듯이 말했다.

"연극을 봐도 책을 읽어도 첩은 모두 악녀뿐이고 부인을 괴롭히거나 집안에 소동을 일으키거나 하잖아요. 우리들은 그런 일도 없고 상당히 성실했어요."

"착한 첩이었다고 말하는 거예요? 하지만 믿어주지 않을 거예요. 남들은."

"타인은 아무래도 좋아요. 당신과 내가 이렇게 10년이나 사이 좋게 지낸 것만으로 서로 악인은 아닌 증거가 되잖아요."

"우리들은 주인어른에게 사랑받아도 조금도 싫지 않았지만, 하지만 정말 비슷한 나이의 사람과 좋아지는 것은 아무래도 다르지요."

스가는 거기까지 말하고 역시 유미가 이 집을 떠나기로 정해지지 않았을 때는 이야기할 수 없었다. 그러자 유미가 이와모토의 아내로 바깥의 사람이 되어 방문하거나 이쪽에서 가거나 하면 지금까지와 다른 이야기 상대가 될지도 모른다고 생각했다. 그것은 해소할 수 없는 스가의 마음에 문득 밝은 창이 열린 듯 생각되었다.

"유미씨, 주인어른은 요즈음 눈에 띄게 자신의 몸만 말씀하세요. 눈을 씻거나 입을 헹구거나 역시 건강하지만 나이가 있으니까요. 이제 곧 나도 사모님처럼 타인이 되어 버릴 거예요."

"게다가 쓰나마치의 사람이 저러니까 거기로 가실 때 젊어 보이고 싶은 거겠지요. 정말 젊은 주인이란 사람은 이상하네요. 주인어른이 거기로 갈 때면 상당히 기분이 좋아서 돈을 많이 주고 밖으로 놀러 가게 한다지요. 평범한 사람이라면 이상하다고 생각할 법한데도 아무것도 모르다니 정말 불쌍하지만 평범한 남자가 아니에요."

"그러면 아이는 금방 생길 거예요."

"어느 쪽의 아이인지 알 수 없죠. 짐승같아요."

유미는 뱉어버리듯이 말했지만 말만큼 그런 패륜에 상처 입은 것은 아니었다. 유미의 말로 상처를 입은 것은 스가였다.

"그것만은 젊은 주인님의 아이겠지요. 주인어른은 아이를 만들지 못하는 몸이라고 사모님이 말씀하셨어요. 나도 그렇게 생각해요. 나는 몸이 약하지만 유미씨는 이와모토씨와 함께 되면 금방 아이가 생길 거예요."

"그렇죠, 그럴지도 모르겠네요. 하지만 아이가 생기지 않아도 하고 있는 것은 같잖아요."

"그만둬요."

라고 스가는 억누르듯이 말했다.

"내 힘으로는 어떻게도 되지 않는 것을 그렇게 단호하게 말하지 말아줘요. 당신은 여기를 떠날 사람이지만 나는 여기에 쭉 있지 않으면 안 되니까요. 배려가 없다고 생각해요."

스가는 검은 눈동자를 원망스러운 듯 쳐다보고 유미의 손을 강하게 잡아 쥐었다.

친정으로 돌아간 지 두 달이 지나서 유미는 이와모토의 다무라쵸 집으로 시집갔다.

마침 장맛비가 내리던 밤이었다. 피로연에 초대받아 간 도모는 9시 넘어 인력거로 돌아왔다.

유키토모는 출입하는 의사를 상대로 바둑을 두고 있었지만 도

모가 인사를 하자 긴 손가락으로 바둑돌을 낀 채로 뒤돌아보고

"어땠어? 유미는 신부답게 잘했어?"

라고 돌을 바둑판에 두었다. 이긴 듯 기분 좋은 목소리였다.

"예복에 꽃비녀만 꽂고 정갈하고 기품 있는 신부였어요."

라고 도모는 옆에 있는 스가 쪽으로 말하자 유키토모는 웃으며 끄덕였다. 스가는 도모의 말에 건성으로 대답하면서 유키토모의 관자놀이가 늘어져 눈에 띄게 노인처럼 보이는 옆얼굴에 뭔가 변화를 찾아내려고 쳐다보고 있었지만 아무 인연도 없는 여자의 결혼이야기를 듣고 있는 듯이 변화 없는 얼굴표정이었다.

이와모토는 그 후도 변함없이 시라카와의 집으로 일을 보러 왔기에 그때마다 도모와 스가가 유미의 소식을 묻자 부끄러운 듯 손을 비비면서

"덕분에 잘 지내고 있습니다."

라고 고개를 움츠리며 대답했다.

"유미씨가 이와모토씨와 있으면 금불상과 벤텐상[40] 이 나란히 있는 거지요. 그야 즐겁겠지요."

본가로 놀러 왔을 때 미야는 이와모토의 행복한 이야기를 듣고 쓸데없는 웃음을 지으며 무슨 생각인지 유키토모에게

"아버님, 한번 그 가게에 가 봐요. 스가씨도 아직 간 적이 없잖

---

40 재복을 관장하는 여신으로 불리며 변재천(弁財天)이라고도 함. 일본의 칠복신(七福神)의 하나로서 신앙의 대상.

아요?"

라고 스가를 흘겨봤다.

스가는 한번 유미의 집을 방문하고 싶다고 생각했지만 미야와 유키토모와 함께 가는 것은 싫어서 애매하게 대답을 흐렸다. 미야는 그게 재밌다는 듯

"아버님, 괜찮죠? 그냥 오늘 가보지 않으시겠어요? 유미씨는 다무라쵸니까 돌아오는 길에 긴자에 들러 텐쇼도天賞堂[41] 에서 머리장식품이라도 보고 와요."

라고 졸랐다.

"유미네는 가게를 하고 있어서 재밌지는 않아. 장사의 방해가 되면 안 되잖아."

"그러니까 잠시만 들르면 되지 않아요? 그리고 긴자로 가면 되지요."

"긴자에 미야와 나가면 무서워."

라고 유키토모는 웃었다. 스기는 아무도 곁에 없다는 듯, 젊은 게이샤가 지나가는 남자에게 애교를 부리는 것 같은 말투와 동작의 미야를 보고 그녀가 들뜬 만큼 왠지 기분이 무겁게 내려앉아 가는 것을 느낀다.

결국 그날 유키토모는 미야와 스가를 데리고 집을 나섰다. 파랗게 맑은 하늘에 솔개의 울음이 피리처럼 울리고 있는 상쾌한 가

---

41 메이지12년에 창업한 긴자의 노포. 주로 보석, 시계 등을 취급하는 가게.

을 오후였다.

다무라쵸에서 신바시로 향하는 큰길을 왼쪽으로 돌자 골목에 이와모토의 가게는 있었다. 작게 이은 판자 사이로 검게 칠을 한 새로운 상자가 몇 개나 이었다. 일하는 아이 두 명이 판자 사이에 앉아 가늘게 자른 대나무를 맞추거나 종이를 바른 위에 칠을 하거나 하는 일을 했다.

이와모토는 주문을 받으러 나가고 없었다. 등나무색 장식의 머리를 틀어 올리고 줄무늬 외투를 단정히 입은 유미가 인력거에서 내린 세 명을 가게 구석의 거실로 안내했다.

"이 장사는 기술자가 되어야 해서 익숙하지 않아 지쳐요."

라고 말하고, 유미는 맑게 웃으면서 긴 화로 옆에 앉아 차를 준비했다.

"오늘은 어디로 가세요?"

"너희 가게를 미야가 보고 싶다고 말해서 나온 거야. 젊은 사람과 함께하는 것은 노인에게는 점점 힘들어져. 경기가 좋은 것 같아 다행이구나."

"신경써 주신 덕분입니다."

라고 말하고 유미는 가볍게 머리를 숙였다.

긴자로 나가서 식사를 함께하지 않겠냐고 유키토모는 말해봤지만 유미는 가게가 바쁘다는 구실로 거절했다. 유키토모도 유미가 거절할 것을 알고 그렇게 말해 본 것으로 1시간정도 지나 세 명은 유미에게 배웅 받으며 가게를 나왔다.

쓰치하시土橋 쪽으로 향해서 걷기 시작하자 금세 미야가

"유미씨 이제 이거네요."

하고 오비 위를 손으로 크게 부풀리듯 보였다.

"그래요? 나는 전혀 눈치채치 못했어요."

라고 말하면서 스가는 눈부시다는 듯이 깜박였다. 생각해 보니 그 집에 있을 동안 유미가 앞치마를 벗지 않았다는 것이 그때 이해되었다. 미야의 빠른 눈치가 음란한 육욕을 말하고 있는 것 같이 느껴져 동시에 유미의 태아가 유키토모의 아이가 아닐까하는 의혹이 스가의 머리를 스쳤다. 그것은 나란히 걷고 있는 미야가 임신했을 때에도 느낄 의혹이었다. 그럴 일이 없다는 걸 알고 있으면서 그런 상상은 지끈거리는 이의 뿌리를 힘껏 누르는 통쾌함 따위를 스가에게 안겨주었다. 미치마사와 또 한 명의 남편인 이와모토에게 비웃어주고 싶은 거다. 아이를 잉태한 여자의 배를 가르며 웃는 독부와 같이 한없이 차갑고 한없이 아름다운 웃음을 스가는 공상했다.

유키토모는 여자들의 이야기를 귀에 담지 않고 지팡이를 짚고 슬슬 걸어간다. 앞에서 보면 완전히 나이 들었다고 생각하지만 걸음걸이는 젊고 등도 빳빳하다.

이듬해 백중날 유미는 갓난아이를 안고 시라카와집으로 왔다.

마침 그날 미야도 아이를 데리고 본가로 와 있었다. 미야가 낳은 가즈야和也는 다카오와 두 살 차이로 유미의 장남 나오이치直─

하고는 한 살 위였다.

　나오이치가 달걀껍질을 벗겨놓은 듯한 예쁜 얼굴을 하고 있는 것을 보고 미야는 눈을 가늘게 뜨고 어르듯이

　"나오이치는 정말 잘생겼네. 크면 여자를 꽤나 울리겠네요."

　라고 말했다. 그럴 때 미야의 녹을 듯 부드러운 웃는 얼굴은 천진난만하여 조심성있는 도모조차도 그만 빠져들어서 미소 짓게 한다.

　도모는 유모와 함께 여기저기를 뛰어다니고 있는 다카오에게 계속 눈을 떼지 못하고 미야와 유미가 각각 안고 있는 것이 남자아이인 것을 이상하다는 듯이 바라보았다.

　다카오, 가즈야, 나오이치. 이 세 명이 성장해서 제각각 성인이 되는 건가라고 생각하면 도모는 새삼스레 놀란다. 그것은 청년이 된 다카오의 늠름한 모습을 공상할 때와 전혀 다른 불쾌한 감각이었다. 눈앞에 웃고 얼굴을 찡그리거나 아무 생각 없이 움직이고 있는 작은 생물이 언젠가 유키토모와 같은 미치마사와 같은 이와모토와 같은 세상에 넘쳐나고 있는 남자로 변해갈 것이 불쾌한 것이다.

　도모는 문득 아이들을 보고 있는 사이에 스가의 빈 무릎을 보았다. 그 무릎은 공허하게 보이고 스가의 얼굴보다도 훨씬 스가의 고독을 잘 말해주고 있었다.

　"유미가 시집가서 스가도 부러운 것이 아닐까. 인연이 생기면 시집보내도 괜찮아."

　2,3일전 다카오에게 연못 잉어를 보여 줄때 자연스레 유키토모

가 흘린 말이 도모의 가슴에 무겁게 걸려 있다. 요즈음 스가는 사람이 있을 때에도 멍히 하늘을 보고 있을 때가 많다. 그렇지 않으면 방에 틀어박혀 울고 있기도 하고 눈가가 부어있는 것을 볼 일이 많았다. 유미가 시집간 외로움과 유키토모에게 총애를 받는 미야의 들뜬 모습을 보는 괴로움, 이 둘이 이유겠지하고 도모는 추측한다. 그런 스가의 말로 하지 않는 슬금슬금 몸에 번져 오는 저항이 유키토모에게는 곤란한 것일까?

"하지만 스가는 유미와는 달라요. 저 아이는 월경도 불순하고 바깥으로 시집을 보내도 아이는 생기지 않을 거예요. 저로서도 당신을 평생 모실 이는 저 아이라고 생각해요."

도모는 겨우 거기까지 말하고 땀을 흘렸다. 말 속에 담겨있는 비난이 유키토모에게 아프게 느껴지지는 않을까하고 생각했지만 유키토모는 애매하게 끄덕일 뿐으로 답은 하지 않고 퐁퐁 물 위로 손을 적시고

"거기 잉어가 온다, 와." 라고 다카오의 어깨를 토닥였다.

유키토모에게 이제 '버려도 될 여자'가 된 스가가 도모는 불쌍하기 그지없었다. 유미는 버려져도 새로운 남편을 갖고 아이를 낳을 수 있는 여자였고 미야는 아마도 어떤 남자와도 질리지 않고 사랑받을 수 있는 여자이다.

스가는 월경도 없을 때 유키토모의 첩이 되어서 아마도 그것으로 어머니가 될 기능이 훼손되었을 것이다. 서른을 넘겨 미모도 예전만 못한 스가가 지금 이 집을 나가 게이샤가 될 일도 없고 결혼

해도 저런 병든 몸으로는 아마도 유미와 같이 순탄하게는 되지 않을 것이다. '그늘'의 생활을 꺼리면서 이 집에 거북한 자신과 함께 유키토모 한 사람을 지키며 나이 들어가는 것이 스가의 궁극적 운명인 것을 생각하자 도모는 암담한 심정이 되었다. 그러한 심정을 도모의 입으로 말해본들 스가는 도모가 자신의 사정만 생각하고 있다고 마음 상해할 뿐이다.

"나를 이런 운명으로 데려온 것은 당신이에요." 스가의 증오에 찬 눈이 호소하고 있는 것을 도모는 알고 있다. 스가가 도모를 원망하는 만큼 유키토모를 원망하고 있지 않은 것도 도모는 쓴 웃음 짓게 한다.

지금 세 명의 남자 아이를 보고 문득 느낀 기묘한 혐오에서 아이를 안고 있지 않은 스가의 빈 무릎을 도모는 안도하며 바라보았다. 아이 따위 없는 편이 나아, 낳지 않는 편이 업을 짓지 않는 거라고 도모는 스가에게 속삭여주고 싶었다.

청매초青梅抄

높이 있는 집 뒤로 서향의 언덕 중간에 잡초가 무성히 자란 평지가 남아있었다. 청일전쟁이 끝나고 얼마 있지 않아 유키토모가 이 외국인주택을 사서 옮겨 왔을 때 저택 안은 번잡해도 괜찮다고 해서 이 공터에 매실, 복숭아, 비와, 은행, 감 등 어린 나무를 많이 심었고, 그것이 10여년이 지난 지금 모두 상당한 나무가 되어 초여름에서 가을에 걸쳐 해마다 늘어나는 손자들이 나무에 오르거나 열매를 따서 먹거나 하는 좋은 놀이 장소가 되어 있다.

시라카와는 호소가와번의 고용인의 집에서 태어났지만 가문이 황로黃櫨 무사였기에 번의 재정 일부를 담당하고 있던 황로밀黃櫨蠟의 원료로서 황로밭을 어렸을 때부터 특별히 관심을 갖고 보고 자랐다. 그 때문인지 황로뿐만 아니라 나무에 친숙하고 특히 열매가 되는 나무는 부귀의 상징으로 깊이 인식하고 있었다. 후쿠시마현청에 근무했을 때에도 관사의 뒤를 과수원으로 하여 현의 농사시험소에서 그즈음 재배하기 시작한 서양종의 벚꽃과 사과의 나무를 가져와서 심기도 했다. 그 때는 큰 앵두와 새빨간 사과가 열매 맺는 것을 신기하게 바라봤지만 60을 넘긴 현재 도쿄시내에 2000여 평에 이르는 저택을 가지고 과실을 맛보는 재미는 특별했다.

나무 중에는 야매野梅가 가장 많아 이것이 노랗게 익기를 기다리지 않고 떨어뜨려 나무통에 담가둔다. 매실장아찌梅干し는 매년 인사말을 붙여서 다른 통에 넣어 친척에게도 나눠주지만 그래도 남아 오래 될수록 부드러워져서 새콤달콤해지기에 유키토모는 보양식의 하나로 그것을 매일 아침 식사에 먹는 것을 잊지 않는다.

여름장마가 개인 오늘은 그 청매를 떨어뜨리는 날이었다.

마침 토요일로 소학생인 다카오와 별택에서 놀러 온 배다른 동생 가즈야와 도모야朋也가 스가와 하녀들과 어울려 나무를 흔들거나 장대를 갖고 다니거나 청매너머 햇살이 가늘게 흔들리는 사이를 뛰어다니고 있다.

가장 큰 매실나무 두 개가 퍼져있고 그 위에 젊은 남자가 넓게 밟고 있는 발이 가늘게 보이고 얼굴은 이파리에 가려져 있다.

"곤노紺野씨, 아직 있어요? 그 나무에는 꽤 열려 있네요."

감색 플란넬의 줄무늬 단의를 몸에 걸쳐 불룩해 보이는 스가가 흔들리고 있는 가지를 쳐다보고 말을 걸자 이파리 사이로 은녹색 안경을 한 야윈 얼굴이 엿보이며

"아직 많아요. 2, 3홉은 딸 수 있어요."

라고 얇은 입술에서 흰 이를 드러내며 웃었다.

"이제 이만하면 돼요. 지금까지 것만도 이미 석 되 가까워요. 매년 매실장아찌만 늘어나도 소용없어요."

"곤노 이제 내려와, 뒤 잔디밭으로 가서 공놀이해."

"음 이제 질렸어. 매실을 줍는 거. 곤노씨, 내려와요"

같은 손자라도 본가에서 조부모가 키우고 있는 장남의 다카오 와 별택에 있는 가즈야는 서생을 부르는 호칭도 달랐다. 곤노는 그 렇게 말해도 나무에서 떨어지지 않고

"이제 조금만 더하면 되요, 도련님들 먼저 가세요. 이것을 떨 어뜨리지 않으면 할머님한테 혼나요."

라고 말하고 아직 가지를 흔들고 있다.

다카오 무리는 나무 아래에서 모여서 떠들고 있었지만

"그럼 나중에 와."

"잔디에 있을 테니."

라고 말하면서 힘차게 언덕을 달려 올라가버렸다.

"이제 정말 괜찮아요. 곤노씨. 적당히 하고 내려와서 쉬어요. 오늘 학교 시험이 있다고 말하지 않았어요?"

"예. 하지만 6시부터니까요."

"그럼 시험을 치기 전에 마음을 차분히 해서 공부해야 돼요."

"괜찮습니다."

라고 웃으면서 나무 위에서 곤노는 한 발 한 발 가지의 옹이를 발판으로 하여 마지막 2,3척에서 땅으로 뛰어 내렸다.

"노부씨도 요시씨도 그것을 부엌으로 가져가서 씻어주세요."

스가가 일러두자 하녀들은 무겁게 장대를 안고 엉거주춤한 모습으로 언덕을 올라갔다.

"잎을 꽤나 흔들었네요. 푸릇한 향기가 나네요."

스가는 그렇게 말하면서 빗자루를 들고 떨어진 매실나무의 잎을 쓸기 시작했다.

"사모님, 제가 하겠습니다."

"이니요, 당신은 좀 쉬세요."

"당치도 않습니다. 사모님은 2, 3일전에도 두통으로 누워 계시지 않으셨습니까? 현기증이라도 나면 안 됩니다. 사모님."

곤노는 빗자루를 억지로 스가의 손에서 빼앗아 서둘러 쓸기 시작했다.

스가는 곤노가 빗자루로 쓸고 있는 풀 냄새가 맴도는 땅을 응시하고 있었지만

"그러지 마세요. 곤노씨, 사모님이라고 부르다니."라고 눈을 아래로 한 채 말했다.

"아!"

라고 입안으로 말하고 곤노는 빗자를 든 루 손을 멈췄다.

"죄송합니다. 그만 입버릇이 되어 버렸어. 하지만 지금은 없으니까 괜찮지 않아요?"

"없어도. 누군가가 듣고 말해요. 내가 힘드니까요."

"호, 또 이 집에 사모님은 두 명은 없다고 말하겠지요. 다들 큰 사모님은 서태후라고 말해요. 이상한 아주머니예요."

"어머, 아주머니라뇨, 안돼요. 곤노씨, 주인님을."

"주인님은 주인어른뿐이에요. 나는 아주머니가 당신을 스가, 스가라고 하녀처럼 부르는 것이 정말 싫어요. 사모님 사모님이라고 부르지만 그 사람은 지금 주인어른과는 타인이잖아요. 당신이야말로 정말 사모님이 아닌가요?"

곤노가 말하는 것을 스가는 매실나무에 손을 대고 정원 게다를 흰 발끝으로 가지고 놀면서 듣고 있다.

젊은 약학생인 곤노의 입에서 나오는 말은 부어있는 치근을 힘껏 누르는 듯 상쾌한 통증으로 스가의 마음을 흔들고 있는 것이다.

"그런 말을 해서는 안 돼요. 사모님은 주인어른보다 훨씬 심지가 굳은 분이니까요. 그리 보여도 주인어른도 인정하고 계셔요. 당신도 사모님에게 미움을 사면 이 저택에는 있을 수 없어요."

"바보 같아요."

곤노는 화난 얼굴로 다 쓴 빗자루를 휙 하고 던졌다.

"스가씨가 지나치게 어른스러운 겁니다. 주인어른에게 넌지시 말해서 저 아주머니를 눌러버리면 되잖아요."

"그런 일 나는 할 수 없어요."

스가는 푸르스름한 그늘진 큰 눈을 음울하게 뜨고 중얼거렸다.

곤노는 2, 3일전에 도모의 심부름으로 구청에 가서 서류를 도모에게 건넸어야 했지만 도모가 부재중이어서 스가한테 건넸다. 돌아온 뒤에 도모는 복도에서 걸어가는 곤노를 불러 세웠다.

"곤노씨, 좀 전 구청의 용무는 마쳤어요?"

"네, 서류를 들고 왔습니다만 안 계셔서 사모님한테 건넸습니다."

곤노는 평소에도 도모가 말을 거는 일이 왠지 몸이 굳는 듯해서 그 때도 어깨를 움츠리고 잘라 말했다.

"그랬어요. 스가에게 건넸군요."

"네."

고노가 자리를 뜨려고 하지 도모는 가볍게 기침을 하고 불러 세웠다.

"잠시 곤노씨, 당신에게 주의를 주겠어요. 스가를 사모님이라고 부르지 마세요. 이 집에서 사모님은 나 혼자니까요. 호칭이 엉망이 되면 집안 단속이 안 되니까요."

도모의 말은 온화했지만 곤노는 머리를 세게 망치로 맞은 듯이 당황했다. 알겠다고 머리를 숙이면서 틈으로 훔쳐보니 도모의 누런빛을 띤 홀쭉한 뺨은 평소와 같이 느긋하게 안정되어 두터운 눈꺼풀의 어렴풋한 붓기가 보였다.

1년 전 약학교 야학으로 갈 시간과 학비를 내 준다는 조건으로 시라카와집에 서생으로 들어온 곤노는 하녀들과 출입하는 자들이 부르는 대로 스가를 "스가씨"라고 불렀다. 그 호칭이 하녀들의 우두머리같이 스가는 집과 땅 관리로 외출이 잦은 도모를 대신하여 유키토모를 돌보거나 집안의 지도를 하거나 거실과 부엌 사이를 언제나 지루한 듯 움직이고 있다. 용무가 없을 때는 거실의 화로 앞에 앉아 긴담뱃대로 담배를 한 대 하거나 유키토모한테 책과 신문을 읽어주기도 했다. 밤에는 물론 유키토모의 침실로 자신의 이부자리를 깔고 자지만 그 외에 스가의 시라카와가에서의 위치를 가장 선명하게 나타내고 있는 것은 식사 시간의 자리였다.

유키토모를 상좌에 도모, 다카오, 장남 미치마사와 아내 미야 그 아이들이 별택에서 와있을 때는 또 그 순서로 한 사람 한 사람 앉은 앞에 옻칠을 한 밥그릇이 하나하나 놓이고 하녀는 자리 한 가운데 밥통을 놓고 앉는다. 스가의 밥그릇은 따로 준비되지 않는다. 스가는 하녀에게 등을 보이고 유키토모의 밥그릇 앞에 앉아 유키토모가 밥을 뜨면 생선을 발라 주거나 하면서 자신의 반찬도 같은 그릇에 올려서 식사를 마치는 것이다.

노인 유키토모가 젊은 스가를 앞에 앉게 하고 하나의 그릇으로 젓가락을 움직이고 있으면 아내도 딸도 보이지 않는 일종의 익숙한 남녀관계가 거기에 번져 있어서 보고 있는 자들은 한눈에 스가가 어떤 존재인지를 납득하게 된다.

곤노도 이 광경을 보고 "스가씨"라는 호칭 속에 하녀와 집안에 출입하는 자들이 갖고 있는 미묘한 느낌을 이해하게 되었다. 9명 형제 중에 3남으로 태어나 고등소학교를 나오자 한동안 지바의 약국에서 고용살이를 했던 곤노는 약제사의 면허를 따려고 뜻을 세우고 도쿄로 나온 뒤도 2, 3번 남의 집살이를 했다. 집 안의 권력이 어디에 있는지 어느 줄을 잡으면 편할지는 경박하지만 빨리 알아채고 복잡한 가족관계의 미묘한 틈에 교묘하게 자신을 끼워 넣어 이용하는 것도 곤노는 알고 있었다. 조금 익숙해진 시라카와 집안의 절대권력자가 유키토모인 것, 도모는 지배인과 같은 지위에 있고 남편과의 관계는 얇은 것, 사실상 유키토모의 사랑을 얻고 있는 것은 스가와 손자 다카오인 것을 이미 기민하게 알아버렸다.

다카오에게는 유키토모도 도모도 너그럽고 스가도 유키토모의 의중을 알고 유모와 마찬가지 고생을 하기에 우선 무엇을 해도 다카오, 다카오라고 달래고 어르면 틀림없는 것이다. 곤노의 처지라고 하면 아무도 의지할 사람이 없는 젊은 남자로 바느질 하나도 하녀에게 부탁할 수밖에 없고 그렇게 하려면 도모나 스가에게 말을 거는 편이 빠르다.

도모는 조용하고 허술하지 않아 속을 알 수 없고 곤노에게는 언제나 편하지 않지만 스가는 입이 무겁고 동작에는 언제나 크고 묵색의 그림자가 번져 있어서 이 집에서 스가의 채워지지 않는 생각이 훤히 보이는 것이다.

"스가씨도 여기를 벗어나 집 한 채를 가지면 좋을 텐데요. 그러면 첩이라도 자신의 집에서는 부인으로 행세할 수 있잖아요."

라고 곤노는 어느 날 다카오의 유모 마키에게 말해 보자 마키는 고개를 저으며

"그 사람에게는 그런 재능은 없어. 조용하고 무뚝뚝하여 마음을 알 수 없는 사람이지만 어쨌든 15살에 고용인으로 와서 20년 가까이 이 집에 있었으니까. 주인을 움직일 만한 능력 따위 있을 리 없어. 게다가 주인어른은 옛날부터 자기 마음대로여서 자신의 것이라고 정한 여자를 밖으로 내치는 것은 싫어해. 요즈음은 나이도 나이여서 더욱이 그렇고 아이는 없어도 스가씨도 앞날을 생각하면 가여운 사람이야."라고 설명해 주었다.

곤노가 스가를 "사모님"이라고 부르거나 "젊은 사모님"이라고 사람들에게 말하거나 한 것은 그러고 얼마 있지 않아서였다.

처음 그저 말해봤지만 스가는 깜짝 놀라서 눈을 빤히 뜨고 그만두라고 말할 심산인지 무의식적으로 입을 반 정도 벌린 채로 꼴깍 침을 삼키고 그대로 듣고 지나쳤다.

그러나 그 찰나에 경직된 스가의 얼굴에 순간적으로 번개처럼 스친 환희의 빛을 곤노는 놓치지 않았다.

"곤노씨, 주인어른이 당신의 옷이 너무 추워 보인다고 말씀하셔서 이 천을 한 필 샀어요. 요시씨에게 부탁할 거니까 다 되면 갈아입어요."

스가는 유키토모의 명령이어서 한다는 식으로 차분한 모습으

로 천을 곤노에게 보였다. 실제로는 스가가 유키토모에게 말을 넣었던 것이다.

"다카오가 곤노씨와 함께 자주 외출하는데 그 사람 행색이 볼품없어서 못 보겠어요. 서생의 행색까지 일일이 말하기도 그렇고요."

라고 슬쩍 눈썹을 모으고 말하자 유키토모는

"눈치가 없네. 그런 일은 네가 알아서 해 주면 되잖아. 이 집 사람이라고 아는데 바깥사람들이 뭐라고 하겠어?"

라고 야단쳤다.

곤노가 "사모님"이라고 말했다고 해서 설마 다른 하녀들과 출입하는 자들이 호칭을 바꿀 일은 없다. 또 그렇게 모두가 호칭을 바꾼다면 스가는 자신이 그것을 그만두게 해야 되는 것을 알고 있다.

그래서 곤노의 "사모님"이라고 부르는 목소리는 뭐라고 할 수 없는 유쾌함에 스가의 귀를 간질이는 것이다.

스가는 아무리 집에서 총애 받아도 정실부인과 함께 한 지붕 아래 있는 생활로는 자신을 햇살에 자신을 드러낼 수 없다. 언제나 도모의 그늘에 가려서 욕구에 목을 움츠리고 눈만 응시하고 있다.

그 주체할 수 없는 배고픈 마음을 도모는 물론 유키토모조차 전혀 알지 못한다.

곤노의 경박한 아첨의 말은 그런 스가의 마음에 벌레처럼 좀먹어갔다.

스가가 호의를 갖게 되기 시작하니 곤노는 도모의 흉을 노골적으로 스가에게 말하게 되었다.

곤노가 민망할 정도로 도모의 흉을 봐서 스가는 오히려 도모를 변호했다. 스가는 자신이 변호할 만큼 마음이 고운, 첩답지 않은 여자로 생각되어 즐거웠지만 줄다리기 같은 팽팽함 속에 곤노와의 사이가 점점 가까워지는 것을 스가는 느끼지 못했다.

여자의 남자에 대한 기질을 인형역과 어머니역 두 가지로 나누는 분류법으로 말하면 아직 아이 같은 마음이 있는 나이에 서른이나 연상의 유키토모의 애정을 받고 의지하여 온 스가는 당연히 인형역 형으로 곤노와 같은 자신보다 열 살이나 연하의 남자를 귀여워할 성격은 아니었다. 유키토모를 익숙하게 보아온 탓인지 곤노는 너무 남자로서 관록이 모자라고 불면 날아갈 것 같다. 아니 그런 비교를 자세히 해 본적도 없을 정도로 스가는 처음 곤노를 가볍게 봤을 것이지만 곤노가 도모의 흉을보고 나서 곤노의 얼굴도 몸도 얇고 가벼운데 그것과는 별개로 강한 충격을 스가에게 불어넣었던 것이다.

곤노는 스가가 치질 때문에 계절이 바뀌면 아프거나 열이 나지만, 남에게 알리고 싶지 않은 병인만큼 고생한다는 것을 알았다. 그리고는 약국에 친한 약제사가 있는 것을 다행히 익숙하지 않은 한방약의 탕제를 갖고 와서 몰래 스가에게 건넸다. 스가가 돈을 지불하려고 하자 하얀 손가락을 펴고 물리치며

"괜찮아요, 괜찮아요. 그것보다 서태후가 알면 시끄러워지니

까 조용히 드세요."

라고 말하고 달아났다. 다른 사람이 이런 사실을 알면 스가는 자신이 유키토모라는 보호자로부터 사랑받지 못하는 안타까움을 느낄 것이나 곤노의 경우만은 스가는 그 약을 가만히 그릇에 옮겨서 소중히 끓여 마셨다.

"신기한 냄새가 나는 약이네. 중장탕中将湯[42]이 아니냐."

라고 유키토모가 놀린 적이 있어서도 스가는 미소지으며

"친정의 올케언니가 제 몸에 좋다고 보내왔어요. 무슨 이름의 약일까요."

라고 답했다. 그럴 때 빈번하게 떠오르는 음산한 엷은 웃음에는 요괴같은 요염함이 있어서 스가는 그 웃음으로 힘껏 유키토모에게 복수하고 있는 것이다.

별택의 미야는 미치마사와의 사이에 거의 연년생으로 아이를 낳았지만 그 다섯 명의 아이 중에 유키토모의 씨가 섞여있지 않다고는 말할 수 없다. 어리석은 미치마사는 아버지와 아내와의 사이를 꿈에도 모르지만 그런 비밀을 가지고 있어야 하는 필요만으로 미치마사는 요 몇 년 일찍이 아버지로부터 받아 본 적이 없는 후한 대우를 받고 있었다. 지금은 쓰나마치의 별택은 유키토모에게 아들의 집이 아니라 남에게 말할 수 없는 첩집이었다.

미야가 아이를 갖고 심한 입덧에 누워있을 때부터 산후 몸조리

---

42 부인약으로 열오름 불면 불안 등의 갱년기 장애와 냉증 등에 사용하는 생약제.

를 할 때까지 자신을 향한 유키토모의 애정을 스가는 요 몇 년 쓴 웃음을 하고 받고 있었다.

남자는 이런 것이구나 라고 억지로 자신을 이해시켜보지만 언제까지라도 끝없이 허우적대는 갑갑함이 스가의 마음을 둔하게 시들어가게 했다. 특별히 좋아하지도 않는 곤노를 뿌리치고 탄력 있게 움직이지 않는 것도 그 때문이었다.

"어머"

푸른 빛 속에 서 있는 스가는 갑자기 어깨를 움츠리듯이 고개를 흔들었다.

"무슨 일입니까?"

곤노는 스가의 목소리에 놀라서 다가왔다.

"아니, 뭔가 등에 아! 아니 움직이고 있어요. 곤노씨 좀 봐 줘요."

"무슨 일입니까? 벌레라도 들어갔나요?"

"싫어요! 기분이 이상해요. 오싹오싹해요."

"그럼 실례할게요."

라고 말하면서 곤노는 스가의 포동포동 살이 붙은 흰 등으로 손을 넣었다.

"어디입니까? 여깁니까?"

"아니요, 더 그 쪽으로요. 따끔거려요. 아아, 거기"

"뭐야, 송충이네요."

"오오, 싫어요!"

스가는 곤노의 손이 등에서 빠지자 몸을 떨었다,

곤노는 발아래에 버린 작은 매실 송충이를 게타로 밟아뭉개고

"하하하하 얼굴색이 변했어요. 겁쟁이네요. 송충이정도에."

"싫어요. 속담에도 송충이처럼 미움 받는다라는 말이 있잖아요."

스가는 아직 송충이가 옷깃에 기어가고 있듯이 양손을 올려 풍성한 머리의 뒷덜미를 쓸어 올리고 있다. 곤노에게는 스가의 눈구석에 떠있는 병든 얼굴의 아름다움보다도 지금 손에 스친 촉촉한 수분기를 머금은 새하얀 피부의 빨아들일 듯한 차가움이 이상하게 요염하게 심신을 전율시켰다.

"아직 따끔따끔거려요. 찔렸나봐요."

"어디 봐 볼게요."

곤노는 다시 한 번 스가의 등에 다가가려고 했지만 스가는 옷을 가다듬고

"괜찮아요. 저기 가서 요시씨에게 봐달라고 하고 약을 바를게요."

라고 말하고 총총히 걸어갔다.

쓰키지築地의 니시혼간지西本願寺 별원의 큰방에 사오십 명의 동행과 함께 앉아 도모는 단상의 강사가 설교하는 법화를 한 마디 한 마디 몸에 빨아들이듯이 열심히 듣고 있었다. 강사는 교토의 본산에서 파견되어 온 학승으로 짧게 깎은 머리 우락부락한 얼굴 높

은 도수의 빛나는 근시안경에 검은 윗옷 위에 가는 가사를 걸치고 있었다.

강연은 '이다이케イダイケ부인의 신앙'에 관한 것이었다. 이다이케부인은 정토신앙을 부처가 설교한 첫 사람으로 정토진종의 교리에는 빠뜨릴 수 없는 인물이다.

불전에 의하면 이다이케부인과 빈바샤라왕 사이에는 아이가 없었다. 왕은 아이를 갖기 위해서 부처에게 기원했고, 고덕의 수행자가 왕의 왕자로 태어기로 예정되어 있었지만 그것은 행자의 사후에 관한 것인 것을 알렸다. 그 후 왕은 행자의 죽음을 기다리고 있었지만 몇 년이 지나도 죽을 것 같지는 않았다. 기다리다 못한 왕은 아이를 갖고 싶은 마음에 부인에게는 알리지 않고 부하에게 명령하여 그 행자를 죽였다. 그러자 기다렸다는 듯이 이다이케부인은 회임을 하고 왕자를 낳았다.

빈바샤라왕은 매우 기뻐하며 왕자를 아쟈세태자로 이름 짓고 총애했지만 아쟈세는 어릴 때부터 성격이 사나워서 아버지인 왕을 원수처럼 미워하고 성장했다. 야만적인 힘을 무제한적으로 발휘하여 끝내는 부왕을 감옥에 가두고 음식을 끊어 죽이려고 했다.

빈바샤라왕의 고생은 물론이지만 자신이 낳은 아이가 자신의 남편인 아버지를 학대하고 죽이려고 하는 무참한 행위를 눈앞에서 보고도 막을 수 없는 이다이케부인의 고뇌는 말로 다 할 수 없다. 부인이자 왕비는 강력한 폭군의 어머니이다. 인간의 명예와 부는 차고 넘쳐도 그녀의 마음은 매일 밤 끊임없이 업고에 고통 받고 자신이 낳은 아이가 자신의 마음을 닮지 않은 이상함에 하늘을 우러르고 땅에 엎드려 괴로워하며 한탄했다.

부인은 남편의 목숨을 지키려고 자신의 몸 안에 꿀을 발라서 밤에 몰래 빈바샤라왕이 갇혀있는 감옥에 갔다. 어둠 속에 병든 남편에게 자신의 피부를 핥게 하여 근근히 목숨을 잇게 하였다. 그러나 그것도 결국 아쟈세가 알게 되어 그녀자신도 궁정의 깊은 구석에 감금되어 버렸다.

아들의 악을 조금이라도 막으려고 하는 일체의 행동은 금지되어 부인은 자신의 무력함을 통곡할 수밖에 없었다.

그때 부인의 전전하던 심신은 실로 지옥에 빠져있었다. 모든 조화 모든 이념은 산산조각으로 부서진 아비규환의 암흑무변세계이다. 이다이케부인은 그 암흑 속에서 보이지 않는 시계에 눈을 뜨고 무기력한 육체의 남아있는 미력한 힘으로 계속 기도했다. 그녀는 빛을 원했다. 절실히, 치열하게……. 부인은 훨씬 먼 땅에 있는 부처를 불렀다. "부처여, 부처여, 이 무력한 생명에 힘을 주세요. 어찌하여 이런 추한 비정상적인 인간 세계에 살아가는 노력을 하지 않으면 안 되는 것인가요?"

그러자 그 기도는 부처의 귀에 닿아 부처는 몇 백리를 떨어져 이다이케부인의 감옥으로 현신한 채로 빛나는 고귀한 모습으로 나타났다.

그리고 죽을 만큼 괴로워하는 부인에게 아쟈세의 출생에 관한 인연을 말하고 업보로 꼼짝할 수 없는 신심이 깊은 부인을 위해서 아미타여래를 믿는 자 앞에 드디어 열리는 광명찬란한 정토세계의 모습을 보였다. '관무량수경'이 이것이다.

이다이케부인의 고뇌는 지혜와 권력으로 어떻게 해결할 수 없는 인간의 어두운 업보에 연결되어 있다. 부인자신 총명한 자비심이 있지만 부인의 업보에 의한 악의 영혼을 몸 안에 가지고 있는 아이가 괴롭히는 처지에서 어떻게 도망칠 수도 없다. 가장 간단한 것은 부인이 아쟈세와 같은 마음이 되어 버리는 것이지만 부인이 아쟈세가 되는 것은 영원히 가능하지 않고 아쟈세와 하나가 되지 않는 한 부인의 정신 지옥도 영원히 해방되지 않을 것이다.

"부인은 이 때 권위도 물질도 지혜도 인간이 원하는 것은 실로 무력하고 허무한 것이라고 느끼고 그것만으로 더욱 이 지옥에서 해방되고 싶다는 희망은 열렬해 져서 석존을 불렀던 것입니다. 즉 자신의 힘으로 신앙을 얻는 길이 완전히 끊어진 범부의 대표로서 석존에 원하고 석존도 또 그 절대절명의 기원에 응하여 타력본원他力本願의 가르침을 부인에게 주었던 것입니다. 교조 신란죠닌親鸞上人[43] 의 탄이초歎異抄[44] 에 "선인이 구원받으니 악인은 더욱이 구원을 받는다."라고 말하는 것은 이런 의미이기에 인간은 바르게 산다고 해도 조금 눈을 크게 뜨고 보면 다양한 인연에 얽혀 생각지도 못한 악을 수도 없이 만들고 있어요. 그것은 자신의 힘으로는

---

43 가마쿠라시대 전반부터 중기에 걸쳐서 활약한 일본의 승려. 정토진종(浄土真宗) 의 교조.
44 가마쿠라시대 후기에 쓰여진 일본의 불교서. 작자는 신란의 제자 슈엔으로 알려지고 있다. 내용이 신란 사후 정토진종의 교단 안에서 일어난 이의, 이단을 한탄한 것.

어떻게도 할 수 없고 바깥에서 오는 빛, 미타의 소원에 의해서만 구해집니다. 그 소원을 나무아미타불의 여섯 자의 명호 안에 담겨져 있다고 믿는 것이 우리들의 신앙입니다."

강사는 또한 두셋의 실례를 들어 구체적으로 이다이케부인의 타력신앙을 증명하고 강단에서 내려왔다.

나란히 앉아 있는 부인들 중에는 법화 중에도 나무아미타불, 나무아미타불이라고 소리내어 외우는 사람도 있어서 그런 목소리가 끊임없이 이어지고 있었다. 강사가 물러나자 각자 앞에 놓인 다과를 조신하게 들면서 지금 법화에 관한 것보다 서로의 가족의 안부 등을 이야기하기 시작했다. '영녀교회슈女教会'는 중산층 이상의 부인을 회원으로 하는 신자집회로 한 달에 한 번 월례회에는 반드시 순번으로 오는 강사의 법화를 듣는다. 드물게 딸이나 젊은 부인을 데리고 오는 사람도 있지만 대개는 풍요로운 계급의 중년에서 노년의 부인들이 많고 때때로 자리하는 혼간지本願寺의 명성이 있는 재원이 학처럼 긴 목을 세우고 단정하게 앉아 있는 모습이 눈에 띌 정도였다.

도모는 친한 사업가의 부인과 세상 이야기를 몇 번 나누고 나서 주머니를 들고 다른 사람보다 한 발 앞서 자리에서 일어났다. 그리고서 고덴바쵸小伝馬町 대지의 땅값 인상에 관한 것을 의논하기 위해 지배인집에 들렀다.

본당 앞에서 손을 모으고 절을 한 뒤 넓은 경내를 빠져 신도미쵸新富町 쪽으로 걸으면서 도모는 지금 들은 이다이케부인의 신앙에 관해서 생각했다.

도모가 진종의 가르침에 다가간 것은 돌아가신 친정어머니로부터 늘 들어왔기 때문이다.

친정어머니는 벌써 십몇 년 전에 구마모토의 오빠집에서 돌아가시기 2, 3년 전에 한번 만나고 싶다고 해서 젊은 스가를 데리고 도모는 멀리 규슈까지 갔었다.

스가가 첩으로 온 것을 들은 어머니가 걱정을 해서 첩이라고 해도 두려운 여자가 아니다, 이런 순종적인 색시와 같은 아가씨라고, 직접 어머니의 눈으로 보면 안심할 것이라고 생각했다.

어머니는 도모의 계획대로 스가를 보고 예상이상으로 안심한 모습이었지만 그래도 이런 젊은 미인이 유키토모를 시중들며 한 집에서 살아갈 긴 세월을 생각하자 도모의 무거운 마음이 더욱 확실히 이해되는 모습이었다.

"인간이라는 것은 아무리 발버둥쳐도 마음대로 되지 않아. 너도 그런 것을 잘 받아들여라. 뭐든 무리하지 말고 아미타불에게 맡기는 마음을 잊어서는 안 된다."

어머니는 그렇게 말하고 진종에서 안심을 얻도록 도쿄로 돌아가도 혼간지로 갈 것을 갈 때마다 도모에게 가르쳤다.

그러나 도모가 그것을 실행하게 된 것은 어머니가 돌아가신 후였다. 어머니가 살아 있을 동안은 약속을 지키지 않아도 집안일에 바빠서 그런 마음의 여유가 없다고 스스로 변명을 할 수 있었지만 에쓰코도 시집가고 미치마사에게도 아내가 생기고 손자도 태어나

고 보니 돌아가신 어머니의 말을 지키지 않으면 죄송하다는 마음
이 의무감으로 생각되었다.

　그래도 처음은 어머니에 대한 의리로 참배하거나 법화를 듣거
나 했다. 유키토모의 방탕한 상황을 덮고 집의 기초를 흔들리게 해
서는 안 된다고 언제나 긴장을 늦추지 않는 노력을 해온 자신의 수
고는 아미타불의 소원 따위의 추상적인 말로 쉽게 해소되리라고
는 생각지 않았다.

　도모의 마음에 작은 신앙의 새싹이 문득 자라나기 시작한 것은
며느리 미야와 유키토모 사이에 불륜적인 관계가 있다는 것을 알
았을 때부터였다.

　미치마사의 정신박약에 가까운 극단의 이기적인 성격을 도모
는 이제까지 얼마나 슬퍼하고 미워했는지 모른다. 유키토모는 아
무리 폭군이어도 사회가 있고 타인이 있어 자신의 생활을 유지할
수 있다는 상식만은 충분히 갖고 있어서 그 의미로는 훌륭한 한 마
리의 수컷이지만 미치마사의 마음에는 도모가 신조로 삼고 살아
온 도리리든가 애정이라는 못이 마지 박혀있지 않은 것이다. 미
치마사는 타인과 어울리면 반드시 상대를 화내게 하고 자신의 아
내인 여자에 대해서도 육욕을 충족시킬 뿐이고 애정은 눈꼽만큼
도 없었다. 미야도 유키토모에게 회유되어 의외의 행복이 이 집안
에 있다는 것을 몰랐다면 아마도 지금까지 미치마사와 함께 있지
는 않았을 것이다. 도모는 미야와 유키토모의 관계를 처음 들었을
때는 시아버지에게 희롱당하고 희희낙락하는 미야를 근본이 썩은

한심한 여자라고 비난했다. 스가와 유미 외에도 끊임없이 여자 문제로 힘든 일을 겪어왔던 도모였지만 미야의 문제에 한해서는 새삼 곤혹스러웠다.

만약 미치마사가 이 일을 알아채고 어리석은 성질로 흉악하게 되면 이제까지 자신이 하나로 정리해 두었던 시라카와 가문의 체면은 엉망진창으로 무너져 버릴지도 모른다. 도모는 그 아래에 깔려서 망가지는 것보다도 자신이 보듬어 키워왔던 다카오가 상처 입을 일이 지금으로서는 무엇보다 두려운 것이다. 손자에게 이만큼의 애정을 쏟게 될 줄은 도모는 전혀 예상하지 않았다. 태어나자마자 어머니를 잃은 영아의 불쌍함이 애정으로 변했던 것이다. 어리석고 마음이 맞지 않는 미치마사의 아이라는 것은 조금도 거슬리지 않고 핏줄이라는 것이 더욱 귀엽고 더욱 애처롭게 어린 다카오를 느끼게 했다. 이 아이에 대한 맹목적이고 무제한적으로 솟아오르는 애정에 비교하면 미치마사와 에쓰코를 키울 때의 자신은 자식에 대해서 얼마나 차갑고 완고했던가?

도모는 다카오에게 쏟아붓는 애정의 깊이를 저울질하며 미치마사에게는 원래 그랬지만 미야에게도 스가에게도 새삼스레 미안함을 느꼈다. 스가가 봉오리 채 유키토모에게 꺾인 것도 미야가 어리석은 남편에게 만족하지 않고 유키토모에게 옮겨간 것도 증오보다 먼저 애처롭게 생각되는 것이다. 그래서 그녀들의 상대가 자신과 떼려야 뗄 수 없는 남편이고 아들인 것을 생각하자 도모는 괴로운 윤회의 업보에 눌려서 무력한 자신 안에 이다이케부인이 떨어진 지옥을 절실히 느끼고 순수하게 나무아미타불를 외우게 되는 것이다. 다카오에 대한 애정의 깊이도 남편과 아들, 첩, 며느리, 네 명의 남녀 사이에 자신도 함께 섞여서 저질러 온 어두운 원한도 도모는 너무 무거운 짐으로 느끼고 있다. 하지만 그 하나의 관계에도 자신의 고의로 들어간 것은 아니고 게다가 그 안에서 도망칠 수조차 없었다.

최근 도모에게는 또 하나의 걱정이 늘었다. 쓰나마치로 들렀을 때 이즈음 눈에 띄게 살이 붙은 미야가 태어난 지 얼마 되지 않은 다섯번째의 나미코奈美子에게 탐스런 젖을 먹이면서 들떠 이런 말을 하는 것이었다.

"어머니, 스가씨 결혼할 거라고 해요. 알고 계세요?"

"그럴 일 없어. 너는 누구한테서 들었니?"

도모는 아무렇지 않게 짧은 담뱃대를 화로에 털어냈지만 가슴에는 뭔가 짚이는 데가 있었다.

"아버님이 그렇게 말씀하셨어요. 스가는 우리집에 곤노가 마음에 든 모양이니까 조금 나이는 차이나지만 약학교를 졸업하면 서로 만나게 해서 약국이라고 내줄까하고 생각하고 있다고."

"그런 말을 하셨구나. 아마 농담일거야. 아무렴. 곤노는 스가와 열 살이나 차이나는데...... 호호호"

도모는 억지로 입으로 웃지만 미야는 재밌다는 듯이 실눈을 하고 웃었다.

"하지만 결혼은 달라요. 좋아한다면 그것도 괜찮지만 아버님이 곤란하시겠지요. 지금에 와서 스가씨가 없어서는 그렇죠?"

미야는 자신이 숨기고 있는 것에는 당당하고 전혀 흔적도 보이지 않았다.

"곤란하지. 아버님은 괜찮아도 내가 곤란해. 이제 와서 새로운 여자를 집에 들일 수도 없고. 아니, 설마 스가도 그것은 대충 알고 있겠지만 곤노와 무슨 일은 없겠지."

도모는 억지로 이해하고 돌아갔지만 그 이후 스가가 곤노와 친하게 지내는 것을 가슴 두근두근하며 바라보게 되었다.

유키토모의 여자편력에 고민해 온 긴 세월 동안 도모는 자연스레 남녀의 육체관계의 유무를 간파하는 감을 갖게 되었다. 어쩐지 많은 사람들 속에 있을 때에는 그냥 아무런 사이가 아닌 남녀라도 자연스레 통하는 비밀스런 눈짓으로 금방 안다. 그 감으로 스가와 곤노 사이에는 아직 그런 비밀이 생기지 않았다는 것으로 도모는 판단했다.

단지 요즘에 와서 변한 것은 스가가 곤노에게 눈에 띄게 편을 드는데 조금도 유키토모를 의식하는 모습이 없고 유키토모도 또 스가와 곤노가 친한 것을 좋아하고 있는 듯이 보인다.

최근에도 곤노의 양친이 도쿄로 구경 오고 싶다는 편지가 곤노에게서 스가로 스가에게서 유키토모로 이어져서 금방 저택을 숙소로 해도 좋다는 것으로 되었다.

"시골사람이어서 하녀들에게 비웃음 사면 제가 부끄러우니까요."

라고 곤노는 계속 사양했지만 유키토모는 화내듯이 권유하며 불렀다.

"도쿄구경이니까 스가도 따라가 줘라. 수업중인 곤노 혼자서는 부모님도 불편할거니까."

라고 말하고 문갑에서 꽤나 많은 돈을 꺼내서 건넸다. 스가도 드물게 생기있는 모습으로

"그렇지요. 모처럼 오시니 아사쿠사랑 니쥬바시二重橋의 기념품이라도 사드려야지요. 이제 곧 여름축제도 있으니 그날에는 구스미씨 집으로 가서 불꽃놀이라도 보여드리지요."

라고 말했다.

서생의 부모가 오는 데 그 정도로 대접하는 일은 없다고 도모는 의아했지만 그럴 때 참견을 하면 자신이 너무나도 까다로운 성격인 듯 남편이 싫어해서 묵묵히 있었다.

여름축제뿐만 아니라 연극과 에노시마, 가마쿠라까지 안내하고 그럴 때 스가는 정말 곤노의 아내라도 된 양 젊게 머리를 한껏 부풀리고 아카시면의 단의를 입고서 흰 피부를 너욱 돋보이게 하고 나갔다. 유키토모도 그것에 기분 나빠하지 않고 돌아오자 이것저것 시골출신의 부모가 놀란 모습 등 그날의 이야기를 듣고 재밌어했다. 스가가 젊었을 때 다른 남자와 잠시 말을 섞어도 기분 상해한 것과는 꽤나 달랐다. 유키토모는 스가가 젊은 미력한 남자와 사이좋은 것을 보고 즐길 정도의 나이가 든 것일까? 그렇지 않으면 미야가 있는 지금에는 곤노에게 보기 좋게 스가를 넘겨주고 싶은

것일까.

슬며시 스가에게 주의를 줄까하고 생각하지만 요즘 스가는 이상하게 신경이 서 있어서 그렇지 않아도 곤노의 일이라면 눈빛이 변하니까 도모는 곪은 것을 건드리지 말자하고 방관하고 있었다.

스가도 서른 중반을 넘기고 늦은 연애의 새싹이 몸 안에 자라나고 있는 것일까? 그래도 곤노와 같이 작은 재능만 있는데다 경박하고 배짱도 없는 남자에게 만약 스가가 정말 빠졌다고 한다면 끝내는 불행해 질 것임에 틀림없다. 그것을 어리석은 스가가 알지 못하는 것이 도모를 괴롭혔다. 그럴 때면 도모는 스가를 데리고 왔을 때 스가의 어머니에게 부탁받은 것이 떠올랐다.

도모는 어느 날 스가가 시장을 보러 간 뒤 곤노를 불러 슬며시 스가와 결혼할 마음이라도 있는지를 물어 보았다.

"당치도 않아요. 스가씨는 저보다도 열 살이나 위고 그리고 무엇보다 그 사람은 몸이 약해서 보통의 마누라의 역할은 못하잖아요. 저는 결혼하면 아이를 볼거니까 아이를 못 낳는 여자는 안 됩니다."

경박하게 보이는 웃음에 입술을 떨면서 곤노는 말했다. 오로지 스가를 건드린 듯 착각하는 것을 두려워하는 말투였다.

"그래? 그렇다면 괜찮아. 너도 앞길이 있으니까. 스가와 어떻게 된다면 양쪽을 위해서도 안타까운 결말을 내지 않으면 안 되니까. 남편은 너그러워보여도 그렇게 되면 꽤나 과감한 조치를 할 분이야."

도모는 미야에게 들은 유키토모의 생각은 조금도 내색하지 않고 곤노의 눈을 응시하며 말했다. 곤노가 스가를 사랑하고 있지 않다는 것을 간파하고 고압적으로 대했지만 곤노의 새파랗게 질린 은녹색 안경의 얼굴은 도모의 시선에 허둥대며 추하게 작아져 갔다.

곤노는 그 이후 눈에 띄게 스가에게 서먹서먹하게 대했다. 도모에게 주의 받은 것을 스가에게 먼저 고자질할 것 같은데 한마디도 말하지 않았다.

스가와의 사이가 이제 한발만 디디면 곤노도 다른 생각이 들었는지도 모르지만 한쪽으로는 이상할 정도로 친하게 보이면서 스가는 곤노와 둘이 되었을 때면 자신한테서 간격을 무리하게 두려고 하여 조금도 친해지지 않았다. 하숙집을 왕래하며 연상의 여자와 관계한 일이 있는 곤노에게는 스가의 그러한 적극성이 없는 것이 손에 잡히지 않고 하마터면 손을 뻗치면 차갑게 뿌리칠 것 같아서 옆으로 가지 못했다. 연상의 스가 안에 저장되어 있는 인형역이 곤노에게는 이해되지 않고 스가로부터 공연히 추커세워지는 것도 더욱 이해하기 어려웠다.

가을이 되고 얼마 있지 않아 스가는 지병의 치질로 앓아 누워 버렸다. 곤노는 방으로 다가가려고도 하지 않았다.

규슈 사족의 남존여비가 뼛속까지 스며들어 있는 유키토모는 스가가 병이 났을 때 옆으로 와서 자상하게 보살피는 애정의 표현방식은 젊을 때부터 한 적이 없다. 오히려 자신의 용무를 봐 줄 상대가 없어서 자유롭지 못한 것에서 기분 나빠하고 도모와 하녀를 야단치는 목소리가 스가가 누워 있는 방까지 들려왔다.

스가는 그럴 때만큼 돌아가신 어머니가 그리워서 자신의 고독을 절실히 느낄 때는 없었다. 변소로 갈 때마다 속이 거북할 정도의 다량의 피가 나오고 스가는 서 있지 못할 정도로 빈혈을 일으켰다.

"꽤나 안색이 좋지 않구나. 의사를 부르지 않아도 괜찮겠니?"

도모가 하루에 몇 번이나 베개맡에 와서 베개에 파묻혀 있는 스가의 백지장 같은 얼굴을 들여다보고 물었다.

"괜찮습니다. 늘 이러니까요. 일주일만 지나면 나아요."

스가는 평소 고양이 같은 음울함을 잊고 나약한 눈으로 도모를 올려다보고 말했다. 몸이 약한 눈으로 보면 도모의 가까이 댄 얼굴에도 평소의 경계심이 사라져 어머니 같은 애정이 듬뿍 담겨져 있었다.

"세면장으로 갈래? 혼자서는 걸을 수 없어. 나를 붙잡아."

고통에 눈썹을 모은 얼굴로 스가가 몸을 일으키려고 하자 도모는 당황하며 팔을 지탱해 주었다.

"죄송해요. 사모님. 다른 사람에게 부탁할게요."

"괜찮아. 신경쓰지 말아라."

도모는 비틀거리는 스가의 어깨에 손을 두르고 안아주었다. 여자 둘은 서로 엉키듯이 복도를 비틀거리며 걸어갔지만 스가가 변소에 들어간 뒤 도모는 불현듯 복도에도 자신의 옷자락에도 새빨간 피가 떨어져 있는 것을 발견했다. 도모는 얼굴이 굳어지며 그 피를 보았다. 스가의 몸에서 흐른 피다. 비참하고 더러운 느낌이 났다. 거기에 말할 수 없는 가여움이 도모를 사로잡았다.

도모는 가슴팍에서 종이를 꺼내서 그 피를 닦았다. 피는 몇 개나 몇 개나 작은 빨간 꽃처럼 다다미복도에 떨어져 있었다. 도모는 차례차례로 그 핏방울을 닦아냈다. 변소 안에서 흐릿하게 스가의 신음소리가 들렸다.

"무슨 일 있어? 괜찮니? 내가 들어가도 될까?"

신음소리만 내고 대답이 없기에 도모는 과감하게 문을 열고 안으로 들어갔다.

제3장

어머니가 다른 여동생異母妹

    시라카와 다카오는 고텐야마御殿山에 있는 집의 별채 2층 툇마루 곁에 등나무 의자를 꺼내 누워있었다. 거기는 동남쪽으로 접해 있는 구석방으로 시나가와의 바다에서 불어오는 바닷바람이 방 가득 퍼져가서 넓은 집 안에서도 가장 시원한 방이었다. 할머니 도모가 여름방학이 되면 일고一高의 기숙사에서 돌아오는 손자 다카오를 위해 여기를 거처로 정해두는 것도 내년에 대학 입학을 앞두고 조금이라도 편하게 공부할 수 있게 한 배려 때문이다.

    처마에는 발이 쳐져있는 재질이 좋은 스키야양식数寄屋造り[45]의 일본풍 방이 다카오의 방이 되면서 상자에 넣고 남은 양서와 일본서 잡지가 다다미에 쌓여있고 자단책상에도 잉크자국이 묻어서 심하게 살풍경한 모습으로 바뀌었지만 그것도 공부를 좋아하는 손자를 위한 것이라고 생각하면 도모에게는 소소하지 않은 즐거움이었다. 도모 자신은 겨우 후리가나의 문자를 읽을 수 있을 정도

---

45 다실이 있는 일본전통의 건축양식

의 교육밖에 받지 못했지만 다카오가 원하는 책이라면 할아버지 유키토모에게 의논하지도 않고 자신이 가진 돈으로 아낌없이 사 주었다. 그런 책이 이 방에 배달되어 다카오가 만족한 듯 페이지를 넘기는 얼굴을 보면 아름다운 옷을 젊은 여자가 즐겁게 바라보듯 도모는 만족하는 것이다.

다카오의 아버지 미치마사가 아버지와도 자신과도 닮지 않고, 무능력자로 평생을 은거하듯이 살고 있는 것이 승부욕이 강한 도모에게는 포기할 수 없는 무념함으로 남아 있었다. 그런 미치마사의 장남 다카오는 어릴 때부터 이해력이 있어서 부속중학교에서 일고로, 입학시험의 어려운 난문을 한 번도 실패하지 않고 술술 돌파한 것이 할아버지 유키토모에게도 도모에게도 거의 절망하고 있었던 직계 자손에 대한 기대를 돌이키게 했다. 미치마사의 전처가 다카오를 낳고 얼마 있지 않아 죽고 다카오는 별거하던 아버지와는 떨어져 조부모 아래에서 자란 것도 유키토모와 도모에게는 더욱 마음이 가는 즐거움이다.

어머니와 생활을 전혀 모르고 봉건군주와 같은 절대권력자인 할아버지의 집에서 할머니와 첩 스가, 유모 등의 손에서 손으로 자란 다카오에게는 비사교적인 음울함이 묻어 있었다. 강도의 근시 안경을 쓰고 볼이 홀쭉한 얼굴에는 젊은이다운 자연스런 싱싱함은 어디에도 찾아볼 수 없었다.

"젊은 주인님은 인간보다 책을 더 좋아하네요."

"저렇게 매일 책만 들여다보니 뭐가 재미있을까? 꾀죄죄해."

라고 변두리에서 자란 젊은 고용인들에게는 조롱받으면서 다카오는 그들 소녀들의 얼굴을 제대로 외우지도 않고 방에 있을 때면 책만 읽고 음울하게 말없이 있었다. 다른 것에는 관심도 없이 공부만 하는 공부벌레는 아니다. 머리가 영리해서 강의는 노트에 적고 일단 암기하면 시험 전에 당황한 적은 거의 없었다. 공부벌레라면 종이접기나 하고 있을 것이나 다카오는 대개 소설희곡이나 철학서나 종교서 등을 마음 가는 대로 탐독하고 있었다.

지금도 등나무 의자에 누워 다카오의 가슴 위에 올려져 있는 것은 등에 금색글자로 새겨진 소형 그리스비극의 영역본이었다.

다카오는 그 안의 소포클레스 '오이디푸스왕'을 막 읽었던 참이었다.

어머니 뱃속에 있을 때 "이 아이가 성인이 되면 아버지를 죽이고 어머니를 범할 것이다."라는 예언을 듣고 태어나자마자 생명을 끊을 예정이었던 오이디푸스가 이상하게도 살아남아 적국의 왕이 되어 아버지 나라를 공격하고 멸망시켜 아버지를 죽이고 어머니를 왕후로 맞으며 뒷날에 자신에게 약속된 배덕의 운명을 알게 된다. 오이디푸스는 알게 모르게 범한 추악한 죄악을 수치스러워하며 자신의 눈을 찔러 앞을 보지 못하는 처지가 되어 속죄의 길을 헤매게 되는 것이다. 인생에 약속된 피하기 힘든 '운명'과 그 자각되지 못하는 업보를 말하고 있는 점으로 이 극은 불교의 아쟈세 태자이야기와 크리스트교의 중세전설과 궤를 같이 한다.

실제로 아들이 어머니를 범한다는 사실이 현대라면 기성도덕과 종교의 모든 과장을 빼고 보더라도 추악함에 틀림없다고 다카오는 생각했다. 그것과 동시에 다카오는 이상하게 그런 불륜의 대상으로서 육친인 어머니를 전혀 모르는 자신에게 일종의 황량한 외로움을 느꼈다.

철이 들기 시작했을 무렵 어머니라는 이름으로 불리도록 교육받았던 젊고 아름다운 미야는 얼마 있지 않아 별거하게 되었고 원래 아버지 미치마사에게 애정도 존경도 전혀 갖지 않은 채 자란 다카오에게 아버지 어머니라는 이름으로 불릴 사람은 있어도 실제로는 소원한 큰아버지와 큰어머니 정도로 밖에 느껴지지 않는 것이다. 조부모의 아버지를 향한 차가운 태도와 미치마사가 조부모의 다카오를 향한 애정을 증오하는 감정이 노골적으로 드러나 아버지다운 따뜻함을 눈꼽만큼도 느끼게 한 적이 없다. 이 두 개의 일이 섞여서 소년시절의 다카오의 마음은 변칙적으로 굳어져 갔다.

다카오의 계모 미야는 지금 여덟 번째 아이를 품은 채 인후결핵이 갑자기 악화되어 병원에서 사경을 헤매고 있다. 그 소식을 어제 기숙사에서 돌아온 뒤 할아버지와 할머니로부터 들어도 솔직히 다카오는 마음이 움직이지 않았다. 녹을 듯이 부드러운 하얀 살결에 잘난 척하며 언제나 밝게 웃거나 농담을 하거나 하던 미야로부터 다카오는 계모라는 말이 가진 음울한 느낌을 가진 적은 없지만 이 사람이 갑자기 이 세상을 떠나더라도 자신의 생활에 뭔가 변화가 일어날 거라고는 생각지 않는 것이다. 만약 미야의 죽음이 다카오의 마음에 작은 가시 정도의 반응이라도 준다면 그것은 미야의 죽음을 슬퍼하는 것이 아니라 배다른 여동생 루리코瑠璃子가 얼마나 어머니의 죽음을 안타까워 할까하고 상상하기 때문이다.

"나는 루리코를 사랑하고 있는 것일까? 그건 순수하게 오빠로서의 애정일까?"

다카오는 오이디푸스왕의 모자상간에서 문득 루리코로 생각이 옮겨가서 눈앞에 벽이 서 있는 듯 막막함을 느꼈다.

아버지와 계모와 함께 산 적은 없고 애정도 느끼지 않지만 어째서 그 어머니가 낳아 다른 집에서 나고 자란 남동생과 여동생에게는 친밀하게 형과 오빠다운 애정을 가지게 되었던 것일까? 사실 바로 아래 남동생이 게이오慶應에 가 있는 가즈야와 그 아래 도모야와 요시히코에게는 고모 에쓰코의 집의 사촌과 크게 다르지 않을 정도의 사이였는데 도라노몬여학교虎の門女学校 5학년인 루리코에게만 웬일인지 이쪽에서 다가가서 친해지고 싶다는 감정을 가진 것도 요상하다고 하면 요상한 마음의 움직임이었다. 루리코가 눈에 띄는 미소녀인 것이 자신의 마음을 이끈 것이라고 다카오는 이해했다. 단지 그 아름다운 배다른 여동생이 아름다운 꽃과 아름다운 음악에 빠지듯이 자신을 이끌고 있는 것인지 인간의 여자로서 첫사랑의 새싹이 자신의 고독한 마음에 심어진 것인지 다카오에게는 확실히 이해되지 않았다.

뭔가 모를 불안함에 이끌려 그만 거칠게 다카오는 가슴 위의 책을 등나무의자 곁에 놓았다. 그리고 보이지 않는 것을 보려는 듯이 한여름 태양빛이 내리쬐는 푸른 하늘을 올려다 본 뒤 새삼 본채에 있는 잔디정원으로 눈을 옮겼을 때 그만 "아아" 하고 소리를 높여 다카오는 등나무의자에서 일어났다.

"루리코가 와 있었구나."

의외였다. 병원에 있다고만 생각한 루리코가 정원의 잔디에 서 있는 것이다.

루리코는 다카오가 여기에 있다는 것을 전혀 알지 못하는 것 같았다. 풍성한 머리를 땋은 채로 앞머리를 부풀린 마가렛으로 묶고 매미날개와 같은 물색 리본을 정수리에 달고 있다. 흰 천에 백합꽃모양의 메린스 단의에 빨간 오비를 매고 이삭이 핀 억새 옆에 혼자 서 있지만 아무래도 울고 있는 것처럼 슬퍼 보인다. 루리코가 우울해 있는 감정이 옮은 듯이 검은 호랑나비 두 마리가 올라갔다 내려갔다 빨갛고 연한 이삭 주위를 날고 있다.

저 소녀는 머지않아 어머니를 잃게 된다. 그 슬픔이 섬세한 육체를 얼마나 괴롭힐지 생각하면 애처로움이 절실하게 다카오의 가슴을 적신다.

"루리코"

그만 다카오는 툇마루 난간에서 양손을 대고 높은 목소리로 불렀다. 평소의 다카오라고는 생각지 못할 탄력이 있는 큰 목소리였다.

루리코는 자신을 부르는 소리가 어디에서 나는지 알 수 없어서 젖은 검은 눈동자를 들고 여기저기 둘러보았지만 한 번 더 불리자 겨우 언덕 중턱 2층에서 자신을 보고 있는 다카오를 발견하고

"어머, 큰 오빠"

라고 젊은 목소리로 말했다. 그 때 루리코의 눈이 눈물을 머금은 채로 밝게 웃음지으며 젊은 육체를 덮고 있던 우울함은 얇은 옷을 벗은 듯 사라졌다.

"어머니가 많이 안 좋으시다며? 언제 병원에서 왔어?"

"좀전에요. 어머니가 할아버지가 와 주셨으면 말씀하셔서 전화로 연락하려고 했더니 꼭 루리코가 다녀 오라고 해서 그래서 심부름 왔어요."

"그래? 할아버지는 금방 가신다고 하셨어?"

"저녁 드시고 난 후 아키야마秋山선생님에게 신경통 주사를 맞고 나서 가신대요. 저에게는 오늘밤 여기서 자라고 하셨어요."

"나도 그때 갈게. 오늘 점심나절 병문안 가려고 했는데 내일 고향집으로 가는 친구의 노트를 빌려와서……"

다카오는 가는 목에 좌우로 검은 머리를 풍성하게 늘어뜨리고 전혀 더워 보이지 않는 루리코의 투명한 하얀 얼굴을 위에서 내려다보고 능숙하게 거짓말을 했다.

"지금 거기로 갈게."

"아니요. 제가 갈게요. 거기가 시원해요."

루리코는 살짝 웃고 제비처럼 재빠르게 몸을 돌려 정원 석가산 자락으로 몸을 감추었다. 다카오는 어쩐 일인지 왜소한 뺨에 쓴 웃음을 지으며 툇마루의 긴 의자에 앉았다. 얼마 있지 않아 통통 가볍게 계단을 밟는 소리가 나고 루리코의 모습이 툇마루 구석에 보였다.

"시원해요. 역시 여기는. 좋은 바람이네요."

말하면서 루리코는 걸어와서 아무렇게나 다카오가 앉아있는 등나무의자 옆에 앉았다. 루리코의 어머니 미야가 어디의 게이샤로 보이는 세련된 모습을 닮아 루리코도 눈썹아래 눈꺼풀이 아름다운 눈, 부드러운 살집의 턱, 조금 좁은 어깨에서 몸통의 짧은 허리, 몸이 우아한 부잣집 아가씨라기보다 젊은 게이샤가 아가씨를 흉내내고 머리를 묶은 듯한 완전히 청량한 분위기가 몸에 감돌고 있다. 다카오에게는 루리코의 그 청초한 부드러움이 다른 친척과 친구 여동생 등과 비교해도 어쩐지 연한 꽃잎의 꽃을 보고 있는 듯 몽롱하고 애처롭고 그저 좋은 것이다.

"큰 오빠, 어머니를 언제 만났죠?"

"글쎄, 4월 휴가 때였으니까, 벌써 4개월이 지났네. 그때는 꽤 건강하셨는데."

"그래요, 그때부터 바로 입덧을 했어요. 어머니가 언제나 입덧이 심하잖아요. 그래서 모두 병이 났을 거라고는 생각지 못했어요."

거기까지 말하고 루리코는 갑자기 슬퍼져서 코를 훌쩍 거렸다.

"오늘 가보세요. 놀랄 거예요. 그렇게 살쪘는데 완전히 살이 빠져서 새하얗게 되었어요. 그래도 곱지만 안타까워요. 그리고 목소리가 나오지 않아요. 옆에 가까이 가면 전염된다고 할머니랑 모두가 말해서 얼굴도 가까이 대지 못해요."

"병이 병이니까."

라고 다카오는 눈썹을 모으고 노골적으로 굳은 얼굴을 했다.

"그렇게 야위었어?"

"네, 정말 반쪽이에요."

미야는 20대에는 매우 날씬한 몸으로 뼈까지 부드러울 정도로 가늘어서 시아버지 유키토모는 메기같다고 자주 말하고 미야를 즐겁게 했다. 술을 즐기는 남편 미치마사와 매일 밤 맥주와 일본주를 섞어서 마시는 사이에 4번째 요시히코를 낳고 부터는 갑자기 살쪄서 최근에는 몸 어디에 뼈가 숨어 있는지 모를 정도로 살이 붙었다. 원래도 하얀 피부가 비단같은 광택으로 미끌미끌 미끌어질 정도로 부드럽고 두부처럼 지금이라도 부서질 것 같다고 미치마사는 백돼지라고, 오리라고 미운 것만 예로 들어 미야를 화내게 했다. 그런 미야의 풍만한 육체에 대해 너의 기름진 부드러운 몸을 중국에서는 최상의 미인으로 생각하고, 너를 안고 있으면 신선의 나라에 가 있는 듯이 나이를 잊는다고 말하며 미야가 마음껏 음탕하도록 한 것은 유키토모였다. 다카오도 루리코도 물론 할아버지와 어머니의 사이의 미묘한 관계에 관해서는 전혀 모른다. 모르는 채 루리코도 제멋대로인 아버지보다도 어머니와 자신을 자주 연극과 백화점으로 데리고 가 주거나 원하는 것을 뭐든 사 주는 할아버지가 훨씬 좋고 훌륭한 사람이라고 생각했다. 할아버지 다음으로 훌륭한 사람은 뭐니뭐니해도 큰 오빠 다카오라고 생각했다.

아버지도 어머니도 다카오를 '특이한 아이'라든가 '벽창호'라고 말하고 놀렸지만 루리코에게는 같은 배에서 난 인상 좋은 가즈야보다도 다카오의 무뚝뚝하고 까다로운 얼굴이 훨씬 신뢰할 수 있었다. 단지 다카오는 입이 무겁고 웃는 얼굴을 거의 볼 수 없기에 루리코는 이 오빠가 자신을 싫어한다고 생각해서 어려워했다.

"어머니는 이제 나을 수 없다고 해요. 의사선생님도 모두 그렇게 말하지만 저는 믿을 수 없어요. 큰오빠는 친어머니의 얼굴을 모르지요?"

"응, 몰라. 나를 낳고 바로 돌아가셨으니까."

"그럼 오히려 행복한 거예요. 나처럼 자라고 나서 어머니가 돌아가시는 것보다는요......"

"뭐가 행복한지 불행한지는 알수 없어."

"하지만."

라고 말하고 반항하듯 루리코가 다카오를 올려다 봤을 때 검은 그림자가 살랑살랑 다카오의 얼굴 앞을 가렸다.

"아! 아까 봤던 나비"

루리코는 목소리를 높이며 손에 든 부채로 허공을 갈랐다.

나비들은 역시 두 마리, 호랑나비들이 엉켜서 방구석 기둥 주위를 살랑살랑 춤추고 있다.

"좀 전에 너 옆에서 살랑살랑거리던 것과 같은 것 아니냐?"

"그래요. 내가 정원으로 나오고 나서 쭉 따라 날아다녀요. 큰오빠, 내가 어떤 나비귀신같아서 싫어요. 나에게 불행을 가져올 검은옷의 악마같은......"

"하하하하"

다카오는 마른 목소리로 웃었다.

"봐요, 또 왔어요. 큰오빠, 이거 잡아줘요."

"잡을 수 없어. 나비가 나보다 빨라."

말하면서 다카오는 루리코의 손에서 부채를 뺏어 살랑살랑 날고 있는 나비를 크게 쫓아내자 나비는 낮게 바닥을 날며 루리코의 뺨 주위로 날아올랐다.

"어머, 싫어! 싫어, 큰오빠."

루리코는 소녀다운 요란한 소리를 내고 다카오의 가슴에 얼굴을 갖다대었다. 등에 흘러넘치는 머리가 파도치고 어깨가 작은새처럼 떨고 있다. 뭔지 모를 달콤한 향기가 다가온 루리코의 몸에서 흘러오고 다카오는 그만 부서질 것 같은 여동생의 가는 어깨를 다부진 손으로 다정하게 쓰다듬었다.

선 채로 오빠의 가슴에 파묻혀 루리코의 머리위로 물색 리본이 흔들리고 있는 것을 그 때 마침 문에서 언덕길을 올라오는 인력거 위에서 할머니 도모는 보았다.

도모는 미야를 병문하러 병원에 갔지만 오늘 내일은 괜찮을 거라는 이야기를 듣고 지금 돌아온 참이었다. 미야가 유키토모에게 병문 와 달라고 말한 것은 왠지 비밀스런 유언이라도 말할지 모른다고 생각했다. 그런 장소에 어슬렁거리는 것도 거북해서 뒷일은 미야의 근친에게 맡기고 자리를 떠났다.

병원에서 더운 한낮을 흔들리며 와서 인력거 위에서 깜빡 졸고 있었을 때 귀에 요요함을 머금은 젊은 여자의 고함을 들은 도모는 잠이 깼다. 그런 목소리를 어떨 때 여자가 내는지를 도모는 유키토모와의 긴 부부생활에서 간파하고 있었다. 정신이 들자 거기는 이미 집 문을 들어간 언덕길로 단엽송처럼 퍼져있는 화분이 길 양쪽을 덮고 있었다. 유키토모가 요 근래에는 저런 목소리를 여자에게 들을 수 없는 나이가 되어 있다는 것을 새삼 느끼고 도모는 쓰게 웃었다. 꿈을 꾼 것일까…… 꿈에라도 남자와 여자의 저런 장면을 그린 것인가 하고 도모는 애욕의 진흙탕에서 언제까지나 빠져나올 수 없는 자신이 싫었다. 눈을 굳게 감고 다시 한 번 크게 뜨고 별채 2층을 쳐다보았다. 거기에는 다카오가 있을 것이다. 변함없이 무뚝뚝한 피곤한 얼굴로 책에 눈을 주고 있을까, 그렇지 않으면 낮잠이라도 자고 있을까, 그 방에는 모기는 나오지 않겠지만 만약 다카오가 잠든 채로 물려서는 안 된다고 도모는 마치 어린 아이인양 걱정이 되었다.

도모의 눈에 처음 들어온 것은 툇마루에 서 있는 다카오의 짧게 깎은 둥근 머리였다. 그 음울하게 등 돌린 얼굴의 아래에 물색 리본이 귀처럼 나와 있다. 그 리본은 조금 전까지 병실과 복도에서 루리코의 머리에서 살랑살랑 거리던 것이었다. 루리코의 빗어 내린 많은 머리카락이 다카오의 가슴을 덮고 있었다. 다카오의 관절이 높고 긴 손가락이 피아노라도 치듯이 하나하나 움직이며 루리코의 어깨를 두드리고 있었다.

도모는 그것을 본 순간 그만 인력거 위에서 일어설 뻔 했다. 더

위에 온몸에 스며 있던 흠뻑 흘린 땀이 갑자기 물처럼 차가워져 몸 안이 덜덜 떨리기 시작했다.

"당치도 않은 일이야, 당치도 않아."라고 도모는 헛소리처럼 입속에서 중얼거렸다.

"하지만 그런 일이 없다고는 말할 수 없어. 루리코는 미야의 딸이니까. 수치를 모르는 미야가 낳은 자식이니까."

도모는 미야의 병이 생각지 못하게 죽음에 이르는 병이라고 듣고 나서 미야에 대해 가져왔던 뿌리 깊은 증오와 경멸의 감정을 지우려고 노력하기 시작했다. 아무리 어리석은 미치마사와 마음이 맞지 않다고 해서 시아버지의 구애에 그 마음을 따라 애첩같은 생활을 해 오면서도 조금도 수치를 느끼지 않는다. 성을 파는 일을 했다면 모르겠지만 숫처녀인 채로 시집 온 여자로서 여자의 정조를 무시하고 살아갈 수 있는 미야는 도모가 보면 개와 고양이와 별반 차이 없는 한심한 암컷이다. 한심하다고 하면 유키토모도 같지만 도모가 가진 낡은 윤리감으로는 남자의 도덕은 언제나 공적인 생활만 말하고 여자의 도덕만이 남자에 대해서 지켜져야 할 것이기에 이 불공평한 시선으로 보면 미야는 유키토모보다도 비열한 행동을 한 여자가 되는 것이다. 미야가 미치마사와의 사이에 가즈야를 시작으로 루리코, 도모야, 요시히코, 나미코, 도요코, 가쓰미 이미 일곱 명이나 낳은 아이들 중에서도 네 번째 요시히코는 유키토모의 씨앗이라고 수군거리고 유키토모가 눈에 띄게 요시히코를 총애하는 것을 도모는 차가운 웃음을 머금은 눈으로 보고 있었다. 유키토모에게 아이를 낳을 수 없다는 것을 도모는 이미 십여 년 전부터 알고 있었다. 그래도 아직 이 집에서는 귀찮은 집안 소동이 일어나지 않았는데 예순을 넘겼을 무렵 미야에게서만 자신의 아이가 태어났다고 정말로 유키토모는 생각하는 것일까? 그렇다면 남자란 여자에 대해서는 한없이 어리석다고 생각한다. 다르게 생각하면 현재로서는 스가보다도 훨씬 매력적인 미야이기에 자신과의 사이에서 아이까지 있다면 유키토모에게 있어서도 더욱 미야와의 비밀스런 관계가 깊어진다고 느껴서 믿음직할 지도 모르겠다.

그런 숨겨진 의미도 포함되어서 소학생 요시히코는 다카오가 기숙사생활을 하고 있어서 외로울 거라는 이유로 요번 봄부터 본가로 데려왔다. 요시히코가 장래 집안 소동의 씨앗이 되지 않을까 도모는 요즈음 새로운 고생이 자란 기분이었지만 이래저래 생각을 끼워 맞추면 미야의 생명이 생각보다 빨리 끝이 난다는 다카오의 장래를 위해서도 오히려 기뻐해야 하는 지도 모르겠다.

아무리 석양이라도 지듯이 제멋대로의 유키토모라도 죽어가는 미야의 생명을 되찾아올 수는 없다. 의사를 바꾸고 병원을 바꾸고 바꾸어 온 결과가 이런 것인가라고 생각하면 도모에게는 미야의 박명薄命이 하늘이 준 약이라고 생각되었다.

유키토모의 총애를 업고서 도모를 깔보는 일도 있었던 미야였지만 사람이 혼자서 죽어가는 것을 고소해하며 웃고 바라볼 냉혹함이 도모의 성격과는 거리가 멀었다. 생명이 곧 끝난다고 생각하니 도모에게는 미야의 무지가 애처로워서 자신의 딸같은 기분으로 간호해 온 일도 몇 번이나 있었다. 그 때문인지 이즈음 하얗게 야윈 소녀처럼 나약해 보이는 미야는 자주 도모의 손을 잡고서는

"어머니에게는 정말 미안해요. 신세만 지고."

라고 몇 번이나 말했다. 그렇게 말하는 말 속에는 다양한 입으로는 말할 수 없는 사죄가 담겨있다고 도모는 그 때마다 깊이 끄덕여 보였다.

그런데 죽음을 앞에 둔 미야의 딸 루리코가 제2의 유혹자가 되어 다카오 앞에 서 있는 것일까? 그럴 일은 없다고 생각하면서 조금 전 인력거 위에서 들은 요염한 고함소리와 다카오의 가슴에 깊이 파도치던 루리코의 검은 머리는 범해서는 안 될 경계를 쉽게 뛰어넘어 수치심 없는 시라카와 집안의 피와 음탕한 미야의 피 양쪽이 섞인, 더없이 위험한 것으로 도모에게는 느껴졌던 것이다.

"조금 전에 루리코가 큰오빠 방에 있었니?"

유키토모, 다카오, 루리코, 요시히코, 스가가 나란히 앉아 저녁 식탁에서 도모는 아무렇지 않게 루리코에게 물었다.

"네, 무서웠어요."

루리코는 밥그릇을 든 채로 다카오 쪽을 보았다.

"무엇이 무서웠다는 거냐?"

라고 상좌에 있는 유키토모가 말했다.

"검은 나비들이 저에게 붙어서 떨어지지 않는 거예요. 그것도

두 마리나."

"어머 검은 나비가?"

라고 괴담을 좋아하는 스가가 큰 눈을 뜨고 눈썹을 모았다.

"루리코씨에게 붙었다니. 어떤 식으로 말이에요?"

"처음에는 저 정원에서 살랑살랑 날아다녔어요. 제가 아무리 쫓아도 멀리 가지 않아요. 그러던 중 큰오빠가 별채 2층에 계셔서 거기로 도망갔어요. 그랬더니 다시 두 마리가 붙어와서....."

"별채2층까지요? 꽤나 떨어져 있는 데도요?"

"루리코가 꺅하고 큰소리를 내서 내가 놀랐어."

라고 다카오가 말했다.

"무서웠어요. 오빠가 부채로 쫓았더니 이번은 내 머리위로 날아왔어요."

"나비가 루리코씨에게 빠졌는지도 모르지요. 루리코씨는 너무 예쁘니까요."

스가는 진지한 얼굴로 말하고 유키토모가 내민 밥그릇에 밥을 담았다.

"아니요, 저는 그보다 그 나비가 어쩐지 어머니의 죽음을 알리러 온 거라고 생각이 들었어요. 금방 전화를 해봤더니 상태가 변함이 없었지만요."

루리코는 젊은 아가씨다운 신비롭고 동경하는 눈빛이 되었다. 도모는 루리코의 황홀함과 움직임이 없는 눈빛을 보고 조금 전 인력거 위에서 자신을 덮친 공포가 조금씩 녹아가는 것을 느꼈다.

병원 복도의 흰 천정에 매달린 전등 주위에서 큰 모기가 황색 날개를 펼치고 몇 마리나 날고 있다. 날다 지쳐서 날개를 편 채로 유리창에 움직이지 않는 것도 있다. 바람이 없는 찌는 듯한 더운 한여름 밤 병동은 소독약 냄새가 코를 찌를 정도로 탁하다고 느꼈다.

연한 묵색의 안경을 쓴 얇은 윗옷을 입은 유키토모는 조금 굽은 등뼈를 바로 세우고 복도를 걸어갔다. 왼쪽 허리춤에 신경통의 둔한 통증이 남아있지만 그것보다 미야를 이 세상에서 잃는 복잡한 고통이 자아가 강한 유키토모의 발을 오히려 빈사상태의 미야한테로 가는 것을 힘들게 했다. 아직 생명을 늘일 수 있는 희망이 남아있었던 때는 어떤 의료를 쓰더라도 미야의 음탕한 몸을 다시 한 번 건강하게 돌릴 수 있다고 억지로 믿었지만 그 모든 희망이 쓸데없이 된 지금에서는 미야와 둘 사이에 지켜온 비밀이 마른 조소嘲笑가 되어 끊임없이 울려온다. 여자라면 자신을 낳은 어머니 이외에는 경허한 감정을 맛본 적이 없는 유키토모였지만 젊은 날에 유교도덕을 신조로 하고 자신의 핏줄을 이은 아들의 처와 육체관계를 가진 것이 바른 행위로는 용서받을 수 없었다. 미치마사가 제 힘으로 세상을 살아갈 능력이 없는 무위도식한 인간이지만 충분한 의식을 주고 미야와 같은 매력적인 여자를 아내로 맞이하여 풍족한 생활을 하는 모든 것은 자신을 부모로 해서 태어난 과분한 은혜이다. 어리석은 아들에게는 자신의 아내의 가치를 모르고 미야를 사랑하지도 않는다. 단지 안고 자고 아이를 낳을 뿐이다. 만약 자신이 미야를 사랑하지 않았다면 미야는 아마도 미치마사의 아내로서 20여년 세월을 이 집에 남아있지는 않았을 것이다. 그리고 미치마사와 이혼하고 친정으로 돌아간 미야의 운명이 지금보다 행복하리라고는 누구도 예상할 수 없다. 미야는 남편에게 만족하지 않았던 애욕과 애정을 충분히 유키토모에게 채웠고 창녀에게도 흔하지 않는 풍만한 육체의 여성으로 성장해갔던 것이다.

지금 죽어가는 미야의 입에서 참회의 말을 듣게 되는 것은 유키토모에게는 괴로움이었다. 미야는 어둔 밤에 방자한 감촉과 향기를 녹이며 창녀로서 죽어가길 바란다. 유키토모는 막연하게 미야가 죽을 때 자신을 향한 시선을 두려워하며 일주일 정도 병원에 가도 의식적으로 미야와 둘이 있는 것을 피했다.

미야의 병실 앞에는 친척들이 쭈그리고 앉거나 의자에 앉아있었다. 모두 손에는 부채를 둔하게 흔들고 있었다. 더위과 피로에 지쳐서 말을 하고 있는 자는 없었다. 밤이어서 아이들은 모두 집으로 돌아가고 없었다.

"미치마사는?"

유키토모는 인사하러 일어선 미야의 어머니와 오빠내외를 보고 말했다.

"남편분은 오늘밤은 오지 않아요."

계속 근무하고 있는 도모시치友七라는 유키토모가 아끼는 소방수의 우두머리가 말했다. 유키토모는 내심 안심했지만 일부러 불쾌한 얼굴로 말없이 있으니 도모시치는 달래듯이

"간병에 지치셔서 조금은 휴식하시는 편이 나을 겁니다."

라고 말했다. 실제로는 미치마사는 집에 돌아간 것이 아니고 매주 보고 있는 미국연속영화의 개봉을 보러 갔던 것이다. 쉰이 가까운 지금도 미치마사에게는 영화와 연극을 보는 것이 아내의 죽음과도 바꿀 수 없는 즐거움인 것이다.

오늘 아침 상태로는 오늘밤을 넘기기 어려울 것이었지만 조금 전 원장이 회진했을 때 이야기로는 이틀간 변화는 없을 거라고 미야의 어머니와 오빠내외는 돌아가며 말했다. 그런 중에도 유키토모의 등 뒤에서 여름용 학생제복을 입고 무뚝뚝하게 서 있는 다카오를 보고 미야의 어머니는

"어머, 큰오빠(다카오) 키가 많이 커서 못 알아 봤네요."

라고 다정하게 말했다.

슬퍼하지 않으면 안 되고 걱정하지 않으면 안 된다고 생각하고 일부러 미간을 찌푸리고 눈물을 흘리며 거기에 모여 있는 미야의 친척의 얼굴이 다카오에게는 서툰 배우들처럼 빤히 보였다.

"지금은 자고 있습니까?"

라고 유키토모가 물었다.

"아뇨, 깨어 있어요. 다카오씨의 얼굴도 못 본지 오래되어서 꽤나 기뻐할 거예요."

미야의 어머니는 그렇게 말하면서 두 사람을 병실로 안내해 갔다.

창이 두 개 있는 흰 벽의 방이었다. 높은 철제 침대의 여름침구

속에 인간의 몸이라고는 생각들 지 않을 정도로 야윈 미야는 누워 있었다.

옷깃이 선 백의를 입은 간호부가 두 사람이 침대 머리맡과 중간에 앉아 조용히 부채 바람을 일으키고 있었다.

"미야, 다카오가 왔어."

유키토모는 침대 옆으로 앉으며 부채로 가슴을 부치면서 말했다. 젊고 탄력있는 목소리였다.

미야는 엷게 감고 있던 눈을 졸린 듯 뜨고 유키토모를 응시했다. 시선을 움직이는 것이 버거웠다.

"다카오?"

완전히 울림을 잃은 목소리였다.

다카오는 할아버지의 등 뒤에서 얼굴을 내밀고

"괜찮아요?"

라고 말했다.

"목이 말라버려서 전혀 목소리가 안 나와요."

미야는 가는 손을 움직이고 자신의 목을 만졌다. 평소 실처럼 가는 눈이 새까맣고 살이 빠진 미야의 얼굴은 루리코를 닮아 젊고 아름다웠다.

"이제 학교는 끝났어?"

"그래, 어제 기숙사에서 돌아왔단다."

유키토모는 큰 부채로 파닥파닥 가슴을 부채질하면서 다카오의 대답을 가로채서 말했다.

다카오는 거기 서 있으니 할아버지 부채가 자신을 향해 가르키기에 자신이 빠져야 할 때라고 생각하고 복도로 나왔다. 유키토모는 간호부에게도 눈으로 알리자 두 사람은 끄덕이며 조용히 복도로 나갔다.

미야는 간호부의 백의가 문 쪽으로 움직이는 것을 경계하듯이 쳐다보고 있었다.

"모두 밖으로 나갔어."

라고 유키토모는 말했다. 그리고 얼굴을 침대로 가까이 가서 한손으로 부채바람을 보내면서 한 손으로 미야의 이마에서 움직이는 머리카락을 쓸어주었다.

"뭔가 할 말이 있다고?"

"별다른 이야기는 아니에요."

미야는 살이 빠진 얼굴에 웃음을 띄우려고 했다. 아름다운 암컷의 관능이 미야의 촛농같이 흰 얼굴로 한순간 돌아가려고 어렴풋이 흔들리며 갑자기 멀리 사라져가는 것을 유키토모는 하루살이의 빛나는 얇은 날개를 보듯 봤다.

미야는 목이 아픈 듯이 미간을 찌푸렸다.

"전혀 와 주지 않으셨잖아요?"

"와도 둘이서 있을 수는 없잖아."

유키토모는 일부러 매정하게 말했다.

"게다가 너는 이제 2, 3주일만 지나면 퇴원할 수 있다고 의사가 보증하고 있어. 빨리 이렇게 음울한 곳을 나가서 하코네라도 가서 요양하는 거야."

"그렇게 되면 좋겠지만, 저는 왠지 마음이 불안해요. 아버님, 제가 죽으면 어떻게 하실까? 슬퍼해 주실까?"

"바보같은 말 하지 마라. 죽는 것은 내가 먼저야."

"그렇지 않아요."

미야는 마른 목소리로 진지하게 말했다. 언제나 밝게 떠들거나 삐쳐서 조르거나 하는 미야에게 즐거움을 얻어온 유키토모는 미야의 움직임 없는 눈동자와 단정한 얼굴은 거북했다. 그런 얼굴을 보고 싶지 않기에 자신은 여기로 오고 싶지 않았다고 유키토모는 생각했다.

"저요, 아버님, 요시히코가 걱정이에요. 어쩐 일인지 가즈야도 루리코도 도모야도 다른 아이는 그다지 불안하지 않은데 요시히코만은 걱정이 되어 어찌할 바를 모르겠네요. 무슨 영문인지 저도 모르겠어요."

"요시히코는 다른 아이보다 괜찮아. 그 아이는 작아도 머리도 좋고 똑똑해. 네가 걱정한다면 다른 형제와 별도로 재산도 지금부터 다시 써 놓아도 좋아."

그렇게 말하고 나서 유키토모는 미야의 베개에 묻혀 있는 귀에 입을 대고

"안심하거라. 요시히코는 너와 나의 아이가 아니냐."

라고 속삭였다. 미야는 그 소리를 뭐라고 들었는지 깜짝 놀라며 몸을 움츠리고 작게 신음했다. 얼굴가득 슬픔이라고도 고통이

라고도 할 수 있는 불명확한 감정이 퍼지고 있었다. 요시히코가 미치마사의 아이인지 유키토모의 아이인지에 관해서는 미야 자신도 알지 못했다. 그것을 억지로 유키토모의 아이라고 생각한 것은 유키토모의 사랑을 스가보다도 훨씬 깊게 자신에게 향하게 하려는 미야 나름의 계략이 움직이고 있었다. 미야는 지금도 자신이 죽는다는 것을 자각하고 있지 않다. 그런데 물질욕과 성욕을 완전히 잃은 빈사 상태의 미야의 몸에는 의외로 무의식인 정신이 움직이기 시작했다. 요시히코를 유키토모의 아이로 갖다붙인 것이 마치 이물질이 피부를 찌르는 것처럼 미야를 자극한 것이다. 미야는 그것을 가능하면 유키토모에게 말하고 싶다고 생각했지만 두 사람만 있게 되자 이것은 결코 고백할 수 있는 것이 아니란 걸 알았다. 미야의 얼굴을 덮고 있는 고뇌는 그 비밀을 자신 속에만 영원히 간직해 두지 않으면 안 되는 고통인 것이었다.

그리고나서 닷새째 저녁 미야는 병원에서 숨을 거뒀다. 미야의 유골은 본가로 옮겨져 넓은 집을 다 사용한 화려한 통야通夜[46] 가 이틀 밤이나 계속된 뒤 아자부麻布 절에서 장례식이 행해졌다.

"사모님과 후계자가 돌아가신 것도 아니고 며느님 장례식으로는 매우 훌륭하네. 저건 분명 시라카와씨가 자신의 장례식을 한 것일거야."

---

46 초상집에서 밤을 새는 것

라고 친한 지인과 출입하는 자들은 수군거렸다.

미치마사는 일곱 명이나 아이를 낳은 미야가 죽어도 그다지 쓸쓸해 하는 모습은 없고 변함없이 연극과 영화를 보러 다녔다. 후처의 이야기가 나오면

"미야는 말대꾸를 해서 안 돼. 이번은 점잖고 정숙한 여자가 좋아."

아무리 유모와 하녀가 있다고 해도 미치마사와 같은 남자로는 도저히 많은 아이를 키울 수 없다. 도모는 미야가 죽고 반년이 지나지 않아 미치마사의 세 번째 아내를 걱정하지 않을 수 없었다. 아직 미치마사가 아내를 얻지 않았을 때 도모는 어떤 역술자에게 궁합을 봤다. 그때 "이 아들은 여자 운이 없을 상이다"라고 듣고 그럴 일이 없다고 비웃었던 적이 있다. 미치마사가 두 명의 아내를 먼저 보낸 것을 보니 역시 이것도 여자 운이 없는 것임에 틀림없다고 생각했다.

미야의 죽음으로 도모가 가슴 졸이며 바라보았던 시아버지와 며느리의 패륜적 관계가 자연스레 소멸된 것은 도모의 마음의 짐을 덜었다. 세 번째 며느리는 미야와 같은 창부성이 없는 성실한 여자를 고르지 않으면 안 되었다.

미치마사와 같은 남자라도 시라카와 집안의 재산을 보고 혼담을 가지고 오는 중개인은 많다. 도모는 그 중에서 여학교 가정교사를 하고 있는 독신 중년부인을 골랐다. 도모에쓰라는 이름에 어깨가 넓고 이마가 하얀 여자였다. 미치마사는 도모에라는 이름이 마

음에 들지 않아 집에 들이자 바로 후지에藤江라는 우아한 이름으로
바꿨다. 후지에는 아이를 엄하게 훈육하고 미치마사에게는 주인
을 모시듯이 공경했다.

후지에가 혼례를 마친 뒤 처음 고텐야마의 본가로 인사하러 왔
을 때 유키토모는 일부러 피하지 않고 자상하게 대하고 돌려보냈
지만 후지에가 미야 대신이 될 여자가 아니라는 것은 도모는 물론
스가도 한눈에 알았다.

"이번의 사모님은 똑똑한 분 같습니다."

라고 스가는 거실 화로 앞에서 도모에게 자연스럽게 말했다.
한쪽 뺨에 미소가 떠올랐다.

"그렇지."

도모도 긴 담뱃대로 천천히 담배를 피우면서 대답했다. 스가와
함께 들뜬 기분으로 말하면 자신의 말이 생각지도 못한 무거운 의
미를 갖고 유키토모로부터 되돌아오는 경험을 도모는 몇 번이나
하고 있었다.

"하지만 가정선생님이었다면 경제를 꾸려가는 것은 잘 할테지
요 이제부터 저쪽집도 힘들어지겠지요."

스가도 같은 긴담뱃대를 화로 가장자리에 털면서 말했다. 스
가의 완곡한 말의 의미가 유키토모에게서 미야에게로 비밀스럽게
건네진 상당한 액수의 돈을 가르키고 있다는 것을 도모는 추측할
수 있었다. 미치마사는 아내의 몸값으로 정식적인 가계비 이외로
화려한 지출이 충당되고 있었다는 것을 꿈에도 모를 테지만 미야

의 지위에 후지에가 앉은 지금부터는 그런 돈이 유키토모한테서 융통될 일이 없는 것이다.

유키토모는 요시히코 외에 루리코도 본가로 들이기로 정했다. 루리코는 하루하루 아름다워지고 뛰어난 아가씨의 모습이 되어감에 따라 미야가 왕생한 듯하였다. 그러나 루리코는 할아버지에게 어리광부리고 조르는 등 스스럼없는 모습은 없고 사람들의 눈을 끄는 자신의 미모에도 전혀 신경 쓰지 않는 식이었다.

"루리코씨는 아직 미약하시네요."

라고 스가가 시라카와 집안에서 배운 규슈말로 '미성숙'이라는 의미로 말하고 루리코가 어머니의 기질을 닮지 않은 것을 슬쩍 도모에게 칭찬할 때가 있었다.

도모는 유키토모가 아무리 루리코를 총애하더라도 그것으로 불안해 지지는 않았지만 다카오에게 마음이 가면 루리코가 미야를 닮지 않아 애교가 없는 천성인 것은 역시 안심할 수 있었다.

그해 여름 수월하게 도쿄제국대 사하과에 입학한 다카오는 고텐야마의 집으로 돌아와서 별채 2층을 서재로 정하고 거기에서 매일 혼고本郷로 다니고 있었다. 루리코도 여학교를 나와서 다도와 꽃꽂이, 피아노를 배우러 가기에 때로는 대학을 다니는 다카오와 함께 될 때가 있었다. 어느 저녁 메이센 기모노에 유센 츄야오비昼

夜帯[47]를 맨 루리코가 꽃을 싼 종이를 한손에 들고 전차를 내리는 것을 같은 차 뒤에서 내린 다카오가 발견했지만 말을 걸지 않고 일정 간격을 두고 뒤에서 걸어갔다.

"시라카와 댁의 아가씨! 젊은 주인님이 뒤에서 걸어가고 계시지 않습니까?"

저택으로 가는 한쪽의 언덕길에서 루리코는 '시라카와'라고 옷깃에 표시된 것을 입은 도모시치가 말을 걸었다.

"어머, 그래?"

라고 말하고 루리코는 돌아보자 눈부시다는 듯 눈을 찌푸리고 다카오를 알아보았다.

"헤헤헤헤. 젊은 주인님도 사람이 짓궂네. 여동생이 아니었다면 화냈을 거예요. 아름다운 아가씨의 뒤를 쫓아 묵묵히 보고 걷다니."

도모시치는 시라카와에게서 옷을 한 벌 받아 오는 길로 조금 건방진 기운이 눈 가장자리에 살짝 번져 있었다. 다카오가 농담하나라도 받아준다면 좋은 기분이 될 것이지만 무뚝뚝한 얼굴로 인사도 없어서 계면쩍은 듯 잔걸음으로 스쳐지나갔다.

"저 사람 할아버지가 신임하지만 나는 정말 싫어. 부엌에서도 하녀들을 놀려요."

루리코는 불쾌한 듯 중얼거렸다. 이런 출입하는 자들의 대응에

---

47 겉과 안을 다른 천으로 만든 여자용 오비(帯)

도 루리코는 변두리마을에서 처럼 애교가 많았던 미야와는 전혀 달랐다. 다카오는 그것에 대해서는 아무것도 말하지 않고 이번은 루리코와 어깨를 나란히 빠른 걸음으로 언덕길을 올라갔다.

여자 고개女坂

가구라자카神樂坂의 언덕위에서 유젠의 긴 소매의 어린 게이샤가 오이바네追羽根[48] 를 하고 있다. 그것을 옆에 서서 보고 있는 언니뻘의 게이샤는 아직 낮인데도 차려입고 흰 바탕의 반점 모양의 긴 소맷자락을 펄럭이고 있었다. 여기 게이샤치고는 기모노도 오비도 질이 좋고 특히 손에 들고 있는 기치에몬吉右衛門의 '이시키리 가지와라石切梶原'[49] 의 큰 하고이타는 야겐보리藥研堀[50] 시장에서도 20엔 이상은 하는 좋은 물건이다. 3,4년 계속된 유럽의 큰 전쟁의 영향으로 군수품과 선박회사의 주식은 놀랄 정도로 급등했다. 유명한 선성금船成金이 오사카 게이샤에서 나오고 다이아몬드 큰 알을 박았다는 등 소문이 있어서 화류계는 전쟁경기로 어디라도

---

48 보통 여자들이 하는 새해 놀이로 두 사람 이상이 하나의 털(羽根)을 하고이타로 불리는 판(羽子板)은 ごいた로 서로 치며 노는 것.
49 가지와라 카게토키(梶原景時)가 명검으로 돌을 잘라, 아오가이시(靑貝師) 로쿠로다유 (六郞太夫)를 구한다는 조루리(淨瑠璃) 미우라노 오스케코바이타쓰나 (三浦大助紅梅) 의 3단에서 나오는 키리의 통칭
50 V자형으로 바닥이 좁게 파진 곳

번성해 있었다. 가구라게이샤お神楽芸者 등과 야마노테의 싸게 취급당하는 이삼류일지라도 이 정도인데 일류는 더하겠지? 도모는 곱게 머리를 한 게이샤의 옆얼굴을 보고 지나치면서 이제 한 20년 가까이 잊고 지낸 옛날 신바시의 게이샤들의 얼굴을 이래저래 떠올렸다. 남편 유키토모가 경시청 고급관리였던 시절에는 관저에서 연회를 한다고 하면 신바시의 게이샤가 초대되어 왔다. 그 중에서는 몇 명인가 유키토모와 친한 사람도 있었고 그런 여자들이 선물을 들고 낮에 들르는 경우가 자주 있었다. 지금 생각하면 과감한 게 붉은 색을 싫어하는 수수한 모습이었지만 그 게이샤들은 아마도 스물을 조금 넘은 정도로 젊었다.

그건 그렇고 그때까지 앳되게 세 갈래로 땋은 스가와 유미도 이제 마흔을 훌쩍 넘어버렸고 아직 이 세상에 태어나지 않았던 다카오나 가즈야가 제국대와 게이오에 갈 정도로 컸다. 이와모토와 결혼한 유미의 아들 나오이치도 지금은 히토쓰바시의 학교에 다니고 있다. 이와모토가 아이들이 어릴 때 뜻하지 않게 장티푸스로 요절하여서 그 뒤는 유미가 꼿꼿이 선생이 되어 유키토모와 도모의 조력으로 나오이치를 학교에 보낸 것이다. 지금 도모가 방문하려고 하는 것은 유미가 살고 있는 가구라자카 뒷골목의 작은 집이다. 설날도 지나고 유미는 나가고 없지만 도모가 찾아온 것은 유미가 아니라 유미집 2층 좁은 방을 빌리고 있는 가요加代라는 아가씨였다.

2채 나가야長屋[51] 집의 격자문을 열고 사람을 찾으니 빨래를 하고 있던 머리가 새하얗고 눈매가 시원한 노인이 손을 닦으며 어둑한 곳에서 나왔다. 뭔가 물어보려는 눈으로 밖으로 나왔지만 도모를 알아보자 찰싹 무릎을 꿇었다.

"큰사모님. 세밑부터 아이들이 돌아가며 감기를 앓아서 유미도 연초인데도 아직 찾아뵙지 못했지요. 새해 복 많이 받으세요."

라고 자신부터 인사를 마치고 나서 "자 어서 들어오세요."라고 도모를 집으로 맞이했다. 유미의 언니로 남편을 일찍 보낸 불행한 미망인이지만 지금은 신しん이 있어 주어서 유미는 아직 소학교에 다니는 밑에 딸을 두고 일하러 갈 수 있다.

"어쩔 수 없이 이번은 귀찮은 일을 부탁하게 되었네요. 하지만 덕분에 출산은 쉬웠다고 하지요."

"네, 사모님도 유미도 이미 자신이 아이를 낳은 게 가물하다고 해서 크게 걱정했지만 쉽게 낳아서 안심했어요. 동글동글 살찐 잘생긴 남자아이입니다. 저는 잘 모르지만 가즈야씨를 많이 닮았다고 유미가 말했어요."

"학생 신분인데 이런 게 부끄럽지만 가즈야도 어머니가 달라서 여러 가지로 마음에 안 드는 게 많아서요."

"아뇨 건강한 남자라면 가끔 있는 일이지요. 가요씨도 몸이 회

---

51 가늘고 긴 형태의 집으로 여러 호의 집을 한 채의 건물로 세워 연결한 집. 근세에는 하급 유곽집이기도 했다.

복되면 자신은 일할 수 있으니까 아이는 어떻게든 할 거예요."

"네, 그것도 기요시마쵸清島町의 땅 관리인이 보살펴 주었지요. 굉장히 고지식한 회사원인데 아이를 원한다고 해서 그곳에 줄 약속도 마쳤어요. 그쪽에도 가즈야의 아이라고는 말하지 않았지만 신분은 알고 있어서 흡족해 한다고 하니까 한 달만 지나면 저쪽에서 데리러 올 거예요."

"정말, 할머니가 하나에서 열까지 보살펴주니 행복합니다. 차남이시지만 앞으로가 중요한 손자이니까요."

신은 차를 내면서 도모를 차근차근 보며 말했다.

유미와 나오이치는 그다지 생각하지 않는 듯했지만 앞으로 유미모자母子를 돌봐줄 사람은 유키토모가 아닌 도모였다. 아무리 죽은 이와모토가 조카가 된다고 해도 유키토모의 첩이었던 유미에게 이렇게 정성을 다하는 것은 쉬운 일이 아니다. 시라카와 집안의 번영하고 있는 것은 유키토모의 기량보다도 도모의 저력이 근간이 되어 있다는 것을 신은 자신들 친척들의 박정함을 생각하며 한숨을 쉬는 것이었다. 2층에 있는 미치마사의 집 고용인 가요는 아직 열여덟의 아가씨지만 게이오를 다니는 가즈야의 아이를 밴 것을 도모가 보살피고 2층에서 분만시켰던 것이다.

신에게 안내받아서 도모는 거실 가장자리의 좁고 경사가 심한 계단을 손잡이를 잡고 흔들흔들 올라갔다.

"시라카와 큰사모님이 오셨어."

후스마에 손을 올리면서 신이 말하자

"어머"

라고 젊은 목소리를 내는 가요가 갓난아이를 옆에 두고 누워있던 이불에서 몸을 일으키는 것이 보였다.

"괜찮아. 누워 있어도 돼."

도모는 신의 등 뒤에서 말을 걸고 안으로 들어갔지만 그때는 이미 가요는 살이 붙은 가슴이 드러난 옷매무새를 고치고 쓰나마치의 집에 있던 때와 마찬가지로 황공해했다.

"우선 순산해서 다행이야. 좀 더 빨리 와 볼 생각이었으나 설날이어서 말이야."

"모두가 가장 바쁠 때이지요."

라고 가요는 말을 이으며 쓰나마치와 고텐야마의 방을 그리운 듯이 말했다. 작은 체구에 둥근 어깨 흰 얼굴이 언제나 살구빛으로 환했지만 출산을 경험한 지친 몸이 아가씨다운 몸에 일종의 요염함과 애처로움이 더해 있었다.

"덕분에 안심하고 출산할 수 있었습니다."

"다행이었어요."

라고 신이 이어서 말했다.

"가요도 어머니가 다르기 때문에 묻기 어렵고 쓰나마치의 사모님은 가즈야씨와 사이가 좋지 않으니...... 뭐든 큰사모님 덕분입니다."

"아이는 자고 있나요?"

도모는 격자문양의 잠옷을 입힌 갓난아이 쪽으로 다가갔다.

"지금 젖을 많이 먹어서요."

가요는 변명처럼 말하고 아이의 턱을 가리고 있는 천을 살짝 치우고 작은 얼굴전체를 도모에게 보이려고 했다.

"아아, 깨워서는 안 돼. 사알짝, 사알짝."

도모는 가요를 타이르듯이 옆에서 가만히 들여다보았다. 태어난 지 20일이 되지 않는 갓난아이의 얼굴은 눈썹도 아직 나지 않고 누르면 찌그러질 것 같이 보송보송하다. 이마에도 뺨에도 머잖아 사라져 갈 선명하지 않은 주름이 동물같은 육감을 뿜어낸다. 그래도 그 애매한 작은 육체의 덩어리는 이마에서 콧등에 걸쳐 다툼이 없는 가즈야의 얼굴이 묻어나 있었다. 눈을 뜨면 동그란 쌍꺼풀일 거라고 상상되는 깊은 눈꺼풀에는 다카오의 어린얼굴과 닮아 있기도 했다. 이 아이는 정직하게 시라카와의 핏줄을 이어받았다. 그렇게 생각한 순간 도모는 등으로 오싹 한기를 느꼈다. 이것이 만약 가즈야의 아이가 아니라 다카오가 가요에게 낳게 한 아이라면 자신은 결코 이 아이를 남에게 주지는 않을 것이다. 같은 손자라도 내 손으로 키운 다카오와 미야의 배에서 낳은 가즈야는 마음 가는 애정의 단층이 현저히 다른 것을 도모는 알고 있었다.

"닮았지요?"

신이 일부러 가즈야의 이름을 넣지 않고 도모의 얼굴을 보았다. 묵묵히 도모는 끄덕이고 나서

"피부가 하얀 예쁜 아이네."

라고 말했다. 양자로 줄 이야기를 하는 것은 가요에게 불쌍하

기도 했지만 몇 번이나 자신에게 올 수 없다는 것은 알고 있기에 일체 감정을 섞지 않고 짧게 이야기 하자, 가요는 아무래도 나이가 젊어서인지 갓난아이에게 그다지 집착하는 모습은 없었다.

"젖이 많아서 아이가 없어지면 힘들겠어요."

라고 슬픈 듯이 말하는 것이 도모에게는 오히려 불쌍하게 생각 들었다.

도모가 자리를 일어설 때까지 결국 갓난아이는 눈을 뜨지 않았다. 어둡고 좁은 계단을 내려가서 문 앞으로 나가려고 할 때 거기까지 신과 함께 배웅하러 온 가요가

"사모님 건강은 괜찮으신가요?"

라고 코트를 입혀 주면서 물었다.

"왜? 안 좋아 보여?"

라고 묻자

"아뇨 왠지 조금 야위신 것 같아서요. 제 눈이 잘못됐나 봐요."

라고 젊은 여자아이다운 미소를 지었다.

"세밑에 감기를 앓았어. 아무래도 그것이 아직 다 낫지 않아서 인가봐."

도모는 조금 간격을 두고

"금방 나을 거야. 추운 것도 한 달이면 끝나."

라고 말하고 문을 나왔다. 신은 격자문에 손을 올린 채 좁고 볕이 들지 않는 곳에서 무겁게 흐린 하늘을 올려다보고

"하늘이 꽤나 낮아졌네요. 돌아가시는 길에 비가 내리지 않으

면 좋으련만."

라고 말했다.

도모는 긴 시간 인력거를 타는 것이 싫었다. 전차가 없는 시절에 자라서 건강한 다리를 자랑해 왔지만 이제 나이를 먹어 젊을 때 할 수 있었던 것이 할 수 없게 되었다고 생각하는 자신이 싫었다. 집과 땅 일체의 관리를 맡아 한 달의 반은 집을 나와 있는 도모에게 다리가 튼튼하다는 건강함의 의미는 남편 유키토모와 첩 스가와의 관계에서도 자신의 내심을 견고하게 긴장시켜 두기 위해서 중요한 것이었다. 유키토모와 손자 다카오에 요시히코, 스가, 게다가 3명의 하녀라는 대가족 속에서 도모는 언제나 자신이 다른 사람을 보살피는 입장이다. 도모 자신의 건강에 관해서는 마치 도모를 불사신인양 믿고 걱정하는 사람은 아무도 없었다.

"할머니는 아프지 않는 여자다."

라고 유키토모는 대체로 그렇게 이해하고 젊은 손자들은 물론 가장 여자답게 신경쓰는 스가도 자신의 약한 몸만 고민하고

"사모님은 건강하시니 부러워요."

라고 반은 미운 듯 말한다. 당당한 도모는 실제로 약한 체질은 아니고 긴 세월에도 이름 변변한 병을 앓은 적은 한 번도 없지만 그 반 이상은 조금 몸이 좋지 않아도 억지로 누르고 건강한 사람처럼 행동해온 강한 정신 탓이기도 하다. 말하자면 부인병도 있고 신경통도 있다. 최근 5, 6년 여름더위에는 반드시 무릎에서 종아리 근처에 물이 찬 듯 숨이 차기도 하고 서늘해지고 일어설 때면 붓기

가 빠질 듯이 나른해져 잊어버리기도 했다. 시집간 딸 에쓰코가 한 번 믿을 만한 의사에게 진찰을 받아보는 것을 몇 번이나 충고해도 도모는 가려고 하지 않는 것이다. 지병이 있다고 들으면 싫다. 그렇게 들으면 자신의 긴장해 있는 정신에 금이 가서 심신을 녹슬게 할 것 같은 두려움이 있다. 몸을 못 움직이는 병에 걸려 크고 냉랭한 집 한 켠에 가만히 누워있는 자신을 생각하는 것만으로도 도모는 참을 수 없는 분노를 느낀다.

　매일 하루 종일 의자에 앉거나 체온을 재거나 입을 헹구거나 안약을 넣거나 자신의 몸을 최대한 아끼며 가능한 수명을 늘이고 마치 불로장수의 약을 찾으러 간 중국의 임금님처럼 생명에 대해서 탐욕적인 욕망을 가지고 있는 유키토모를 보면서 도모는 때때로 남편이 자신과 열두 살 차이 나는 용띠인 것을 떠올린다. 유키토모가 여든까지 산다고 하더라도 자신은 그때 아직 일흔이 되지 않는다. 그때까지 참는 것이다. 그때까지 유키토모에게 져서는 안 된다. 자신의 목숨이 유키토모에게 이기지 않으면 안 된다고 생각하고 동시에 그 생각이 남편과 아내라는 관계로 엮여있는 세상 일반의 통념에서 어쩐지 먼 냉정함 속에 유지되어 있는 자신도 얼어붙을 외로움을 느끼는 것이었다. "사모님, 건강은 괜찮으신가요?"라고 좀 전 문에서 가요가 무심코 말한 다정한 말이 도모의 가슴을 심하게 울렸다. 실제로 세밑에 앓은 감기가 낫지 않은 채로 설날 출입하는 많은 사람들의 혼잡에 이래저래 지나왔지만 겨울에는 느껴보지 못한 다리의 나른함이 요즘 가슴언저리까지 올라와서 항상 즐겨하는 떡도 올해는 할 마음이 들지 않았다.

"어머 사모님 드시지 않으십니까?"

라고 급사인 하녀가 말했다.

"아무래도 이가 안 좋아서......"

라고 도모는 말을 흐렸다. 아무도 그런 말에는 신경 쓰지 않는 식으로 자신들의 젓가락을 움직인다. 도모는 자신이 식사를 잘 하지 못하는 것을 누군가 신경 써서 유키토모의 귀에 들어가는 것은 곤란하다고 생각되어 오히려 모두의 무관심이 안심되었다. 하지만 동시에 도모는 애정에 민감한 도모는 나란히 앉아있는 가족 중그 어느 한사람도 자신에게 눈길을 주지 않는다는 것이 그렇게 신기한 일은 아니지만 맹인의 세상인 듯 거리감을 느꼈다.

도모는 갓난 아이 때부터 안고 자신의 사랑을 쏟아부어가며 키운 다카오가 최근 2,3년 자신한테서 멀어져 가는 것이 쓸쓸했다. 그것은 아마도 다카오가 첫사랑을 하는 있는 배다른 형제 루리코를 도모가 여학교를 졸업하자마자 간사이 은행에 근무하는 남자와 결혼시켜버린 것에 다카오가 말할 수 없는 마음의 상처를 입었기 때문인지도 모르겠다. 아무래도 이루어지지 않는 사랑이라고 이해해도 할머니가 필요이상으로 빨리 루리코를 결혼 시킨 것은 자신이 감추고 있는 마음을 간파당한 것 같은 날카로움으로 다카오를 당황시키며 그 허를 찔린 놀람이 할머니에게 해오던 어리광을 빼앗아갔다. 어쩐지 도모의 날카로움이 싫어졌다. 다카오는 그때까지처럼 할머니에게 응석을 부리던 대신에 도모가 가려운 곳으로 손을 내미는 사랑의 표현을 대놓고 거부하게 되었다.

루리코를 다카오의 마음에서 다짜고짜 떼놓을 수 있었던 보상으로 도모는 그때까지 다카오가 자신에게 열어보였던 벌거숭이 마음을 감추게 되었던 것을 알았다. 서운했지만 어쩔 수 없었다. 아무리 다카오를 사랑해도 루리코만은 다카오의 상대가 될 여자가 아닌 것은 말할 필요가 없다. 불륜, 몰염치한 일을 유키토모의 생활에서 많이 봐온 도모는 다카오가 아무리 싫어해도 그런 패륜을 다시 사랑하는 손자를 통해 보고 싶지는 않은 것이다.

아무리 그래도 자신이라는 여자는 어째서 이리도 순수하지 않는 정사에 얽혀서 살아가지 않으면 안 되는 걸까? 자신의 마음에도 없는 것이 자신이 가장 가까운 가장 사랑하는 자들의 사이에서 실제로 일어나고 일어나려고 한다. 자신이 생각할 수 있는 이념으로는 도저히 해결할 수 없는 것이다. 어떤 힘이 자신의 생명을 낳고 이런 식으로 인생을 걸게 한 것이다. 그 힘이 인연이라고 하는 것일까 하고 도모는 요즘에서야 자신이 완고하게 지켜온 인생에 대한 윤리보다도 강한 끊어지지 않는 것이 있다는 것을 여실히 느끼기 시작한 것이다.

나무아미타불, 나무아미타불이라는 칭호가 도모의 입속에서 자연스레 중얼거리게 되고 때로 그것은 입술이 뜨거워질 때까지 심하게 움직이며 무심히 외우는 일도 있었다.

집에 가까운 정류장에서 전차를 내렸을 때 이미 회색으로 닫힌 하늘의 모양은 찢어진 실가락처럼 가는 눈이 떨어지기 시작했다.

"아, 결국 내리네."

라고 도모는 혼잣말을 하며 선로를 넘어 한발 한발 걷자니 게다가 붙었나 싶을 정도로 발이 무겁고 굵은 숨이 몸에서 빠져 나갔다. 상당히 피곤하다고 도모는 생각했다. 평소는 인력거를 타는 것이 싫었지만 오늘만은 집으로 가는 긴 오르막인 언덕길을 이 다리로는 아무래도 안 될 것 같다. 도모는 전찻길에서 언덕길로 꺾어지는 모퉁이 근처에서 언제나 손님을 기다리고 있는 인력거가 몇 대 있는 것을 생각하고 걸어갔지만 눈이 내리기 시작하여 갑자기 손님이 생겨났는지 언제나 모포를 어깨까지 걸치고 장작불을 쬐고 있을 인력거부의 모습도 인력거의 모습도 보이지 않았다.

하필이면 하고 생각해도 불평을 말할 수도 없다. 도모는 포기하고 한발 한발 땅속으로 빨려 들어갈 듯 무거운 발을 흔들흔들 움직이며 완만한 경사의 언덕길을 오르기 시작했다. 며칠 습기가 없었던 터라서 내리기 시작한 싸락눈은 금방 길을 하얗게 물들이며 오르막의 한쪽을 개어놓은 돌판 위 나무의 가지와 또 한쪽의 작은 가게들의 쥐색 기와지붕에도 하얗게 화장을 하고 있었다. 커지기 시작한 전등이 눈에 비쳐서 살구빛으로 빛나고 저녁 생선을 굽는 냄새가 연기에 섞여 여기저기 처마밑에서 망설이며 나온다.

도모는 우산을 편 손이 내리는 눈에 곱아서 무겁고 한발 한발 빼듯이 걸어가는 오르막이 너무나 힘들어서 몇 번이나 도중에 발을 멈추고 깊은 호흡을 했다. 멈출 때마다 눈앞에 있는 작은 집들이 채소가게거나 잡화가게거나 같은 살구빛으로 전등 불빛은 한 없이 밝고 채소 냄새는 뭐라 할 수 없는 사소한 따뜻함을 취각에 전해오고 도모 자신방의 약한 전등 아래에 있듯 생각되었다. 작은 행복, 조심스런 조화...... 결국 인간이 힘껏 고함치고 미치고 울부짖어 찾는 것은 이것 이상의 무엇인가?

도모는 쥐색 숄을 목까지 바싹 감싸고 얼음같이 차가워진 손에 무거운 우산을 들고 눈이 내리는 길에 서있는 단 한사람 자신에게 의미 없는 절망을 느꼈다. 몇십 년간 유키토모라는 감당할 수 없는 남편에게 생활의 열쇠를 맡긴 채로 그 제한 범위 가득 자신의 힘으로 괴로워하며 노력하고 얻어온 모든 것. 그것은 한마디로 말하면 집이라는 이름으로 통일된 비정하고 단단한 벽에 갇힌 세계였다. 그 세계를 자신은 발을 디디고 살아왔다. 그것에 자신의 생활방식 모든 것은 담겨있는 것 같았지만 그만큼 온갖 정력과 지혜를 다 쓰고 온 이른바 인공적인 생활방식의 공허함을 도모는 새삼 외로운 한쪽 마을 집 불빛 안에서 봤던 것이다.

내가 살아온 모든 것은 허무한 보람 없는 것이었나? 아니 그렇지 않다고 도모는 강하게 고개를 흔든다. 나의 세계는 어둠 속을 더듬어 가듯이 불안하다. 그리고 찾아가는 손에 닿는 것은 색이 없는, 단단하고 차가운 것뿐으로 언제 끝날 지 모를 어둠이 계속된다. 하지만 그 끝에는 반드시 터널을 빠져나간 뒤의 밝은 세계가 기다리고 있다. 기다리고 있지 않으면 이치에 맞지 않는 것이다. 절망해서는 안 된다. 걷지 않으면 안 된다. 오르지 않으면 계속 오르지 않으면 결코 언덕 위로 나갈 수 없는 것이다.

도모는 후하고 깊은 숨을 쉬고 무거운 우산을 바꿔들었다. 한 손으로는 서류를 넣은 주머니를 들고 있다. 올려다보면 완만한 경사의 언덕길은 아직 계속되고 있다 7부는 올랐다고 생각했지만 이제 겨우 반 왔다.

도모는 우산을 접고 지팡이로 하고 쥐색 숄을 머리에서 덮어쓰고 다시 터벅터벅 걷기 시작했다.

그 다음 토요일에 에쓰코가 막내딸 구니코國子를 데리고 연초라서 묵으러 왔다. 도모는 그날도 일어나 있었지만 아침부터 속이 좋지 않아 제대로 식사를 하지 못했다. 그날 눈이 내린 저녁 거의 한발 한발 멈춰서거나 하면서 겨우 집까지 돌아왔다. 안쪽 현관의 격자문을 열고 마루에 걸터앉자 멍해져서 말을 할 수도 없었다.

"다녀오셨어요."

라고 말하고 나온 스가에게 도모는 얼굴도 보지 않고 손을 움직이며

"따뜻한 물을......"

라고 말했다. 눈투성이의 숄을 덮어쓴 도모의 모습에 놀란 스가는 따뜻한 물을 가지고 와서 앉아 도모의 얼굴을 보았다. 노랗게 된 얼굴에 땀이 범벅이었다.

"무슨 일이세요? 사모님!"

"아니, 아무 일도 아니야. 잠시 지쳤을 뿐이야. 주인어른에게

는 말하지 말아줘."

도모는 눈을 감은 채로 말했다.

그날은 빨리 잠자리에 들었지만 다음날은 역시 일어났다. 토요일에 에쓰코가 올 것을 알고 있기에 그때까지는 무슨 일이 있어도 누워있을 수는 없었다. 누우면 일어나지 못할 것 같은 불안이 도모의 둔한 손발을 억지로 일으켜 세운다.

에쓰코의 남편 시노하라篠原는 지금 법조계에서 일류 변호사가 되어 있다. 에쓰코와는 부부사이도 좋고 유키토모 부부에게도 사위로서 잘 하기 때문에 아들 미치마사를 탐탁치 않게 여기는 유키토모도 시노하라는 인정을 하고 있었다. 남자끼리 허세도 있고 시노하라가 가지고 오는 이야기에는 대체로 고개를 옆으로 흔들지 않는 것이다. 도모는 자신이 하기 어려운 이야기는 에쓰코를 통해서 시노하라에게 말하고 시노하라가 유키토모에게 권하도록 시키고 있다.

에쓰코는 단정하고 애교가 없는 딸이었지만 남편에게도 도모처럼 고생을 한 적이 없기에 중년이 되어도 온실 속 화초같은 딸인 채로 표리부동하지 않는 순수함을 유지하고 있다. 도모에게는 그것이 자신의 불행의 보상으로 얻은 행복의 상징처럼 즐겁게 바라볼 때도 있지만 유키토모와 스가와 관련된 집안의 흉을 말하게 될 때는 에쓰코의 너무 단순한 성격에 세심하게 기분을 이해하지 못하는 것이 기운 빠질 때도 있었다. 도모는 대개 자신이 지고 있는 어깨의 짐을 딸에게 대신하도록 할 생각은 없다. 그러나 오늘만은 도모는 에쓰코가 오는 것이 진지하게 기다려졌다.

공작이 자수된 둥근 오비를 풍성하게 매고 화려하게 차려입은 구니코의 손을 끌고 에쓰코가 유키토모의 방으로 들어왔을 때 도모는 당황스럽게도 가슴이 요동치는 것을 느꼈다.

"오오, 잘 왔다. 새해 복 많이 받고. 구니코는 몇 살이 되었지? 아하하하. 손자가 많아지면 매년 나이를 기억할 수 없어서."

"나는 이제 완전히 늙었어. 아마 올해는 이승에 머물러 있을 것이지만. 시노하라는 어때? 오늘은 같이 오지 않았어? 이미 바둑을 둘 준비를 했는데. 변호사회 신년회, 그래? 회장을 하고 있으니 나가야지."

유키토모는 학처럼 긴 목을 세우고 조용히 앉아 있는 에쓰코의 자신을 닮은 아름다운 얼굴형을 보는 것은 즐거운 듯 하여 말수가 많아졌다. 스가도 하녀들도 늙은 주인의 기분을 알고 있어서 에쓰코의 매번 바뀌는 머리형태와 구니코의 기모노의 무늬를 칭찬하며 시끌벅적 접대하고 있었다.

점심이 지나서 구니코가 쓰나마치에서 불러온 동년배의 나미코와 하녀들과 놀러 밖으로 나간 뒤 도모는

"2층에서 어제 후지산이 잘 보였어. 잠시 와 보렴."

라고 말하고 에쓰코를 데리고 2층으로 올랐다.

툇마루에서 서쪽으로 후지산의 모습이 연하게 푸르게 보였지만 에쓰코는 그것을 흘깃 볼 뿐으로

"어머니, 무슨 할 말이라도 있어요?"

라고 말하고 마루 근처에 앉았다. 어머니가 뭔가 비밀스런 이야기를 할 때 언제나 무심히 자신을 불러내는 것을 에쓰코는 긴 세월의 습관으로 알고 있었던 것이다.

"아무래도 몸이 안 좋은 것 같아."

"그렇지요? 내가 좀 전에 어쩐지 지치신 듯 보여서 걱정했어요. 어떻게 안 좋아요? 의사선생님에게 가봤어요?"

"아니."

라고 말하고 도모는 강하게 고개를 저었다.

"할아버지(유키토모)한테는 3일에 한번 스즈키씨가 진찰하러 오는데 그렇게 아부떠는 의사는 나는 전혀 신용할 수 없어. 실은 네가 오는 것을 기다리고 있었어. 이번만은 좋은 의사에게 진찰받아 볼 생각이야."

"기다렸다니요? 어머니, 병은 기다려주지 않아요. 왜 빨리 전화하지 않았어요?"

"괜찮아."

에쓰코의 성난 얼굴을 도모는 달래듯이 낮게 웃었다. 그런 일을 전화로 말하는 것도 허풍스럽게 들리고 일부러 편지를 쓰는 것도 놀래키는 것이다. 도모는 오늘은 에쓰코가 오기로 정해졌기에 기다리면 되었다고 말하고 작년 세밑부터 지금까지 느껴본 적이 없는 상태에 관해 이것저것 이야기했다.

"보렴, 이렇게 다리가 부어있어."

그렇게 말하고 도모는 다리를 앞으로 내밀어 옷자락을 걷어 올리고 종아리를 자신의 손가락끝으로 눌러 보였다. 누런 다리의 피부는 눌러진 두부처럼 패어 도모가 손가락을 떼도 창백한 자국이 원래대로 돌아오지 않았다.

"그렇지?"

라고 도모는 조금 충혈된 눈으로 강하게 에쓰코를 보았다.

"부어있네요."

라고 에쓰코는 미간을 찌푸리며 말하고 그 둔하고 창백한 자국을 보고 있다. 에쓰코는 필시 신장이 나쁜 거라고 생각하면서도 딸인 자신 앞으로 발을 내민 적이 없는 도모의 익숙하지 않는 동작에 어안이 벙벙해졌다. 평소 빈틈없이 단정한 것을 홀렁 벗어던진 어머니가 거기에 있는 것 같았다.

"어서 의사선생님을 불러요. 아버지에게는 제가 말씀드릴게요."

"그래, 너라도 괜찮다고 생각해."

도모는 조심성 있게 눈을 내려감았다.

"하지만 내가 뭔가 말한 듯이 받아들이면 곤란해."

"그런 것 신경 쓸 필요 없지 않아요?"

"아니, 그건 안 돼. 너는 뭐든 이치적으로 말하지만 이 집은 이치로는 통하지 않으니까."

"하지만 그 일에 따라서 라고 생각해요. 아버지도 설마 그런 것은 모른다고 말씀하지 않으실 거예요. 그렇지 않으면 남편한테 말하라고 할까요?"

"그래 가능하면. 가장 좋다고 생각해. 하지만 사위는 바쁘잖아. 언제쯤 그게 올 수 있을까?"

"내일이라도 올 거예요. 그리고 어머니의 모습이 아무래도 이상하다고 말하고 남편의 친구 대학의 내과에 있는 분을 부를게요."

"아니, 일부러 부르지 않아도 내가 가도 좋아."

"안 돼요. 어머니. 그런 사양은 할 필요가 없어요. 전부터 내가 말했잖아요. 자주 다리가 둔하다고 말씀하니까 한번 좋은 의사에게 진찰받고 완전히 요양하고 낫게 하지 않으면 안 돼요."

"아니 그 정도의 일은 없을 거야."

도모는 무심히 말을 흐렸지만 깊은 바닥을 내려다보는 표정이 되었다.

"저기, 에쓰코, 다시 한 번 부탁해둘게. 이것만은 네가 이해해주지 않으면 안 되니까."

"뭐예요?"

에쓰코는 어머니의 심통한 얼굴빛에 눌려서 어깨를 움츠렸다.

"저기, 이상한 말같지만…… 의사에게 진찰받고 만약 내 병이 낫지 못한다고 하면……"

"그런, 그런 일은 없어요. 어머니."

"아니, 이건 이야기야. 만약 만일이라는 이야기야. 인간은 누구라도 한번은 죽잖아. 그런 것을 생각해 두어도 나쁘지 않잖아. 그래서 내가 만약 병으로 죽는다면 의사선생님도 나에게 말하지 않고 주위 사람도 말하지 않겠지. 하지만 나는 그래서는 안 돼. 죽게 되는 병이라면 그것을 확실히 알려주었으면 좋겠어. 죽는다고 정해지면 나는 해두지 않으면 안 되는 일이 몇 개나 있으니까. 만약 내가 나에게 죽는 것을 알리는 것이 가엽다고 생각하여 적당히 둘러대고 그러다가 내가 죽어버리는 일이 생기면 그거야말로 나에게는 돌이킬 수 없는 일인거야. 에쓰코 너도 내 자식이라면 내 성격을 가장 잘 알고 있겠지? 나도 너와 사위만은 뭐든 안심하고 이야기할 수 있는 마음이니까. 응, 부탁했어."

도모의 목소리는 낮고 그냥 잡담을 말하듯 했지만 그냥 듣고 있는 에쓰코에게는 말할 수 없는 압력이 슬금슬금 기어 올라왔다. 에쓰코는 어머니가 거의 죽음을 예지하고 있는 예민함에 경외심을 느꼈다.

"알았어요. 하지만 그런 일은 없을 거예요."

라고 에쓰코는 일부러 밝게 웃어 보였다. 도모는 딸의 위장된 웃음에 맞춰서 자신도 두터운 눈꺼풀을 주름지어가며 웃었다.

"그럼 이야기를 마쳤으니 내려가자. 너무 오래있으면 스가가 다시 뭔가를 의심할지도 몰라."

그렇게 말하고 도모는 무릎에 손을 놓고 천천히 일어났다. 그렇게 걷기시작하면서 에쓰코를 되돌아보고

"역시 나는 졌어. 할아버지에게 졌어."

라고 중얼거리듯이 말했다. 에쓰코에게는 그 말의 의미가 금방 이해되지 않았다.

에쓰코 무리가 돌아간 밤부터 도모는 한기가 난다고 말하고 잠자리에 들었지만 이튿날 아침은 이미 일어나지 못했다. 에쓰코의 남편 시노하라가 그 날 연초에 온 김에 도모를 병문안했다.

"장인어른. 장모님의 상태는 평소와 달라 보입니다. 제 친구 이나자와稻沢를 불러 한번 진찰해 보면 어떻겠습니까? 손 쓸 수 없게 되면 아무리 말해도 안 되니까요."

바둑판을 마주하고 휴식을 할 때 시노하라는 거리낌 없는 말투로 말했다. 유키토모도 끄덕이며

"도모는 건강하다는 것을 자랑하고 의사를 송충이처럼 싫어해서 말이야. 시노하라 네가 권해 봐. 꼭 이나자와박사가 와 줬으면 하네."

라고 시노하라가 의도한 대로 되었다. 유키토모도 2, 3일 동안 누워있었던 도모가 눈이 내린 날 저녁 눈투성이로 안쪽 현관에 우두커니 앉아 있었던 것을 스가로부터 듣고 어쩐지 자신의 눈으로 보지 않은 도모의 그 때의 모습이 떠올랐다.

이나자와박사라고 하면 시노하라의 동창생으로 막역한 사이로 내과의사로서는 1, 2를 다투는 대가이다. 그 사람이 도모를 진찰하러 온다고 정해지자 도모의 방을 옮기고 화려한 것을 좋아하는 유키토모는 침구까지 일부러 니혼바시까지 가서 새로운 것으로 사서 깔았다.

"어쩐지 너무 새것이어서 오히려 운기를 나쁘게 할 것 같아요."

라고 하녀들과 고용인 도모시치는 뒤에서 수근거렸지만 그 예언대로 이나자와박사의 진단은 도모의 병은 위축신장이 높아져 이미 요독증이 발병했다고 하고 오늘날의 의학의 힘으로는 살릴 수 없다고 한다. 아마 여명 한 달 정도일 것이라고 했다.

　　"역시 그랬구나. 어머니는 자신의 병을 알고 있었어."

　　시노하라로부터 그 보고를 들은 에쓰코는 끄덕이며 말했다. 오늘날까지 누워있어 본 적이 없는 건강한 어머니에 익숙한 에쓰코는 일전의 어머니의 이야기에 허를 찔린 듯이 놀랐지만 돌이켜 생각해보니 그것은 역시 틀림없는 실체가 되어 금방 눈앞에 다가왔던 것이었다.

　　"아버지에게 병환을 말했을 때 일전의 어머니가 말한 것도 말하지 않으면 안 되겠지요."

　　"그건 그때 말하는 것이 가장 타당하지. 장인어른도 보통일이 아니니까 흘려듣지는 않을 거야."

　　"어머니는 아버지보다 열 살 이상 젊은데…… 뒤에 가서야 하는데."

　　라고 말하고 에쓰코는 눈물을 뚝뚝 흘렸다. 생애 갑갑하게 자신의 갑옷을 걸치고 딸에게도 어리광을 허락하지 않았던 어머니는 있어도 도모가 살아있다는 것은 자신이 견고한 건물 안에 있는 안심을 에쓰코의 마음에 주었다. 지금 갑자기 이것이 없어진다는 것을 생각하자 견딜 수 없는 슬픔이 에쓰코를 덮쳤다

　　딸 부부로부터 도모의 병이 재기할 수 없다는 것과 도모도 자

신의 병에 관해서 알고 싶다고 희망하고 있다는 것을 들은 유키토모는 끄덕이며

"좋아, 그것은 내가 말하지."

라고 자신이 말하겠다고 했다.

에쓰코는 고개를 떨구고 울고 있다. 시노하라는 아내를 손으로 달래고 복도로 나왔다. 그 뒤로 스가가 소리도 없이 들어왔다.

"주인어른님, 따님이 울고 계셔요. 사모님 상태는 어떠신가요?"

"좋지 않다고 해."

"어머, 무슨 일이에요?"

어스름한 속에서 스가는 무릎을 가까이 하고 옆에서 유키토모의 얼굴을 쳐다보았다. 유키토모는 스가의 얼굴로 눈길을 옮기고 뭔가에 놀란 듯 얼굴을 돌렸다.

"그런 일은 없어요. 저리 건강하신 사모님이...... 그런...... 그런......"

유키토모는 대답하지 않고 고개를 저었다.

겨울치고는 밝은 햇살이 정원의 흰매화 봉오리를 부풀게 했다. 남향의 방에 자고 있는 도모의 베개에서도 흰 장지문에 비친 햇빛의 그림자가 매화의 고목을 묵화처럼 그려내고 있는 것이 보였다. 우유도 스프도 목을 넘기면 금방 토하고 만다. 요즘은 냄새도 싫어졌다. 아무것도 먹지 않았는데도 끊임없이 가슴팍이 훨훨 불타고

있다.

활짝 장지문을 열고 드물게도 유키토모가 혼자서 들어왔다.

"어때? 오늘아침은 조금 기분이 나아졌어?"

도모는 무거운 눈꺼풀을 올리고 이상한 것을 본 듯 남편의 얼굴을 올려다보았다.

"어쩐지 확실하지 않아서요. 이나자와 선생님은 뭐라고 말씀하셨어요?"

"신장이 많이 상했다고 하더군. 푹 쉬면 나을 거야. 당신은 건강한 체질이니까."

"아뇨!"

라고 말하고 도모는 베개 위의 머리를 올리려고 했다. 일어나 남편에게 뭔가 말하려고 하는 것이다. 유키토모는 그 어깨를 누르며 내리려 했다. 거의 몇 십 년이나 만진 적이 없는 아내의 야윈 어깨에 손을 대자 잠옷 아래로 드러난 어깨의 뼈가 뚝하고 소리가 났다.

"일어나지 않아도 돼. 당신이 에쓰코에게 말한 것을 들었어. 당신의 병은 낫겠지만 인간에게는 만일이라는 것이 있으니까. 말해 두고 싶은 것이 있으면 뭐든 말해. 내가 들어 두지."

"알겠습니다. 잘 말씀해 주셨어요. 갑작스런 일도 있으니 유언이라고 생각해 두세요. 구석 불단이 있는 방에 장롱 아래 서랍에 유언서가 있어요. 봐 주세요. 나는 죽기 전에 꼭 그것을 당신이 알아 두었으면 좋겠어요."

도모는 베개 밑에 있는 열쇠주머니를 손으로 찾아 꺼내서 유키토모에게 건네고 그것을 받는 남편을 응시했다. 이렇게 똑바로 거리낌 없는 눈으로 남편을 본 것은 도모에게는 몇 십 년 동안 없던 일이었다.

유키토모는 도모의 병실을 나오자 누구도 데리지 않고 불단이 있는 방으로 들어갔다. 스스로 장롱의 열쇠 등 몇 십 년 동안 쥐어 본 적이 없다. 작은 열쇠 구멍으로 열쇠를 넣고 좌우로 돌려보니 겨우 열렸다. 안은 단정히 정리되어 은행 저금통장과 서류의 쌓여 있는 맨 위에 '유언서'라고 서툰 글로 써진 한통의 봉투가 들어 있었다. 유키토모는 그것을 들고 밝은 창 아래로 가서 봉투를 열었다. 봉투와 같은 글의 유치한 가나를 섞어 쓴 편지체 글이었다.

"한 말씀 아뢰옵나니……"라는 여자글 형식으로 도모는 줄줄 유키토모에게 비밀스럽게 간직해 온 자신의 재산에 관해 썼다. 그것은 상당한 액수의 금액이지만 그 재원이 된 돈은 30년이나 옛날 도모가 유키토모에게 명령받아 소녀인 스가를 도쿄에서 데려올 때 건네진 돈의 잔액이었던 것이다. 유키토모는 2천 엔이라는 대금을 도모에게 건네고 맘대로 쓰라고 말했다. 그것은 스가의 준비금과 체재비 모든 것을 충당한 뒤에도 거의 천 엔 이상 잔액이 도모 손에 남았다. 도모는 그 돈을 집으로 돌아온 뒤에 청산하여 남편에게 돌려줄 생각이었지만 돌아온 뒤 젊은 스가를 유키토모가 사랑하는 것을 보자 그 뒤 자신의 처지도 불안해져서 만일의 경우 자신보다도 미치마사와 에쓰코를 위해서 자신만의 재산을 가지자고 생각했다. 그런 의미에서 남편에게 비밀을 가진 괴로움을 자신 혼자서 견디며 긴 세월 이 돈을 본전으로 하여 저축해 왔지만 이것은 결코 자신을 위해 쓴 적이 없다. 자신이 죽은 뒤는 손자 한 명 한 명, 스가와 유미, 그 외 이집에 인연이 있던 자들에게 나누어주고 싶다고 적고 있다.

유키토모는 읽는 중간에 몇 번이나 강한 힘으로 삼켜버릴 듯이 생각했다. 아내에게 준 자신의 말도 안 되는 압력에 관해서 도모는 한마디도 항의하지 않는다. 단지 남편을 믿지 못하고 비밀을 가져온 괴로움을 빌고 있을 뿐이다. 그러나 그 용서를 구하는 말은 어떤 강한 항의보다도 유키토모의 마음에 무겁게 닿았다.

유키토모는 그것을 뿌리치듯이 꼿꼿이 허리를 세우고 큰 걸음으로 복도를 걸어 다시 도모의 침실로 들어갔다.

도모는 잠자리에서 좀 전의 자세로 눈을 뜨고 있었다.

"도모, 안심해도 좋아. 당신이 쓴 것은 아주 잘 이해했어."

유키토모의 목소리는 청년처럼 힘 있게 울렸다. 아내에게 용서를 비는 말을 규슈의 무사집안 출신인 유키토모는 모른다. 그렇게 말하는 것이 최선의 용서를 비는 것이었다. 도모는 시험하듯이 유키토모의 얼굴을 보고

"용서해 주십니까? 고맙습니다."

라고 말했다.

그날 밤부터 도모는 깊은 잠에 빠졌다. 깨어 있을 때도 멍한 눈을 뜨고 거의 입을 움직이지 않았다.

분별하지 못하는 환자를 유키토모는 평생 사랑해 온 아내인 듯 소중히 대했다. 늙은 주인의 의지가 법령처럼 일가친척들은 처음으로 도모를 정부인답게 소중히 간호했다.

임종도 가까워진 2월말 밤이었다. 그 밤은 미치마사의 아내 후지에와 유키토모의 조카 도요코豊子가 밤샘 간호하러 오고 간호부도 쉬게 하고 둘만이 병실에 있었다. 화로에 불이 붙었나하고 생각하는 사이에 재가 되어 버리는 깊고 깊은 추운 밤이었다.

"도요코"

지금까지 깜빡깜빡 자고 있었던 도모가 눈을 크게 뜨고 베개 위의 얼굴을 이쪽으로 돌리고 불렀다. 도요코가 대답을 하고 가까이 가자 후지에는 당황하며 시어머니의 머리를 받쳤다. 너무 갑자기 강한 움직임으로 구토하는 것을 두려워했지만 도모는 귀찮다는 듯 머리를 흔들고 후지에가 받치고 있는 손을 뿌리쳤다. 감정을 노골적으로 드러낸 일이 거의 없는 도모의 그런 난폭한 동작에 두 사람은 움씰하면서 도모의 관자놀이가 홀쭉해진 백발이 성성한 헝클어진 귀밑머리를 섬뜩하게 쳐다보았다. 도모는 머리는 들지 않았지만 상반신을 들 정도의 힘 있는 목소리로 한 번에 말했다.

"도요코, 삼촌(유키토모)한테 가서 말을 전해주렴. 내가 죽어도 결코 장례식은 하지말아 달라고. 유골을 시나가와 해안으로 가져가서 바다에 버려 주면 충분하다고 말해 주렴."

도모의 눈은 매우 흥분되어 빛나고 생생했다. 그것은 평소 무겁게 내린 눈꺼풀 아래에 조용한 잿빛으로 있던 눈빛과는 전혀 닮지 않은 강하게 있는 그대로의 감정을 드러내고 있었다.

"숙모 당치도 않아요."

"어째서 그런 말을 하시는 거예요?"

도요코와 후지에는 필사적인 목소리로 말했지만 꿈속에 있는 듯 도모의 귀에 들리지 않았다.

"그럼 얼른 다녀오렴. 그렇지 않으면 시간이 없어. 정말 그렇게 말하는 거야. 바다로 내 몸을 풍덩 버려주시길...... 풍덩......"

'풍덩'이라는 말을 도모는 어조에 맞춰 경쾌하게 말했다.

병자가 부추기니까 후지에와 도요코는 일단 복도로 나왔다. 서로 마주한 눈속에서 두 여자는 남편을 가진 각자 수고해 온 여자만의 복잡한 이해방식으로 서로 끄덕였다.

"어떻게 할까요? 말씀드릴까요?"

"말씀드립시다. 저렇게 말씀 드리라고 하시니....."

두 사람은 도모가 견디어 온 모든 감정의 울분을 자신들만의 가슴에 넣어두는 것이 공허하고 두려웠다.

"아버님 아직 주무시지 않으시겠지요?"

후지에가 그렇게 말을 걸고 도요코가 뒤에서 유키토모의 거실에 들어갔다. 유키토모는 평소와 마찬가지로 의자에 걸터앉아 붕산수로 눈을 씻고 있었다. 스가도 손자들도 옆에 없었다. 유키토모는 조카의 간호를 위로하듯이 강한 눈빛을 누그러뜨리고

"수고했구나."

라고 말했다.

도요코는 앉자 금세 빠른 어투로 도모의 말을 옮겼다. 병자의 헛소리로 치부할 작정이었지만 말을 꺼내자 도모가 빙의된 듯이 진지한 상기된 목소리가 되었다.

유키토모의 눈을 덮고 있던 안개가 한순간 걷혔다. 노인은 잠시 입을 벌린 채 넋이 나간 얼굴이 되었다. 막 씻어낸 촉촉한 눈동자에는 유령을 본 듯 공포의 그림자가 움직였다. 그렇게 생각하자 평소의 얼굴로 돌아가려고 하고 부자연스런 근육의 움직임이 그의 단정한 얼굴을 추하게 비틀었다.

"그런 말도 안 되는 짓은 할 수 없어. 이 저택에서 훌륭한 장례식을 치를 거야. 그렇게 말해 줘."

야단치듯이 빠르게 말을 끝내자 유키토모는 옆을 보고 강하게 코를 풀었다. 40년 동안 참고 참아온 아내의 본마음의 외침을 유키토모는 온몸의 힘으로 받았지만, 그것은 오만한 그 자아에 금이 가는 강한 울림을 안겼다.

주홍을 빼앗는 것

朱を奪うもの

제1장

주홍을 빼앗는 것 朱を奪うもの

무나카타 시게코宗像滋子는 치과대학 발치실의 의자에 푹 머리를 기대고 멍히 앉아 있었다. 입 안에는 거즈가 가득 차여있다. 금방 뽑힌 이에서부터 왼쪽 윗입술 전체가 주사약으로 마비되어 고무공처럼 부풀어 있는 듯 느껴졌다.

"자, 이것으로 전부 뽑았습니다. 이제 치통으로 아플 일은 평생 없을 겁니다."

부드럽게 웃는 얼굴의 S교수는 시게코의 어깨를 살짝 두드리고 한동안 가만히 있으라는 말을 남기고 가 버렸다.

S교수의 말에 끄덕였지만 입 속에 더 이상 자신의 이가 하나도 남지 않았다고 시게코가 실감한 것은 그리고 나서 꽤 지난 후였다. 가는 주사바늘로 몇 번이나 주사를 맞아 마비되어 있는 잇몸에서 이를 뽑는 사이 느껴지는 고통은 거의 없었다. 하지만 발치기에 끼어 있는 뿌리 깊은 이가 무자비한 힘으로 우지직 몸에서 떨어져 가는 순간에는 다른 감각이 전부 살아 있어서 만약 거기가 마비되어 있지 않았더라면 얼마나 고통에 몸서리 쳤을지 상상만으로도 온몸이 움츠려 들고 죽을 것 같은 기분에 빠져 버렸다. 입 안이 텅

빈 거북이 새끼 입처럼 된 것을 알자 앗! 하고 소리를 지를 뻔 했다. 오랜 시간 충치와 치주병에 시달리며 온 이의 마지막 처리에 안심하기보다도 소중한 것을 도둑맞은 듯 한 상실감이 강한 것이다.

시게코는 조용히 몸을 일으켜 눈 앞 탁자 위에 은색 종지를 봤다. 거기에는 갈고리, 정, 장도리와 닮은 발치기구와 주사기와 함께 지금 시게코의 입에서 막 뽑은 너댓 개의 이가 예의 바르게 나란히 놓여 있었다. 대개 끝은 닳아 있었지만 모두 뿌리가 누렇게 더러워져 담뱃진에 물든 상아 파이프 색이었다. 그 중에 하나는 가는 상아처럼 뿌리가 활처럼 구부러져 3센티 가까이 되는 이도 있었다. 시게코는 그 이를 주저주저 하며 손가락 끝으로 잡고서 눈 가까이 가져와서 봤다. 이 이는 왼쪽 세 번째 앞니로 벌써 2,3년 동안 빠질 듯 빠지지 않는 강물에 흔들리는 말뚝처럼 혀끝으로 건드리면 흔들흔들 움직였다. 이제 빠지겠지, 빠지겠지, 하고 오늘아침까지 혀끝으로 버릇처럼 건드리며 있었는데 지금 뽑힌 것을 보니 뿌리는 이렇게 깊이 2센티 가까이나 살에 박혀 있었던 것이다. 시게코는 그 이를 살짝 만지며 눈으로 느껴지는 부분의 매끄러운 딱딱함과 살에 깊이 박혀 있던 누렇고 가는 부분의 거칠거칠한 느낌에 이 이가 자신의 밑바닥에서 나고 자라서 버텨온 긴 세월을 생각했다. 음식 씹을 힘을 잃어버린 이 이를 시게코는 성가시다고 생각하여 빨리 빠져라 빠져라고 괴롭혀 왔지만 이가 잇몸 깊숙이 박힌 생명력은 생각 외로 뿌리 깊은 것이었다. 마멸된 하나의 이에 시게코는 안타까운 후회와 애착을 느꼈다. 자신의 육체에서 떨어져 나간 이는 이제 아무리 빌어도 자신의 것이 되지는 않는다. 자신의 생명의 일부가 죽은 것을 바로 자신의 눈으로 보고 있는 것이다. 이는 그대로의 자신의 뼈로 보였다.

세 번째라고 생각하니 문득 시게코는 황량해졌다. 자신의 눈으로 본 것은 아니었지만 전에 두 번 시게코는 몸을 메스로 열어서 병든 기관을 도려냈다. 한번은 오른쪽 가슴이 결핵균에 감염되는 바람에 또 한 번은 여자이기에 앓는 암이었다. 수술을 받은 두 번 모두 성기의 병이었기에 시게코에게는 무슨 저주와 같은 찝찝한 기분이 들었다. 가슴을 잘라냈을 때는 그 정도로는 생각하지 않았지만 두 번째의 수술을 받은 뒤에는 여자의 성질을 잃어버리게 되는 것은 아닌가 하는 그런 성의 상실이 결국 살아갈 힘조차 잃게 하는 것은 아닌가 하고 불안에 괴로운 적이 많았다. 그 때 시게코를 북돋아 준 것은 기교한 연상이었지만 사마천이 쓴 '사기史記'였다. 사마천은 정치에 뜻을 갖고 있었지만 그 때문에 좌절하여 궁형을 받았다. '사기'는 사마천의 그러한 육체의 변화 뒤에 그린 비정한 인간의 역사이다. 사마천은 인간에게 혹독하게 될 수밖에 없었지만 그가 냉혹하게 쓴 인간의 역사는 사마천의 비정함을 넘어서 생생한 피와 살의 아우성을 수천 년에 걸쳐서 현재에도 느끼게 하는 힘을 갖고 있다. 사마천은 잃어버린 성의 집착을 전부 사기 속에 쏟아 부었던 것이다.

이런 식으로 여성의 기능을 잃은 것이 생생한 비애와 답답함이 되지 않고 바로 몇 천 년 전의 중국의 역사가에게 공감하며 가는 것으로 바로 연결되어 가는 자신의 사색 자체의 기묘함을 시게코는 익살맞게 느꼈다. 이것도 시게코 안에 떡하니 앉아서 움직이지 않는 도깨비의 짓이었다. 도깨비는 시게코 안에 저 깊이 숨어있으면서 두더지처럼 햇빛을 보지 않는다. 어디서부터 왔는지도 명확히 모르지만 시게코의 생명이 꺼져가는 날까지는 시게코의 육체 밑바닥에 오물오물 흙을 파내면서 숨어 지낼 것이다. 시게코의 정신에 계속 구멍을 낼 것이다.

시게코의 몸에 가슴이 하나밖에 없는 것도 자궁이 텅 비어 있는 것도 말하지 않으면 아무도 모른다. 아마도 거북이 새끼처럼 혀와 입술이 들어붙은 채로 지금 이가 없는 상태가 며칠 후에 의치를 가지면 사람들은 눈여겨보지 않을 것이다. 그 이상으로 옷 아래 비밀은 누구에게도 들키지 않는다. 얼굴에 멍 하나 흉터 하나가 있어도 타인은 눈을 흘끔 거리지만 숨겨진 부분의 일부는 전혀 눈치채지 않는 채로 아무렇지도 않게 인생이 흘러가는 것이다. 이런 일부가 아무리 해도 숨길 수 없는 경우는 연애할 때뿐일 것이다. 시게코는 여성의 기능을 잃은 뒤에도 몇 번이나 남자를 사랑했다. 사랑을 하면 마음에 약한 부분이 생겨나서 얇은 딱지가 앉은 새 상처에 바람과 추위가 스며들 듯이 쉽게 마음이 아파지는 것이 젊을 때부터의 버릇이었다. 그런 연약한 마음 상태를 맛볼 때마다 시게코는 자신의 육체는 훼손되더라도 정서적으로는 성이 살아있는 것을 믿음직스럽게 생각했다. 그러나 그것은 그것뿐이고 시게코는 병을 앓은 이후 자신의 신체를 마치 폭약과 같이 두려워하고 있었고 생명으로의 공포를 능가할 정도로 강한 정열의 포로가 된 일도 없었다.

시게코는 가장 건강했을 때조차 정열이 부족한 여자였다. 생명 전체가 불꽃이 되어 타는 순간을 시게코는 일찍이 경험한 일이 없다. 서정적으로 남자를 사랑하는 마음은 격렬하기도 하고 면면히 이어지는 애착이기도 했다. 그것은 결국 '하루살이의 일기かげろふ の日記'[52] 를 쓴 왕조 귀부인 작가의 후예를 자각시키는 것으로 다 타지 않은 자아의 나르시시즘적인 전개였던 것이다. 시게코는 서정을 애정으로 잘못 보고 안심하며 행복했고 서정이 일종의 자위 작용이라고 자신의 마음을 분리할 수 있게 되고 나서 한층 고독해져서 그것이 본래 자신의 모습이라고 받아들이게 되었다.

서양영화를 보고 있으면 "당신을 사랑해" "너를 사랑해" 사랑해, 사랑해, 사랑해, 라는 말이 많이 나오고 남녀가 입술을 맞추거나 힘껏 껴안기도 한다. 그런 때 여자는 대개 기뻐하지만 남자의 얼굴에는 암울한 고뇌가 번져 있다. 남자의 성으로 짊어지게 된 짐이 드리운 음영인 것이다. 시게코는 스크린 위에서 그런 남자의 얼굴을 볼 때마다 성의 가해자인 것처럼 보이는 남자가 불쌍해서 견딜 수 없다. 그리고 남자에게 주어진 짐을 이해할 수 없었던 자신의 과거를 후회하는 것이다.

뒤돌아보면 시게코는 철이 들고 나서부터 원래의 인간을 잃어

---

52 헤이안시대 여류일기. 작가는 후지하라 미치쓰나(藤原道綱)의 어머니.

버렸다. 살아있는 인간의 생활에 있는 것보다도 훨씬 탐욕적인 눈부신 세계는 무자각적으로 밖으로부터 주어졌던 것이다. 그것이 행복이라든지 불행이라든지의 정의에는 맞지 않더라도 한눈에 평범하게 보이는 시게코의 육체와 정신을 어브노멀하게 변형시킨 것은 부정할 수 없다. 즉 그녀 안에 두더지처럼 살고 있는 도깨비의 정체이다. 여성의 성을 반 이상 육체에서 빼앗긴 시게코는 지금 다시 한 번 소녀시대부터 입 안에서 굳어져 함께 살아 온 이를 빼버리고 말았다. 그 세 개의 죽음을 생각하자 시게코는 자신에게 주어진 생명의 역사의 오묘함에 뭐라고 말하고 싶었다. 시게코는 입 안에 거즈 재갈을 문 채로 먼 기억으로 자신을 데리고 갔다.

시게코의 기억 첫 페이지에 떠오르는 것은 고풍의 굵은 세로 격자창이 달린 검은 나가야문長屋門과 그 문 앞에 넓은 언덕 위에 빨갛게 칠한 둥근 포스트가 우둑하니 서 있는 풍경이다. 언덕은 언제나 인기척 없이 하얗게 말라 있다. 언덕 위는 넓은 길을 넘어서 야스쿠니신사靖国神社의 경내가 되어 있기 때문에 아마도 작은 시게코는 하녀의 등에 업히거나 할머니 손에 이끌려 줄곧 그 언덕을 오르락내리락 하고 있었음에 분명하다. 병아리나 뻐꾸기 모양의 색깔 있는 사탕을 파는 사탕가게와 바이올린을 껴안고 엔카를 부르던 사람도 그 언덕의 기억과 함께 떠오르지만 그 경사가 완만한 하얀 언덕길은 이상하게도 시게코의 추억 속에서 가장 조용히 마음이 쉬는 장소이다. 여섯 살 까지 자란 그 야마노테山ノ手 집 정원의 모습과 집 구조는 거의 기억하고 있지 않지만 정원 구석에 있던 사각진 자연석의 하늘우물과 그 위에 덮여 있던 석류나무의 작은 윤기가 나는 이파리 사이로 새로운 상처처럼 입을 벌린 열매, 담홍색에 빛나는 알맹이……. 또 우물 깊은 밑바닥에 쌓인 바람에 우는 낙엽의 마른 소리. 그런 단편적인 기억은 긴 세월 켜켜이 쌓인 먼지바닥에 지금도 선명히 남아 있다.

야스쿠니신사를 할머니와 아버지는 초혼사招魂社라고 불렀다. 러일전쟁으로부터 아직 10년도 지나지 않은 초여름과 가을의 제례가 되면 청동의 토리이大鳥居[53] 근처에서 경내의 양측은 이동 가게로 가득 찬다. 안으로 들어가는 일은 거의 없었지만 축제 때면 시게코는 할머니를 따라서 그 넓은 경내를 메우는 이동 가게 앞을 어슬렁어슬렁 걸었다. 강렬한 색으로 덕지덕지 칠한 간판그림에는 하얗고 가는 천과 같이 흐물흐물거리는 목 위에 올림머리를 한 여자애의 웃는 얼굴, 몸통은 사미센을 안고 있는 로쿠로쿠비ろくろ首[54] 랑 몸에 금색 비늘의 머리가 헝클어진 인어랑 몇 마리의 뱀을 몸에 칭칭 감고 있는 여자의 그림 등이 그려져 있다. 그 밑에서는 이상하게 찌그러진 목소리의 호객하는 사람이 딱딱이를 치면서 연극의 소개를 하고 있었다. 몇 개의 그림이 탁탁 바뀌더니 결국에는 작은 화면전체가 입이 귀까지 찢어진 고양이 얼굴이 되는 도깨

---

53 신사 경계 영역을 표시하는 두 개의 기둥.
54 겉모습은 인간과 다르지 않지만 목이 비정상적인 신축성을 갖고 있어 엿가락처럼 길게 늘어난다고 알려진 일본의 요괴

비고양이를 엿보는 기계도 있었다.

어린 시게코는 머리를 목덜미의 움푹 파인 곳 위에서 예쁘게 잘라 묶어 머리 장식을 하고 있다. 정갈한 차림의 할머니를 쳐다보고는 그런 이상한 간판그림의 내용을 물었다.

"모두 거짓말이란다. 로쿠로쿠비라는 것은 뒤에 검은 막이 있어서 밑에서 한 사람이 샤미센을 켜고 있으면 목이 주욱주욱 늘어나서 위에서 머리가 웃는 듯이 보이지만 잘 보면 늘어 난 목은 만든 것으로 위 얼굴과 아래 몸통은 다른 사람인 거야. 목이 위쪽으로 가는 것에 따라서 흑막 속에서 얼굴만 내고 사다리를 올라가겠지. 인어도 같은 것이야. 보고 있는 쪽도 속고 있다는 것을 알면서 재밌어하니까. 이상한 이야기지."

할머니는 에도출신답게 남자스러운 말투로 시게코의 손을 끌고 강한 발걸음으로 걸으면서 말했다. 그러나 시게코의 어린 머리는 할머니가 해설한 만큼 인어와 로쿠로쿠비의 비현실성을 인정하지는 않았다. 왜냐면 어머니가 없는 시게코는 매일 눈을 뜨면 옆 할머니의 이부자리로 들어가서 할머니한테서 여러 가지 이야기를 듣는 것을 즐기고 있었기 때문이다. 할머니의 이야기는 에도시대의 패사소설稗史小説과 연극의 줄거리가 많았지만 그것과 비슷하게 시게코를 흥분시키고 공포스럽게 한 것은 할머니가 젊었을 때에도 시민들 사이에서 떠돌았던 괴담이었다. 혼조本所와 반초番町 일곱 개의 이상한 이야기, 실제로 누군가가 봤다고 하는 너구리와 여우가 변한 이야기, 그것들을 능숙하게 잘 꾸며서 할머니는 배우처럼 손짓 발짓을 넣어가며 재미있게 이야기 해 주었다. 할머니는 옛날이야기를 열심히 듣는 시게코를 예뻐하며 민화의 원칙에 어긋나지 않게 어린아이에게 전대의 이야기를 전승하는 것이었지만 그들 이야기는 로쿠로쿠비와 인어의 구경거리와는 인연이 없지 않다는 것을 노인은 전혀 알아채지 못하고 있었다.

할머니 이야기 중 하나에 발씻는 저택足洗い屋敷이라는 것이 있었다. 혼조의 일곱 개 이상한 이야기 중 하나였다. 무가의 저택에서는 한밤중에 천정에서 큰 털북숭이 발이 쓰윽 내려오는 것이다. 그 저택 안에서 가장 아름다운 시녀가 미지근한 물을 데우고 그 발을 가만히 씻어 준다. 발은 미끌미끌해서 좀처럼 깨끗해지지 않아서 몇 번이나 씻어서 잘 닦아주지 않으면 조용히 천정으로 돌아가지 않은 채 횡포를 부리니까 그 시녀는 두려움에 떨면서 깨끗해 질 때까지 정성껏 발을 닦아주는 것이다. 남자의 털북숭이의 미끌미끌한 발을 가만히 씻어주는 아름다운 시녀는 얼마나 무서울까 상상하는 것만으로도 시게코는 웅크리며 눈을 동그랗게 뜬다. 그러나 그런 무서운 이야기를 들을 때마다 발을 닦아 주는 시녀의 흰 목덜미와 떨리는 손의 겁먹은 아름다움은 보통의 아름다움 이상으로 시게코를 강하게 잡아끌었던 것이다.

시게코의 아버지 후지키 시로藤木志朗는 S대의 영문학과 교수였지만 영문학자로서보다도 새로운 연극 지도자로서 훨씬 저명하기도 했고 뛰어나기도 했다. 후지키는 마흔 몇 해 짧은 생애를 신

극운동에 바쳤지만 신극뿐 아니라 고전 가부키의 부활과 개작에도 창작의욕에 가득 찬 업적을 남겼다. 후지키의 그러한 고전극에 대한 애정은 주로 어머니 다네たね부터 이어받은 것으로, 에도의 무사 집안에서 태어나 한자와 춤, 샤미센을 동시에 배운 다네는 미망인으로 긴 세월동안 두 명의 남자 아이를 키웠고 거의 중성화되어 살아 왔지만 그녀가 며느리들에게 시어머니 노릇을 하지 않았던 것은 그러한 소양이 항상 다네의 마음을 현실 이외의 세계로 데리고 갔기 때문인지도 모른다. 다네는 첫 아내가 죽은 뒤 쭉 독신으로 있었던 시게코의 아버지를 위해서 재판관인 장남의 집을 떠나 같이 지냈다.

일흔이 되어도 기억력이 전혀 떨어지지 않은 다네는 태어나자마자 엄마 없이 거의 자신의 손으로 키운 시게코에게도 보통의 할머니가 손녀에게 보이는 무조건적인 사랑은 보이지 않았다. 시게코도 할머니의 희고 고운 가슴의 작은 젖꼭지를 입에 넣거나 재밌게 만지작거린 기억도 있지만 할머니를 육감적으로 엄마 대신이라고 느낀 적은 한 번도 없었다. 그런데도 아버지가 외출이 잦아도 한 번도 어머니가 없는 외로움과 울적함을 어린 시게코가 느끼지 못한 것은 할머니가 옆에 있으면 언제나 재미있는 이야기가 할머니 속에서 토해져 나왔고 그것을 듣고 자신의 속으로 삼키는 것이 무엇보다 즐거웠기 때문이다.

후지키가 외출하면 넓은 집 안은 조용해진다. 주부가 없는 집에서는 하녀들로부터 어르신이라고 불리는 다네가 언제나 어김없

이 다실茶の間의 화로 앞에 앉아 있다. 단정한 다네는 거의 편히 앉은 적이 없었다. 다네가 앉아 있는 앞에는 2척 정도의 두꺼운 재단용 받침대가 놓여있고 그 위에는 다양한 기모노의 천이 올려져 있다. 다네 스스로가 바느질을 할 때도 있고 젊은 하녀에게 재단법과 셈법을 가르칠 때도 있었다. 나이가 들어도 고개를 곧추 세우고 눈매가 아름다운 다네의 모습에는 노인다운 막힘이 없고 하녀와 서생들로 부터도 믿음직한 주부로 신용되었다. 현관에 손님이 오시면 다네가 나가서 아들 대신 응대한다. 집 안은 하녀들이 청소를 하기 때문에 언제나 먼지도 없고 깨끗하지만 장식적인 분위기도 전혀 없다. 메이지 유신의 대변동에 가재도구 일체를 배로 기슈紀州로 보내고 도중에 배가 난파되어 비장의 가재를 전부 잃어버렸다는 다네는 물건에 집착이 없고 돈을 알뜰하게 쓰지만 주거를 장식하고 즐기는 취미는 전혀 없었다.

"좋은 것을 사용하면 쓰는 쪽이 신경 써야 하는 것이 싫어"라고 말하며 식기와 도구 등도 흔히 볼 수 있는 것을 쓰며 꺼내고 넣고 하는 것이 귀찮아서 시게코를 위한 소꿉장난도 사 주지 않았다. 하녀는 있지만 집안 전체의 분위기는 남성스럽고 색채가 없는 건조한 청결함만이 차지하고 있었다.

시게코는 오전 중에는 하녀와 정원과 밖으로 나가서 노는 일이 많았다. 마을의 아이들과는 놀지 말라고 들어서 또래의 친구가 없이 대낮이 지나고 집 안이 조용해 지면 다네가 있는 다실로 가서 재단용 받침대 앞에 앉아 바느질을 하고 있는 다네로부터 이야기를 듣는 것이 일과였다.

기억력이 좋은 다네는 젊은 시절 애독한 바킨馬琴 팔견전八犬伝[55] 과 弓張月[56] 의 문장을 암송하고 줄거리를 이야기하면서 군데군데 견고하게 직조된 비단과 같은 의고문擬古文을 낭송했다. 어린 시게코는 그 문구를 잘 이해하지 못하면서도 어슴프레 기억해버렸다. 뒤에 생각해 보면 팔견전의 발단은 개와 인간의 여자가 결혼하는 불건전한 테마에서 출발하고 있지만 다네는 그런 것에는 개의치 않고 인의예지충신효제仁義礼智忠信孝悌의 여덟 개의 구슬에 상징되어 있는 봉건도덕의 대표자로서의 팔견사를 사랑했다. 시노信乃와 겐하치現八가 한패가 되어 도네강利根川에 빠지는 방류각芳流閣의 언저리라든지 붉은 바위로 변해있는 산고양이를 퇴치하는 언저리라든가를 열정적으로 이야기하면 시게코는 할머니의 이야기에 빠져들어 황당무계한 패사소설의 세계에 때때로 자신도 살고 있는 듯 착각을 느꼈다. 바킨 뿐만 아니라 에도시대 쇠퇴기에 생겨난 읽을거리나 통속소설草双紙, 희곡은 문학에 주어진 본래의 비판성이 철저히 억압되어 사상적으로 질식 상태에 빠진 시기였기에 단순한 주제를 움직여 가는 줄거리의 경위, 즉 취향이 복잡해져 괴이함과 에로틱한 요소가 어브노멀하게 발전하여 관능을 자

---

55 바킨이 에도시대 후기에 쓴 장편독본으로 무로마치시대를 배경으로 견이 이름에 들어간 8명의 젊은이들의 전기소설(伝奇小説).

56 바킨이 쓰고 호쿠사이(葛飾北斎)가 그린 독본으로 28권 29책으로 이루어져 있다. 미나모토 타메토모(源為朝) 일대의 무용외전(武勇外伝).

극하는 경향이 강해졌다. 그 세계에서는 도의와 배덕, 미美와 추醜가 극단으로 과장되어 특수한 양식화에 의해 표현되었다. 충의라든가 효행이라든가 정조라든가 미덕을 빼놓지 않고 육체에 깃든 용맹스런 남자와 여자가 온갖 거짓말과 박해와 능욕에 견디며 정신의 빛을 더해가는 이야기와 미모의 악인이 마음먹고 비정하게 잔인하게 못된 짓을 범하는 내용과 어찌 됐던 난보쿠南北와 모쿠아미黙阿弥의 가부키, 바킨과 다네히코種彦의 독본 통속소설의 세계에서는 인간은 변화무쌍하게 변하는 허구의 씨실과 날실이 되어 금은오색 찬란한 직물을 펼치지만 거기에는 흙냄새와 싹의 힘, 태양이 넘치는 자연은 요만큼도 보이지 않고 모두가 인공적인 조명에 빛나는 말하자면 극장적인 세계인 것이다.

다네의 이야기 솜씨에 이끌려 시게코는 때로 앞머리를 얹은 미소년이 되어 적과 싸우거나 때로 고상하고 우아한 공주가 되어 도적에게 납치되거나 연극적인 감흥에 흥분되어 화려한 색채와 광선 사이에서 살아가는 것을 배웠다.

그 중에서도 시게코를 이상하게 현혹한 것은 미녀가 학대당하는 이른바 세메바責め場[57] 나 살해되는 장면이었다. 다네는 그러한 어브노멀한 취미를 갖고 있지 않았지만 그녀가 젊었을 때 자연스레 접했던 도착예술의 자극은 그것을 그다지 불건전한 것으로는 느끼게 하지 않았다. 예를 들면 남녀의 성교 등에 갖게 되는 수치

---

57 가부키나 조루리에서 남녀주인공이 악역에게 괴롭힘을 당하는 장면

심과 배덕감悖德感으로 그것을 어린 손녀딸에게 감추려고 하지 않았다.

우라사토浦里와 추조공주中将姫가 눈 속에서 당하는 장면이라든가 오토미お富가 고통스럽게 살해되어 사라야시키皿屋敷의 오키쿠お菊가 체벌당하는 장면 등의 이야기를 시게코는 몇 번이나 들었다. 그런 학대당하는 여주인공은 반드시 아름답고 젊은 여자여야 하고 그녀들의 희고 부드러운 손과 가슴에 거칠고 거친 밧줄이 꽁꽁 묶여 있고 빗자루나 부러진 활로 맞을 때마다 머리카락이 흐트러지고 몸이 찢어질 정도 몸서리를 치면서 비명을 지른다. 그 무참함이 모두 이상한 아름다움으로 느껴졌다.

다네 이야기 속에 무엇보다 시게코를 흔든 것은 모쿠아미의 베니자라 가케자라紅皿欠皿의 세메바였다. '오치쿠보 모노가타리落窪物語'에 닮은 계모에게 학대당하는 이야기로 집을 비운 사이에 애인과 사랑을 나눈 것을 안 계모가 가케자라를 못살게 하며 괴롭히는 기학성嗜虐性이 농후한 장면이 있다. 작품을 쓴 사람은 산다이메 다노스케三代目田之助. 이 가케자라를 괴롭히는 장면에서 말을 묶어두기 위해서 위에 쳐 논 밧줄이 어느 날 끊어져 무대에 떨어지는 바람에 그것이 결국 다노스케의 손발을 자르게 한 탈저脱疽의 원인이 되었다고 한다. 다네는 젊을 때 그 무대를 보았다. 그래서 그 자극 강한 장면이 기억에서 희미해지지 않고 각인되어 있었으며 때때로 그 장면을 이야기 했다.

"계모가 바늘을 이렇게 다발로 해서 가케자라의 몸을 찌르는 거야. 진짜 아프겠지?"

다네는 마치 지금 그 바늘이 자신의 허벅지를 찌른 듯 얼굴을 찡그리며 이야기했다. 만약 그런 이야기가 시게코의 내부에 그야 말로 이상한 바늘이 되어 주사된다는 것을 안다면 다네는 결코 쉽 게 그것을 이야기 하지는 않았을 것이다. 시게코는 훗날 자신의 심 신은 이상한 기욕嗜慾에 눈뜨게 되었지만 할머니자신은 이들의 퇴 폐예술의 독을 몸으로 받지 않았던 건강한 여자였다고 쓰게 웃을 것이다. 할머니는 성욕에 담백했기에 아마도 기학성의 관능에 대 해서도 무지였을 것이지만 그녀가 호흡한 청춘의 분위기는 손녀 딸 안에서 아름다운 버섯처럼 독을 고스란히 옮겨 심었던 것이다. 인간의 생활 속에 빠질 수 없는 요소 전부가 무자각 속에서 나고 자라나는 것은 도대체 무엇에 누구에게 항의하면 되는 것인가?

어린 시게코는 그런 할머니의 이야기 세계에서 실제로 간단하 게 귀신놀이와 공놀이의 세계로 돌아 올 수 있었다. 아이다운 놀이 와 장난도 재미있지만 그러한 아이다운 천진한 세계 외에 인간의 지능이 인생에서 구성한 제2 세계의 매력은 일찍이 어린 시게코에 게 일종의 독을 방사하기 시작했다. 시게코의 흥미는 현실 생활보 다도 그 제2 세계의 인공적인 광선에서 주어지는 것에 더욱 쉽게 흔들리게 되었다. 물론 어린 시절 할머니의 이야기 세계가 시게코 에게 준 것은 어브노멀한 관능만은 아니었다. 같은 이야기 세계 속 의 스토익한 도덕성, 절조라든가 명예라든가 물질보다 훨씬 높이 둔 무사의 의지 윤리의 형이상성도 조각적인 아름다움으로 시게코의 안으로 스며들었다. 이 윤리성과 기학적인 성도착은 인간 안에 같이 자리 잡을 것 같지 않아서 실제는 어쩌면 보이지 않는 곳에서 비밀스럽게 손을 잡을 수 있는 소질의 것이었다. 왜냐면 이 두 가지 관념은 봄의 흙이 작은 싹을 스스로 싹틔우듯이 자연과 생물의 악수에서 생겨난 것이 아니라 두 개 모두 자연과 등을 돌린 곳에서 인간이 함부로 만들어낸 윤리이고 기호였기 때문에. 무사도적 윤리관도 기학성의 문학도 뿌리에는 자연적인 생명을 내쫓은 차가운 고독한 마음의 미화가 있는 것이다.

시게코가 여섯 살이 된 해 후지키 집은 코지마치麴町에서 오쿠보大久保의 누키벤텐抜弁天 가까이로 이사했다. 후지키의 염원이었던 작은 무대가 있는 스튜디오를 넓은 정원의 공터에 세웠다. 스튜디오의 부지가 있기 때문에 후지키는 가족을 이 집으로 이사 오도록 했다.

후지키가 주인으로 되어있는 '근대좌近代座'의 극단 멤버가 늘 집으로 출입하여 연극 연습과 연구회로 스튜디오를 사용했다.

할머니는 그다지 스튜디오에는 오지 않았지만 시게코는 하녀를 따라서 자주 그 작은 극장의 손님이 되었다. 선보이는 것은 주로 서양의 근대극이었지만 때때로 세익스피어나 헤벨 등도 시연되었다. 인형으로 밖에 보지 못했던 연갈색이나 금발의 곱슬머리의 가발을 쓴 사람들이 빠른 어투로 이야기하거나 걸어 다니거나 하는 모습은 같은 연극이라 하더라도 할머니를 따라 간 가부키의 무대와는 전혀 모습이 달라서 재미있기도 하고 다소 어색하기도 했다. 그러나 원래 극장 안에서 자란 시게코는 어린데도 입센과 스트린드벨히의 대사만으로 가득한 긴 막을 보고 있어도 한 번도 질려하지 않고 가만히 무대를 보고 있기 때문에

"역시 선생님 따님이군요."

라고 후지키를 놀리는 일도 있었다.

어느 날 시게코는 하녀에게 허리를 붙잡혀가며 의자 위에 서서 무대 쪽을 보면서 투덜거렸다. 연극이 있다고 해서 보러 왔는데 무대는 텅 비어 아무리 기다려도 누구도 나오지 않았다.

"심심해, 아직 연극은 시작하지 않는 거야"

"조금만 있으면 시작한대요. 아가씨, 그렇지 않으면 밖으로 나가서 벤텐님弁天さま한테 갔다 올까요?"

"아니. 벤텐님 싫어. 연극이 좋아"

"그러니까, 조금 더 기다리면 시작한다니까요."

"싫어 싫다니까."

시게코는 기다림에 지쳐서 어깨를 흔들었다. 스튜디오 안의 어둠이 갑자기 무서워졌지만 그렇다고 해서 밖으로 나갈 마음도 들지 않는 당착된 기분이 헷갈려서 시게코는 울기 직전이었다.

갑자기 시게코 입에 무언가 들어왔다. 깜짝 놀라서 혀를 움직이자 달달하고 끈적한 것이 입안에서 녹기 시작했다. 어? 하고 생각한 순간 시게코는 위로 들어 올려졌다. 뭔지 흙벽의 냄새가 난다. 시게코는 안고 있는 사람을 보려고 했지만 거친 털 같은 것이

뻣뻣하게 뺨에 스쳐 보이지 않았다.

"싫다니까."

입 안의 초콜릿을 우물우물하면서 시게코는 몸을 버둥거렸다. 안고 있던 사람은 웃으면서 몸을 안은 채로 시게코를 휙 돌려서 시게코와 마주 보았다. 시게코는 그 얼굴을 본 순간 숨이 멎을 것처럼 놀랐다. 알고 있는 누군가라고 감촉으로는 알고 있었는데 보고 있는 얼굴은 전혀 다른 사람이었다.

초와 같은 흰 코, 살색의 뺨, 갈색으로 물든 눈썹과 눈, 그 이상한 얼굴은 불타는 듯 금발에 테두리 쳐져서 반들반들한 새빨간 입술을 벌려 웃고 있다. 시게코는 순간 도깨비 나라에 유괴된 듯 공포에 사로 잡혀 입 안의 초콜릿을 뱉고서 불같이 큰 소리로 울기 시작했다.

"시게코, 왜 그래? 나야, 나."

시게코의 요란한 소리에 놀라서 도깨비는 부드러운 목소리를 내고 시게코의 몸을 흔들었다. 그 목소리는 시게코가 들은 적이 있지만 그렇게 생각하자 한층 두려움이 더해서 시게코는 공연히 몸을 버둥거리면서 도깨비로부터 도망가려고 했다.

"그만둬. 그런 모습을 한 채로 갑자기 데려 오니까 시게코가 무서워하는 거잖아."

그 목소리가 여배우 미쓰에光枝의 목소리라고 생각되자 시게코는 자기도 모르는 사이에 미쓰에의 뻗은 가늘고 부드러운 손 안으로 눈을 감은 채로 몸을 미끄러져 들어갔다. 미쓰에는 날씬한 몸에 부드러운 기모노를 입고 있어서 시게코는 떨어질 뻔 했지만 힘껏 달라붙어서 겨우 눈을 떴다.

"어머, 어머 얼굴이 더러워졌네."

라고 말하면서 미쓰에는 향기가 좋은 손수건을 꺼내서 시게코의 얼굴을 닦아 주었다.

"무섭지 않단다. 나카자와中沢씨야. 잘 봐! 이 사람 햄릿이 되는 거야, 덴마크의 왕자님이야."

미쓰에가 시게코의 머리카락을 만지자 시게코는 수상쩍은 눈동자를 천천히 도깨비 쪽으로 돌렸다. 상대는 짧은 검을 한손으로 쥐고 넓적다리까지 오는 양말을 신은 발을 꼬고서 여전히 웃고 있었다. 간격을 두고 보면 분장한 나카자와 인 것은 시게코도 알았다. 시게코는 나카자와의 눈동자를 가만히 응시하고 겨우 안심했다. 배우 중에서도 아이를 좋아해서 언제나 시게코에게 과자와 장난감을 주는 나카자와로 돌아왔다. 그러나 언제나 감색바탕의 비색무늬 기모노나 스탠딩칼라의 양복을 입은 학생인 나카자와가 새까만 비로드 옷을 입은 왕자님인 나카자와인 것이 시게코에게는 역시 이해되지 않았다.

"나카자와씨, 왕자님으로 변한 거야?"

라고 그 뒤에 버릇처럼 시게코는 말했다.

"변한 것이 아니란다. 나카자와씨는 배우니까 여러 가지 배역을 하지 않으면 안 되는 거란다"

라고 할머니는 그 때마다 고쳐주었지만 시게코에게는 언제까지나 변했다는 실감이 사라지지 않았다. 그렇게 해서 어느 새인가 그러한 여러 가지 분장을 볼 경우가 많아짐에 따라서 처음에는 그토록 무서웠던 것은 잊어버리고 일상의 감색바탕의 비색무늬의 옷을 입고 있는 나카자와와 머리를 묶은 미쓰에보다도 금발의 가발을 쓴 주름이 많은 양복을 입고 있는 무대의 나카자와와 미쓰에가 훨씬 진짜 나카자와와 진짜 미쓰에답다고 생각되었다.

연극을 좋아하는 시게코를 아버지인 후지키도 사랑했다. 아버지는 자주 술을 마시고 아무렇게나 시게코를 껴안고 면도한 거칠거칠한 뺨을 보드라운 시게코의 뺨에 부비면서 말했다.

"시게코가 어른이 되면 여배우가 되렴. 너의 눈은 엘레오노라 두세Eleonora Duse[58]를 닮아서 반드시 지적인 열정을 살리는 여배우가 될 거야."

후지키는 자신의 재산과 능력 모두를 연극에 쏟아 부었듯이 외동딸 시게코를 자신의 꿈의 도가니에 넣고 싶었는지도 모른다. 만약 후지키가 조금 더 오래 살았더라면 그리고 시게코 신체 조건이 조금 더 맞았더라면 시게코는 아마도 무대 위에서 다양한 성격을 연기하기에 부합한 배우적 인격이 되었는지도 모르겠다.

후지키는 시게코의 엄마가 죽고 난 후 두 번 다시 아내를 들이지 않았지만 밖으로는 여자가 있었다. 사와코さわ子라는 여자는 할

---

[58] 이탈리아의 여배우로 네 살 때 '레 미제라블' 무대에 처음 출연했고 열네 살에는 줄리엣을 연기하면서 평론가의 찬사를 받았다. 주로 고전적인 작품에 출연했으며 훗날 연인이 된 가브리엘 단눈치오의 작품 '불꽃'에서 탁월한 연기를 보여주었다.

머니와 같은 집에 두는 것이 어울리지 않은 여자였고 후지키는 집 안의 일은 일체 다네에게 위임하고 자신도 집에 있을 때에는 할머니가 만든 장식이라고는 없는 단정한 분위기에 반발하지 않았다. 밖에서 분방한 후지키를 알고 있는 사람은 이상하게 생각하겠지만 후지키는 일상적으로는 오히려 사와코보다도 어머니가 만든 고풍적인 지적인 분위기를 좋아했다.

시게코는 소학교를 다니면서도 틈이 나면 스튜디오로 갔다. 극단의 연습이 있는 날이라고 하면 바쁘게 무대 위의 나카자와 미쓰에의 모습을 찾았지만 스튜디오가 닫혀있을 때는 로맨틱한 분위기로부터 내쫓긴 것 같아 아쉬웠다.

시게코는 그런 때 자주 혼자서 집 2층의 아버지 서재로 들어갔다.

다다미 8장의 일본식 방으로 주위 벽은 거의 책장으로 덮여 있고 차고 넘친 책이 바닥에 가득이었다. 바닥에는 녹색의 명주가 깔려 있고 서양풍의 대형 책상이 있었다. 그 앞에 회전식 팔걸이 의자에 앉아 후지키는 일을 하는 것이었다. 그 의자 옆에는 큰 등롱과 같은 빙빙 도는 책 상자가 있고 자주 쓰는 책이 가득 들어 있다. 사면에 책이 들어서 서너단이 된 책 상자는 갈색으로 빛나고 그리스풍의 세로줄 무늬로 새겨져 있었다. 빙빙 돌리면 여러 책이 나오는 것이 시게코에게는 신기하고 이 책 상자 안의 책은 특별히 재미있게 느껴졌다. 빼서 보면 대개 표지에는 아름다운 가죽과 천에 금박 문자가 새겨져 있었지만 안은 자잘한 서양문자로 가득 채워져

있었다. 아버지의 장서에는 연극에 관한 책이 많았기 때문에 서양의 연극 무대와 배우 사진이 실려 있는 것도 많고 별도로 우키요에와 통속소설의 수집도 있었다. 중세기 연극에 나오는 악마 가면의 몇 개의 종류와 사진을 본 것도, 이치유사이 쿠니요시—勇斎国芳가 그린 아사야마텟산浅山鉄山이 등을 굽혀서 오키쿠おきく를 쳐넣은 우물을 들여다보면서 칼을 닦고 있는 사라야시키皿屋敷의 그림을 본 것도 이 서재였다.

서책은 때때로 위치를 바꿀 때도 있었지만 대개 같은 장소에 좁은 듯이 어깨를 나란히 하고 있었다. 비어 있는 곳은 언제나 같은 방향으로 책이 누워있었다. 눈에 띄는 빨간 노란색의 책, 특별히 두꺼운 책, 그 사이에 얇은 빛바랜 책이 몇 권이나 끼어있었다. 그 정렬 방법이 시게코에게는 인간처럼 보여서 작은 책이 늘 어깨가 짓눌려 있거나 같은 모습의 전집책 등은 사이좋게 이야기를 하거나 웃거나 하고 있는 듯 보였다. 의자 아래 다다미에는 빨간 명주의 안감을 댄 표범의 모피가 깔려 있었다. 시게코는 노란 검은 무늬가 그려져 있는 반들반들한 유연한 모피가 좋아서 곧잘 그 위에 엎드려서 다양한 책을 읽었다.

후지키는 때때로 이 서재에 혼자 있으면서 무척 음울한 얼굴을 하고 있을 때가 있었다. 극단이 늘 결원이 생기고 부채를 짊어질 일이 많은데다 남자배우와 여자배우 사이에도 문제가 일어나고 그 때마다 애써서 키워 온 싹이 마구 뽑히는 듯 한 기분을 맛보는 것이었다. 그러나 후지키를 우울하게 하는 것은 그것 뿐 아니라

사와코가 다른 남자와의 관계로 몇 번이나 후지키를 힘들게 한 것이다.

시게코는 한번 유라쿠좌有楽座의 어린이연극을 아버지와 함께 보러 갔을 때 사와코를 만났다. 시게코는 어린 마음에도 사와코의 녹아내릴 것 같은 부드러운 느낌에 금방 친해져서 순순해 졌던 것을 기억하고 있다.

"아가씨, 달달한 커피가 좋아요? 그럼 설탕을 하나 더 넣을게요."

사와코는 가느다란 눈꼬리에 상냥한 주름을 만들며 미소짓고 고운 손가락으로 은색 설탕집개로 집은 각설탕을 찻잔에 넣어주었다. 아버지는 그 때 한손을 깊이 품안에 넣고 한손을 얼굴에 대고 무표정하게 있었는데 사와코가

"당신은요?"

하고 눈을 향하자 냉냉하게 고개를 저으며 옆을 봤다. 시게코는 어린 마음에도 아버지의 태도가 사와코에게 냉정하다고 생각되었지만 사와코는 개의치 않고 집은 설탕을 되돌려 놓고 다시 시게코에게 상냥하게 말을 걸었다.

대도시 중심 가까이에서 나고 자랐지만 자연에 무관심한 것도 시게코의 성격에 많은 영향을 주고 있다. 우란분재盆와 연말, 아사

쿠사의 하고이타 시장羽子板市[59] 설날의 하네쓰키羽根突き[60] , 박람회, 꽃전차, 축제. 그러한 마을의 사계절의 명절을 수놓는 사람들의 얼굴, 얼굴, 얼굴, 시게코도 어김없이 그 속에 섞여서 성장해 갔다. 여름 가마쿠라의 바다로 해수욕하러 가는 것 이외에는 거의 인공화되지 않은 자연을 접할 일은 없었다. 호리키리堀切의 창포라든지 요쓰메四つ目의 모란이라든지 가메이도亀戸의 등나무라든지 도쿄의 시민은 꽃을 보는 것도 연극의 배경을 보는 듯한 방법으로 바라보는 것이다. 배양된 꽃은 조화처럼 생기를 잃은 아름다움이다. 시게코는 서양의 옛날 이야기를 읽을 때마다 들에 흐드러지게 피어 있는 꽃을 상상하고 꿈처럼 동경했다. 우에노와 무코지마向島의 벚꽃을 봐도 시게코에게는 꽃과 사람이 들어간 먼지 뿐안 소용돌이가 오히려 보기 싫다고 느꼈다.

시게코는 소학교에 들어가고 나서 처음으로 사회의 어린 일원이 되었다. 그리고 선생님과 친구들 사이에 섞여 싫든 좋든 할머니와 아버지의 영향에서 벗어난 생활분위기를 갖게 되었다. 외동딸로 자라나서 거의 또래의 친구를 갖지 못했던 시게코는 아이들끼리의 어울림에 익숙하지 않았다. 자신도 모르는 사이에 연장자에게 하듯이 어리광부리는 마음으로 다가가면 심술궂게 뿌리치는

---

59 매년 연말 아사쿠사에서 행해지는 것으로 악귀를 물리치는 판(이타)이라는 의미로 하고이타를 화려하게 장식한 것을 판다.
60 설날에 하는 놀이 중 하나로 하고이타로 깃털을 배드민턴 처럼 치고 노는 것.

경우가 있어서 시게코에게는 동급생의 친구는 지금까지 몰랐던 무서운 동무였다. 시게코는 조숙하고 성적이 좋고 용모도 빠지지 않았기 때문에 동급생과 선생님들도 특별한 눈으로 보는 일이 종종 있었다. 시게코가 다닌 사범학교 부속 소학교에서는 남녀공학의 반이 있었고 시게코도 그 반에 들어갔기 때문에 남자아이와 함께 공부하고 놀았다. 3학기가 되자 고등사범을 그 해 졸업하는 생도가 소학교로 가르치러 왔다. 교생이라는 이름으로 불린 물론 모두 젊은 시골출신의 청년들이다. 시게코의 조숙함에 눈을 크게 뜨고 그것이 곧 시게코 아버지의 화려한 명성으로 이어져서 이 소녀에게로 동경어린 시선을 갖게 되는 것은 주로 어린 교사이든지 상급의 남자 생도였다.

시게코는 모르는 사이에 자신의 책상 서랍에서 작문수첩과 그림 등이 없어지는 것을 몇 번이나 경험했다. 시게코는 할머니가 키워서 자매가 없고 여자의 기운이 적은 분위기 속에서 자라났기에 남자 아이와 청년을 접해도 어떠한 진귀한 느낌도 갖지 않았다. 여자아이들 사이에서 겁쟁이 시게코가 남자아이와 남자 선생님에게 의외로 낯가림 없이 말을 해도 인기가 있었지만, 소녀들 사이에서 일종의 질투의 눈으로 바라보는 시게코는 이단아 같은 취급을 당할 때도 있었다.

아이들의 세계에는 보스가 있었다. 보스는 성적이 뛰어나다든가 굉장히 아름답다든가 하는 조건을 가진 것이 아니라 아이들과 모두 함께 있고 싶다, 외톨이가 되고 싶지 않다고 하는 마음의 움직임을 꽉 붙잡는 정치력을 갖고 있었다. 보스 주위에는 그녀를 둘러싼 세력이 생기고 그 세력이 다른 한 사람 한 사람의 단위로 살아 있는 아이들을 강제로 잡아당기거나 명령하거나 한다. 개체로 확립되지 않은 소년의 마음은 그것에 반항할 수 없어서 겁먹고 끌려가거나 때로는 못되게 쫓겨나서 배고픔을 맛보는 것이다.

시게코는 때때로 그런 보스들로부터 작은 여왕처럼 치켜세워지기도 했지만 심하게 불쾌한 존재로서 미움을 받았다. 시게코는 치켜세워 주는 것을 그다지 기쁘게 생각지 않았지만 미움 받고 외톨이가 되자 의기소침하여 풀죽어 버렸다. 교실에서는 반짝반짝 빛나는 시게코가 생각 외로 풀죽어 하는 모습은 보스들에게 꽤나 재미있는 것이었다.

남자들 사이에서 그러한 시게코를 옹호하는 소년이 있었다. 야마베 미치오山辺道雄라는 급장이었다. 남자로서는 이마가 좁은 것이 안타깝지만 의젓한 얼굴생김으로 키도 컸다. 미치오는 시게코가 여자아이들로부터 따돌림당하여 풀죽어 있는 것을 보자

"후지키, 이리로 와."

라고 말하고 남자 아이들 속에 넣어 주고 기계체조와 늑목에도 함께 오르게 했다. 그런 것은 결국 동급생 여자 아이들 사이에서 시게코에 대한 반감을 불러일으켰지만 시게코는 여자 아이들 사이에서 어울리려고 신경 쓰기보다 남자 아이와 함께 놀러 다니는 것이 훨씬 즐거웠다.

이 학교의 생도는 주로 야마노테의 교사와 관리官吏의 아이들

이 많은 탓인지 남자아이도 여자아이도 성에 무관심했다. 시게코가 남자 아이와 자주 노는 것을 봐도 여자 아이의 보스들조차도 그것을 여자와 남자의 문제로서 보는 일은 거의 없었다. 학교의 교사는 언덕 능지 위에 있지만 부지는 언덕 아래로 이어졌다. 소학생들은 자주 체조시간에 "아래 운동장"으로 불린 경사지의 평지로 가서 그곳에서 달리기와 풋볼을 했다. 운동장의 한쪽은 탱자나무 울타리이고 그 반대는 인쇄공장이 많아서 탁한 개울이 흐르고 있는 지역이었다. 선생님이 앞서며 두 줄로 나란히 운동장에서 시게코와 아이들이 달리기를 하고 있으면 탱자나무 울타리 사이로 보이는 근처의 아이들은 일제히 소리를 지르며

"야, 남자와 여자가 뒤섞인 학교."

라고 음을 붙여서 노래 불렀다. 공장지대의 아이들은 그 노래에 꽤나 외설적인 의미를 넣어서 불렀지만 달리고 있는 남자아이도 여자아이도 놀림 당한다는 불쾌함은 있었지만 노래가 의미하고 있는 것은 전혀 알아채지 못했다.

시게코의 경우는 열두세 살이 될 때까지 소설과 연극 위에서는 연애라든지 정사情死라든지 하는 것을 알았다. 그러나 그것은 모두 소설과 연극의 세상이고 현실에 살고 있는 자신과는 어딘가 다른 것으로서 느껴져 시시각각 자라나는 생명이 어떤 식으로 이성과 교섭을 갖는가 하는 것과는 전혀 상관이 없었다. 그럼에도 진짜가 아닌 세계의 재미는 끈질기게 시게코의 어린 정신에 그림자를 드리웠다.

소학교 시절을 통해서 시게코의 기억에 남아 있는 것이 두 가지 있다.

하나는 4학년 정도였으리라 생각하는데 청소당번이어서 네다섯 명의 여자생도들이 방과 후에 남아 있었다. 물통과 막대 걸레를 정리하고 돌아가려고 할 때였다. 거기에 왜 그런 일이 시작되었는지는 기억나지 않는다. 어찌되었든 동급생 남자아이 대여섯 명이 교단에 서서 바지를 아래로 내리고 있었다. 그 중의 한 명이 줄자를 갖고 있고 줄 서 있는 친구들의 몸의 한부분의 길이를 재고 있었다. 재고 있는 아이도 재게 하는 아이들도 매우 진지하게 승부욕에 불타는 얼굴을 하고 있었다. 시게코와 다른 두세 명의 여자아이는 그 광경을 이상하게 쳐다봤지만 거기에서 일어나는 수치의 의식과 그것을 덧칠하는 듯 한 외설적인 웃음 등은 여자 아이 쪽에서도 일어나지 않았다. 남자의 성기라고 하는 것이 갖는 기능을 조금도 알지 못하기에 두려움도 흥미도 일지 않았던 것이다. 단지 텅 빈 메마른 교실 안에서 발을 벌리고 당당하게 서 있는 남자아이들을 이상하게 쳐다보고 얼굴 하나 빨개지지 않는 소년소녀의 군상이 시게코 가슴 속에 길게 하나의 이상한 광경으로서 인상지어진 것은 사실이다.

또 하나의 작은 속삭임은 5,6학년 때 음악실에서 옆에 서 있는 소녀들로부터 전달받았다. 제창으로 모두 음표 노트를 갖고 서있을 때였다. 레이스처럼 이중창의 파도가 피아노에 맞춰서 퍼져가고 있는데 그럴 때 어떤 바람이 불어서 그 소녀가 속삭였는지는 지금 생각하면 이상하다.

쓰무라 미네코津村みね子라는 그 소녀는 어떤 재벌의 딸로 가정교사가 일주일에 한 번은 학교를 견학하러 왔다. 아마도 그때의 일도 가정교사 입에서 사춘기를 맞이하는 미네코의 성교육의 일환으로 누설되었던 것이다.

보통 사람들 보다 길고 아름다운 목을 가진 미네코는 시게코 쪽으로 살짝 기울이며 와서 시게코의 귀에 짧은 단발머리의 머리카락을 찰랑찰랑 흔들면서 살짝 속삭였던 것이다.

"있잖아, 후지키! 여자는 싫어. 나는 무서워졌어."

"왜에?"

라고 시게코는 말했다. 평소 그렇게 사이좋은 사이도 아닌 미네코가 왜 그런 약한 소리로 말을 걸었는지 이상했다.

"왜냐면, 피가.…… 몸에서 나오는 거래. 그것도 매월이야. 계속 계속 이어진대."

무슨 말인지 시게코에게는 잘 알지 못했지만 모르면서도 약간이지만 자존심을 건드리는 것이 있었다.

시게코는 왜? 그게 뭐야? 라고 되물을 것을 어쨌든 끄덕끄덕 고개를 끄덕이자 상대는 조숙한 시게코가 이미 그런 것은 뭐든 알고 있다고 지레 짐작하고

"슬퍼, 게다가 꽤나 성가시겠지. 나는 정말 싫어. 후지키는 전부 알고 있지?"

라고 친한 듯 물었다.

미네코의 속삭임은 그것을 끝으로 방 가득 높아진 제창의 파도 속에 어이없이 사라져버렸다. 그래서 시게코도 그날 미네코가 던져 준 지식을 보다 깊이 모색하려는 열정도 없었다. 소학교를 마친 봄 갑자기 초경이 시작되어 남모르게 당황했을 때 시게코는 처음으로 1,2년 전에 음악교실에서 숨죽이며 속삭였던 미네코의 말을 확실히 심신으로 삼켰던 것이다.

여학교로 올라갔을 때 시게코는 미네코에게 생각지도 못한 일을 당했다.

시게코의 학교에서는 그즈음 가장 많이 지망하는 관립여학교로 성적이 좋은 생도 두 명을 무시험으로 입학을 시켰다. 시게코는 당연히 그 중 한 명이 자신일거라고 생각했는데 발표된 것은 급장을 맡았던 소녀와 또 한 사람 쓰무라 미네코였다. 시게코는 성적은 좋지만 과목에 따라 들쑥날쑥하고 몸이 약해서 출석일수가 부족하다는 것이 낙선의 이유였지만 시게코에게는 미네코가 자신보다 뛰어나다고는 도무지 생각되지 않았다. 미네코는 성적은 나쁘지는 않았지만 그만큼 우수한 생도는 아니었다. 미네코의 집 재력이 학교 주사를 비롯하여 모든 교사를 매수했던 것이다. 그 사실은 시게코를 불붙이듯이 몇 사람의 입을 통해서 말해졌다.

그 여학교로 선발되지 못했던 것보다도 미네코가 재력으로 그러한 권리를 매수한 것이 시게코를 강하게 흔들었다. 그런 학교에 들어가지 않아도 된다고 시게코는 생각했다. 그러나 그것과 동시에 그러한 부정을 아무렇지도 않게 행하고 태연하게 있는 교육자들에게 곱지 않은 시선이 시게코 속에 싹텄다. 그것은 처음으로 소녀의 미성숙한 심신에 심어진 사회에 대한 막연한 불신이었지만 그 불신은 시게코의 심신이 성장해 감에 따라 골즈워지와 하우프트만의 희곡, 톨스토이와 도스토옙스키의 소설에 빠져서 인도주의적인 것에서 사회주의 세계로 동경이 변해 갔다.

그즈음 할머니는 이미 노쇠하셔서 후지키는 세 번째 부인을 집에 들였다. 계모란 존재는 가정부와 같이 익숙했기 때문에 어머니라는 이름의 타인이 집 안에 하나의 자리를 차지하게 된 것은 사춘기를 맞이한 시게코에게 미묘한 변화를 가져다주었다.

그때 음악실에서 미네코에게 들었던 여자의 성의 상징을 처음으로 봤을 때도 시게코는 미네코의 속삭이던 목소리가 갑자기 확실한 소리가 되어 들린 것 같았지만 누구로부터도 그것에 관하여 배우지는 못했다. 그때는 마침 봄방학으로 아버지가 일로 가 있던 가마쿠라의 지인의 별장에서였다. 그곳에 시게코도 놀러가서 2,3일 묵었을 때의 아침이었다. 밤을 새고 난 뒤 아버지는 아직 자고 있었다. 화장실에 갔던 시게코는 돌아오자 별장을 지키는 아주머니에게 몸이 안 좋으니까 다시 조금 더 자겠다고 하고 또 다시 잠자리에 들었다. 상처를 입은 것도 아닌데 피가 흘러서 시게코는 몹시 불안했다. 그때 미네코가 말했던 것을 열심히 머릿속으로 생각하면서 망가진 것 같이 몸을 웅크리고 자리에 누워있었다. 기분 탓인지 머리에 피가 쏠려서 머리가 무거웠다. 신문 광고에서 자주 봤던 '월경'[61] 이라는 단어가 갑자기 실감되었다. 이 피는 계속해서 나오는 것일까? 멈출 때는 없는 것일까? 자고 있는 것도 불안해서 시게코는 일어나 잠자리에서 나와서 밖으로 나갔다. 해안의 소나무숲이 정원같이 되어 있었다. 봄바다의 조용한 파도소리가 물가에서 들려온다. 시게코는 상처를 입은 듯 힘 없는 발걸음으로 바다로 걸어갔다. 여학교 입학으로 미네코에게 졌다고 생각한 것과는 다른 또 하나의 패배감이 몸 내부에서 불안하게 무겁게 시게코를 누르고 있었다.

시게코는 해안의 모래사장에 풀썩 주저앉아 아아 하고 깊은 한숨을 쉬었다. 그리고 무의식적으로 모래를 손에 쥐었다. 쥐어도 쥐어도 모래는 줄줄 손가락 사이로 빠져 떨어진다. 그 끈적임이 없는 자잘한 입자가 미끄러져 떨어지듯이 시게코는 뭐라고 말할 수 없는 슬픔이 일었다. 이길 수 없어. 아무리 덤벼도 이길 수 없는 것으로의 안타까운 애착이었다.

"무슨 일 있어?"

어깨에 손이 올라오자 망연하게 있던 시게코는 깜짝 놀라 쳐다보았다. 눈가에 거무스름한 그늘이 생긴 지친 얼굴을 한 후지키가 미소를 짓고 서 있었다. 바람은 아버지의 옷소매를 펄럭이며 긴무릎을 춥게 보이게 한다.

---

61 원서에는 '月やく'와 '月経' 2가지 표현으로 표기되어 있다.

"무슨 일로 이런 곳에 혼자 외로이 있는 거니?"

"아무일도 아니에요. 아빠! 바다를 보고 있었어요."

"바다를?"

후지키는 시게코가 여학교로 올라감에 따라서 느끼는 불안함과 계모가 온 것이 이 아이를 외롭게 하고 있을 거라고 이해했다. 가마쿠라에 시게코를 부른 것도 상처받기 쉬운 소녀의 마음을, 피폐해 있는 우울을 전환시키고 싶었기 때문이었다.

"앉아 있지 말고 걸으면서 바다를 보자."

"네."

시게코는 일어났다. 후지키는 젊은 배우들을 맡고 있는 경험으로 이럴 때 가능한 몸을 활발히 움직이는 것이 마음의 응어리를 푸는 것임을 알고 있었기에 시게코를 챙기지도 않고 큰 걸음으로 성큼성큼 걸어갔다. 시게코도 아버지에게 지지 않겠다고 가능한 빨리 걸으려고 했다. 그러나 걸으면서 끊임없이 다리 사이로 피가 흘러 나올 것 같은 불안이 있었다. 시게코는 안쪽 다리를 바짝 붙여서 걸으려고 했지만 잘 걸을 수 없었다.

아버지는 쑥쑥 앞서 간다. 시게코는 아버지가 자신의 몸의 변화에 전혀 알아채지 못하고 있는 것이 서운해 졌다. 걸으면서 눈물이 맺혀서 앞이 흐려보였다. 시게코는 발에 걸려 넘어져 모래에 무릎을 찧었다. 그대로 움직이지 않고 울고 싶었지만 역시 일어났다. 그리고 앞서 보다 힘 있는 목소리로

"아빠, 기다려요"

라고 부르고 열심히 달려갔다. 남자인 아버지에게는 모를 것이라는 절망감이 괜히 아버지와 눈에 보이는 거리를 좁히고 싶었던 것이다.

시게코는 어두침침한 소녀가 되어 갔다. 장마철 벚꽃 이파리가 울적하게 겹쳐진 듯 우울함이 끊임없이 시게코를 침식해 갔다. 소학교를 졸업한 것을 경계로 순수하게 놀거나 싸우거나 해 온 남자아이와의 접촉이 없어지고 전부 여자 생도, 교사도 7할 정도 여자인 여학교에 들어간 것이 알게 모르게 시게코를 그런 식으로 변하게 했던 것인지도 모르겠다. 소학교 시절에는 남자아이와 함께 하며 좋아했던 공놀이도 싫어졌다. 여학교로 들어가서 처음으로 체격검사 때 가슴둘레를 재려고 일렬로 서서 가슴을 드러내고 있자 옆자리의 동급생이

"어머 후지키, 몸은 날씬한데 가슴은 크구나."

라고 큰 소리로 말했다. 시게코는 화들짝 놀라서 가슴을 옴츠렸지만 아무렇지도 않게 들은 말이 시게코에게 몸 둘 곳이 없는 수치심을 느끼게 했다. 어렸을 때부터 여자 친구에게는 의외의 무서움이 있었지만 그 일이 있고 나서 시게코는 결국 동성의 친구를 불편하게 생각하게 되었다.

빛을 꺼리는 상태가 시게코를 찾아오기 시작했다. 시게코는 학교에서도 집에서도 활발하게 사람과 접촉하는 것을 싫어하고 밖의 빛이 닿지 않는 구석으로 구석으로 자신을 몰아넣으려고 했다.

어렸을 때부터 끊은 적이 없었던 서적물과 극장을 향한 기호가 한층 빈번해지고 시게코는 아버지를 따라 가부키와 신극의 무대를 보는 것 외에는 대개 학교에서 돌아오면 아버지의 서고에서 책을 꺼내 와서는 그것에 심취해서 읽었다. 시게코 안에는 기호성이 강한 탐미파와 인간의 삶에 평등을 요구하는 사회주의가 샴쌍둥이처럼 등을 맞대고 꿈틀거리고 있었다. 두 개 관념의 관련성은 시게코의 핏속에 있는 봉건시대의 윤리관이 자본주의사회의 풍화작용 안에서 변형되고 결정체가 된 지점에 있는 것이다. 시게코는 그런 것이 자신도 모르는 사이에 사춘기와 함께 한층 농도 짙어져 온 기호에 자신이 마치 한쪽 바퀴의 인간인 것처럼 느꼈다.

시게코가 영문도 모를 자신을 어쨌든 만족시킬 방법을 배운 것도 포르노그래피의 영향은 아니고 크리스트교 박해시대의 순교역사로 보이는 성녀의 학살과 지카마쓰몬자에몬近松門左衛門의 '경성주탄동자傾城酒呑童子' 속에 인신매매꾼에 팔린 젊은 유녀의 괴로운 모습을 그린 조루리浄瑠璃를 읽었기 때문이다.

지카마쓰의 여주인공은 요코부에横笛라고 하는 낭인의 딸이다. 꽃구경을 하고 돌아오는 길에 납치되어 '히라기의 오사ひらぎの長'라는 유녀집에 팔려간다. 주인인 오사는 데리고 있는 유녀를 노예처럼 학대하며 그들로부터 착취한 돈으로 다이묘大名도 부럽지 않은 호사스런 생활을 하고 있다. 요코부에는 전에 신세를 진 병든 유녀 시로타에白妙가 연인과 만나고 싶어 하는 것을 동정하여 유곽으로 남자를 불러서 만나게 해 준다. 그 일이 주인인 오사에게 알

려져 거의 반 죽임을 당하며 두들겨 맞게 된다. 시게코는 요코부에가 오사의 몽둥이를 맞게 되는 모습이라든지 벌거숭이가 되어 소나무에 묶이는 모습 등을 흠뻑 빠져서 지카마쓰의 문장으로 읽고 있으면 자신이 그 고통을 당하는 소녀가 된 양 착각을 느끼며 희고 약한 팔을 무자비하게 비틀거나 알몸인 채 호흡도 끊어질 듯 끊어질 듯하고 늘어뜨린 머리카락을 쭉 잡아당기거나 하는 있을 수 없는 상상에 몸 둘 곳이 없을 정도로 흥분한다. 아편에 취한 사람이 보듯 괴기한 꿈속에서 시게코는 어떤 행동을 했다. 그것은 깨고 난 뒤 속이 울렁울렁하는 메슥거림과 깊은 부끄러움의 의식으로 시게코를 우울하게 했지만 시간이 지나자 저항할 수 없는 매력으로 다시 그 어두운 장소로 시게코를 끌고갔다. 시게코의 봄은 이런 고독한 장소에서 깨우치게 된다.

이런 시게코가 그 뒤 다니자키 준이치로谷崎潤一郎의 '소년少年'과 '조타로饒太郎'와 같은 작품을 읽고 거기에 그려져 있는 어브노멀한 성의 예술화에 강한 공감을 느낀 것은 당연한 것이었다. 시게코는 공감 이상으로 그들 작품에 의해 도회의 전통을 이어받은 사람들 중에는 성욕을 금붕어와 휘파람새처럼 인공화 된 기호가 있는 것을 알고 안심했던 것이다.

하나 더 열 네다섯 살의 사춘기에 시게코를 사로잡은 감동이 있었다. 그것도 역시 극장과 연결된 것이다.

시게코는 거기서 혼자 분장한 배우에게 애착을 느꼈다. 배우는

S라고 했다. S는 가부키 배우였지만 전통을 깨부수고 신극운동에 참가한 신인이었다.

가슴팍이 넓은 남성적인 체격으로 히로익한(영웅적인) 역에 어울렸다. 재주도 호탕한 편으로 선이 거칠고 강한 눈빛과 두꺼운 목소리에는 위압할 정도의 힘이 있었다. 시게코는 어렸을 때부터 S의 무대를 봤지만 별로 S를 좋아하지는 않았다. 그것이 불쑥 S에게 뭐라고 말할 수 없는 매력을 느끼게 된 것은 기묘한 일로 그 강할 것 같은 S가 무대에서 울기 시작하는 역을 연기한 때였다. S는 그때 신작의 세와모노世話物[62] 를 연기하고 있었다. S의 역은 어눌한 시골뜨기로 빠져있던 게이샤의 달콤한 말에 속아서 고향의 전답을 팔아 백량의 돈을 마련해 온다. 그러자 여자는 이미 그 돈이 필요 없게 되었다고 하며 앞서 한 부부가 되자는 약속도 의미가 없어진다. 화내거나 탄원하거나 하는 S를 다독이며 동정하는 노인과 겨우 그 집을 나온다. 두 사람은 마을을 걷는 마음으로 무대를 뚜벅뚜벅 걸어온다. 거기서 S의 역이 한 번 더 멈춰서더니 아쉬운 듯 손수건을 얼굴에 대고 훌쩍훌쩍 우는 것이었다.

시게코는 S라고 하면 상대를 위압할 듯 강한 역할만 봤는데 그때 무대에 서서 몸도 마음도 무너진 듯이 우는 S를 보고 있는 사이에 S가 마구 애처롭고 안타깝게 느껴져 이유도 모르는 매력의 포로가 되어 버렸다. 생각해 보면 시게코는 그때까지 현실 세계에서 남

---

62 조루리와 가부키 등에서 에도시대의 서민의 세태를 그린 것

자가 노골적으로 우는 것을 본 적이 없었던 것이다. 남자의, 게다가 보통 이상으로 강직한 느낌이 드는 S가 소년과 같이 소리를 내고 우는 모습이 시게코에게는 이상하게 보였고 일종의 쾌감이기도 했다. S의 예술풍도 용모도 시게코의 기호와는 맞지 않는 것이 많았지, 그것과 상관없이 시게코는 S의 무대를 연인처럼 사랑하여 4,5년 동안 S가 나오는 극장으로 뻔질나게 다녔다. 시게코가 사랑하고 싶은 남자는 돈키호테형이라기보다 햄릿형인데도 S는 돈키호테형의 영웅이니까 시게코는 싫어할 법한 배우를 좋아하게 된 것으로 기질이 맞지 않는 남자를 사랑한 듯 생각대로 되지 않는 일을 몇 번이나 맛봤다.

시게코가 S에게 그토록 빠졌던 것은 S가 철두철미하게 여성적인 것을 전혀 갖지 않은 전형적인 남성, 즉 건강한 남성이었기 때문인지도 모르겠다. 금단의 꿈을 혼자 속으로 키워온 시게코였으까 한층 태양의 빛을 동경하는 마음은 강했고 그 마음은 미묘하게 굴절하여 의식 위에서는 좋아하지 않는 S에게 강하게 끌렸던 것이다.

시게코가 사랑했던 것은 결국 분장한 S의 무대였다. 시게코는 S의 민낯을 보려고도 하지 않았고 민낯의 S를 생각하면 오히려 불쾌해졌다. 시게코는 S라는 남성에게서 S라는 영웅을 사랑했던 것이다.

시게코에게는 아버지를 사랑하는 엘렉트라콤플렉스가 이었다. 그것이 S를 향한 영웅숭배 취미로 이어져 갔던 것인지도 모르겠다. 어찌됐던 소녀 시게코는 청년의 미성숙한 정신과 젊은 육체에는 어떠한 매력도 느끼지 못했다. 꽃피우려고 하는 소녀가 청년에게 마음을 빼앗기지 않는다는 것은 그 자체로 비극이다. 그러나 그 비극을 시게코가 자각한 것은 그녀가 청춘을 훨씬 벗어난 때였다.

보라색이 주홍을 뺏은 듯한[63] 시게코의 생명은 그 남은 인생에서 인공의 광선으로 물들어져 있었다.

---

[63] 紫の朱を奪う「논어」양화(陽貨)에서 유래한 비유로 고대 정색(正色)이라고 여겨졌던 주홍(朱)을 대신하여 공자 시대에는 중간색(間色)인 보라색(紫)이 즐기게 되면서부터 모조품이 진품을 대신해 그 지위를 빼앗는다는 것을 비유한 말. 닮았지만 다른 것을 비유한 것을 의미하기도 함.

제2장

내 연애의 색わが恋の色

연한 보라색薄紫 후리소데振袖[64] 를 입은 사촌언니 시즈에(静枝)
가 인형처럼 가슴을 펴고 거울 앞에 서 있다. 옷 입기를 도와주는
미용사가 그 앞에 무릎을 꿇고 길게 끌리는 겹쳐있는 앞섶 끝을 양
손으로 들고 꽉 소매앞을 맞췄다. 미용사의 손이 허리끈을 끌어당
기며 허리 쪽으로 돌릴 때마다 팔꿈치를 든 후리소데가 겹치듯이
살랑살랑 흔들리며 진홍의 긴 속옷長襦袢이 소매 속으로 드러났다.
화장만 끝낸 시게코는 마루 끝에 앉아서 시즈에가 옷을 입는 것을
보고 있는데 갑자기 새빨간 소매가 축 늘어져 눈앞에서 흔들리는
것이 왠지 부끄러워져서 눈을 정원 쪽으로 돌렸다.

4월 중순 하늘은 맑은 채로 윤기 나는 파란색으로 녹아 있었다.

지난 밤 비에 피지 못한 홑벚꽃은 거의 떨어졌다. 마루 끝 가까
이 대추모양의 세숫대야와 징검돌 사이로 흐르는 물에 분홍빛의
꽃술이 엷게 흰색으로 바랜 꽃 이파리와 함께 떠다니는데 초록의

---

64 긴 소매 옷으로 미혼여성의 예장용 기모노.

새싹은 이제 막 깨어서 선명한 아침빛을 흡수하며 반짝반짝 빛나고 있었다.

"시게코, 오래 기다렸지? 이제 조금만 기다리면 돼."

연분홍색 다테마키伊達卷[65]를 가슴높이 두르고 양 소매를 두 팔에 걸친 채 시즈에가 이쪽을 보고 살짝 웃었다. 두꺼운 화장을 한 갸름한 얼굴에 확연하게 부상한 눈과 입술이 자신의 젊음과 아름다움에 충분히 만족하여 의젓하게 미소 짓고 있었다.

"천천히 해. 그 연한 보라색, 시즈에 언니에게 잘 어울려."

"그래? 시게코의 것이 예뻐. 참 고운 색이야"

시게코는 쓰게 웃으며 의상 종이 위에 우아한 선을 그리며 펼쳐져 있는 자신의 기모노를 쳐다봤다. 그것은 시즈에의 것과 맞춰서 그저께 미쓰코시三越에서 만들어져 온 것으로 붉은색에 장미를 염색해 낸 화려한 후리소데였다. 그 긴 후리소데를 살랑살랑 거리며 사촌언니와 나란히 즐거운 듯이 걷는 것을 어쩐지 탐탁치 않게 생각하는 버릇이 시게코에게는 있었다. 그런데도 시게코는 어울리지 않는 기모노와 누구보다 머리만지는 것을 누구보다 싫어하지만 연상의 시즈에보다도 조숙한 멋쟁이였기에 아름답게 꾸미는 것을 원래부터 싫어한 것은 아니다. 화장이라든지 의상이라든지 아름다워진다면 궁리하여 열심히 단장해 보고 싶지만 화려하게

---

65 여성이 입고 있는 사이에 옷매무새가 흐트러지는 것을 막기 위해 띠 아래에 매는 폭이 좁은 띠

꾸민 자신을 이것 보세요! 하는 식으로 남의 눈을 빼앗기에는 키가 작고 어깨가 움츠러져 볼품 없는 용모라는 것을 스스로 너무 잘 안다. 그렇기에 공작과 같이 날개를 펼치기 전에 그 어리석음으로 스스로 조롱해 버리는 모순된 기분인 것이다. 시게코는 시즈에와 함께 목욕을 하면 언제나 두 살 위의 시즈에가 손발이 쭉쭉 길고 어깨도 가슴에도 흰 살집이 붙어 있는 것을 보고 자신은 언제까지나 소녀처럼 가슴폭도 좁고 발육되지 않은 몸이어서 이길 수 없다고 느꼈다. 빈약한 살집인데 시게코의 가슴은 시즈에 보다도 크고 밥 그릇을 엎어놓은 듯 좁은 가슴의 좌우에 솟아있었다. 그 황색빛의 강한 탄력을 가진 가슴도 시게코는 싫었다.

"프린스 오브 웰즈는 몇 시에 후원에 나오십니까?"

단단한 띠를 빙빙 둘러매면서 미용사가 물었다.

"2시쯤이 아닐까요? 저기, 아버지는 분명히 그렇게 말씀하셨지, 시게코?"

"그랬던가?"

라고 시게코는 무심한 목소리로 말했다.

"응, 분명히 그래. 셋쇼노미야攝政宮와 황후님도 함께 오신다고 해."

"어머나, 그럼 오늘 벚꽃 감상회는 평상시 보다 한층 격식 있는 모임이군요. 미야님과 화족들과 높으신 분들이 많이 나오시는 군요. 비도 마침 개어서 정말 좋겠네요."

귀족에 대한 동경을 갖고 있는 것 같은 중년의 미용사는 부러운 듯 거울 속의 시즈에의 모습을 보고 말했다.

  예복 가슴에 약수略綬를 단 큰아버지 후지키 마사유키藤木正之
와 구로몬쓰키黑紋附[66] 를 입은 큰어머니에 붙어서 정장한 시즈에
와 시게코가 검은 큰 자동차를 탄 것은 그로부터 1시간 뒤였다. 뒷
좌석에 세 명 밖에 탈 수 없자
  "나는 앞자리가 좋아."라고 말하고 시게코는 운전대 뒤 좁은
자리에 앉았다.
  "시게코, 내릴 때 소맷자락이 걸리지 않도록 해."
  하고 큰어머니가 시게코의 등 뒤에서 말했다.
  자동차는 도라노몬虎ノ門에서 아카사카미쓰케赤坂見附로 나와
서 호리하시堀端의 언덕길을 요쓰야四谷 방면으로 조용히 나아갔
다. 아카사카리큐赤坂離宮 앞에는 유니온잭의 영국기가 일장기와
십자 모양으로 교차하며 부드러운 하늘의 남색으로 펄럭이고 있
었다. 행차鹵簿를 보려고 구경꾼들이 빽빽하게 모여들어서 종이로
된 영국기를 든 소학교 학생과 하카마를 입은 여학생이 그 사이사
이에 유니폼의 한 무리를 이루고 있었다. 무장경관이 일정한 간격
을 두고 구경꾼들을 향해 서 있고 경시청의 오토바이가 굉장한 폭
음을 내면서 청소된 가로를 달려갔다. 통행금지가 엄격히 지켜지
고 있는 바깥 도로에는 "행차 관람자" 외에는 사람들이 없고 그 속

---

66 검은 천에 문양을 새긴 겉옷

을 달리는 자동차와 인력거를 연도의 군중들이 바라보는 꼴이 되었다. 등 뒤의 자리에서 큰어머니와 시즈에는 즐거운 듯이 오늘의 원유회園遊会의 예상를 미리 이야기하고 있었다. 시즈에는 때때로 몸을 앞으로 기울이며 시게코에게도 말을 걸었지만 시게코는 길을 메우고 있는 군중들의 눈들이 차려입은 자신의 모습을 보고 있다고 생각하니 왠지 어색해서 평소와 같이 자유롭게 말할 수 없었다.

시즈에보다 아름답지 않은 것을 부끄러워하는 것인가? 하고 시게코는 생각했다. 그러나 그것은 지금은 크게 개의치 않는다. 눈썹과 눈이 까맣고 입언저리가 너무 빡빡한 시게코는 두터운 복숭아색 큰 꽃과 같은 시즈에의 옆에서는 검고 작은 새 정도의 들러리 같은 존재인지도 모르겠다. 야스코康子가 딸인 시즈에와 같이 조카인 시게코를 화려하게 꾸며준 것도 시게코에게 아버지 유산이 어느 정도 있을 거라는 것 외에 시즈에의 미모가 눈에 띈다는 것을 알고 있는 안심이 있었기 때문이었다. 하지만 시게코는 시게코 나름대로 자신의 얼굴을 그렇게 밉다고는 생각지 않았다. 시즈에의 부인잡지의 표지모델 같은 미모에는 없는 것을 자신은 갖고 있다. 적어도 몸이 마르지만 얼굴은 빈약하지 않다고 시게코는 생각했다. 이렇게 빨간 색의 후리소데를 입고 자동차 안의 온실 속 화초마냥 앉아 있는 자신은 너무나도 어울리지 않는 역을 맡게 된 배우처럼 당혹스럽다. 그러나 그것은 큰 도로를 메우고 있는 군중의 눈이 이 자동차 안으로 쏟아진 경우, 시즈에를 아름답다고 생각하는 것과 마찬가지로 시게코를 못생겼다고 느끼게 될 거라는 낭패감과는 명확하게 달랐다. 시즈에와 큰어머니는 정말 이 자동차 안에 앉아 있는 것이 어울리지만 시게코만은 이 차 안에 편하게 앉아 있을 수 없는 어색함이 다리와 허리를 불안하게 떨게 했다.

"무슨 일이 있었던 걸까?"

하고 마사유키가 말하고 몸을 일으켰다.

요쓰야미쓰케에서 신주쿠로 향해 돌고 얼마 있지 않아서였다.

"무슨 일일까요? 경관들이 많이 모여 있어요."

시게코는 유리창을 조금 열고 앞을 보면서 말했다.

"큰일은 아닌 것 같습니다. 경찰도 신경을 세우고 있는 것 같으니까요."

운전수는 핸들을 조용하게 돌리면서 앞을 응시한 채로 안정된 목소리로 말했다. 그곳을 지나갈 때 턱에 끈을 한 경관 두세 명이 날카로운 눈으로 이쪽을 봤지만 두꺼운 고무호스가 큰 뱀처럼 꾸불꾸불 지면을 끌려가는 것 외에는 아무 것도 변한 것은 없었다.

신주쿠교엔新宿御苑의 관리가 잘 된 잔디에는 검은 예복을 입은 남자들과 얇은 천에 반 정도 얼굴을 가린 서양부인들이 섞여서 색색의 후리소데와 도메소데止め袖[67] 로 화려하게 꾸민 젊은 아가씨와 젊은 부인들이 무리를 이루며 정숙하게 인사를 교환하거나 만개한 야에자쿠라八重桜 우듬지를 올려다보면서 천천히 움직이고

---

67 기모노의 하나로 기혼여성이 착용하는 가장 격이 높은 예장.

있었다. 흰 천이 덮인 테이블이 놓여 있고 서서 먹는 자리에는 남자들이 일본주와 샴페인이 든 잔을 들고 담소를 하고 있었다. 그러나 천왕의 초연招宴이라는 것 의식되어 자유롭게 술을 나누고 있는 신사들의 동작이 어쩐지 어색했다. 궁내성과 외무성의 젊은 사무관이 그런 분위기를 풀려고 손님 사이를 알선하며 분주히 돌아다니고 있었지만 경쾌한 몸가짐에도 매끄러운 우아한 말투에도 궁정적인 예의를 뿜내는 초서체의 글씨체처럼 흐르고 있었다.

2시가 가까워지자 영국 황태자를 안내하고 온 황후와 황태자를 맞이하기 위해서 원내의 여기저기 흩어져 있던 모든 손님들이 문에서 이어지는 자갈길에 나란히 서서 귀빈행렬이 오는 것을 기다리고 있었다. 후지키 마사유키 일가도 물론 그 행렬에 참가하고 있었다. 후지키와 야스코는 뒤편 줄에 있고 시즈에와 시게코가 그 앞에 섰다. 마침 길 반대편에는 만개한 겹벚꽃의 큰 나무가 큰 꽃 우산처럼 줄기를 펼치고 활짝 펼친 흰 꽃잎이 때때로 햇볕에 나부끼며 떨어졌다.

고요하고 조용한 속으로 자잘한 자갈을 밟는 마른 구두소리가 들려왔다. 가장 정중한 인사를 명령받고서 나란히 서있는 사람들의 머리가 차례로 시든 꽃처럼 낮아지고 옆의 시즈에도 허리를 굽혔다. 시게코도 따라했지만 그것은 존경해서가 아니라 그 줄 전체를 점령하고 있던 최대권위에 대한 절대복종의 공기가 시게코의 머리를 누르고 있었기 때문이다. 낮게 숙인 고개 아래로 시게코의 눈은 이상한 냉정함으로 선도의 궁내관 뒤에 조금 거리를 두고 걸

어오는 유럽 귀빈과 자국의 황후, 미래의 황제로 차례차례로 옮겨
갔다.

영국 황태자는 엷은 색의 군복 한쪽 손에 검을 쥐고 보폭이 좁
은 일본인에게 보폭을 맞추며 긴 무릎을 굽혀서 적당히 종종 걷고
있었다. 서른 살을 이미 넘겼는데도 아직 독신으로 세계의 거물이
라고 불리고 있는데 (이 황태자가 뒤에 미국 유부녀를 사랑해서 대영제국
의 왕관을 팽개친 용감한 윈저공인 것이다) 눈 주위로 코가 짧게 솟아 그
의 작은 얼굴은 빨갛고 주름진 원숭이처럼 추했다. 섭정황태자가
카키색의 군복을 입고 등을 구부린 채 불쾌한 표정으로 입술을 다
물고 걸어가는 옆으로 연한 남빛의 양장을 입은 황후가 아래로 긴
옷자락을 움직이고 있었다. 그 뒤에서 황족의 남녀와 시종여관 등
이 딱딱한 얼굴로 걸어가고 있다. 벚꽃이 만개한 잔디의 임시 장
막에서는 군악대의 환영마치가 떠들썩하게 들려오지만 이 행렬은
이상하게 음습하고 촌스러운 무거움에 덧칠해져 있는 것 같았다.
이것이 이대로 장례식 행렬로 바뀐다고 해도 걷고 있는 사람들의
표정과 동작에는 아무런 변화도 필요하지 않을 것이다. 시게코는
머리를 숙인 채로 입 안으로 "꽃 잔치"라는 말을 중얼거렸다. 그
러자 머릿속 구석에 저장되어 온 고풍스럽고 화려한 그림 두루마
리가 돌연 떠올라 눈앞의 자갈을 스쳐가며 코를 홀쩍이는 것 같은
둔한 발소리를 말려들게 한다.

벚꽃이 만개하여 꽃 외의 나무들의 우듬지는 연한 녹색으로 물
들어 있다. 노을 석양이 흰 벚꽃을 연한 보라색으로 물들이고 서

정적인 베일을 사람에게도 꽃에게도 아낌없이 입히고 있는 곳으로 다양한 악기가 섞인 우아한 음색이 오색의 장막에서 들려온다. 그 음악 소리에 끌려 벚꽃을 장식끈에 꽂은 눈에 띄는 아름다운 청년이 무대 위로 나왔다. 완만하게 소매를 뒤집어 발로 박자를 밟을 때 마다 양날개가 부풀어 오르고 안으로는 몇 겹의 의상 소맷자락과 빗질한 긴 검은 머리가 흔들렸다. 또한 향내와 화장의 요염한 냄새가 은은한 한숨과 감동의 짧은 고함과 함께 농염한 환성과 슬픔을 함부로 녹인다.

밤이 깊어지니 꽃 연회 깊어가나니......(겐지모노가타리 꽃 연회)

"시게코, 이제 괜찮아."

라고 옆의 시즈에의 말에 정신을 차렸을 때, 눈앞에 음습한 행렬은 이제 사라지고 없었다. 풀려난 듯이 줄은 무너지기 시작했다.

"영국 황족들이라고 해도 조금도 아름답지 않아. 환멸......"

시즈에는 혼날까봐 어머니한테서 떨어져 시게코의 귀에 속삭였다.

마사유키와 야스코는 오랜만에 얼굴을 마주한 듯 동년배의 부부무리와 계속 앉아 있었지만 결국 야스코는 이쪽을 보며

"시즈에, 시즈에"

하고 높은 목소리로 불렀다.

"시게코도 이리로 오렴."

라고 말하면서 시즈에는 그 쪽으로 걸어갔지만 시게코는 모르

는 사람에게 인사시키려는 것이 싫어서 일부러 가지 않았다. 큰아버지와 큰어머니가 굳이 부르지 않는 것을 보면 자신이 가지 않아도 될 상대인 것이다. 시게코는 시즈에와 큰아버지 일행을 놓치지 않을 정도의 거리에서, 힐끗힐끗 보면서 완만한 경사를 이루고 있는 잔디를 가로질러 가장 벚꽃이 많이 피어 있는 정원의 끝자락으로 어슬렁어슬렁 걸어갔다. 한동안 걸어가서 뒤돌아보니 테이블에 큰아버지 일행이 도착한 듯 시즈에의 연한 보라색 후리소데가 보였다.

이런 일이 즐거운 걸까? 하고 혼잣말을 하는 시게코는 자신이 입고 있는 연지색 오글오글한 비단천의 무거운 소맷자락을 살짝 한손으로 잡고 눈에 가까이 대고 봤다. 정교하게 염색된 비단천의 주름은 봄 햇살을 흡수하고 자잘한 광택을 띠고 있었다. 가슴을 견고하게 두르고 있는 무거운 비단 띠에는 금색 바탕에 흰 공작과 목단이 훌륭하게 수놓아져 있다. 머리 위에는 활짝 핀 목단벚꽃이 공처럼 꽃송이가 몇 개나 겹쳐져 있었다. 그러나 피어있는 꽃 아래의 정원에 서 있는 젊은 아가씨의 눈에는 연한 붉은 색과 녹색으로 선명히 형태가 잡힌 정원에 흩어져 있고 혹은 모여 있는 신사숙녀의 무리가 색바랜 풍속화처럼 무미건조하게만 비치는 것이다. 앞선 음습한 행렬을 중심으로 한 원유회가 일본의 현재 사회에서 가장 호화한 가장 우아한 가장행렬이었다고 한다면 현실의 미美라든가 조화라든가는 자신의 주변에 끊임없이 쏟아지고 타오르는 혼돈된 욕구와 무한의 동경에 비교해서 얼마나 확실히 김빠지는 둔탁

함인 것인지? 빠름, 강함, 격렬함, 반짝임! 모든 빛나는 것, 매우 번 뜩이는 것에서부터 그들의 광경은 멀리 떨어진 범용함 속에 무지하게 움직이고 웃고 만족해 있는 듯이 보인다. 모든 것이 청결하게 우아하게 적어도 하나의 조화를 이루면서 지키고 버티는 것이 단순한 타성인 것을 이 사람들은 모르는 것이다.

이 분위기는 틀림없이 아류亞流이고 말류末流이다. 그럼 이 분위기의 원류源流는 어디에 있는 것일까? 시게코의 눈앞에는 또 하나의 광경이 나타났다.

앞선 음습한 행렬이 지나간 길이다. 저 음습함보다 더 긴장되고 차가운 정밀한 기운이 환영객의 행렬에 가득 차 있다. 작은 구두소리가 울려 퍼진다. 옛 중국 여자와 같은 작은 구두다. 작은 새와 같은 고전적인 미모의 황후가 고래뼈 코르셋에다 바구니처럼 부푼 스커트를 가볍게 한손으로 잡고 청초하게 걸어온다. 그녀의 눈썹 탄력에 그렁한 눈동자가 문득 환영객의 행렬 안에서 특히나 낮게 머리를 숙인 부인 위에 멈춘다. 겹쳐 입은 옷들의 바스락바스락 스치는 소리가 딱 멈췄다. 황후는 멈춰 서서 가까이 온 여관女官에게 낮은 목소리로 무언가를 묻고 끄덕였다.

"노기乃木씨 군요. 잘 왔습니다."

둔탁한 색의 우치기[68]를 입은 촌스러운 부인은 놀라서 각진 이마를 들고 금방 전보다 더 낮게 머리를 숙였다.

---

68 풀 먹여 다듬이질을 한 옷으로 헤이안시대 이후 부인의 정장으로 위에 입던 옷

"듣자하니 이번 전쟁에서 아들 두 분이 전사했다고요. 그 마음
헤아립니다. 모두 나라를 위한 것이라 생각하고 참아 주세요. 천황
에게도 잘 말하겠습니다."

황후의 목소리는 축축하고 구슬을 싼 듯 눈동자가 덮인다. 예
복을 입은 여자는 얼굴을 들지 않았다. 감동이 그녀의 웅크린 가슴
을 경직시키고 나무판 같은 어깨가 덜덜 떨리고 있었다.

화려하게 꾸미고 늘어선 귀족부호의 부인과 아가씨들은 조금
전까지 조용히 경멸의 눈을 갖고 쳐다보고 있던 이 촌스런 부인에
게 황후陛下가 다정한 말을 하사하신 것을 보고 이 사람은 누구지
하고 놀라 있었다. 이 부인이야말로 러일전쟁에서 뤼순旅順항을
공략하고 같은 전선戰前에서 사랑하는 아들 두 명을 잃은 노기 마
레스케乃木希典대장의 부인 시즈코静子였다.

소학교 시절쯤에 얽었던 '명부전名婦伝'의 한 구절이 생생하게
떠올랐다. 그래, 메이지 황후와 노기장군부인이 후원御苑에서 나
누는 짧은 회화는 정말 감동적인 드라마이다. 혹은 그것은 아카사
카리큐(赤坂離宮)의 후원에서 국화를 관람하는 때의 한 장면이었
는지도 모르겠다. 벚꽃은 국화로 바뀌어도 전혀 지장이 없다. 어느
쪽이라고 해도 이 두 사람의 서로 통하는 감동에는 봉건도덕이 그
대로 국가 관념으로 전이한 시대의 명백한 윤리가 투명한 불꽃이
되어 훌륭하게 타오르고 있다. 인자스런 황후에게도 자신의 아이

를 나라에 바친 노기부인에게도 자신이 서 있는 기반을 무너뜨린 것 같은 비틀거림은 전혀 보이지 않는다. 그녀들은 의심 없는 슬픔을 의심 없이 견디고 있다. 그녀들은 겨울꽃처럼 희고 맑고 찬 향기가 나고 있다. 봉건군주의 정원에 서양풍의 조원술을 가공한 이 후원의 여주인공은 메이지 황후이고 노기 시즈코 인 것이다. 그녀들의 정신이 쓰러진 현재에도 넓은 정원의 벚꽃도 새싹도 죽은 물고기가 뜬 연못물처럼 생기를 잃어버렸다.

그 다음 날 시게코가 영어를 공부하러 다녀오니 큰어머니의 마루에 꽃꽂이를 가르쳐 주는 선생님이 출장과외를 와 있었다. 두꺼운 꽃포장지花疊紙[69] 위에 약간 물을 품은 흰 작약 꽃봉오리가 아름다운 짙은 녹색 이파리에 덮여서 몇 송이나 옆으로 누워있었다. 야스코와 시즈에가 손에 든 줄기를 잇달아 모으고 있는 참이었다. 꽃을 자르는 가위를 들고 품위 있는 얼굴을 한 선생님이 안에 앉아 있었다.

"시게코, 역시 그랬어."

라고 시즈에가 시게코의 얼굴을 보자 금방 말했다.

"뭐?"

"그거 말이야, 어제 후원에 갔을 때 요쓰야 거리에서 경관이 모여 있었잖아? 무슨 일이 있었나하고 아버지가 말씀하셨잖아?"

---

69 일본옷을 보관하는 데 쓰는 옻 · 감물을 먹인 두꺼운 포장지

"응"

"역시 사람이 치였던 거야. 신문에도 나왔다고 해."

"아이였다고 하던데, 불쌍하게도."

야스코가 손 안의 작약의 파란 줄기를 조금씩 모으면서 말했다.

"미코시바御子柴씨가 보고 왔다고 해."

꼿꼿이 선생님은 야스코의 오랜 친구였기에 습관적으로 선생님이라고 부르지는 않았다.

"끔찍했어요."

선생님은 꽃가위를 쓱싹쓱싹 소리 내면서 시게코 쪽으로 얼굴을 향했다. 어제 길 위에서 보았던 자극이 너무 생생해서 몇 번이나 말하고 싶었다.

"1시가 조금 지났을 때였어요. 요쓰야 도로는 이미 통행금지가 되었는데 웬일인지 어머니가 한 아이를 업고 아이 둘의 손을 끌고 갔어요. 그 중의 남자아이 한명이 쫄쫄 달려 나갔던 거예요. 운이 나빴어요. 또 그때 마침 옆길에서 순경이 오토바이를 타고 와서 순간적으로 치이게 된 거예요."

"죽었어요?"

시게코는 조용한 목소리로 물었다.

"어떻게 된 걸까요? 어찌됐든 피가 엄청...... 아니요, 그냥 치였다면 괜찮았는데 튕겨 날아가서 정류장의 돌에 머리를 부딪친 거예요. 순경이 그 아이를 들쳐 안고 무의식적으로 달려가는데 길에 피가 뚝뚝…… 보고 있는 사람은 와와 말하고 어머니가 미친 듯이 쫓아가고…… 아이는 울지요. 경찰은 경찰대로 다친 사람보다도 길이 더러워졌기 때문에 난리가 난 것이에요. 호스를 가지고 와서 물을 쏴악하고 뿌렸어요. 그 물방울이 튀어서 구경꾼은 또 난리가 났어요."

"그래 맞아요. 듣고 보니 호스가 나왔어요. 불이 났다고 생각했어요. 시즈에도 봤지?"

하고 야스코가 말했다.

"네. 저는 잘 기억나지 않지만……"

"네, 있었어요. 그런 일이. 치우고 있는 것을 봤어요."

시게코는 몇 번이나 끄덕이며 말했다.

"그 아이는 죽지는 않았겠지요?"

"죽지는 않은 것 같았어요. 오늘 아침 A신문을 봤더니 3면 아래 칸에 조금 적혀 있었어요. 중상이라고 하던데요."

"보지 못했네. 위에 있던 영국의 황족과 섭정관의 사진만 봤어요."

시즈에는 생글생글 웃으면서 말했다.

"햇살이 좋아서 꽤나 훌륭한 원유회였다고 하네요."

"구조 다케코九条武子부인을 나는 처음 뵀어요."

"아름다운 분이라고 하던데요. 신자는 살아있는 부처님이라고 말하던데요."

"매우 고운 목소리로 정말 꾀꼬리 같아요. 황후님보다도 훨씬 아름다웠어요."

"후지키가 진종真宗이어서 혼간지本願寺의 분들과는 친해요."

그런 회화를 나누고 있는 사이에 시게코는 자리에서 일어나 거실로 갔다. 식탁 위에 아침 신문이 한 뭉치 놓여 있고, 그 중에서 A신문을 빼서 3면을 펼쳤다. 어제 그저 보고 스쳐 지나갔던 그 거리의 경관이, 검은 덩어리되어 한 번 더 선명히 눈에 떠올랐다. 자신이 타고 있던 자동차 아래 길에서 한 순간 앞에 한 명의 아이가 피를 흘렸고 또 아무렇지도 않게 씻겨 나갔던 것이다.

A신문 사회면은 이 사고를 보통기사로 하지 않고 하단의 칸 안에서 작은 토픽으로 쓰고 있었다.

십*일 오후 한 시가 지난 요쓰야미쓰케에서 신쥬쿠로 향하는 전철선로를 시외 도쓰카 2쵸메 4번지戶塚町2丁目四番地 인부 오다다케마쓰大田竹松 3남 다카오高男 (5세) 가 행상 중이던 어머니 이시イシ와 통행 중 차도를 가로질러 가려고 하다가 요쓰야서 교통계 순사 다미야 유지田宮勇二의 오토바이에 치여서 머리, 발 등에 중상을 입어 부근 M자선병원에 수용되었다. 경찰당국에서는 영국황족과 섭정관전 차량의 행차가 가까워진 직전이었기에 살수 펌프를 급히 가져와 현장을 청소했지만 구경꾼들이 물을 덮어 씌거나 한때 희비극의 큰 소동이 벌어졌다. 다카오군이 차에 치인 뒤 도로를 후원으로 가는 한껏 치장한 신사숙녀들이 탄 자동차가 속속 자랑스럽게 얼굴을 내밀고 달려갔다.

시게코는 읽는 중에 몇 번이나 눈앞이 캄캄해 지고 읽고 있는 문자가 무수한 점이 되어 날아다녔다. 진보적이라고 불리는 A신문은 다른 신문이 문제시 하지 않았던 이 사건을 고의로 주의를 끌 수 있도록 유도했다. 특히 마지막 한 구절은 자동차에 타고 있는 귀족 부르주아 고급관리 등과 경관의 오토바이에 치인 서민 아이와 대비시킴으로써 벚꽃 관람회 파티에 간접적으로 화살을 보내고 있다.

시게코는 읽는 중에 마치 자신이 타고 있던 자동차가 작은 가난한 아이를 큰 타이어로 밟아 버린 듯한 착각을 일으켰다. 아이의 육체를 넘어갈 때 쿠션이 솟아올라 또 쓰윽하고 미끄러져 간다. 사람을 치였다고 하기에는 너무나 부드러운, 소리도 없는 한순간의 융기隆起이다.

그러나 이것은 틀림없는 현실인 것이다. 어제 빛바랜 원유회 길을 묵묵히 스쳐 지나간 귀빈과 황실 일가의 음습한 행령이 현실이었던 것처럼, 그 자리에 초대된 벚꽃 아래를 졸졸 걸어간 자신의 연지색 후리소데가 봄 햇살을 구려진 천의 주름으로 빛나게 했던 것처럼, 인부와 행상의 아내 사이에서 태어난 가난한 소년이 교통금지의 전찻길로 뛰어나와서 경관의 오토바이에 치인 것도 돌이킬 수 없는 사실인 것이다. A신문 기사는 이 사실을 조명하는 것에 하나의 광선을 부여했다. 대다수의 벚꽃 관람회의 손님은 이 기사를 우연한 사고로서 지나쳐버릴 것이다. 실로 지금 거실에서 그것을 화제로 하고 있는 야스코도 시즈에도 아이의 상처와 벚꽃 관람의 연회와 자신과의 사이에 어떤 관련도 느끼지 않는다. 아이는 불쌍하다. 벚꽃 관람회는 훌륭했다. 거기에 모인 영국황족과 황실의 사람들을 뵌 것은 즐거웠다. 시게코는 선량한 큰어머니와 사촌 언니에게 조금도 반감을 갖지는 않았다. 반대로 그러한 우연한 해후와 같이 생각되는 하나의 사건에 대해서 아무렇지도 않게 지나쳐 버릴 수 없는 자신의 집요함이 싫었다. 안 된다는 것을 알면서도 여드름에 손대지 않고서는 견딜 수 없는 못생긴 청년처럼 시게코에게는 불안정한 마음의 상태를 그대로 가질 여유가 없었다. 불안한 것, 불쾌한 것의 염교 쪽파의 껍질을 벗기듯이 까고 까서 뭐든 없어지는 것을 보지 않고서는 납득할 수 없는 것이다.

인간은 벌거숭이로 태어나서 벌거숭이로 죽는데 태어나면서 아름다움과 미움, 현명함과 어리석음 외에, 왜 인생은 존귀함이라든지 빈부라든지를 선명하게 구분해서 그것으로 인간의 삶을 구별하는 것일까? 경관의 오토바이에 치인 아이도 섭정관도 모두 같은 인간이 아닌가? 황실과 황족이 숭배되는 것은 그 인간의 능력이 아니라 그 인간이 태어난 환경에 의해서이다. 나는 그런 것을 존경할 생각은 없다. 내가 존경할 수 있는 것은 자신의 눈으로 보고 정말 아름다운, 존경스러운, 요컨대 허위가 없는 벌거숭이 진선미인 것이다. 그러나 그런 것은 마음으로 생각할 뿐으로 시게코는 입으로 말할 수는 없었다. 아버지가 돌아가신 후 시게코의 보호자가 된 큰아버지는 국가의 사법권을 좌우하는 중요한 지위에 있는 재판관으로 "남자에게도 정조의 의무가 있다"라는 판결을 내린 여권

론자로 인기를 모은 리베라리스트였지만 그의 내부에 도사린 무사적 윤리는 젊은 조카가 국가와 군주를 무시한 불손한 사상을 품는다고 하면 아마도 그 책임을 자신에게 돌릴 정도의 책임감을 가지고 있을 것이었기 때문이다.

시게코가 열여섯 살, 외유 중에 아버지가 객사했을 때 아무리해도 아버지의 죽음을 믿을 수 없어서 이상하게도 풍요로운 공상으로 고독한 마음을 채우는 것을 배웠다. 아버지 죽음에 눈물을 흘리지 않는 소녀를 이상하게 여긴 큰어머니 야스코가

"시게코는 이상한 아이야. 언제나 멍하게 눈을 뜨고 시로(시게코의 아버지 이름)씨를 말하면 마치 살아 있는 사람처럼 말하는 거야."

라고 남편에게 말하자 마사유키는 쓴웃음으로도 회심의 웃음으로도 보이는 미소를 입가에 지으며

"시로가 10대에 딱 저런 엉뚱한 아이였었지. 곧 시게코도 벗어날 거야. 그때까지 그냥 두면 돼."

라고 말했다.

후지키가 신극운동을 위해서 짊어진 적지 않은 빚을 장서와 집터를 정리하여 처리해 주고 시게코와 계모를 위해서 얼마간의 재산을 남겨두었던 것도 시게코를 데리고 와서 딸인 시즈에와 차별없이 교육해 준 것도 모두 큰아버지부부의 너그러운 아량이었다. 사실 시게코는 아버지를 사랑하고는 있었지만 아버지의 사후에 큰아버지에게 사랑을 받아서 아버지의 정신의 일부가 큰 윤곽으

로 흐려져 살아있는 것과 같은 행복한 착각에서 눈뜨지 않고 세월을 보냈다. 단지 아버지가 갖고 있던 분방하고 거친 기질과 극장적인 다채로운 분위기는 큰아버지의 집에는 없고 극장과 문학과 전혀 관계없는 것은 아니었지만 적어도 시게코의 안에서 자라난 것처럼 무대 대기실의 기분과 그것을 접하는 습관은 전혀 잃어버렸다. 그것은 시게코에게 고향에서 멀어진 것 같은 외로움을 맛보게 했지만 멀어진 것에 의해 시게코 안의 극장적 색채와 광선을 동경하는 마음은 한층 격렬한 정념이 되어 갔다.

극본을 쓰고 싶다고 시게코는 생각하게 되었다. 자신 안에서 막연하게 쌓여져 있는 분노와 슬픔과 희망을 어떤 형태로든 정리하여 표현해 보고 싶은 것이다. 그것은 뭔가 현실에 사는 것만으로는 불안한 것을 확인할 수 있는 증거문서와 같이 생각되어 자기자신을 선명하게 인상지을 수 있는 삶의 방법이 될 것 같다고 생각했다. 시게코는 여학교를 졸업하고 나서 도서관으로 다니면서 그곳에 모여 있는 서양 고전과 근대극, 희곡작법, 연극사와 연출 이론 등을 이것저것 거침없이 읽었다. 희곡을 쓰는 것은 큰아버지와 큰어머니에게는 물론 비밀이었다. 뒤에 생각해 보면 정확한 이해는 얻을 수 없었지만 많은 시사점은 그 안에 있었다. 예를 들면 안드레 에프의 희곡에 '별의 세계로'라는 것이 있다. 제정러시아 시대의 유태인 학살과 혁명운동을 배경에 두고 천문학 연구에 열중하고 있는 학자인 아버지와 피압박계급인 해방운동에 전념하여 백치가 되는 아들과 아버지와 아들의 사랑만으로 살고 있는 어머니와 아들의 애인이자 동지인 인텔리 부인이 등장한다. 마지막 막에서 아들의 애인 마르샤는 별의 세계 연구에 몰두하고 아들이 백치가 된 것에 대해서 분노하지 않는 아버지에 절망하여 투쟁하는 동지의 곳으로 돌아간다. 아버지는 마지막까지

"행복하여라, 멀리 있는 우리 미지의 친구여."

라고 땅에 손을 뻗는다.

그리고 어머니만이 "코류슈카! 코류슈카"라고 아들의 이름을 계속 부르면서 우는 것이 마지막 장면이다. 러시아혁명과 혁명전 제정러시아의 사회조직에 관해서 잘 모르는 채로 이 희곡을 읽으면 충분히 이해할 수는 없지만 단지 마지막 장면의 아버지와 어머니와 아들의 애인, 이 세 명의 각기 다른 모습의 세계관이 일종의 시적흥분으로서 시게코 안으로 흘러 들어왔다. 시게코에게는 '별의 세계'에 몰입하는 아버지와 아들을 향한 사랑만으로 사는 어머니보다도 인간 전체의 행복을 위해서 이상을 실천하려고 하는 마르샤의 의욕과 고뇌에 강한 공감을 느꼈다.

화를 당한 가난한 아이와 피를 흘린 도로 위를 달렸던 자동차에 자신이 타고 있던 것을 하나의 끈으로 연결하여 생각하는 시게코의 안에는 '별의 세계로' 중 마르샤를 아름답다고 느끼는 정신이 막연하게 살기 시작했던 것이다.

시게코는 거실을 나와서 정원으로 나갔다. 정원을 정면으로 걸어가자 큰어머니가 꽃꽂이를 하고 있는 방 앞으로 나오고 나무가

심어져 있는 곳을 지나쳐 뒷마당의 비와와 감나무가 있는 공터로 나왔다. 거기에는 이 관사에서 살았던 사람이 아이를 위해서 만들어 놓은 듯 한 튼튼한 나무 그네가 있다. 시게코는 한동안 하나의 장소에 앉아 곰곰이 생각을 하고 있으니 머릿속이 주변의 등불과 같이 몇 개의 사색만이 돌고 돌아 끝이 나지 않기 때문에 자주 여기로 와서는 그네를 타는 것이었다. 탄다고 해도 의식해서 강하게 흔드는 일은 없다. 그네에 앉아서 양손으로 줄을 잡고 가볍게 발을 움직이면 그네는 앞뒤로 지루하게 흔들린다. 만약 조금 세게 운동을 원할 때는 발끝을 조금 땅에 붙여서 앉은 자리를 뒤로 끌어당겨 몸을 웅크리고 발을 떼면 그네는 크게 흔들리며 탄력 있는 운동을 시작하는 것이다.

오늘 시게코는 자신을 고의로 거칠게 흔들어보고 싶어서 그네 앉는 곳에 서서 양팔에 힘을 넣어 젓기 시작했다. 집으로 돌아오고 난 이후 머리에 붙어서 떨어지지 않는 불쾌한 것에서 자신을 한시라도 해방시키고 싶은 것이다. 그네는 시게코의 다리와 허리가 힘을 넣고 구부렸다가 폈다가 할 때 마다 운동의 진폭이 켜져서 드디어 긴 틀 안에 자색 소맷자락을 나부키며 시게코의 온몸이 이제 팔과 허리를 움직이지 않아도 파란 하늘을 수평으로 쳐다보는 각도에 까지 크게 반원을 그리고 있다.

2층의 창이 열리고 두꺼운 근시안경을 낀 뺨이 빈약한 청년이 얼굴을 내밀었다.

"이봐, 심하게 끽끽 대지마. 시끄러워서 책을 읽을 수 없잖아."

빨간색이 들어간 종이세공과 같이 단정한 오동나무의 새잎 사이로 청년의 강한 근시안경과 홀쭉한 뺨이 생기 없어 보인다. 큰어머니 오빠의 아이로 가사마쓰 신이치笠松真—라고 하는 사람으로 고베神戶 중학교에서 일고—高에 입학한 굉장한 수재라고 한다. 지금은 T대학의 의과 3년생으로 졸업 후 대학에 남기로 정해져 있다. 아마도 시즈에의 사윗감으로 정해져 있을 거라고 하녀들은 수근대고 있지만 신시게코를 적으로 정하고 논의를 던지며

신이치는 어떤 사람일까? 시게코는 적으로 하고 논의를 던져서 곤란해 하는 것을 즐기는 버릇이 있었다. 그것은 신이치가 시게코를 사랑하고 있는 표현이었는지도 모르지만 시게코는 신이치의 어떤 것에도 무감동적인 것이 오만하게 느껴져서 친해지지 않았다.

신이치는 불만을 말하면서도 슬쩍 2층에서 내려와서 시게코가 타고 있는 그네 옆에 섰다.

"어제 벚꽃 보는 가는 길에 아이가 치였다고? 너희들은 그 피를 밟고 신주쿠교엔新宿御苑으로 타고 갔던 거야."

신이치는 시게코의 얼굴을 보고 피식 웃었다. 그러자 좀 전부터 울적해 있던 감정이 기다렸다는 듯이 차올라서 시게코의 얼굴을 쏴하고 빨갛게 물들였다.

"그래요. 나 지금 미코시바씨에게 듣고 너무 속이 안 좋아요. 내가 치였던 것 같아요."

"헤헤헤"

신이치는 양손에 줄을 잡고 서 있는 시게코의 눈썹이 모인 소년아수라와 같은 얼굴을 아래에서 올려다보고 재미있다는 듯이 웃었다.

"꽃다발이라도 갖고 문병가면 어때? 부르주아 딸의 자선이라고 미담이 될 거야."

"바보 같은 말 하지 마요."

시게코는 신이치를 내려다보고 치켜떴던 눈을 내렸다. 신이치가 자신이 지금 느끼고 있는 갑갑함을 조금이라도 이해해 줄 청년이라면 힘든 마음이 얼마간은 편해질 거라고 생각했다. 안절부절함이 시게코를 거칠게 흔들고 있었다.

"신이치씨는 도대체 뭐가 재밌어요? 당신은 언제나 사람을 상처주고 웃고 있네요. 진지할 때가 없는 것 같아요."

"진지하다는 건 뭐야? 나는 언제라도 솔직해."

"솔직하다는 것이 그래요? 당신은 나를 경멸하지만 차에 치인 아이를 조금도 불쌍하다고 생각하지 않잖아요?"

"불쌍하다고 생각하면 어떻게 되는데?"

"어떻게도 되지 않으니 괴로운 것이잖아요? 불쌍하다고 생각하지 않는 사람은 인간이 아니에요."

"헷헷헷."

신이치는 긴 이를 드러내고 침을 뱉듯이 웃었다.

"대단하네. 시게코는. 벚꽃 관람회 날에 아이가 차에 치인 것을 자신 혼자의 책임같은 얼굴을 하고 있는 것은 열성적 인도주의

자야. 아니 인도주의보다 과대망상광일지도 모르겠네. 그런 사람이 실제로는 가장 정신상 허영심이 강한 이상한 사람이야. 나는 그런 자만심을 가지려고 해도 가질 수 없어."

신이치는 시게코가 화내고 있는 얼굴에 다시 한 번 피식하고 웃고 나서 정원 쪽으로 걸어갔다.

시게코는 양손으로 그네의 줄을 잡은 채로 신이치의 뒤를 쳐다보고 있었다. 가슴 속을 신발을 신은 채로 엉망으로 밟고 간 듯 신이치의 독 있는 말이 시게코 자신의 약점을 고약하게 알아맞히고 있는 것에 찔리는 것이다. 과연 큰아버지의 집에 기숙하고 입고 먹는 것에 모자람 없이 지내고 있는 자신이 아무리 가난한 아이의 불행에 동정해 봐도 동정을 표시하는 것으로 자신을 아름답게 장식하고 즐기고 있다고, 신이치와 같이 감동을 모르는 청년은 그렇게 받아들일 것이다, 신이치가 아니더라도 많은 사람들은 그렇게 생각하고 자신의 유치함을 웃을지도 모른다.

그것은 아무리 열심히 설명해 봐도 타인에게는 이해받을 수 없는 것이다. 그렇게 생각하자 시게코는 지금까지 자신을 지지하고 있었던 격렬한 분노가 슬픔에 녹아버리는 것을 느꼈다. 그네 위의 시게코의 얼굴은 갑자기 못나게 일그러져 눈물이 굳게 감고 있던 눈꺼풀 사이로 뚝뚝 떨어졌다.

"살지 않으면……. 어떻게든 혼자서 살아갈 방법을 생각하지 않으면 안돼. 누구도 내가 생각하고 있는 것을 믿어 주지 않아."

시게코는 울면서 작은 목소리로 주문같이 중얼거렸다.

2,3일 지난 밤 식사를 마친 후 시게코는 큰아버지이 서재로 불려갔다. 시게코의 명의로 보관해 있는 정기예금의 이자가 기입될 때 언제나 마사유키는 그것을 시게코에게 보이는 습관이 있었다. 그것을 보인 뒤에 두 사람이 잡담하는 것도 큰아버지의 습관의 하나였다. 마사유키는 평소 야스코와 시즈에에게 맡겨 두고 있는 시게코를 그때만큼은 데리고 와 남동생 시로와 어머니 다네의 추억을 시게코 안에서 얻으려고 하듯이 보였다. 메이지 20년대 관청에서 파견되어 독일에서 유학을 했을 때 여류화가와 서로 사랑하여 귀국할 때까지 함께 했던 경험이 있는 마사유키는 블루넷 머리카락에 눈매가 깊은 독일여자의 지적인 아름다움을 언제나 먼 꿈으로서 마음에 담아두고 있었다. 그 꿈은 아내를 닮아 온순한 딸 시즈에보다도 고집스런 시게코를 향해서 부풀어 간 듯이 보였다.

"시게코가 어렸을 때 네 아빠는 너를 여배우로 만들 거라고 자주 말했었어. 너도 그런 것을 생각한 적이 있니?"

"아빠는 자주 말했지만 저는 별로 그런 것을 생각하지 않았어요. 저는 미인도 아니고 키도 작고...... 여배우가 된다는 건 말이 안돼요......."

"시로는 연극에 미쳤기에 괜찮겠지만 가족이 무대에서 춤추거나 노래 부르거나 하는 것은 적어도 나는 싫단다. 된다면 문학이나 그림 쪽이 낫겠지."

"하지만 예술가가 되기에는 특수한 재능이 없으면 안 된다고 생각해요."

"재능이라고 하는 것은 자신은 모르는 것이야. 즉 가능성을 믿을지 믿지 않을지가 문제가 되는 것 아닐까? 나는 여자라도 자신의 가능성을 믿고 살아가는 인간을 좋아해."

"가능성이 뭐예요? 야심? 의욕?"

시게코는 갸우뚱거리며 생각하며 물었다.

"야심과는 다르지, 어쨌든 자신을 열심히 살아보는 것이야. 네 아빠는 마음대로 살아서 꽤나 타인에게도 민폐를 끼쳤지만 어쨌든 열심히 살았다고 하는 점에서는 후회 없는 일생이었지."

"큰아버지도 재판관 일을 좋아하죠? 젊었을 때는 늘 의사나 재판관이 될 거라고 말했었다고 할머니가 자주 말씀하셨어요."

"아하하하, 나는 중이 될 거라고 생각한 적도 있어. 이건 어머니에게는 말하지 않았지만. 역시 시로의 형인만큼 엉뚱한 거겠지. 아무래도 보통의 관리나 회사원은 체질에 맞지 않아. 의사도 재판관도 인간의 가장 진지한 면에 맞닥뜨리는 일이잖아. 어떤 때는 상대에게 있어서 하느님의 대리를 맡게 되는 것이니까. 언제나 진검승부를 할 생각으로 긴장해야 돼. 그것이 보람 있는 일이라고 생각되었지."

시게코는 큰아버지가 자신의 사형을 선고한 범죄자의 이름을 직접 써서 불단仏壇에 놓고 매일아침 이름을 부르는 것을 알고 있었다. 큰아버지는 중년이 되면서 정토진종의 신자가 되었다.

"하지만 하느님과 부처님도 불공평하다고 생각해요. 만약 전능하시다면 처음부터 완전한 세계를 만들면 되잖아요. 불완전하게 인간을 만들어 놓고서 죄가 깊다느니 구원받을 수 없다느니 말이 안 되지 않아요? 악마와 대립하는 신은 믿을 수 없어요."

그런 유치한 무신론을 시게코가 마음먹은 대로 말해도 큰아버지는 화도 슬퍼하지도 않았다.

"시게코는 아직 인간에 관해서도 아무것도 알지 못하고 있는 거야. 신이라든지 부처님이라든지 모순된 것으로 만들어진 것처럼 보이는 중에는 인간은 정말로 굶주리고 있지 않아. 네가 중년이 되어서 여러 인생을 맛본 뒤에 지금과 같이 말한다면 정말로 일생 신앙과 무연하게 지내온 인간이겠지만. 우선 젊을 때는 할 수 있는 것을 마음껏 해 보는 거야."

이런 회화가 대개는 큰아버지와 조카딸 사이에 이루어지는 것이 다반사였지만 오늘밤은 저금통장을 시게코에게 보인 뒤 마사유키는 조금 눈부신 듯이 눈을 찌푸리고

"시게코는 결혼에 관해서 생각해 본 적이 있니?"

"결혼……"

시게코는 생각지도 못했기에 주위를 두리번두리번 거리고 나서 웃었다.

"결혼 따위 생각한 적 없어요."

마사유키는 시게코가 놀란 모습이 웃겨서 자신도 피식거리고 턱수염을 잡아당겼다.

"아니 나도 아직 이르다고 생각하고 있었는데 좀 이야기가 있어서……"

"싫어요."

시게코는 어깨를 움츠리고 큭큭 웃기 시작했다. 그러나 문득 그 웃음을 멈췄다. 혹시 큰아버지와 큰어머니가 자신을 빨리 다른 곳으로 보내고 싶다고 생각하고 있는 것은 아닐까하고 느꼈다.

마사유키의 이야기라는 것은 자신과 친한 지방관의 장남으로 도쿄지방재판관의 판사로 근무하고 있는 청년이었다. 관앵회観桜 슾 날에 그의 부모가 와 있었고 봉영 줄에 시즈에와 시게코가 서 있는 것을 봤다고 한다. 시즈에는 데릴사위를 들일 것으로 알고 있었기에 시게코를 장남과 어떨까하고 저쪽의 아버지가 직접 상담을 해 왔다는 것이다.

"성실하고 괜찮은 청년이야. 풍채도 좋은 편이고."

큰아버지는 그렇게 말하고 책상 위에 놓아둔 사진을 시게코에게 건넸다. 사진첩을 열어보자 과연 좋은 집안의 자제답게 품위 있고 얼굴이 갸름한 얼굴에 음울한 눈을 갖고 있는 청년의 모습이 있었다. 시게코는 그것을 잘 보지 않고 금방 닫았다.

"시게코는 아직 집안일은 못한다고 하니까 그런 것은 결혼하고 나서도 배울 수 있다고 저쪽 어머니가 말을 하더군. 나도 야스코도 아직 이르다고 생각하지만 너의 생각도 들어두고 싶다고 생각해서."

"저는 지금 시집갈 마음은 전혀 없어요. 시어머니가 있는 집안은 더욱이 힘들 것 같아요."

"그렇겠지. 나도 필시 그렇게 말할 거라고 생각했어."

"큰아버지, 저는 평생 결혼 따위 하고 싶지 않아요."

"오호, 그렇게는 되지 않을 거야."

마사유키는 천천히 말하고 웃으면서 시게코의 얼굴을 봤다.

"저는...... 스스로의 힘으로 생활해 보고 싶어요. 시집간다는 게 왠지 남자에게 팔려서 가는 듯해서 싫어요. 건방진 건지 모르지만."

"괜찮아. 너와 같은 여자가 있어도 괜찮아. 누구나가 다 결혼만을 목표로 해서 사는 것은 아니니까."

마사유키는 말하면서 결혼이야기를 할 때 시게코의 얼굴에 봄 새싹을 연상하게 하는 연무가 낀 기운을 전혀 느낄 수 없었다는 것을 이상하게도 성에 차지 않은 듯 생각했다. 형이상적인 문제에 관해서 서로 이야기할 때 시게코에게는 까만 눈동자에 골똘히 생각하는 열정에 마사유키는 조카딸인 것을 알면서도 문득 끌리고는 화들짝한 적이 있었는데 현실에서 젊은 남자를 대상으로 이야기해 보면 시게코는 굉장히 촌스럽고 둔한 여자아이로 변해 있다.

"그러나 결혼하지 않겠다고 정하지 않아도 독립해서 살려고 한다면 시게코도 방침을 정해서 공부하지 않으면 안 돼. 나는 네가 원하는 것이 너무 엉뚱한 것이 아닌 한 그건 안 돼, 이건 안 돼 하는 구속은 하지 않을 거야. 단지 뭘 해도 교양은 중요해."

"네, 잘 생각해 볼게요."

시게코는 그렇게 말하고 큰아버지의 방을 나왔지만 생각해 볼 것도 없이 시게코는 각본을 쓰는 일에 자신이 걸을 길을 정하고 있었다. 단지 큰아버지의 앞에서 그렇게 희망을 직설적으로 선언할 수 없을 정도였다. 요 2년 사이에 어둠 안을 더듬거리며 걸어가는 것 같은 어수룩함으로 원고지에 써 본 희곡 몇 편이 책상 서랍 깊숙이 보관되어 있다. 제멋대로의 시게코는 여자 친구와 여교사가 많은 여학교의 분위기가 싫었기 때문에 여자대학으로 갈 맘은 없었지만, 자신이 쓴 작품을 봐 줄 존경할 만한 선배는 꼭 필요했다. 아버지가 살아 있을 때였다면 그 방법은 많았겠지만 지금으로서는 직접적 인연은 끊어져 있었다. 그래도 후지키 시로의 딸이라고 말하고 억지로 다가간다면 신극관계의 극작가와 연출가라면 모르는 사람보다는 친한 눈으로 시게코를 봐 줄 것이지만 남과 친해지지 어려운 시게코에게는 바다인지 산인지도 짐작할 수 없는 자신의 작품을 갖고 미지의 사람이 있는 곳으로 나갈 용기는 없었다.

그런 주제에 시게코는 혼자의 마음속에서는 자신의 스승이라고 의지할 상대는 이제 훨씬 전부터 확실히 정해져 있었다. 다치바나 류조橘隆三씨였다. 다치바나씨는 시게코의 아버지 후지키보다도 열 살정도 젊지만 신극운동의 기수로서 청년시절부터 화려한 존재였다. 학교도 다른 신극이론에도 큰 깨우침이 있어서 후지키 계통의 연극인은 다치바나씨의 방법을 그다지 인정하지 않았다. 하지만 후지키가 신출내기 배우를 무대에 올리는 것에 몰두한 것에 반해 다치바나씨는 가부키배우 중에서도 신극에 의욕이 있는 자들을 스탭으로 하여 번역극과 창작극을 상연했다. 후지키 쪽에서는 낡은 부대에 새술을 담는 것과 같다고 냉소하고 다치바나씨는 가부키배우의 기술적 수련이 신출내기 배우보다도 극적인 것에 성공할 거라고 주장하고 번번히 논쟁한 적이 있었다. 다치바나씨의 친구가 S였다. 시게코는 S의 매력에 빠져서 극장을 다니는 중에 다치바나씨의 연출과 연극이론에 흥미를 갖게 되고 아버지가 돌아가신 후 희곡작법의 기초는 다치바나씨의 저서를 통해 배웠다. 다치바나씨를 처음 시게코는 S의 친구로서 호의와 존경을 갖게 된 것이지만 그 친근감이 다치바나씨를 향한 연애감정으로 옮겨간 것에는 다치바나씨를 봤다고 하는 감동이 명확한 동기였다.

그것은 시게코가 여학교를 막 나온 초여름이었다.

시게코는 그날 K대학의 강당에서 개최되는 연극 강연회에 다치바나씨의 '독일표현파의 희곡에 관해서'말하는 것을 꼭 듣고 싶었지만 그런 장소에 젊은 여자가 혼자서 가는 것은 큰어머니가 아시면 분명히 반대할 거라고 생각해서 여학교시절 친구와 그림전람회에 갈 거라고 거짓말을 하고 집을 나왔다. 굳이 감출 일은 아니지만 반대나 비판을 받으면 스스로 감정이 상할 것이 싫어서 거짓말은 하는 약한 마에서 오는 비겁함이 시게코에게는 있었다. 그리고 또 그런 능숙한 거짓말에도 시게코 자신은 일종의 찝찝함을 느끼고 있었다.

야마노테 안에 있는 K대학의 문을 들어가서 경사를 올라가자 시게코는 검정 학생복의 청년들이 많아서 긴장하면서도 돌아가려고는 생각하지 않았다.

신극 여배우다운 화려한 머리스타일의 여자가 두세 명 앞서 가면 시게코는 안심하고 그 뒤를 쫓아서 강당으로 들어가는 앞줄 근처 딱딱한 벤치에 앉았다. 여배우다운 이목구비에 화려한 화장으로 눈에 띄는 여자들이 밝게 이야기하는 것을 들으면서 시게코는 예전 오쿠보大久保의 집 스튜디오에서 나카자와中沢와 미쓰에光枝에게 안기거나 손을 잡고 노래를 배웠던 것을 떠올렸다. 나카자와는 그로부터 얼마 있지 않아 폐결핵에 걸려 고향으로 돌아가서는 죽었지만 미쓰에는 지금 무엇을 하고 있을까? 입센의 긴 대사를 빠른 어조로 말하면서 어색하게 손을 앞으로 내밀거나 가슴을 안거나 하며 열심히 움직이는 미쓰에와 나카자와의 모습과 함께 대본을 손에 들고 바쁘게 무대 앞을 왔다갔다하며 큰소리로 지도를 하던 아버지의 뒷모습, 오른쪽 어깨가 올라간 모습까지도 조금 전까지 거기에 있었던 것 같이 선명하게 기억으로 부상해 온다. 먼지와 체취와 도료가 엉켜있던 대기실 특유의 냄새, 조명이 꺼진 뒤 배우들의 참혹하게 그림 그려진 추한 얼굴, 인공의 비와 바람이 이는 너무 선명한 비바람 소리…… 극장은 슬픈 곳이다. 그러나 시게코에게는 그 슬픈 극장이 역시 가장 친근하게 애착을 느끼는 장소였다. 그 분위기에 문득 마음을 빼앗기자 큰아버지의 집 고급관리다운 격식을 차린 구조가 갑자기 촌스럽고 둔중한 것으로 느껴졌다. 사면의 벽 하나가 항상 열려있는 무대에는 어떤 인생의 현실보다도 선명하고 수려한 색과 빛과 냄새가 가득 떠돌며 인생 이상으로 인간냄새 나는 관능과 예지가 현현하게 생각되었다.

두 사람의 강사 뒤에 다치바나씨는 상반신을 앞으로 구부린 채

종종걸음으로 포트폴리오를 옆구리에 끼고 강단에 올랐다. 다치바나씨는 검은 비로드 상의를 입고 검은 머리를 이마 위에 세우고 빗었다. 그 때문에 가는 콧대가 한층 더 길게 늘어져 보이고 그것이 코 아래 짧게 자른 작은 콧수염으로 인해 루오의 그림 크리스트와 같은 유화한 아름다움을 느끼게 했다. 등은 얼굴에 비해 높지 않고 조금 굽은 등으로 폭이 좁은 어깨가 얼굴을 싸고 따분한 듯이 움츠러져 있는 것이 우아한 얼굴의 느낌과 반대로 신경질적인 인상을 주었다. 말투는 몸집과 같이 여유가 없고 말을 짧게 끊고 사이를 두지 않고 이어서 말했다. 톨르레르라든지 카이저라고 하는 이름을 자주 거론했지만 시게코에게는 다치바나씨의 이야기 내용은 거의 귀에 들어오지 않았다. 단지 몇 년 동안 동경해 온 다치바나 류조씨를 눈앞에서 보고 마흔 가까운 다치바나씨가 의외로 젊고 의외로 아름다운 것에 빠져서 무대의 배우를 보듯 황홀해 졌다. 옛날이야기와 조루리의 문장으로 몸에 익은 연애 감정을 시게코는 다치바나씨를 본 순간부터 아주 간단하게 심신으로 받아들였다.

강연회는 저녁에 끝났다. 어두침침한 안을 검은 학생복이 압도적으로 많은 무리 사이를 헤집고 K대학의 문을 나오면서 시게코는 몸 안에서 아름다운 음악이 연주되고 있는 듯 이상한 흥분을 맛보았다. 집에 돌아가서도 기분 좋은 흥분은 조금도 식지 않고 큰어머니와 시즈에와 떨어져 자신의 방 책상 앞에 혼자 앉아서도 가득 만족해 있었다.

다치바나씨는 그날로부터 시게코 안에 소중하게 보관된 사람
이 되었다. 스무 살 이상 나이가 차이나는 것도 처자식이 있는 것
도 상대가 자신을 전혀 모르는 것도 시게코에게는 조금도 문제가
되지 않았다. 자신이 쓴 희곡을 다치바나씨가 읽어 주었으면 하고
비평을 받고 싶다는 염원은 그 뒤 점점 강해져 갔지만 그런 식으로
다치바나씨에게 가까이 다가간다는 것이 상대와 그 이상으로 밀
접한 관계가 된다는 것을 몽상하는 것은 아니었다. 아니 조금 더
냉혹하게 말하면 시게코는 다치바나씨의 나이와 사회적인 지위
가 젊은 자신과는 너무 차이가 나있기 때문에 무의식적인 안심감
으로 다치바나씨에게 맘대로 연애감정을 태우고 있었는지도 모른
다. 그 탓인지 다치바나씨를 아름답다고 생각하는 것과 동시에 자
신과 동시대 혹은 어울리는 간격의 나이대의 이성을 시게코는 실
로 단순하게 무시할 수 있었다. 청년의 미성숙함이 풋내나고 신이
치가 친구를 데리고 왔을 때에도 의식적으로 몸을 감추려고 했다.
소학교시절에 순수하게 사귀었던 소년들과는 마치 다른 생물같이
생각되었다. 시게코는 성적인 매력의 연애 대상으로서 남자를 느
끼는 눈이 이상하리 만큼 어두웠다. 따라서 남자의 젊음과 믿음직
함은 마치 보이지 않는 것과 같았다. 남자의 지혜와 생명력만이 생
생하게 느꼈다. 시게코는 여자의 육체의 아름다움에는 그만큼 충
분한 아름다움을 느낄 수 있었지만 육체만 아름다운 남성에게는
마음을 뺏기지 않았다. 다치바나씨라고 해도 미모에 지성이 따라
주지 않았다면 시게코는 어떤 매력도 느끼지 않았을 것이다.

시게코는 다른 방법으로 이미 성을 알고 있었다. 그것은 슬프게도 육체가 이성을 찾기 전의 과도기적인 상태는 아니었다. 문학의 독이 소녀 시게코 안으로 옮겨가서 자란 요염한 꽃은 아편을 빨듯 혼자서 즐길 수 있었다. 아니 혼자서가 아니면 즐길 수 없는 비밀스런 쾌락이 되어서 성장해 가는 시게코 안에서 은밀하고도 처연하게 군림하고 있었다.

육체를 찾으려고 하지 않는 시게코의 기호는 거세게 어김없이 형이상학적 비약을 했다. 그것은 한걸음을 뛰어 밟으면 종교적인 정열에 승화하는 성질의 추상성을 갖고 있었다. 크리스트에서 완전한 남성의 전형을 찾아내고 그 봉사에 생애를 바치고 이성의 애정과 단절해서 살아가고 있는 여선교사와 수도녀의 나이를 뛰어넘은 신선한 눈빛은 지상의 것을 사랑하여 일정의 거리를 둔 항상성이 그녀들을 어리게도 젊게도 살아가게 하는 것이다. 어렸을 때부터 문학과 극장의 자극에 흠뻑 빠져서 그 색과 빛이 멀어지는 일 없이 심신에 물들지 않았더라면 시게코는 훨씬 마음껏 신에게 다가갈 수 있었을지도 모른다. 안드레에프 희곡 중의 인물에서 그 예를 들자면 시게코는 천문학에 몰두한 아버지도, 인간의 평등한 권리를 위해서 죽음을 걸고서 싸우는 아들도, 아버지와 아들을 사랑하기에 여념이 없는 어머니도 될 수 있지만 실제로 그 어떤 애정을 갖고 있기에는 너무 식어버린 마음의 주인이었다. 사랑의 능력이 일상다반사의 섬세한 동작의 교류 안에 단세포생물의 탄생처럼 약하게 태어나 자라나는 것을 시게코는 모른다. 손때에 더러워진 생활 속의 강인한 아름다움에 전혀 무지인 채로 시게코는 애정과 증오와 그 외의 온갖 인생의 희로애락이 표현을 통해서 전형화된 훌륭한 세계를 너무 많이 보고 알아버렸다.

시게코 속에 왕성하여 끊임없이 분출하려고 애쓰는 자아는 막연한 사랑의 대상을 찾아서 북적이며 있었지만 시게코 자신의 내부에 있는 말라버린 공동空洞에 관해서는 백치처럼 자각하지 못했다. 다치바나씨를 동경하는 마음도 무대의 이미지를 통해서 자신을 보다 완전하게 표현하려고 하는 극작의 소원도 그 관앵회의 날 귀족 집단과 경관의 오토바이에 치인 소년의 중상과 대조하며 괴로워하는 마음도 어느 것도 그 뿌리는 시게코 안에 탄식하고 있는 기갈되어 있는 애정이 호소하는 목소리였다.

제3장

두 개의 극장에서 二つの劇場で

여름이었다.

변두리 수로 옆에 있는 판잣집 극장에는 관객이 가득 모여 있었다. 거기는 오랜 기간 가부키연극만 공연했다는 극장이었지만 대지진으로 타버리고 난 뒤 영업부진으로 때때로 가설극장으로 빌려 주고 있었다. 이즈음 유행이 된 좌익선동극을 K프롤레타리아극단이 열흘간 상연하게 된 것도 그런 유행에 편승한 것이다. 흥행을 염두에 둔 극장주 측의 궁여지책이었지만 소극장운동에 갇혀 온 신극이 대극장에 많은 사람들이 들어차는 이상한 현상으로 묘한 인기를 얻어 신극과 좌익운동과 상관없는 관객까지 함께 무대의 거친 흥분에 휩싸여 환성을 지르고 있었다.

"울부짖어라, 중국"이라는 연극이 상연되고 있었다. 영미의 식민지화된 상해가 무대로 미국인에게 굴욕을 안겨주었다는 이유로 한 명의 쿨리가 총살되어야 한다는 명령을 받는다. 쿨리들은 전율하면서 뽑기로 한 사람의 희생자를 정한다. 드디어 모인 군중들의 눈앞에서 쿨리의 사형이 행해질 때 뽑힌 쿨리의 아내가 아이를 데리고 와서 남편에게 내려진 사형의 억울함을 절규하며 호소한다. 파란 목면의 중국옷을 입고 머리를 딱 붙여 묶은 아내는 한손으로 아이를 안고 무릎을 꿇은 자세로 높은 대 위에 묶여있는 남편을 손가락으로 가르키며 영미인의 인종멸시와 제국주의의 침략에 대해서 열렬하게 저주와 반항의 말을 쏟아낸다. 중국이여, 눈을 떠라, 중국이여, 울부짖어라, 그 함성은 그때까지의 극의 진행에 따라서 울적했던 감정이 폭발하고 무대와 관객석에서는 댐이 터진 듯 광기어린 홍분으로 변했다. 욕설과 환성과 노동가의 합창으로 극장은 정치연설회인지 경기장인지 생생한 감동으로 끓어올랐다.

시게코도 기고하고 있던 잡지사의 여자 친구들과 함께 그 속에 있었다. 쿨리 남편을 부당하게 빼앗긴 아내의 증오는 시게코를 강하게 흔들었지만 그 이상으로 시게코는 이 극장을 울리고 있는 야성적인 열광에 거의 넋을 놓고 있었다. 그것은 결국 반년 전까지 소극장의 무대에서 익숙한 신극과는 전혀 다른 세계였기 때문이다.

회색벽으로 둘러싸인 음침한 T소극장 입구의 관객석에 조용히 앉아 포도색의 막을 쳐다보며 바다 밑바닥에서 울려오는 듯 개막을 알리는 타악기 소리를 들었다. 드디어 올라가는 막 뒤의 체홉과 카이저와 오닐의 세계를 기다리고 있던 그때의 신극 무대는 시게코에게 좋아하는 강의를 듣는 교실과 같은 평온한 장소였다. T소극장의 주재자는 다치바나씨였기 때문에 시게코는 한층 이 교실적인 분위기에 순종했다. 그때 다치바나씨가 선택한 어떤 연극잡지의 감상 작품에 시게코는 짧은 희곡을 써서 당선되었다. 다치바나씨를 중심으로 한 동인잡지에 기고하게 된 것도 그때부터였다.

다치바나씨가 심장발작으로 급사한 것도 그로부터 2년 정도 지난 뒤였지만 그 2년 동안에도 시게코는 원고를 다치바나씨의 잡지사로 보낼 뿐이었고 다치바나씨와 둘이서만 이야기한 시간은 한 번도 없었다. 다치바나씨가 급사한 것은 체홉의 "벚꽃동산" 무대 연습을 하고 있을 때로 시게코는 젊은 동인 두세 명과 함께 관객석에 있었기 때문에 우연히도 다치바나씨의 죽음의 순간을 지켜볼 수 있었다. 4,5분도 걸리지 않는 발작으로 다치바나씨가 숨을 거두어버린 뒤에도 분장한 남녀배우가 쓰러진 다치바나씨의 주위에 모여서 "선생님" "선생님"이라고 부르고 손과 가슴을 주무르거나 하고 있었다. 시게코는 웅크린 채로 멍히 그것을 쳐다보고 있었다. 다치바나씨의 짧은 순간 괴로워한 몸, 심하게 몸부림친 가슴과 난폭하게 던져진 팔, 특히 가슴에서 목으로 빙글빙글 소리를 내며 올라와서 딱하고 멈춘 용수철처럼 튀어오른 호흡이 지금까지 멀리서 조용히 지켜보고 있던 다치바나씨와는 전혀 다른 생생한 남자다움으로 느껴져! 시게코를 놀라게 했다. 슬퍼하기보다도 어쩐지 기분 나쁜 감정과, 동시에 다치바나씨 안으로 쑥쑥 들어갈 수 있을 것 같은 방탕한 열기에 시게코는 소용돌이 쳤다. 아무것도 아닌, 실제로도 아무 것도 아닌 시게코는 눈앞에 던져져 있는 다치바나씨의 손목을 잡았다. 손은 아직 완전히 차갑게 식지 않은 채로 살아 있는 것과는 확연히 다른 젤라틴과 같은 차가움으로 축 늘어져 있었다.

"동공이 열린 채로에요. 이제 안 되겠어요."

머리 쪽으로 앉아 뜬 채로 있는 다치바나씨의 눈을 가만히 쳐다보고 있던 금발가발의 여배우가 갈색의 그늘 진 큰 눈을 들어 주위를 둘러보면서 말했다. 그녀의 장미빛으로 물든 밀랍인형과 같은 뺨에 주룩주룩 눈물이 떨어지고 동시에 찢어질 듯 울음소리가 여기저기서 일었다. 시게코는 역시 아직 슬픔에는 빠져 들지 않았다. "벚꽃 동산"의 무대장치를 뒤로 하고 체홉의 등장인물로 분장한 배우들에 둘러싸인 다치바나씨의 주검은 이상한 열반상이었다. 그 광경은 다치바나씨가 살아 있는 동안 꿈꿨던 어떤 꿈보다도 화려한 꿈이었는지 모른다. 다치바나씨의 장례식날 역시 T소극장의 무대 가득 흰꽃이 장식되고 푸르고 맑게 보이는 차가운 냄새의 바닥에 검은 리본으로 묶은 아름다운 다치바나씨의 사진을 시게코는 울어서 부은 눈꺼풀로 보고 있었다. 시게코는 자신 속의 슬픔이 투명하게 응고되어 그것과 함께 다치바나씨의 죽음을 장식하고 있는 모든 것이 훌륭한 슬픔의 연회인 듯 극장적인 감격에서 끝내 눈뜰 수 없었다.

다치바나씨의 죽음은 신극운동의 역사에도 하나의 신기원을 이룬 결과가 되었다. 다치바나씨 산하에 있었던 극단원 중에서도 좌익 문화운동의 일환에 연극을 연결한 자들과 정치와 멀어져 순수한 연극성의 발전을 원하는 자들이 분열되어 전자는 프롤레타리아 연극의 한쪽 날개로서 활동하게 되었다. "울부짖어라 중국"

을 연기하는 배우들 중에도 시게코는 T극장 이래 친한 남녀배우들을 몇 명이나 찾아낼 수 있었다. 그들도 기술은 뛰어나지만 소시민성이 빠지지 않았다는 비판을 내부에서 받고 있어서 시게코는 그 배우들을 자신의 입장으로 바꿔서 비교하며 동정했다.

"후지키씨, 나중에 극장 휴게실에서 T대학 연극서클 학생들과 "울부짖어라 중국"에 관하여 좌담회를 해요. 학생신문 기자가 오니까 부인 극작가로서 당신도 꼭 나와 주었으면 한다고 세리카와와 芹川선생님이 부탁했어요. 잘 부탁해요."

함께 봤던 '여원女の苑'의 편집자인 도요카와 스에코豊川末子가 반 명령조로 시게코에게 말했다. '여원'은 세리카와부인이 주재하고 있는 여성들의 동인잡지로 시게코도 거기에 희곡을 발표하게 되면서 간간이 비평으로 극작가처럼 취급받게 되었다. 그렇기 때문에 그 잡지에는 의리가 있었지만 세상을 잘 모르고 남들 앞에서는 머뭇머뭇거리는 시게코에게는 그런 자리에서 말하는 것이 괴로웠다. 이렇다면 오늘 '여원'의 관극회에는 오지 않았을 것인데 하고 시게코는 생각했다.

시게코는 마지못해 스에코에게 이끌려 복도로 나갔다. 복도에는 구경꾼들이 모여서 지금 막이 내린 격정에서 식지 않은 흥분된 얼굴로 이야기하고 있었다.

"시케코, 와 있었어?"

담배를 가진 손으로 어깨를 치며 시게코가 뒤돌아보자 가사마쓰 신이치笠松真一가 두꺼운 로이드안경에 바늘이 지나간 눈, 야윈 뺨에 세로로 간 주름을 보이며 웃고 있었다. 신이치는 모교 의학부에 남아서 부인과의 조수를 하고 있지만 이미 후지키의 집에서 나가 아파트에서 혼자 살고 있다.

"어머, 신이치씨도 이런 연극을 봐요?"

"고현학考現学으로 봐"

그러자 함께 있던 신이치 친구인 듯 한 키가 큰 남자가 큰 목소리로 웃었다.

"A신문의 가노鹿野군이야. 이쪽이 후지키 시게코양, 연극소녀였던 애가 이즈음 조금 싹이 나오더니 마르크스로 바뀌었어. 큰아버지부부를 힘들게 하지."

"국가기밀 고문관枢密顧問官과 마르크스는 서로 궁합이 안 맞을 텐데. 후지키씨는 예전 대심원장이니까 더 심하지."

상대는 깔깔 울리는 목소리로 다시 웃었다.

"이런 연극 재밌어?"

"당신은요?"

"나는 재밌어. 저렇게 극단적으로 붉은 면과 하얀 면이 대립하는 옛날 연극에 자주 있지. 이런 연극에 흥분해서 떠들고 있으면 정의감이 자신 안에 있다고 확신받고 안심하는 거지. 내 옆에 해군수병이 두세 명 있어서 때때로 큰 목소리로 "물리쳐" "녀석들을 죽여"라고 떠들더군. 형사에게 잡혀가지 않을까 생각하며 조마조마했었어."

"그러다가 실수하지. 어젯밤에도 구속된 T대생이 꽤 있었대.

그러나 그런 일이 있으면 오히려 손님발길이 이어진다니, 인기란 재밌어."

"혁명 전야라니......... 편한 잠꼬대나 하고...... 내 쪽에도 그런 학생이 가끔 있지. 그런 학생에 한해서 세틀멘트settlement에만 열심히 다녀."

시게코는 신이치가 말하는 것이 일일이 기분 상했지만 서서 이야기하는 것으로 좌담회에 가는 것은 피하면 된다고 생각하며 우물쭈물하고 있었다.

"친척을 만나버렸어. 함께 돌아가자고 하는데......"

"괜찮아요, 좌담회는 그렇게 걸리지 않아. 이 다음 막만 시간 때우면 되니까. 어차피 끝까지 볼 거지?"

스에코는 절반은 신이치와 가노를 향해서 기분 좋게 웃으면서 말했다.

극장식당의 한 모퉁이를 둘러싸고 스무 명 가까운 사람이 테이블에 모여 있었다. 남학생이 주였지만 '여원'의 동인의 얼굴도 몇 명 섞여 있었고 여대생다운 젊은 여자도 있었다. 스에코는 간단하게 시게코를 모두에게 소개한 뒤 테이블 모서리에 무릎을 붙이고 담배를 피우고 있던 어깨가 뾰족한 일본 전통복을 입은 남자에게 시게코를 끌어당겼다. 시게코가 인사를 하자 상대는 이마를 덮은 긴 머리카락을 쓰윽 올리면서 재빨리 머리를 숙여

"이치야나기—柳입니다."

라고 말했다. 사쓰마죠후薩摩上布[70] 의 매미 날개와 같은 얇은 갑옷의 부푼 소매에서 근육질의 강하고 긴 팔이 쑤욱 나오는 것이 이상하게 어울리지 않게 보였다. 이치야나기는 시인출신으로 극작가로 일 년 쯤 전에 좌익으로 전향해 온 남자였다. 다재다능한 그는 이 공연에서는 '울부짖어라,중국'의 연출을 맡고 있었다.

좌담회가 시작되고 15분이나 지났을 때 제복과 사복의 경관이 웅성웅성 이 무리 안으로 들어왔다.

"극장 안의 집회는 금지하고 있다. 책임자는 누군가?"

"우리들이다."

라고 학생 두세 명이 싸울 듯이 일어났다.

"이것은 집회가 아니야. 학생신문의 기사를 뽑기 위해서 모인 거야."

"T대학이지? 너희들 그저께 여기로 와서 선동하지 않았냐? 어쨌든 오늘은 해산하는 걸로 끝나지 않아. 모두 일단 서署까지 와."

"나는 연출하는 이치야나기입니다. 이 모임은 전혀 그런 종류의 것이 아닙니다."

"불만은 서署로 와서 하시오."

전통복을 입은 한 사람이 단정한 말투로 말했다.

"여자들은 괜찮지요?"

---

70 사쓰마(薩摩), 즉 가고시마(鹿児島)의 특산품인 고급의 마

"안 돼, 모두 연행한다."

창백해진 여자들은 한곳에 모여 있었다. 시게코는 스에코 곁에 선 채로 입술 색까지 변해 있었다.

"무서워요? 후지키씨, 이런 일은 자주 있어요."

라고 스에코가 친한 듯 팔을 잡고 속삭였지만 시게코는 혀가 굳어져서 말을 할 수가 없었다. 무대는 지금 막이 열려있고 스무 명 전후의 남녀는 제복 경관과 사복으로 둘러싸여가면서 극장 앞에 기다리고 있던 대형자동차에 둘로 나눠져 태워졌다. 학생들의 날 선 목소리가 차가 움직이기 시작할 때에는 인터내셔널의 울부짖음과 같은 노랫소리로 바뀌었다.

시게코는 룸 라이트를 켜지 않은 차안으로 엉망진창으로 구겨넣어져 누구 옆에 앉아 있는 것인지 전혀 몰랐지만 그 때 극장에는 아직 가사마쓰 신이치가 있다는 것을 알았다. 신이치와 몇몇은 이 극장에서 일어난 사고를 모르는 채 있는 것일까? 아니 A신문의 가노도 있으니까 막이 닫히면 금방 이 소동은 알려지게 될 것이다. 신이치는 그것을 듣고 어떻게 할까? 아자부麻布 집으로 전화를 걸까? 큰어머니와 사촌언니 시즈에는 자신이 오늘 밤 '여원'의 편집부에 갔다고 생각하고 이 극장에 와 있는 것조차 알지 못하는데 갑자기 연행된 것을 들으면 얼마나 놀랄까? "아버지, 아버지!" 라고 큰아버지를 부르고 복도를 달려가는 시즈에의 모습과 "곤란하네, 그 애도 참!......"하고 노랗게 넓은 이마를 찡그리는 큰어머니 야스코의 얼굴이 영화의 플래시처럼 떠올랐다가 꺼졌다가 했지만 보고를 받는 큰아버지의 표정만은 시게코의 눈에 보이지 않고 애매한 구름에 싸여 있는 큰아버지의 모습이 무섭게 무겁게 느껴졌다. 이것이 큰아버지의 집과 헤어지는 스프링보드가 될 지도 모른다고 시게코는 생각했다.

"당신은 금방 돌아갈 수 있어요."

라고 작은 목소리가 귓가에서 속에 들렸다. 누구 것인지도 모르는 옷과 머리가 얼굴에 닿고 스치는 순간에 울림을 죽인 목소리는 매우 불확실하고 알아듣기 어려웠지만 시게코의 곱은 귀에는 그 목소리는 미묘하게 따뜻하게 들렸다.

K서에 도착해서 경관들이 둘러싸고 있는 안을 웅성웅성 내려서는 시게코는 자신의 바로 곁에 이치야나기가 등을 구부린 채로 가는 것을 봤다. 그 목소리는 이치야나기였던 것일까 하고 문득 생각하며 밀리들어가듯 전등이 외로이 비추고 있는 경찰 입구로 발을 들였다.

"뭐야, 또 학생이야?"

아담하게 모인 얼굴에 인중이 짧은 남자가 담배를 문 채로 서서 다가왔다.

"집회령 위반이야."

"시끄러워."

"시끄럽지 않으면 석방하라." 라고 누군가가 고함쳤다.

"불평은 나중이다, 이쪽, 이쪽"

특별고등경찰 같은 남자는 동료와 아야기하면서 복도를 걸어

주홍을 빼앗는 것朱を奪うもの

갔다. 복도 앞에 큰 자물쇠가 잠긴 철 격자가 있었다. 한 사람이 자물쇠를 열고 수를 세면서

"어이 부탁해."

라고 큰 목소리로 말하자 안에서도 사람 수를 묻는 소리가 났다.

"얌전히 있어. 나중에 호출할 거니까."

형사는 아이를 놀리듯 한 조로 말하면서 한 사람 한 사람 등을 밀면서 안으로 밀어넣었다. 시게코의 네다섯 명 앞에 스에코의 가는 어깨가 있었고 던져지듯이 안으로 들어가는 것이 보였다. 결국 나도 저 철 격자문 안으로 들어간다. 아마도 내일까지는 못나오겠지. 그것은 부당한 폭력이라고 생각하지만 시게코는 지금 그런 관권의 무법적인 억압을 미워하기보다도 본능적으로 그것을 무서워하는 자신을 명확하게 의식하고 있었다. 철창 내부에 있는 불결하고 추잡한 체취 가득한 세계가 아무튼 무섭다.

몸 안에 돌기가 돌아 허리 근처가 폭신폭신 지질맞다. 그래도 겉으로 시게코는 혼란스런 얼굴을 보이지 않고 당당하게 눈을 응시하고 있었다.

"너는?"

라고 시게코 어깨에 손을 얹은 형사가 말했다. 그 짧은 손가락에는 역시 담배가 들려 있었다.

"후지키 시게코지?"

"예."

"그럼 잠시 기다려. 물을 게 있어"

그렇게 말하고 형사는 짐을 빼는 것처럼 함부로 시게코를 줄에서 뺐다.

흔들흔들하면서 시게코는 지금까지 줄 안에 있던 때와 다른 공포에 휩싸였다.

"위로 간다."

라고 말하고 형사가 먼저 일어났다. 시게코는 묵묵히 뒤를 따라 걸었지만 정신을 차리자 언제 벗었는지 펠트조리가 한 짝 발에서 떨어져 나간 한 쪽만 맨발이었다.

"뭐야, 맨발이야? 그것을 신어."

형사가 뒤돌아보고 현관에 있는 상자 안에서 때 탄 신발을 턱으로 가르키며 보였다. 시게코는 쭈그리고 앉아 축축한 신발을 들어올리며 굉장히 초라한 느낌이 들었다.

계단을 오르자 금방 오른편 좁은 방으로 시게코는 혼자 들어갔다. 나무 의자에 앉자 가슴이 딱딱한 나무판자처럼 굳어있었다. 이제부터 어떻게 될까 하는 공포가 끝없이 퍼져 온다. 자신은 비합법운동에 가담한 것은 아니다. 오늘밤도 우연히 그 장소에 있었고 이른바 부당하게 끌려 온 거다. 이쪽이야말로 인권유린을 호소하지 않으면 안 된다. 하지만 이 방에 끌려와 있는 현재 자신은 이 초라한 건물 내부가 가지고 있는 강권에 대하여 절대적으로 무력하다. 자신이 여기서 '백'이라고 말한 것을 저쪽이 '흑'이라고 믿어버리는 경우, 그 흑백을 판정할 제3자의 공정한 눈은 적어도 오늘밤 이

방에는 존재하지 않는다고 생각하자 그것만으로도 시게코는 완전히 풀이 죽어버렸다. 멀리 떨어진 방에서 죽도를 내려치는 소리와 격렬한 기합소리가 들린다. 죽도인 경우는 고문할 때도 사용되어 심한 위력을 피고의 육체에 휘두르겠지? 자신은 그런 경우 어떤 식으로 변할까? 육체의 고통에 이기지 못하고 백을 흑이라고 말해 버릴까.? 그것이 아니면 의식이 몽롱해지며 알고 있는 것조차 알지 못한다고 버틸까? 극장을 나온 이후 마치 꿈속 같았던 것에 문득 정신을 차리자 가슴 아래부터 오비를 맨 등에서 땀이 흠뻑 젖어 있었다.

마치 혼자 있게 하는 것이 정신을 위축시킬 도구라고 호언하듯이 꽤나 시간을 끌고 나서 좀전의 형사와 상사처럼 보이는 머리가 없고 살찐 남자와 함께 들어 왔다. 흰 와이셔츠를 입고 배가 불룩 나온 그 남자는 방에 들어오자 들고 있던 부채로 창문을 가르키며

"무덥네, 열게나."

라고 형사에게 명령하고 시게코 앞의 테이블 반대편으로 가서 앉았다.

"후지키 시게코씨 맞지요"

지루한 듯이 둥근 손을 올려 뒤통수를 톡톡 두드렸다.

"나이는?"

"스물넷입니다."

"주소?"

"아자부구 고가이쵸麻布区 笄町 171"

"호주 이름과 관계는?"

"후지키 마사유키의 양녀입니다."

"흐음"

살찐 남자는 숱이 없는 귀밑털을 조금 긁고 나서 연필을 놓았다.

"왜 좌익극을 보러 간 거지?"

"저는 희곡을 쓰고 있어서요."

"희곡, 각본말이지?, 그렇군, 극의 연구를 위해서군. 그러나 신고하지 않은 집회에는 왜 나갈 필요가 있었나? 저건 좌담회가 아니라 T대생이 적색구원회의 기금모집을 위한 모임이야."

"그런 것은 저는 모릅니다. '여원'의 편집인이 좌담회에 나가자고 해서 갔던 것입니다. 제가 있을 때는 이상한 구원회의 이야기는 전혀 나오지 않았어요."

살찐 남자는 볼록한 뺨과 눈꺼풀에 밀려 졸리는 가는 눈을 여기저기 움직이며 시게코의 얼굴을 보고 있다가 갑자기 큰 목소리로 웃기 시작했다.

"아가씨, 무서워하지 않아도 돼요. 오늘밤은 특별히 돌려보내 줄 거야. 집에도 보고하지 않을 거니까. 그래도 이번 일로 다시는 저런 위험한 불장난 같은 곳에는 가까이 가지 말아요. 당신같이 고운 아가씨는 돼지우리에 하루 들어간 것만으로도 병이 나 버려. 게다가 '적赤'으로 깊이 들어가면 큰아버지에게 도움이 안 돼지. 노베오카延岡자작이 귀족원을 그만둔 것도 아들이 '적'으로 된 책임에서였어."

살찐 남자의 말은 점점 노인의 훈계조로 변해 갔다. 시게코는 말없이 있었지만 돌려보내준다는 말은 역시 가슴의 딱딱한 덩어리를 순식간에 녹여버렸다. 오늘밤 부당한 검속에 관해서 묻고 싶은 말이 보잘 것 없이 목구멍 안으로 쑤욱 들어가 버리는 것도 그 때문이었다.

어르고 달래고하는 어조로 꽤 길게 혼자서 떠든 뒤에 살찐 남자는 일어나서

"그럼 돌아가요. 복도에서 누가 기다리고 있으니."

라고 말하고 나갔다.

설교하는 사이 나간 형사가 다시 들어와서

"운이 좋았네. 다시는 여기 오지 않도록 해요."

라며 웃으면서 담배를 든 짧은 손가락으로 친한 듯이 시게코의 어깨를 건드렸다. 계단을 내려오자 복도를 왔다갔다하는 신이치의 모습이 보였다.

시게코는 굳은 어깨를 풀듯이 목을 움직이며 걸어가서는 귀찮은 듯이 신이치의 얼굴을 보자 안심과 함께 갑자기 언짢아져서 일부러 옆을 봤다.

"몇 시에요?"

밖으로 나오자 시게코는 기분 좋지 않은 얼굴로 신이치에게 말했다.

"10시 조금 전이야"

"아직 그것밖에 안됐어요? 나는 이미 열두 시는 되었겠지라고 생각했는데."

"너희들이 끌려간 게 8시쯤이었어."

신이치는 자색을 띤 남색의 습한 여름 밤하늘을 올려다보았다. 수로 물에 등이 비치고 다리 위에는 더위를 피해 온 사람들이 아직 시끌벅적하게 다니고 있었다. 평소와 조금도 다르지 않는 더위가 식은 상쾌한 여름 밤거리를 시게코는 꿈에서 깬 듯 멍히 바라다보았다. 피로한 눈에 불빛의 색이 이중 삼중의 원으로 퍼져 보였다.

"어때? 경찰에 연행된 느낌은?"

"싫어, 너무 싫어요!"

시게코는 토해내듯 말했다. 지금 나온 건물도 저 안에서 얼굴을 마주한 남자들도 더러워서 자신까지도 그 더러움을 몸에 묻히고 온 것 같이 불결하게 생각되었다.

"하하하하."

신이치는 놀라지도 않은 목소리로 웃으면서 다리 아래로 담배를 버렸다.

"꽤나 고통스러웠나 보군. 내가 가지 않았으면 너는 적어도 오늘밤 안으로는 돼지우리에 들어가서 매춘이나 절도범과 함께 있었을 거야."

"다른 사람들은 어떻게 되었을까?"

시게코는 그 때까지 함께 끌려간 사람들을 잊고 있었던 것에 놀라웠다.

"신이치씨, 당신 경찰한테 도대체 뭐라고 한 거예요?"

"그런 기분 나쁜 곳에 혼자서 갈 턱이 있나. 가노가 함께 가 주었지. 가노는 후지키 추밀고문관의 이름을 자주 들먹거렸어. 너는 극작에 열심인 아가씨이고 연극연구 이외에 다른 의도는 없다는 식으로. 그러나 저쪽 '여원'의 좌경분자를 상당히 노리고 있어. 그 도요카와 스에코라는 여자 적색구원회의 프락치로 활발히 움직이고 있다고 하더라. 너도 얼떨결에 깊이 들어가면 심한 일을 당하게 될 거야."

그런 소리를 들으니 시게코에게도 짚이는 곳이 있었다. 시게코는 요 2,3개월 사이에 스에코의 소개로 찾아온 학생과 여자에게 매번 얼마큼의 돈을 건넸다. 큰 액수는 아니었지만 그것을 받으러 오는 사람들, 특히 여자는 시게코를 당황하게 하는 끈질긴 면이 있었다. 표면적으로는 세상살이에 익숙한 웃는 얼굴로 창찬도 잘 하지만 웃으면서 너도 이제 먹어버릴 거야 하는 불손한 의지가 뿌리 깊게 박혀 있는 표정이 아래에서 비쳐 보이는 것이었다. 시게코는 어쩔 수 없이 사소한 돈을 내면서 그것이 단순한 동정과 공감이라기보다도 오히려 자신들의 계급이 가진 무한한 적의에 패해서 손을 비비고 있는 비굴함에 혀를 차지 않을 수 없었다.

앞서 사법주임의 말투에서도 추측되었지만 신이치의 지금 말에서 한층 확실해 졌다. 시게코가 같은 연행자들 중에서 혼자만 제외되어 집으로 돌아가는 것이 허락된 것은 이 연행의 의미와 관계가 없다는 것이 확인되었기 때문이 아니라 시게코가 추밀고문관의 양녀라고 하는 사회적 배경 때문이었다. 그렇게 생각하자 유치소 철창 안에 갇힌 도요카와 스에코와 이치야나기 기요시—柳潔가 보낼 자신을 향한 조롱과 적의에 가득 찬 눈을 시게코는 마음 아프게 느꼈다. "어차피 고급관리 딸이니까." "프롤레타리아 해방운동에 동조하는 것도 결국 허영심과 미래 세계에서 일어날 복수의 공포 때문인 거야. 결국은 그녀가 쓰고 있는 희곡과 같은 도락이야." 그럴 지도 모른다. 그런 걸까? 나는 박쥐인걸까?

"택시로 가자."

라고 신이치는 자동차를 세우고 자신이 먼저 탔다.

"신이치씨, 우리집까지 가 줄래요?"

"음, 할 수 없지. 내가 연극에서 만나 함께 왔다고 하자."

"언제간은 알게 되겠지요."

"왜?"

"왜냐면 그 사법주임은 아마 큰아버지한테 보고할 거예요. 은혜를 입었다고 위협한 거예요."

"그럴지도 모르겠네. 평소는 근엄하고 권위적인 영감을 슬쩍 툭툭 괴롭혀 보는 것은 재밌지. 나라도 할 거야."

"나는 말이에요, 조만간 늦든 이르든 집을 나올 거예요. 좀 전 취조실에 혼자 있었을 때 그렇게 생각했어요."

"그럴까. 나는 너는 의외로 그 집에서 그냥 결혼할 거라고 생각하고 있어. 너는 스스로 생각하는 것 보다 계산이 빠른 여자이니까."

주홍을 빼앗는 것朱を奪うもの

"계산이 빠르지는 않아요. 금방 불타오르지 못하는 거예요. 윌리엄 브레이크의 시에 No bird sonars too high if he soars with his own wings. 라는 것이 있잖아요."

"모르겠는데, 한 번 더 말해봐."

" No bird sonars too high if he soars with his own wings......."

"어떤 새라도 자신의 날개만으로 나는 한 아주 높은 곳까지는 날 수 없다. 그것은 이솝 같은 교훈이냐? 그렇지 않으면 자신 이상의 무언가의 힘을 긍정하라는 것이냐?"

"후자 쪽이지요. 브레이크의 경우에는 신이잖아요. 나는 사상으로도 인간으로도 그러한 식으로 자신을 너무 높은 위험한 곳까지 몰두해서 올라가는 힘이 필요해요. 하지만 나는 언제까지라도 날기 전에 떨어질 것을 생각해서 주저해 버리지요."

"백척간두에 한발을 내딛어보라고 하는 거네. 그것을 할 수 없는 것은 니체의 이른바 '말인末人'에서 요즘 유행하는 프티부르 의식인가? 괜찮지 않아? 그렇게 간단하게 불타오르거나 날거나 하지 않아도. 인간은 발로 걸으니까."

신이치는 백미러에 비친 시게코의 잿빛 불확실한 울퉁불퉁한 얼굴을 향해서 말하고 있었다.

"나는 속속된 인간이라서 진절머리나. 매일 여자의 자궁을 들여다보고 썩은 냄새 속에서 짓무른 살과 점막을 존데[71] 로 헤집고

---

71 체강 장기 등의 속에 넣어 진단 및 치료에 쓰는 대롱 모양의 기구

있어. 부드럽고 뜨거운 어두운 바닥에 갓난아이가 몸을 둥글게 하고 있은 적도 있어. 여자의 성기를 보고 있으면 질리지 않는 법이지."

"어머, 더러워요."

시게코는 소리치며 신이치로부터 몸을 멀리했다. 실제 지쳐있는 신경에 신이치의 말은 썩은 생선 내장 냄새를 느끼게 했다. 시게코는 정말로 속이 거북해져서 손수건을 입에 대었다. 미지근하게 북받쳐 오는 것을 시게코는 목을 주무르며 참았다.

"당신과 나는 인연이 없는 인간이네요."

한동안 흰 손수건 아래로 시게코는 낮게 속삭였다.

이 집을 나오려면 결혼하는 것이 가장 마찰 없는 방법이라고 시게코는 신이치가 언젠가 했던 말을 진지하게 생각하기 시작했다. 극장에서 연행된 소동은 다행히 그 뒤 큰아버지 귀에는 들어가지 않은 것 같았지만 그날 밤 이후 시게코는 큰아버지 집에 민폐를 끼쳐서는 안 된다고 생각하고 행동에서도 신경 쓰는 일이 많아졌다. 결혼해서 잘 되지 않으면 헤어지면 그만인 거야. 그런 식으로 시게코는 맘대로 아직 자신 앞에 모습을 드러내지 않는 미래의 배우자를 마음속에서 함부로 대하고 있었다. 시즈에는 신이치가 싫어서 지금의 남편 가쓰미効巳와 결혼했지만 별채에 살고 있는 두 사람의 생활이 따뜻한 온실같이 행복한 것을 봐도 부부의 행복이란 이런 것이겠지 라고 생각할 뿐으로 시게코는 선망도 질투도 느끼지 못했다.

　시게코의 연애 대상은 다치바나씨를 잃고 난 이후 부처님 없는 불당이 되었지만 시게코는 변함없이 몸을 서로 부비는 이성을 찾지는 않았다. 시게코의 관념에는 언제나 히로이즘이 있었다. 시게코가 지금 마르키즘에 끌리는 것도 경제이론에 뿌리를 두고 있는 것이 아니라 다수의 무산계급이 소수의 유산계급의 희생이 되는 불합리를 고치기 위해서 자신의 이익을 도외시하고 행동하는 용감함에 매력을 느끼기 때문이다. 300년 전에 태어났다면 시게코는 아마쿠사天草[72] 의 크리스트 순교에 황홀해 했을 것이고 100년 전에 태어났다면 근왕勤王의 지사志士[73] 에 정념을 불태웠을 것이다. 그렇다면 시게코는 그들의 순교자가 아니라 그 동반자가 될 수 있었느냐 하면 아마도 시게코는 어떤 시대에도 자신은 먼 비상에 날개만이 아닌 먼 비상에 발이 묶여 동경만 하고 그것에 목숨을 걸지는 않았음에 틀림없다. 서투른 감정과 이성이 어긋나 있는 인간이어서 시게코 안에는 의외로 빈틈없는 계산기가 언제나 움직이고 있었다.

　그날도 시게코는 어느 연극잡지의 익명 비평란에서 최근 발표된 희곡의 반동성을 지적받아 우울한 기분이었다. 그 비평에는 시

---

72 아마쿠사 시로(天草四郎)는 에도시대 초기 크리스천으로 시마하라의 난(原の乱)에서 잇기군(一揆軍)의 최고지도자였던 인물
73 근왕의 지사(勤王の志士)라는 말에서 '근왕'은 '천왕을 지키자'는 의미, '지사'는 '뜻이 있는 자'란 의미로 '천왕을 지키는 뜻 있는 자'로 해석

게코가 좌익 동조자 같은 태도를 지적하며 부르주아 딸의 울트라
성 또는 근로자의 생활을 먹잇감으로 해서 인기를 끌려고 한다는
등 집요하게 시비를 거는 말이 이어졌다. 아마도 '여원'의 동료 중
누군가가 썼다고 시게코는 생각했지만 그렇게 생각하자 동시에
그 여름밤 연행되었을 때 자신만 유치되지 않았던 것에 동인들이
품었던 울분이 거기에 쏟아져 나와 있는 것 같아서 한층 더 우울에
빠졌다.

유락쿠쵸有楽町의 A신문사로 넘길 원고를 들고 오후에 집을 나
선 시게코는 스키야바시数奇屋橋의 바로 앞에서 택시를 내렸다. 돈
을 내려고 핸드백을 열자 잔돈이 모자랐다. 10엔 지폐를 건네자 운
전수는 거스름돈이 없다고 한다. 시게코는 자동차 쪽으로 선 채로
난감해 하고 있었다.

젊은 목소리의 누군가가 자신의 성을 불러서 돌아보니 밝은 갈
색의 아이기合着[74]를 입은 이치야나기 기요시가 생글생글 웃으면
서 서 있었다.

"저기, 10전 가지고 계시나요?"

시게코는 조금 얼굴을 붉히면서 서투르게 말했다.

"10전?"

이라고 이치야나기는 어이없는 표정을 지었지만 양복바지 포
켓으로 손을 넣어 부스럭부스럭 거리며 작은 백동을 꺼내었다.

---

[74] 겉옷과 속옷 사이에 입는 의복

"A로 오신 겁니까?"

이치야나기는 눈을 가늘게 뜨고 웃으면서 말했다. 소년 같은 부드럽게 젖은 눈동자와 윤기를 잃어 깎아 놓은 듯 얇은 뺨이 나이에 걸맞지 않는 부자연스러움으로 자리하고 있었다.

"바쁜 용무인가요?"

"아니요, 원고를 건네주면 됩니다."

"그럼 저와 함께 K사의 클럽까지 가시지 않겠습니까?"

"네. 그러죠."

"원고는 접수대에 두면 되잖아요."

뭐라고 말하지 않고 시게코는 이치야나기와 함께 걷기 시작했다. 10전을 빌린 것이 이상하게 신경 쓰였지만 너무 적은 돈이어서 나중에 돌려 주겠다고도 말하지 않았다. 발아래 볕이 쬐이는 보도에 검은 그림자가 일제히 헝클어져 올려다보니 수백 개의 비둘기가 가을하늘에 날개를 펴고 지나고 있었다.

"나카무라좌中村座 소동이 있었던 뒤에 처음이죠."

이치야나기는 빠르게 걸으면서 말했다.

"정말 그렇네요. 그날 밤에 돌아가지 못했다지요?"

"예, 그때도. 그때부터도 몇 번이나. 우리들은 놀라지 않지만 당신은 깜짝 놀랐지요?"

"저기, 그때 당신과 저와 차를 같이 탔지요."

시게코는 잊고 있었던 기억 속의 목소리를 떠올리며 말했다.

"저 바로 옆에 있었어요?"

"네."

이치야나기는 눈부시다는 듯이 눈을 깜박깜박거렸다.

"당신은 금방 돌아갈 거라고 말했지요. 그게 나였어요."

"그랬군요. 나는 그때 격앙되어 있어서."

"형사 중에 아는 인물이 있어서 내릴 때 당신의 큰아버지의 이름을 말해두었지요. 아마도 돌아가게 할거라고 생각했어요."

시게코는 이치야나기와 이야기하고 있자 가슴에 딱딱하게 무거운 응어리가 술술 풀려가는 듯 한 기분이 들었다. 엄벙덤벙 이야기하면서 어떤 빌딩 지하에 있는 출판사 클럽으로 들어갔다. 간접 조명이 흐릿한 살롱 의자에 기댄 이치야나기의 친구로 보이는 사람이 서너 명 앉아 있었다. 그들은 모두 언짢은 듯 어두운 얼굴을 하고 담배를 피우고 있었다. 이치야나기는 그 의자 하나에 시게코를 앉게 하고 소개하지도 않은 채 그 안으로 들어가 밝은 목소리로 잡담을 시작했다.

시게코는 무엇 때문에 여기에 따라 왔는지 모르는 채 그렇게 민폐라고 느끼지도 않고 앉아 있었다. 세상을 모르는 시게코는 그런 곳에 아는 사람도 없는 장소에 이치야나기와 함께 앉아 있어도 그것이 타인으로부터 어떤 식으로 보여질 지 하는 것 등도 생각되지 않았다. 아마도 거기에 있던 사람 중에 시게코를 이치야나기와 처음 만난 사이라고 느낀 자는 한 사람도 없었던 것 같고 시게코 자신도 어느새 멍히 그런 분위기가 편해 졌다.

한참 뒤 이치야나기는 시게코에게 일어나자고 하며 일어선 채로 의자 등에 손을 걸치고 두세 마디를 더 하고 나서 지하실을 나왔다. 불투명한 광선 아래를 지나 빌딩 밖으로 나오자 이미 밖은 해질 무렵이었다. 이치야나기는 자동차가 몰려있는 넓은 보도를 빠져나와 고가선에 한쪽을 뺏긴 거리를 신문사 쪽으로 걷기 시작했다. 한 구역 마다 아치형태로 파진 홈을 가지고 지상에서 높이 올라있는 더러워진 빨간기와의 가드레인 아랫길은 이 번화한 지역에서 잊힌 듯 사람들의 통행이 적고 해질 무렵의 어둠은 빨리 퍼졌다.

시게코는 추워진 목덜미에 얇은 숄을 둘렀다. 불이 켜지기 시작한 가로등의 불빛을 보니 시게코는 기분이 개운해져 좌익 이론의 풀기 어려운 의문을 슬슬 이치야나기에게 묻고 있었다.

"저는 종교 문제는 도저히 이해할 수가 없어요. K씨에게 그걸 물어봤더니 레닌의 '유물론과 경험비판론'과 엥겔스의 '포이엘바하론'을 읽어보라고 하기에 지금 읽고 있는데 아무래도 그것만으로는 해결되지 않아요. 공산주의 세계에서는 인간이 정말로 신을 의지하지 않고 살아갈 수 있을 만큼 강해 질수 있을까요?"

"이상적으로는……"

하고 이치야나기는 말하고 말끝을 흐렸다.

"종교문제는 본질적으로는 가장 늦게 남지요. 우리들은 지금 좀 더 눈앞의 일, 직접 대중적 나날의 생활과 연결된 면에서 싸우고 있어요. 모든 것이 정치투쟁입니다. 내일의 생활 보장이 없는 자에게는 영혼의 구원 따위의 필사적인 요구는 안 되지요. 전후 독일의 궁핍한 시절에는 실제 한 덩어리의 빵과 여성의 몸이 교환되어 팔렸어요. 현재 종교는 부르주아 미식美食의 하나예요."

"그런가요?"

라고 말하긴 했지만 시게코는 납득되지 않았다. 부의 분배가 생산에 따라서 평등하게 되고 만인이 각자 근로소득에 따라서만 생활할 수 있게 되는 나날이 온다고 해도 병이라든가 열성유전이라든가 각자의 능력의 불평등이라든가 타인과 나눌 수 없는 불행에 관해서 인간은 '역사적 필연'이라고 하는 차가운 인과율을 가지므로 국가보장만으로 과연 배고픔을 느끼지 않을 수 있을까?

시게코는 고개를 숙이고 말없이 걸었다. 이치야나기도 말을 걸지 않았다. 나란히 걷고 있는 두 사람의 머리 위를 성선전차省線電車가 두세 번 지나갔다. 시게코는 가슴에 부풀어 올라온 것을 말로 하려고 뜨거워진 눈초리가 되었다. 문득 시게코는 자신의 손끝에 남자의 손가락이 스치는 것을 느껴 화들짝 놀랐다. 시게코는 이치야나기를 볼 수가 없고 손을 집어넣을 수도 없었다. 말하려고 했던 말은 혼란 속으로 빨려 들어갔다. 전신의 신경은 손끝으로만 달리고 있었지만 눈은 의지력도 없이 아래로 내려앉았다. 이치야나기는 하나하나 손가락을 쫓아가듯이 끝내는 시게코의 손을 잡았다. 그의 손은 차가웠다. 시게코는 그 손을 통해서 이치야나기가 자신에게 요구하고 있는 감정에 부딪혔다.

시게코에게는 볼 수 없지만 나란히 있는 이치야나기의 얼굴이 보이는 듯했다. 그것은 전철 안에서 아무렇지도 않게 여자 몸을 건드리는 남자들의 뻔뻔스러움에 닮아 있진 않지만 과감히 뿌리칠 힘은 없었다. 이상한 수치심으로 전신이 뜨거워지고 이 손을 놓아버리는 것이 무섭고 부끄러웠다. 종교도 유물론도 없었다. 관념이 육감으로 교체되었다. 그것은 골계적인 전환이었다. 시게코는 이 치야나기를 싫어하지는 않지만 애정을 느낄 정도로 가깝지는 않았다. 물론 상대에게도 특별한 감정이 있는지는 모르지만 어떤 불안도 기대도 갖지 않고 걸어와서 갑자기 이 무언의 요청에 맞닥뜨렸다. 이치야나기에게 손을 잡힌 순간 시게코는 그것을 뿌리치는 것이 자신에게도 깊은 실망이 될 것임을 무의식적으로 알았다.

불타고 있는 손의 감각만이 많은 말을 하고 있었다. 이치야나기는 때때로 말투를 강하게 하듯 힘없는 시게코의 손을 강하게 잡았다. 네온사인이 하늘을 물들이고 전철이 다니는 밝은 거리에 나올 때까지 두 사람 모두 말을 하지 않았다. 거기까지 왔을 때 이치야나기는 시게코의 손을 놓고 멈춰 섰다.

"좀 더 걸을까요?"

"아뇨, 이제 돌아갈래요."

시게코는 이치야나기가 깜짝 놀랄 정도로 마른 목소리로 말했다. 시게코가 화나 있는 것은 아닐까 하고 이치야나기는 눈을 피하면서 시게코의 등지고 있는 얼굴을 보았다.

"그럼 다음에 만나 줄래요?"

"그래요. 다음 주 월요일에, S극단의 마치네를 보러 T호텔 연예장으로 갑니다. 6시쯤이라면……"

시게코는 사무적으로 말하고 급하게 발을 이치야나기한테서
뗐다.

시게코는 풍선처럼 부풀어 오른 부드러운 짐을 지고 집으로 돌
아왔다. 야스코와 시즈에와 여느 때와 다름없이 말하고 있어도 갑
자기 눈앞에 꽃이 피기시작하거나 무지개가 피어오르거나 해서
곤혹스러웠다.

어떤 애정 어린 말을 속삭이거나 한 것도 아니고 진심어린 눈
을 본 것도 아닌데 거의 무례할 정도의 갑작스런 육체의 스침이 어
째서 자신을 이렇게 화사하게 하는 것인지 시게코 자신도 이해가
되지 않았다. 남이 물으면 그런 여자는 경멸받을 거라고 한마디로
말하겠지만 이치야나기가 자신에게 가까이 다가오려는 것이 불
쾌하지는 않았다. 언젠가 극장에서 소동이 있었을 때 어둔 자동차
안에서 귀에 뜨겁게 스쳐온 말이 이치야나기였다는 것도, 시게코
는 일찍이 자신을 좋아하고 있었던 이치야나기를 어느 샌가 자신
마음속에서 맘대로 만들어 놓고 있었다. 그리고 또 한편으로는 계
산적인 시게코의 마음은 이치야나기의 세상이 인정한 재능과 열
살 가까운 나는 연령차이가 연애의 진행에서도 상대에게 훨씬 많
은 책임을 던질 수 있다는 특권을 무의식중에 타산하고 있었다. 어
쩌면 이치야나기와의 교제에서 자신이 지쳐있는 환경의 쇠사슬이
툭하고 끊을 힘이 생겨날지도 모른다고 생각했다. 코론타이의 '빨
간 사랑'과 린제이 판사의 '시험결혼'의 '연애의 공리성'이라는 말

을 잘 드는 칼처럼 쓰고 싶어 하는 '여원'의 동료들과 마찬가지로 시게코도 그런 맘에 드는 칼을 가지고 놀고 싶은 악동이었다.

이치야나기라는 남자가 근본부터 좌익 출신이 아닌 최근 계급운동이 성행하고 나서 전신해 왔던 것, 평론에서도 소설에서도 연출에서도 뭐든 할 수 있는 다방면의 재능으로 신선한 감각과 동시에 조금 경박한 인기를 얻고 있는 것도 시게코는 알고 있었다. 이치야나기를 마음속으로 생각하고 나서 시게코는 최근 잡지에서 이치야나기가 쓴 것을 잡다하게 읽게 되었다. 그것에는 모두 좌익 이데올로기가 가득 침투해 있었지만 뿌리에서 감지되는 것은 이치야나기 자신의 부드럽고 가벼운 깃털과 같은 감각이었다. 바닥에 감도는 어둠과 무거움이 조금도 없는 봄날의 초록과 같은 현란한 신선함이 이치야나기의 문장에는 있었다.

시게코는 이치야나기를 생각할 때 왜인지 못된 계모처럼 신이치의 얼굴을 옆에 두고 비교하는 버릇이 생겼다.

늦가을 차가운 아지랑이가 땅에 낮게 깔리고 하늘은 감청으로 개어 아름다운 초저녁이었다. T호텔에서 돌아오는 신바시역 정면으로 들어가자 검은 인버네스를 입은 이치야나기가 어디선가 바람처럼 시게코의 앞으로 왔다.

"떠들썩한 곳으로 갈까요? 아니면 조용한 곳으로?"

이치야나기는 끄덕이며 표를 사서 달리듯이 플랫폼으로 올라갔다. 초저녁 사람들로 붐비는 홈에 서자 이치야나기는 감기라도 걸린 듯 검은 인버네스 소매로 입을 가리고 코와 눈을 남긴 채 모자를 깊이 눌러썼다. 시게코에게는 그것이 메피스트페레스 처럼 가부키 인형처럼으로도 보여 재밌었다. 전차 안은 붐비고 있었다. 이치야나기가 내렸다. 거기는 오모리大森였다.

"무슨일이 있는것 같아요."

이치야나기는 역을 돌아다보면서 말했다.

"왜요?"

"사복경찰이 서너 명 있었어요."

시게코는 무심히 뒤를 보았다. 불길한 느낌이 이치야나기 주위에 움직이고 있다고 생각했다. 시게코는 이치야나기와 가까이 게 이힌京浜국도 넓은 길의 한쪽을 걸으면서 다시금 촌스런 질문을 반복했다. 그것이 이즈음에서는 반 이상 자신이 살고 있는 양서류와 같은 입장을 서정화 하고 있다는 것을 노래로 한 것을 시게코는 느끼지 못했다.

"나같은 인간이 정말로 계급투쟁 안에 들어갈 수 있을까요? 언제까지 큰아버지 집에서 편하게 지내서는 안 된다고 생각합니다만."

"괴로운 생각은 하지 않는 게 좋아요. 첫째로 당신의 몸이 버티지 못해요. 경제적으로 독립하는 것도 힘들어요. 당신처럼 좋은 환경에서 자란 아가씨는 진짜 가난을 알게 되면 전율할 거예요."

"하지만 저를 도와 줄 사람이 있다면 해 갈수 있다고 생각해요. 저 아직 젊어요."

"그렇죠. 좋은 친구라든지 애인이 있으면. 그 의미로 우리들 쪽으로 오면 좋을 거예요. 정말 괜찮은 청년이 있어요. 공부도 되죠."

이치야나기는 자신이 관계하고 있는 문화운동의 젊은 친구들의 이름을 몇 명 입에 올렸다. 그는 동료에 관해서 이야기하는 것을 즐거워했고 시게코도 좋게 들렸다.

두 사람은 그런 이야기를 하면서 어느 샌가 어둑한 뒷골목을 걷고 있었다. 이치야나기는 갑자기 "바다를 봐요."

하고 말하고 집과 집 사이의 좁은 길을 내려갔다. 과연 바로 앞에 바다가 있었다. 파도 방지 낮은 돌담 맞은편에 조개껍질과 돌멩이에 덮인 바다가 있었다. 은은한 달빛이 먼지를 띄운 바닷물에 약한 밝음을 던지고 흰 거품이 둔하게 이끼를 쓰다듬고 있었다.

"이렇게 가까이에 바다가 있었네."

라고 시게코는 중얼거렸다. 낮은 소리로 이치야나기는 웃으며 한동안 말없이 더러운 바다를 노려보고 있었다. 그리고는 많이 피곤한 듯 게타를 끌면서 왔던 길로 걷기 시작했다.

처마등 불빛에 푸른 편백 울타리가 눈에 띄게 화려한 집이 있었다. 그 집 앞을 지나면서 이치야나기는

"호오, 거문고를 켜고 있네."

라고 중얼거렸다. 그렇게 듣고 보니 어딘가의 집 안에서 무거운 현이 울리는 소리가 전해 왔다.

"당신은 거문고를 배운 적이 있어요?"

"아뇨."

"음악은 싫어해요?"

"아뇨, 듣는 것은 좋아하지만. 저는 멜로디를 잘 모르겠어요."

이치야나기는 다시 말이 없었다. 시게코가 말을 걸어도 엉뚱한 소리뿐이다. 역시 울타리가 어둡게 겹쳐서 보이는 좁은 도랑 끝에서 이치야나기는 문득 얼굴을 빠르게 들어올리며 시게코의 입술에 대려고 했다. 시게코는 깜짝 놀라서 얼굴을 돌렸다.

"안돼요. 그런......."

"왜요?"

이치야나기는 엇나간 얼굴에 강한 감정을 드러내며 스며들듯이 압박하는 목소리로 말했다.

"아니 이런 곳에서 갑자기...... 그러면 싫어요."

"왜 안되는가요? 당신은 내가 싫어요?"

시게코는 말없이 있었다.

"싫다면 당신은 거짓말쟁이야. 이런 밤길을 둘이서 걸어놓고서."

"걷는 건 좋아요. 난 당신을 신용하고 있으니까요."

이치야나기는 시게코의 얼굴을 정면으로 가만히 보고 가벼운 한숨을 쉬었다.

"당신은 아직 아이군요. 성욕이 동반되지 않는 연애 따위를 믿고 있나요?"

"그렇게 생각하지는 않지만......"

시게코는 얼굴에 걸린 거미줄을 걷어내듯이 고개를 흔들었다.

"당신에게는 부인이 계시잖아요."

분명한 목소리였다. 이치야나기는 놀란 듯이 멈춰 서서 어둠 속에서 시게코의 얼굴을 투시하듯이 보았다.

"역시 그런 걸 생각하고 있었군요. 요전에 만났을 때에도 당신 은 나에게 아이가 있느냐고 물었지요. 나는 그때 이상하게 절망을 느꼈어요."

그런 말을 했던가 하고 시게코는 생각했다. 이치야나기는 아내 와 아이를 고향에 두고 있다는 이야기가 기억났지만 그때 연애감 정 따위는 전혀 품지 않았다.

"저를 사랑해 주신다면 결혼하는 것이 아니라면......."

시게코는 말하면서 스스로 놀라고 있었다. 이치야나기와 결혼 한다는 생각은 지금까지 한 번도 시게코는 생각한 적이 없는데도 뭔가 썬 듯이 입에서 나왔다.

"결혼? 그건 할 수 없어요."

이치야나기는 분명히 말했다.

"나는 지금 이혼하고 싶어요. 그러나 그것도 할 수 없어요. 사 랑한다면 결혼해야 한다는...... 결혼하면 뭐든 끝나는 거 아닌가 요? 당신은 아무것도 모르는 군요. 좀 더 성숙한 사람이라고 생각 했는데."

그렇게 내뱉듯이 말하고 이치야나기는 갑자기 바삐 걷기 시작 했다. 그렇게 몇 번이나 돌아서 작은 문 앞에 멈춰서더니

"뭔가 먹고 갑시다. 나는 아직 저녁 전이라....."

라고 말하고 앞서서 안으로 들어갔다. 입구에는 기둥에 연붉은색 주렴이 쳐져 있었다. 안에서 나온 열서너 살의 여자 아이에게 이치야나기는 뭔가 말하고 앞서서 좁은 복도를 쭉쭉 달려가서 복도 끝에서 둥근 돌이 박힌 둥근 나무다리를 건너 구석의 작은 자리로 안내했다.

"여기는 뭐에요? 요리는?"

하고 시게코는 선 채로 물었다. 이 집으로 들어 왔을 때부터 이치야나기가 무서워졌다. "그래"라고 이치야나기는 밝은 목소리로 말하고 소매가 넓은 인바네스를 거칠게 자리 구석에 놓고 탁자 맞은편에 앉았다. 좀 전의 여자 아이가 들어와서 익숙치 않은 손놀림으로 차를 내면서

"준비는 되어 있습니다."

라고 말했다. 이치야나기는 그 말을 끊듯이 빠르게 식사를 주문했다.

여기로 들어오고 나서 갑자기 검이라도 허리춤에 찬 듯이 굳어져 버린 시게코의 어색함을 풀어주려고 이치야나기는 자신의 고향이야기라든가 연극서클을 중심으로 한 문화운동 조직을 만들려고 하는 이야기 등을 유창하게 들려주었다. 예전에는 사방 어딜 가더라고 자신의 땅 이외의 흙을 밟지 않았다 할 정도의 대지주였지만 아버지 사업이 몰락해 버렸다는 이야기라든지 소년시절 그가 자랐던 마을 산 속에 화장장으로 시체를 들고 가서 태우자 늑대가

그 냄새에 이끌려 온 이야기, 그렇게 해서 시체를 먹으려고 긴 발을 숨기고 무서운 신음소리를 내면서 타오르는 불 위를 날지만 몇 번이나 몇 번이나 날아도 화염에 죽은 사람을 먹을 수는 없었다는 그런 거짓말 같은 오싹한 이야기도 이치야나기는 삽화적으로 섞어가며 이야기했다. 이상하게도 어떤 음산한 이야기라도 이치야나기의 눈빛과 억양 있는 분명한 엑센트로 말하면 동화적으로 밝게 들렸다. 이치야나기 자신도 말하면서 그러한 효과를 알고 있는 것 같았다.

"언제쯤 고향으로 가시나요?"

"다음 달이 되면 가요."

이치야나기는 전쟁터에라도 나가듯이 비장하게 말했다.

"거기에 부인이 계시지요."

"이런 일 하고 있으면 언제 어떻게 될지 몰라요. 탄압은 하루하루 심해져 오니까요. 그런 의미로도 아내는 없는 편이 좋죠. 나도 아이만 없다면 헤어지고 싶어요..... 아이는..... 아직 당신은 전혀 이해하지 못하겠지요."

여자 아이가 가져온 식사를 이치야나기는 거의 혼자서 먹었다. 시게코는 마음이 갑갑해서 젓가락을 들 기분이 나지 않았다. 식사를 마치자 이치야나기는 돌아갈 준비를 했다.

소녀가 잔돈을 가지러 나간 후 이치야나기는 인바네스를 걸치면서 옆의 문을 조금 열고 시게코에게

"보세요."

라고 말했다. 선 채로 안을 들여다보니 어둑한 스탠드의 그림자에 아름다운 이불의 모양이 보였다. 시게코는 지금까지 누르고 있던 감정을 터트리면서 미움을 드러내며 웃었다.

"봐요, 내가 얼마나 인내력이 강한 남자인지 조금은 알겠지요?"

그런 의미는 남자의 생리를 모르는 시게코에게는 도저히 이해할 수 없었다. 밖으로 나오자 시게코는 갑자기 생기를 찾아서 이치야나기에게 따지듯 물었다.

"당신은 왜 나를 좋아해요?"

택시를 타고나서 시게코는 조금 다정하게 물었다.

"현명하니까."

이치야나기는 마음 풀리지 않는 얼굴로 말했다.

그리고나서 한 달 사이에 이치야나기는 몇 번이나 시게코를 만났다. 그 밤 이후 시게코는 밤에 나가는 것이 싫어서 이치야나기는 시게코를 데리고 자주 한낮 교외를 걸었다. 가을 끝자락의 황금빛 마른 들판과 색유리와 같이 쨍한 푸른 하늘의 빛이 시게코의 기분을 상쾌하게 했다. 키높이 흰 억새풀이 무성한 좁은 길을 한사람씩 앞뒤로 걸어가니 이치야나기가 태어났을 때부터 함께 있었던 형제처럼 자연스레 느꼈다. 이정도로 괜찮지 않아요? 나는 이렇게 둘이 있으면 좋아요 하고 시게코는 가끔 진실된 얼굴로 이치야나기에게 말하고 그 때마다 이치야나기는 그날 밤 미움이 가득한 웃음 띤 얼굴로 하는 수 없다는 눈빛으로 시게코를 보았다.

한 번 푸른빛 연못이 있는 공원 안의 집으로 들어간 적이 있었다. 이치야나기는 문학과 실천운동에 양다리를 걸치고 움직이는 바쁜 자신과 불안한 생활에 관하여 말했다. 이상적인 이야기가 되면 이치야나기는 기운 빠진 말투가 되어서 내심으로는 타오르는 열정은 보이지 않았다. 스스로 원해서 들어온 궤도를 이제 도저히 벗어날 수 없다는 것은 각오하고 있어도 그 궤도로 시게코를 끌어들이려고는 생각지 않는 것 같았다. 그런 이야기가 나오면 언제나 시게코에게는 조직에 들어가지 않고 자유로운 입장에 머물러 있기를 권유했다. 시게코에게는 그것이 성에 차지 않았다. 사랑을 요구하는 방법에서도 시게코가 책 안에서 읽은 듯 한 표현은 이치야나기에게는 없었다. 그는 젊은 여자가 좋아할 만한 과장된 말은 거의 입에 올리지 않고 부드러운 애무로 시게코의 몸에 말을 걸려고 했다. 그것은 이치야나기다운 자연스런 애정 표현이었지만 시게코는 완고하게 받아들이려고 하지 않았다. 뭔가 증거가 될 만한 말이나 동작을 시게코는 언제나 기다리고 있었다.

몇 번이나 만나면서 이치야나기는 시게코의 갑갑한 주위 환경과 시게코의 심신의 미숙함에 질리기 시작했다. 시게코의 진짜 모습이 이렇게도 나약하고 진부하리라고는 이치야나기는 생각지 못했다. 이치야나기는 시게코가 단련되지 않고 어설픈 마음대로 자란 생활 틀에서 빠져나와 자신의 힘으로 살아가려고 울부짖고 있는 소망이 거짓말이 아닌 것을 알고 마음이 아파져왔다. 이치야나기에게 여성은 언제나 몸이 원하는 향수의 외침이었지만 이제 그 소리에 공허한 메아리밖에 돌아오지 않는다는 것도 납득할 수 있는 나이에 그는 와 있었다. 사회혁명으로 정치적 정열을 자신 속에 무리하게 세우려고 몸부림치던 것도 혹은 그 잃어버린 청춘을 다시 한 번 몸 안에 되찾으려고 하는 무의식적 발버둥일지도 몰랐다. 그에게는 육욕이 동반되지 않는 연애는 공허했고 성교에 의해서 여자만이 상처 입는다고도 생각지 않는다. 시게코의 경우에도 육체를 빼앗아 버리면 아마도 흥미를 잃어가는 과정은 보이겠지만 오히려 정신과 육체가 쉽게 화해하지 않는 완고한 여자에게 다가가지 않을 수 없었다. 그것은 끊임없이 그에게 추잡한 희극배우의 슬픔과 분노를 느끼게 했다.

시게코에게는 이치야나기의 항상 담배로 누렇게 물든 손가락 끝조차 아름답게 보이지는 않았지만 분명히 다른 남자와는 다른 것을 느낄 정도로 변해 있었다. 혼자서 나는 정말 그 사람이 좋은 것일까 하고 생각할 때는 고개를 갸웃거리지만 그로부터 멀어진다고는 꿈에도 생각지 않았다. 이러다가는 언젠가는 이치야나기와 이러지도 저러지도 못하는 관계로 빠져들 것은 눈에 뻔히 보이지만 시게코는 시게코대로 그 무서운 미지의 세계로 나가는 걸음을 계속했다.

그날도 이치야나기는 자리를 일어설 때 시게코에게 계산서를 건넸다. 거기에는 "반만 자고"라고 써져 있었다. 시게코는 당혹스런 눈으로 이치야나기를 봤다. 시게코의 얼굴에도 자신이 힘겹게 방어하고 있는 피로감이 번지고 있었다. 그것은 이치야나기가 지친 기분에 딱 맞아서 이치야나기는 시게코를 사랑스럽다고 생각했다. 이치야나기는 무조작으로 시게코의 어깨를 끌어당기면서 이마에 입술을 갖다댔다. 시게코는 금방 몸을 뺐지만 미심쩍은 듯 눈을 모아서 단정하게 그를 쳐다보았다. 조금도 상처입지 않은 시게코의 얼굴은 이치야나기에게 미묘한 행복을 느끼게 했다.

돌아가는 길 파랗게 떠 있는 연못의 한편으로 이치야나기는 멈춰서서 담배에 불을 붙였다. 그리고 한동안 수면을 보고 있었다. 앞서 시게코에게 느꼈던 아스라한 행복의 우둔함에 이치야나기는 화가 나 있었다.

"뭘 보고 계시나요?"
라고 시게코가 물었다.
"비."
이치야나기는 말하면서 연못으로 담배꽁초를 버렸다. 큰 나무에 가려진 어둑한 물가를 벗어나 하늘의 흐린 빛을 그대로 비추고 있는 연못에 눈에 보이지 않을 정도로 얇은 파문이 그려지기 시작했다.

이치야나기는 그 다음날 고향으로 떠났다.

이치야나기가 도쿄를 떠난 날부터 시게코의 마음에는 큰 구멍이 생겼다 그 금이 간 구멍에 여기저기 바람이 들어와 이상한 소리를 내며 노래를 불렀다. 이치야나기와의 연애가 한 걸음 한 걸음

깊어져 갈 만큼 시게코의 생활에도 불안은 늘어가는 것이다. 큰아버지 집, 특히 큰아버지에 대해서 가지고 있는 중압감, 강한 애정이 한층 논리성이 없는 비밀로 시게코를 묶었다.

시게코가 좌익운동에 깊이 발을 들여서 큰아버지 입장을 힘들게 하는 경우에는 마음 깊숙히 손을 맞잡을 수 있다고 생각하지만 이치야나기와의 연애에는 그러한 결연함이 없었다. 시게코는 단지 사상에서 무신론을 부정하는 부분을 납득할 수 없듯 이치야나기가 원하는 육체적 교섭에도 납득할 수 없었다. 그럼에도 양쪽으로 끌려가며 걷고 있는 것이다. 시게코는 요즈음 오히려 영어 리더로 읽은 스티븐슨의 "모래의 외딴집流砂の離屋"라는 소설 안의 서술을 내내 머릿속에 떠올리며 꿈에서조차 볼 때가 있었다. 이탈리아의 비밀결사단이 외부로부터의 공격에 대비하여 해안의 모래 안으로 근거지를 마련한다. 그 모래 quick sand에 발을 디디는 자는 걸을 때마다 한 발 한 발 모래 속으로 발이 빠져서는 안간힘을 쓰면 쓸수록 바닥 모를 깊이에 몸이 빠지고 만다. 시게코는 지금 정신도 육체도 그 모래 근처에 서 있는 느낌이 들었다.

디디고 서 있는 기반이 쉼 없이 빠지고 한걸음 마다 발이 모래 속으로 빠져 가는 정말 손에 잡히지 않는 공포만이 매일매일 늘어갔다.

역시 극장이다.

윤기 도는 얼굴의 구경꾼들이 느긋하게 앉아 있는 만원의 관객

석 반대편으로 틀어올린 머리가 헝클어지고 속옷 사이로 살을 드러낸 아름다운 광녀, 그녀가 떨어지는 붉은 단풍잎을 피라고 잘못 보거나 나루코鳴子[75] 소리를 형장의 채찍 소리로 알고 놀라거나 미쳐 춤추거나 하는 것을 시게코는 보고 있었다. "오나쓰 광란お夏狂乱"이라는 작품으로 배우는 시게코가 좋아하는 온나가타女形[76]의 M이었다. 옆에는 시즈에부부가 앉아 있다.

M의 부드럽고 가는 몸도 요염한 꿈을 녹여 담고 있는 그윽한 눈매도 애인을 잃은 여자의 광기어린 서정에는 딱 맞다. 춤도 전에 봤을 때보다 훨씬 능숙해 졌다.

그런데도 오늘 시게코는 이상할 정도로 무대에 마음이 가지 않았다. 호화스런 배경도 의상도 한없이 애수를 자아내는 오나쓰의 연기도 모두 밋밋해서 마치 조명 없는 연극이 대낮 길거리에서 공연되고 있는 듯 메마르고 지저분해 보였다. 이럴 리가 없다고 시게코는 자신의 눈을 의심했다. 휴머니즘 문학에 자극된 계급투쟁의 꿈이 아무리 시게코의 내부를 변색시키고 있다고 해도 어릴 때부터 시게코 구석에 품고 있는 패사소설과 가부키의 짙은 환영은 지금도 시게코의 심신에 홀로 화려한 꽃을 피우는 아편이었다. 이치야나기와의 연애에서 한발 앞으로 혹은 한발 뒤로 같이 나가는 것도 결국은 시게코 속에 이 괴물이 살고 있기 때문인지도 모른다.

---

75 일종의 딸랑이로 논·밭 따위에서 새를 쫓기 위한 장치를 말하기도 하고 판자에 가는 대나무를 걸어 놓아 줄을 당겨서 소리를 내는 것을 의미하기도 함.
76 가부키에서 여자역을 하는 배우

가부키 연극은 이른바 그런 실체도 없는 신령스런 황홀경을 불러 일으키는 매체인 것인데도 오늘 무대는 전혀 그런 흥분을 전해 주지 않는 것이다. 빠지려고 해도 빠질 수 없는 초조함에 한층 더 조급한 시게코는 그 막을 다 봤다. 이치야나기의 점점 더 꽉 잡는 손, 손가락과 차가운 입술, 이마에 닿는 감각이 오나쓰의 연기 사이사이이로 스윽 몸 안으로 흘러 들어와 그 순간만은 시게코는 각성된 듯 생생하게 깊은 숨을 쉬었다. 타산적이고 영리한 시게코의 마음은 이치야나기에 의해 가차 없이 벗겨져 가는데 그런 육체의 몇 겹의 베일 아래에서 불안하게 사는 시게코 자신은 그것을 몰랐다.

막이 내려지고 무대와 크게 다르지 않는 화려한 전통복 차림의 무리들이 있는 복도로 나왔을 때 시즈에는 일본인으로는 드물 정도로 살찐 중년 부인을 시게코에게 인사시켰다. 살이 쪘지만 단정한 양복의 세토瀬戸부인은 시게코를 찬찬히 보고

"이 아가씨군요. 빨개져[77] 가서 곤란하다고 하는 소문의 분이."

라고 주저 없이 말하면서 몸에 맞지 않는 우아한 목소리로 깔깔 웃었다.

"저분 결혼중매로는 천재라고 해. 시게코에게도 좋은 남편감 소개시켜 줄지도 몰라."

라고 시즈에는 세토부인이 멀어지자 행복한 듯이 생글생글 미

---

77 여기서는 좌익관계의 일련의 활동을 의미

소 지으면서 시게코에게 속삭였다. 분명히 큰어머니의 계략으로 오늘 이렇게 난데없이 '다카사고야高砂ゃ'의 세토부인은 시게코를 극장에서 보기로 했던 것이다. 큰어머니와 시즈에에게 있어서 위험한 폭약인 시게코를 얼른 후지키 집안에서 내보내는 것은 빨리 끝내야 할 과제의 하나에 지나지 않았다.

"재미있네. 어떤 사람을 소개시켜 줄까?"

라고 시게코도 웃으면서 말했다. 철두철미하게 속물적인 냄새가 넘쳐나서 오히려 그것이 깨끗하게 보이는 세토부인이 자신에게 데리고 올 남자를 시게코는 야유하면서도 의외로 진심으로 기대했다. 뭐든 좋아, 누구라도 좋아, 움직이기 힘든 자신을 한순간에 끌고 데리고 가 줬으면 하고 시게코는 생각했다.

제4장

여자의 연기 女の道化

염색공장의 염료로 물든 붉은 자색 물이 번진 폭넓은 고랑을 따라 시게코는 눈을 감고 걷고 있었다. 4시가 조금 지났을까 흐린 날 초겨울 오후는 이미 흐릿한 윤곽을 어지럽히는 한쪽 마을 자락으로 물들기 시작했다.

지금까지 이 고랑 곁 왼쪽으로 구부러진 노지의 구석 나가야長屋 세 채 중 하나에 시게코는 있었다. 그 한 채에는 미숙련의 염색공장 여공에게 사회주의의 기초를 가르치려고 반 년전부터 개인 공부방을 열고 있는 마스하라 쓰타코增原蔦子가 살고 있었다. 그 옆으로 최근 이사 온 나바리 이소코名張磯子는 시게코와 같은 '여원'의 동인으로 시게코와 앞뒤로 해서 문단에 데뷔한 젊은 소설가였다.

이소코의 작품은 처음부터 강한 터치로 대담하게 에로티시즘을 표현하는 것이 특징으로 독자를 놀라게 하였지만 2,3 개월 전부터 급속하게 좌익으로 전향해 갔다. 그때까지 크레이프천의 긴소매 기모노에 노란색 오비를 메고 태연하게 길을 걷고 있던 이소코가 갑자기 가메이도亀戸에 가까운 마스하라 쓰타코의 집 옆으로 이

사했다. 동시에 얼굴에도 하얗게 칠한 분이 사라지고 기모노도 이 근처 마을 주민과 같은 수수한 목면의 것으로 바뀌어 그녀를 알고 있는 사람들을 놀라게 했다. 프롤레타리아문학을 쓰기 위해서는 생활로부터 들어가지 않으면 안 된다고 하는 이소코의 의견이 행동화되었던 것이다. 자신이 자라 왔던 보금자리에서 날아오르지 않고 시종 날갯짓만 하고 있는 시게코로서는 암전으로 무대가 싹 바뀌려고 하는 듯 이소코의 생활의 변화가 눈부시게 빼어나게 보였다.

오늘 마스하라 쓰타코의 공부방 독서회의 모습을 구경하는 김에 이소코의 집을 방문하고 온 것도 시게코에게는 모델케이스로서 이소코의 생활을 엿보고 싶은 호기심도 있었고 여자 혼자서의 생활이 어느 정도 경비로 유지가 될지를 알고 싶은 마음도 있었다.

쓰타코의 집에는 열두서너 명의 여공이 모여 있었다. 모두 줄무늬와 물들인 천의 기모노에 앞치마를 하고 기름기 없는 머리를 올려 묶고 있는 평범한 여자아이들이었지만 쓰타코가 알기 쉽게 이야기하는 자본주의와 사회주의의 해설을 눈을 크게 뜨고 붙어 앉아 열심히 듣고 있었다. 그녀들의 좁고 좁은 가슴 속에 광대한 빛이 들어와 손과 발이 자연스레 풀어져서 가슴을 펴고 걷는 것은 언제일지 시게코에게는 알 수 없었지만 뭉쳐있는 여자아이들의 자세에는 충분히 시게코를 압박할 숨겨진 힘이 있었다. 단지 그 힘이 금속적인 딱딱함이 아니라 살아있는 것의 따뜻함과 자유스런 탄력성을 가진 느낌인 것이 시게코를 쉽게 물들게 했다.

"요즘은 공기가 매우 나빠요. 세탁물도 쨍하고 맑은 날이 아니면 금방 거뭇하게 되어 버려요."

이소코는 시게코를 보내고 도랑을 따라 길을 걸으면서 여느 때와 다르게 힘없이 기침을 하며 말했다.

"당신도 건강에 조심하지 않으면 안 돼요."

"네, 저는 고향에 있을 때에는 늑막을 앓아서 반 년동안 학교를 쉬었어요. 이런 공장가의 공기는 폐에 나쁘다는 것은 알고 있지만요. 좀 전의 여공들 중에도 폐가 안 좋은 사람이 많아요. 일할 만큼 일하게 하고는 쓰러지면 거기서 끝인 거죠. 여기에 오고 그것을 가까이서 보면 한층 운동의 필요성을 느껴요. 저는 여기로 오기 전까지 소설을 쓰는 것이 인생의 목적이었지만 여기에 오고 보니 문학보다 더 확실히 소중한 것이 있다고 생각하게 되었어요."

"마스하라씨의 일도 그런 것 중 하나겠지요."

"네, 그렇죠. 하지만 마스하라씨는 타협만 하고 저의 성격에는 맞지 않아요. 나는 개량하는 것은 안 되고 건설에는 파괴가 반드시 동반된다고 생각해요. All or Nothing인거죠."

이소코는 끈질기게 어미에 고향사투리를 넣어가면서 소학교 대용교원을 하고 있을 즈음 퇴직군인인 아버지와 심한 언쟁을 하고 도쿄로 뛰쳐나왔던 때의 사정을 이야기해 주었다.

"일전에도 아버지가 편지를 보내와서 네가 좌파가 되면 나는 할복할거라고 협박하는 것이에요. 나는 스스로 목숨 걸었으니까 아버지의 목숨까지 생각할 여유가 없어요. 라고 답을 보냈지요."

"아버님 연세는?"

"이제 예순……몇 살이시지? 일흔 가깝지 않나? 어머니가 안계셔서 측은하지만 어쩔 수 없어요."

이소코는 거기까지 말하고 입을 닫았다.

"후지키씨에게는 우리들과 다른 고민이 있지요? 지금 있는 곳은 큰아버님 댁이라고 하던데……"

"그래요. 아버지는 차남이지만 아버지가 돌아가신 후 일단 호적은 큰아버지의 양녀로 되어 있어요. 아버지에게는 상당한 극단 재산이 있었기에 그렇게 하지 않으면 곤란한 사정이었던 것 같아요. 내가 이렇게 있을 수 있는 것은 그 덕분이구요. 그래서 큰아버지 큰어머니에게는 항상 죄송한 마음이에요."

"큰아버님에게는 자녀분이 없어요?"

"사촌언니가 한명 있어요. 벌써 결혼했어요. 조화롭고 행복한 가정이에요. 나만 미운 오리새끼예요."

"당신의 사상에 간섭은 하지 않아요?"

"하지 않아요. 그다지. 그래서 나는 더욱 책임을 느끼지요."

"상대가 어른이네요. 그런 식으로 방목해서 두면 당신 같은 사람은 오히려 행동할 수 없다는 것을 잘 알고 있는 거지요. 큰아버님은 재판관이잖아요."

"그렇군요. 그럴지도 몰라요."

시게코는 중얼거리듯 말했지만 직선적인 생각의 이소코에게 자신의 집의 세세한 주름에 관해서 말해도 이해하지 못할 거라 생각했다. 오늘 나올 때까지 이소코에게 더 많은 것을 이야기하고 집을 나올 경우 지혜를 빌리려고 까지 생각했는데 이소코와 아버지와의 이야기를 듣고 있는 사이에 자신과 이소코와의 차이점이 점점 확실히 보여서 결국 이소코와의 평행선을 알게 된 것이 오늘 방문한 성과였다고 생각되었다.

전차를 타고 나서도 시게코는 우울한 기분에서 좀처럼 빠져 나오지 못했다. 이소코가 애쓰고 있는 말은 틀림없이 행동과 연결되어 있어서 그 점에서는 진실이지만 그 행동을 포함한 이소코 전체가 무대의 히로인처럼 배우인양 느껴졌다. 연극이라면 지나치게 보고 있다. 이제와서 스스로가 배우인양 행동하는 것은 너무 바보 같다고 시게코는 생각했다. 배우는 무대의 제약을 뛰어 넘어 함부로 움직일 수 없다. 스스로가 인생의 배우라면 전혀 연기하듯이 말고 자연스럽게 무대를 걷거나 말하거나 하는 배우가 되고 싶다.

"혹시 후지키씨의 따님 아니십니까?"

빈 전차 반대편에 앉아 있는 중년 여자가 갑자기 일어나 와서 시게코 앞 손잡이를 잡으면서 말했다. 자신만의 사고에 빠져서 멍히 있었던 시게코는 흔들어 깨운 듯이 여자의 얼굴을 보았다. 노랗게 작아진 윤곽에 이목구비가 아무런 향기도 없이 시들어 있었지만 소녀 때 두세 번 만난 적이 있는 아버지의 정부였던 사와코さわ子였다. 두꺼운 견직천의 염색을 고쳐한 줄무늬모양의 얇은 겉옷을 걸친 모습에 야위어 있어서 초라함이 눈에 띄고, 옛날의 아름다

웠던 기억이 흐릿해졌다. 사와코는 혼죠本所의 귀퉁이에서 시게코를 발견한 것에 더욱 놀라는 모습이었다.

"사와코예요."

"정말이에요? 너무 달라져서……."

"잊었어요? 무리도 아니지요."

흔들듯이 시게코의 어깨를 누르며 사와코는 옆자리에 앉았다.

"왜, 이런 곳에 아가씨가 있는 거예요? 나는 아까부터 닮은 사람인가하고 생각하고 아무래도 다른 사람같아서 말을 걸지 못했어요."

"친구 집에 갔다가 오는 길이에요."

"친구?"

라고 사와코는 이상한 듯이 말했다.

"당신은 요즈음 어떻게 지내요? 나는 때때로 아빠가 계셨을 때의 일을 떠올리고 당신과 이야기하고 싶다고 생각할 때가 있어요."

"벌써 10년이네요…… 딱 그렇게 되네요."

사와코는 접은 손가락에 떨궈진 눈을 시게코의 얼굴로 돌리고

"완전히 참한 아가씨가 되어버렸네요. 역시 선생님의 얼굴이 있어요."

그렇게 말할 때 사와코의 노래진 얼굴이 금방 붉어지는 것에 시게코는 왠지 철렁했다. 아버지가 돌아가셨을 때도 사와코는 다른 신파의 수습생인 젊은 배우를 애인으로 두고 있어서 후지키 쪽

의 친구와 친척에게는 평판이 좋지 않았다. 후지키씨에게도 신세를 지면서 또 다른 애인을 두다니 하고 화를 내는 사람도 있었다. 그 뒤는 소문을 들을 기회도 없었지만 시게코는 어렸지만 기분 좋게 느껴졌던 사와코의 부드러움이 아직까지 따뜻하게 기억되고 있어서 아버지가 몇 번이나 속아가면서도 사와코와 헤어지지 못했던 것을 자연스레 알 것 같은 기분이었다.

"지금 어디 계셔요?"

"집이라고 할 만한 곳은 없어요. 가메이도의 요리집에서 근무하고 있지만 그곳은 분위기가 좋지 않아서요. 오늘도 외상을 받으러 가는 참이에요. 반가웠어요. 이런 곳에서 아가씨를 만나다니."

사와코는 들떠서 이야기를 계속했지만 전차가 스다초須田町에 가까워지자 갑자기 서둘렀다.

"아자부 댁의 전화번호를 가르쳐 주시지 않겠어요? 조만간 전화를 할게요. 세키구치関口라고 말하면 저라고 생각하고 받아주세요."

라고 말하고 시게코가 가르쳐준 전화번호를 몇 번이나 입 속으로 말하고 일어섰다.

"이번에 내려요. 조심히 가세요."

빈 전차 안을 좌우로 살피면서 가는 허리의 사와코는 내렸다. 시게코는 그녀가 내린 쪽을 쳐다보았다. 왠지 한 번 더 사와코의 쓸쓸한 모습을 눈에 담아두고 싶었지만 정류장에는 사와코는 보이지 않았다. 그럴 리가 없다고 다시 앞을 보자 사와코는 희고 젊은 남자와 걸어가면서 뭔가 열심히 말하면서 홀린 듯 선로를 건너가는 참이었다. 남자도 아마 같은 전차를 타고 있었을 것이다. 시게코에게는 그것이 아버지가 돌아가셨을 때 사와코의 애인이었다는 신파의 수습생이었던 배우가 아닐까하고 직감적으로 알았다. 남자의 빠른 걸음을 쫓아서 숨이 찰 정도로 잔걸음으로 가는 사와코의 뒷모습에는 앞서 시게코와 이야기할 때의 쓸쓸한 그림자는 사라지고 어린 여자아이와 같은 건강함이 어깨에도 허리에도 춤추고 있었다.

시게코는 문득 그 사와코의 모습이 한순간 행복하게 느껴졌다. 사와코와 같이 무엇도 의심하지 않고 남자에게 의지한다면 남자에게도 그런 행복이 비춰지는 것은 아닐까? 인간이 원하는 범위의 행복이란 기껏해야 자신이 움직이는 모습조차 안 보일 정도로 빠져있는 어리석음으로만 확인되는 것은 아닐까? 시게코에게는 나이를 잊고 있는 사와코의 무구한 모습이 요전의 나바리 이소코의 비장한 선언보다도 깊이 파고들어 언제까지나 마음에 남았다.

그날 저녁식사 뒤 시게코는 큰아버지의 서재로 불려갔다. 이치야나기와의 일이 시작되고 나서 시게코는 마사유키와 대면하여 둘이서 이야기하는 것이 마음에 걸려서 가능한 피하려고 했지만 큰아버지의 회계보고 날에는 피할 수 없었다.

"일전에 세토의 부인이 왔었다."

마사유키는 시게코의 은행 통장과 신탁증서를 한편으로 챙기면서 말했다.

"세토씨는 어떤 분이셨죠?"

"너, 언젠가 연극 보러 가서 만났잖아? 변호사 세토의 부인말이야."

"아아. 살찐 부인이요?…… 알고 있어요."

시게코는 말하면서 세토부인이 오늘 큰아버지 집을 방문하러 온 의미가 절반 알 것 같았다.

"너에게 좋은 결혼 상대가 있다고 사진을 얻으러 왔다고 해. 나는 잠시 만난 것뿐이라…… 큰어머니보다 별채에서 시즈에와 길게 이야기하고 간 것 같더라. 나중에 자세한 것을 들어봐. 너도 슬슬 결혼을 진지하게 생각해야지. 부르주아는 싫어요, 관리는 싫어요, 회사원은 싫어요, 너처럼 그렇게 까다롭게 하면 언제가 되어도 상대가 나타나지 않아."

마사유키는 낮은 목소리로 웃었다.

"시집가지 않으면 고양이로 변해 늙어가기만 하고, 라는 하이쿠가 있어. 아무리 일이 있다 해도 여자가 나이를 먹으면 썩 좋지 않은 거야."

이번에는 시게코가 웃기 시작했다. 마사유키의 말에는 시게코의 자존심을 상처 입히는 독이 없었다. 옛날부터 화난 얼굴을 본 적이 없는 큰아버지가 2, 3 년 한층 더 막역해 져서 아무리 충고를 해도 그것이 따뜻하게 흐릿하게 들렸다.

"괜찮아요. 큰아버지. 저는 고양이로 변하지는 않아요."

"스스로 고양이로 변하지 않아. 내가 다룬 피고도 독방을 오가는 것이 마치 여우로 보이는 남자가 있었기 때문이야."

"여우라고 하니 오늘 저 사와씨를 만났어요. 전철에서."

"호오. 그때 네 아빠의....."

"네. 아빠의 제자들이 그때 사와씨를 여우라고 말했지요."

"흠, 그다지 대단한 여자는 아니었지."

"오늘도 젊은 남자와 함께였어요. 저에게는 소개하지 않았지만."

"그야 그렇겠지."

마사유키는 팔짱을 끼고 한동안 말없이 있었다. 사와코와 연결된 남동생의 추억을 마음속으로 떠올리고 있는 것 같았다.

"너의 아빠는 그 여자가 좋았던 거야. 그 여자로 꽤나 고생했던 것 같아."

"하지만 저도 그 사람은 좋아요. 다정하게 보이고 꽤나 외골수적인 사람이라고 생각해요."

"한마디로 무지의 매력이라고 할까. 이해되지 않는 것도 아니지만."

마사유키는 그렇게 말하고는 갑자기 이야기의 방향을 바꿨다.

"어쨌든 너의 결혼이 중요해. 내일이라도 시즈에게 잘 들어봐."

다음날이 되자 찾을 것도 없이 시즈에가 시게코를 자신이 있는 별채로 불러 볕이 좋은 베란다로 데리고 나갔다. 예상대로 세토부인의 중매이야기였다.

상대는 식민지 대규모 회사 연구소에 있는 무나가타宗像라고 하는 고고학 연구자였다. 근래 중앙아시아에서 수확이 많은 여행을 마치고 돌아왔다. 그의 전공 이외 탐험기풍의 여행기도 상당히 흥미를 가지고 있어서 일반에게도 읽힌다.

"조금 학문의 성질이 특이하지만 문학도 미술도 영화도 뭐든 이야기가 되는 인텔리라고 해. 대학에 남을 사람이지만 여행이 자유로운 M철도에 들어갔다고 해. 최근 학위논문도 제출했다고 하더라."

시즈에는 그 뒤 무나가타는 산인山陰[78] 의 오래된 가문의 차남으로 친족은 모두 그곳에 있어서 도쿄에는 없고 아내가 가정일 이외에 일을 갖는 것을 오히려 적극적으로 지지하는 한다고 세토부인의 말을 전해주었다. 고고학이라는 세상일과 먼 학문의 성질은 부르주아에도 프롤레타리아에도 인연이 없을 듯해서 시게코가 원하는 숨고 싶은 장소에도 적합하다고 생각했다. 밖으로 여행이 잦은 것도 가정적이라는 분위기가 없어서 오히려 살기 편할 것 같다. 상대가 부자와 고급관리의 아들이 아닌 것도 자신이 밖으로 보이는 자세를 배반하지 않고 시게코의 허영심을 만족시켰다. 그때 영악하게 계산적인 시게코의 머리에 이치야나기의 얼굴이 스치고 지나갔다. 이 결혼이라면 그 사람과의 연애도 수월하게 계속 이어

---

[78] 일본지역의 하나로 혼슈 서부 중 한국의 동해에 면해있는 지방.

질지도 모르겠다고 문득 생각했다.

"하나 마음에 걸리는 것이 있어. 어머니도 그 점이 시게코가 이해하지 않을 거라고 하셨어."

"뭐야? 얼굴에 점이라고 있어?"

"설마, 그런 사람 소개하지도 않아."

시즈에는 말을 자르고 생글생글 웃으면서 시게코를 보고 있었지만 시게코의 눈빛에 이 중매가 어쩌면 성사될지도 모른다는 표정을 읽고 오히려 곤란한 얼굴이 되었다.

"뭐야? 성에 차지 않는다는 게?"

"그게, 그 사람 전에 한 번 결혼을 했다고 해."

"아, 재혼자인 거네."

시게코는 가볍게 끄덕이고 바로 물었다.

"이혼 한거야?"

"아니야. 사별한 거래. 2 년전에. 세토씨 부인 말에 의하면 결혼한 밤에 각혈해서 2,3 년 누워있었다고 해. 그래서 총각과 같다고 하는 거야. 하지만 그 사이 병든 아내를 잘 보살펴주었다고 해. 부인이 죽었을 때는 여행 중이었는데도 부부관계도 제대로 없었던 사람을 극진히 보살펴 주었다고 모두 감동했다고해. 세토씨는 학자기질의 사람에게는 머리는 좋아도 냉정한 사람이 많은데 무나가타란 사람은 앞선 결혼의 불행이 마음이 따뜻하다는 것을 증명하고 있다고 역설하지만 우리들은 시게코를 재취로 보내고 싶지 않은 마음이 있어. 연애결혼이라면 또 다르지만."

"괜찮지 않아? 난 아무렇지도 않아."

시게코는 시즈에의 놀란 눈을 빤히 보며 태연하게 말했다.

"어차피 나의 결혼생활은 밖에서 보면 이상한 아내일거야. 그 것을 이해해 주지 않으면 결혼은 성립하지 않는다고 생각해. 초혼 이라고 해도 남자에게 동정을 요구할 정도로 나는 순결한 것에 취 미가 없어."

처녀성 따위 내 안에서 벌써 잃어버렸다. 단지 남자와 정말로 성교를 하지 않았다는 것뿐이라고 시게코는 생각했다. 이치야나 기와의 관계에서도 몸을 주는 것을 거부하는 것은 순결이라고 부 를 수 있는 것이 아니라 그러한 수표를 줘 버린 뒤에 올 자신의 변 화가 두려울 뿐이다. 아니 다시 한발 노골적으로 말하면 공인되지 않는 연애에서 임신한 경우 자신의 불리한 입장을 잘 알고 있기 때 문이다. 바꿔 말하면 그러한 정신적 타산을 깨부술 만큼의 정열이 이치야나기에게도 자신에게도 없다는 것뿐이다. 이런 쥐색으로 더러워진 처녀의 어디에 빛나는 순결의 아름다움이 있는 것일까?

한 번 결혼한 적이 있는 남자에게 가도 아까운 육체가 아니란 걸 시게코는 알고 있었다. 자신의 정신에는 매력이 있었지만 혼자 서 멋대로 꿈을 짤 수 있는 오래 쓴 기계와 같은 신체를 시게코는 반은 어떻게 해야 할지 몰랐다.

시즈에와 시게코는 원래 마음 구석까지 이야기하는 사이는 아 니었지만 적어도 시게코가 기혼자였던 고고학자와의 중매를 머리 로는 싫어하지 않는, 오히려 지금까지 여러 가지 이야기보다 훨씬 마음이 가는 것 같아서 시즈에는 안심되었다.

그것이 시즈에로부터 마사유키와 야스코에게 알려지고 세토 부인에게도 전달되자 제일 난관은 해결되어 세토부인의 중매 역할은 점점 적극적으로 되었다.

세토부인의 남편인 세토변호사도 종종 마사유키를 방문했다. 세토는 처음 판사였을 때 마사유키의 부하였고 오늘까지의 경력에도 마사유키의 덕을 보는 일이 꽤나 있었다. 이른바 마사유키의 입김이 통하는 인물로 마사유키는 세토가 시게코의 중매로 자신에게 거짓말을 할 수 없을 거라고 믿고 있었다. 4,5년 전 마사유키라면 조금 치밀하게 생각했을지도 모르지만 이즈음 마사유키는 세세하게 보거나 느끼거나 하는 것이 귀찮아졌기도 하고 자신들의 안정된 생활까지 경우에 따라서는 망칠 수 있는 위험한 조카딸을 가만히 안전한 곳으로 이동시키고 싶다는 의식은 알게 모르게 속으로 움직이고 있었는지도 모르겠다.

어쨌든 세토변호사가

"선생님, 무나가타라면 저를 믿어 주세요. 일은 잘하지만 적도 많은 남자이기에 여기저기서 듣지 마시고요....... 저쪽한테도 시게코씨의 이야기는 제가 잘 말하겠습니다. 이상한 조사를 해서 '좌파'라든가 뭐든가 과장해서 말하면 곤란하니까요. 뭐니 해도 시게코씨를 알게 하기 위해서는 시게코씨가 쓴 것을 보이는 것이 가장 좋겠지요."

라고 만사 이해한다는 식이어서 그것에 반대할 수는 없었다.

야스코도 시즈에도 순조롭게 살아와서 부담스런 인간관계 등 현실에서 맛본 적이 없어서 기품 있고 사람을 쉽게 믿었다.

세토부인은 살은 쪘는데 가볍게 튀는 공처럼 몇 번이나 후지키 집 현관을 출입하는 사이에 시게코와 무나가타의 중매는 점점 구체적으로 되었다. 드디어 12월 말경에 시게코는 시즈에와 함께 세토부인 집에서 무나가타 칸지宗像勘次와 만나기로 했다.

"만나기 전에 한번 알아보면 어떨까? 만난 뒤에 이상하게 되면 곤란하니까."

라고 평범하게 말한 것은 시즈에의 남편 가쓰미克己뿐이었다.

"하지만 시게코라면 싫었으면 싫다고 벌써 거절했을 거예요. 세토씨는 아버지가 아는 사람이니까 강하게 권했을 거예요."

시즈에는 완전히 믿고 있어서 그 말을 듣지 않았다. 악의가 아니라 시게코를 조용히 밖으로 내보내고 싶다는 마음이 시즈에한테도 확실히 잠재해 있었다.

시게코는 이치야나기가 고향에서 보낸 편지를 받았다. 크리스마스 하루 이틀 전에 도쿄로 돌아오지만 하루 이틀 정도 머물고 다시 고향으로 돌아가야 한다고 썼다. 끝에 00지부를 드디어 S지방으로 확정했습니다. 라고 자신 없는 글씨로 썼다. 시게코가 이치야나기의 도쿄 집으로 답장을 보내자 금방 이치야나기로부터 전화가 걸려왔다.

시게코는 그날 다치바나橘씨의 1주년 추도회에 참석할 예정이었기에 돌아오는 길에 신바시역에서 만나기로 약속했다.

회장은 긴자 뒷골목의 큰 요정이었다. 참석자들는 극장관계자가 많았다. 흰 분칠을 한 눈에 띄는 배우들과 어울려 반은 학생 같은 신극 남녀배우의 너무 선명한 얼굴이 여기저기 흩어져 있었다. 정면에 장식된 어느 사진에 예배하면서 시게코는 다치바나씨가 죽고 나서 1년 사이에 세상에 닳아서 상당히 자유롭게 행동하게 된 자신을 돌아봤다. 만약 다치바나씨가 지금까지 살아 있었다면 자신은 이치야나기와 사랑하거나 무나가타와 중매를 권유받거나 했을까 하고 생각해 봤다. 시게코가 다치바나씨에게 품어왔던 연심恋心은 상대에게 들키지 않고 자신 속에 솟아오는 사모의 마음만을 단단히 마음에 간직한 채 따뜻함에 만족하는 유치하고 순한 연심이었다. 다치바나씨와 사별한 슬픔은 지금도 마음에 고스란히 남아 있어서 때때로 시게코를 아름다운 음악과 같이 갈 곳을 잃고 떠돈다. 하지만 아직도 남자가 몸으로 들어오는 무참한 애착으로는 되지 않았다.

추도회가 끝날 무렵 시게코는 회장을 나와서 창고가 많은 수로를 신바시 방향으로 걸어갔다. 2개월 가까이 이치야나기와 만나지 않았던 것이 알게 모르게 시게코의 발을 바람에 밀리듯이 조급하게 했다. 오늘 이치야나기를 만난다면 자신은 어떻게 할까? 또 변함없이 걷거나 뭘 먹거나 생활의 불만을 말하거나 쓸데없는 시간을 보 내게 될까?

아니 오늘은 이치야나기를 만나면 결혼이야기를 해야 한다.

2, 3일 뒤에 구름을 헤집고 내려 올 것 같은 미지의 남자가 시게코 앞에 나타날 것이었다. 그 남자와 시게코는 결혼할지도 모르는 것이다. 현실은 신화와 크게 다르지 않을 정도로 낡고 거칠다. 시게코는 그 신비를 편리한 기계정도로 생각하고 있었다. 자신은 엉뚱한 곳에 시선이 팔려 자신을 둘러싼 현실에 관해서는 조잡한 지식과 감성밖에 갖고 있지 않는 것이다. 시게코는 바보같이 성실하게 미간에 주름을 모았던 여자의 연기道化였다.

역 근처로 왔을 때 시게코는 정면 입구에 외투에 양손을 넣고 서 있는 이치야나기의 모습을 봤다. 언제나 자신이 만날 때 어디라도 달려 나와 줄 것 같은 이치야나기가 남의 시선을 의식하지 않고 서 있는 모습이 시게코를 놀라게 했다. 이치야나기는 높이 한손을 들고 흔들었다.

시게코는 그날 밤 9시 가까이가 되어 집으로 돌아왔다.

"다치바나 선생님 추도회 뒤 모두와 긴자에서 밥을 먹고 왔어요."

시게코는 큰어머니에게 능숙하게 거짓말을 하고 이런저런 이야기를 하고 나서 목욕하러 갔다.

탈의장에는 큰 거울이 있었다. 큰어머니가 시집 올 때 가져온 녹색의 고풍스런 뽕나무 거울이었다. 시게코는 그 앞에 서서 단단한 오비의 매듭을 풀면서 몇 번이나 거울에 비친 자신의 얼굴에 눈을 가까이 대고 봤다. 화장을 지우지 않은 얼굴은 누런 전등 빛 아래에서 하얗게 뭉쳐 보였다. 눈썹과 눈 사이에 음울하게 내려앉은 그림자도 평소 그대로였다. 기모노가 어깨에서 미끄러지듯 내려가자 그 아래로 처진 어깨 언제나 좁은 가슴. 그것을 밀어내듯이 큰 두 개의 젖가슴이 그을린 팔을 덮듯이 나란히 있다. 시게코는 시험하듯이 그 젖가슴 하나씩 양손을 대어 보았다.

아무것도 변한 것이 없었다. 오후 집을 나올 때 자신과 완전히 동일한 자신이 여기에 서 있다. 시게코는 거울에 웃어 보였다. 큰 대문니를 희게 드러내고 웃고 있는 얼굴은 시게코의 눈에 밉게 비쳤다. 그것은 자신을 웃고 있는 것인지 이치야나기를 웃고 있는 것인지 인간 전체를 웃고 있는 것인지 모를 정도였고, 어찌되었든 일그러진 미운 웃는 얼굴이었다.

붉은 실과 같은 가는 혈관이 눈에 언뜻언뜻 떠올랐다. 그것은 두 시간정도 전 요코하마의 바다가 보이는 호텔 욕실에서 부드러운 종이에 물든 것을 보았을 때의 명백한 상실의 여운이었다. 남자가 여자의 몸에 처음으로 들어올 때 여자의 육체가 나타내는 이기기 힘든 저항의 흔적이었다.

"피가 흘렀어요."

라고 방으로 돌아오자 시게코는 조용히 침대에 앉으면서 말했다.

"많이?"

"아니요, 아주 조금."

이치야나기는 금이 간 도자기와 같이 차가운 시게코의 얼굴을 들여다보듯이 말했다. 남자에게 안긴 뒤 여자의 얼굴과 몸에 퍼지는 헝클어진 요염함은 어디에도 보이지 않았다. 신바시 역에서 납치해 가듯이 자동차에 태우고 요코하마까지 달렸다. 이 호텔에 도착해서 침대가 있는 방으로 들어왔을 때 시게코는 창에 눈을 가까이 대고 방파제에 정박해 있는 배의 등불이 반짝이는 꽃처럼 보이는 것을 즐겁게 바라본 뒤 가볍게 장밋빛 숄을 침대위에 던지고 묻히듯이 팔걸이 의자에 앉았다.

"나 결혼할지도 몰라요."

"아아, 그래? 그거 잘됐네."

이치야나기는 아무렇지도 않게 말하고 담배에 불을 붙였다.

"당신은 결혼하는 게 낫다고 생각하고 있었어. 한 번 결혼하지 않으면 당신 같은 사람은 이러지도 저러지도 못하니까. 상대는 어떤 사람이야?"

이치야나기가 묻는 대로 시게코는 지금 말이 오고가고 있는 결혼 상대에 관해서 술술 설명했다.

"그런 것이겠지. 당신 상대란 사람은. 재산은 있어?"

"없는 것 같아요. 난 재산이 없는 것과 딸린 식구가 없는 것만이 마음에 드는 걸요."

"잘 될까? 당신에게는 가난한 생활이 맞지 않아. 얼마 있지 않아 잘못될 것 같아."

"잘된 일이에요. 나는 자신의 힘으로 생활해 보고 싶어요. 잘되지 않으면 헤어질 거예요."

주홍을 빼앗는 것朱を奪うもの   제4장 367

"그렇게 간단하지 않아. 그러나 아깝네."

"뭐가요?"

"당신을 이대로 다른 남자 것으로 하는 것이."

이치야나기는 마주한 의자에 무릎을 높이 꼬고 위를 향해 담배 연기를 후후 천정에 뱉고 있다. 야윈 뺨에는 미소가 흔들리고 있고 시게코와의 어정쩡한 관계를 자조하고 있는 듯이 보였다.

이런 모습은 심하게 타락한 것처럼도 자포자기와 같이도 보이고, 경박스런 포기의 모습을 하고 있어도 이치야나기가 전혀 천박하게 보이지 않는 것이 시게코를 기분 좋게 했다.

시게코 안에 둥지를 틀고 있는 퇴폐취미는 무의식 중에 이성의 경우에 청결함을 풋풋함으로 느껴버리게 하는 변질작용을 일으켰다. 여자의 마음과 몸 구석구석까지 간파하고 발레의 남자역과 같이 자재로 여자를 춤추게 하는 능숙한 남자, 육욕을 정신적인 미의 양식으로 승화할 수 있는 타입의 남자, 어느 쪽인가 말하자면 돈주앙 타입의 남자에게 시게코는 매력을 느꼈다. 그것이 예를 들면 큰아버지 후지키 마사유키의 망막함과 더 넓은 관대함 속에 스토익한 정의감을 단단히 계속 지켜가는 장자의 품격, 이 둘을 순수하게 받아들이는 기질과 전혀 모순되지 않게 시게코 안에 병행해 있는 것이 그녀의 인생이 골계滑稽로 발전해 가는 전제였다. 두 개 타입의 사이에 있어도 언제나 시게코에게 짓궂게 하는 것이 가사마쓰 신이치笠松真一였다.

술을 잘 못 마시는 이치야나기는 드물게 위스키를 가져와 조금 마셨다.

"당신도 마셔요. 이별의 잔이야."

"왜요? 결혼해도 만날 수 있잖아요?"

"지금은 그렇게 말해도 그렇게는 되지 않아. 내가 부부의 일이라면 잘 알고 있으니까."

"그런가요? 나는 그런 부자유스런 결혼은 하지 않을 거예요. 상대를 아직 만나지도 않았어요."

"아니 그건 그렇게 돼. 당신은 그런 시기에 와 있어. 이제 이 이상 결혼을 늦추는 것은 나는 찬성하지 않아."

말하면서 문득 이치야나기는 긴 팔을 뻗쳐서 시게코의 어깨를 감쌌다. 그리고 들고 있던 글라스를 시게코의 입술에 갖다대었다. 강한 술 냄새와 함께 이치야나기의 긴 손가락이 시게코의 눈 가까이서 소매치기처럼 능숙하게 움직이며 금갈색의 매운 액체가 몇 방울 시게코의 목으로 흘러갔다. 글라스를 놓아 둔 손이 곧 시게코의 어깨를 부드럽게 돌려서 안았다. 불같이 뜨거운 입김을 내쉴 틈도 없이 이치야나기의 축축하고 매끄러운 입술이 시게코의 입술을 훔치듯이 덮쳐왔다.

"내가 말하는 대로 해 줄거지? 오늘밤 만큼은 나를 허무하게 만들지 말아줘."

이치야나기는 어깨로 숨을 쉬고 눈을 감고 있는 시게코를 안듯이 침대로 데리고 갔다.

인습을 무시하려고 하는 무리한 반발과 자연의 수치심이 혼잡해서 죽을 것 같은 시게코의 육체는 이치야나기에게 즐거움을 주지는 않았지만 거기까지 가보니 이치야나기는 시게코의 속에서 움직이며 가라앉아 있는 무거운 뭔가를 건드린 듯 한 기분이 들었다. 시게코의 몸은 시게코의 말보다도 백배나 자신을 잘 말하고 있었다. 시게코가 습관적인 삶에 반발하면 할수록 그것을 막을 전통적인 감정의 무게, 많은 거짓말을 하거나 하면서 인간에 대한 불신에 익숙해 지지 않는 유치함, 갓난쟁이와 같은 순수함과 나약함, 그것들의 성질이 섞여서 현명한 시게코의 외모가 되고 있다는 것은 이치야나기에게는 대체로 이해되고 있었다, 그 검게 그을린 갑갑답답함을 안으로 싸고 있는 시게코에게 알게 모르게 끌려서 왔던 이치야나기이기도 했지만 지금 시게코의 소리도 내지 않고 나부끼고 있는 몸을 안고서 이치야나기는 오히려 사랑한 적이 있는 어느 여자와는 다른 이상한 서늘함을 느꼈다. 시게코가 이 정도까지 남자 손에 닿은 적이 없었던 여자인 것이 확실해도 그것으로는 설명할 수 없는 괴리감이 시게코의 나약한 내측에 있었다. 그것은 깜짝 놀라게 함과 동시에 호기심을 불러일으키는 매개이기도 했다. 자신에게 만약 시간이 있다면 이 감춰진 정체를 찾아보고 싶다는 욕망에 이치야나기는 한순간 휩싸였다. 동시에 이치야나기에게는 시게코가 불안한 여자로 보였다. 강한 바람 속을 달려가고 있는 것 같은 생활 속의 스쳐가는 애정이었지만 이치야나기는 시게코를 갖고 놀거나 상처 입혔다고도 생각하지 않았다.

그리고 이틀 뒤 오후 이치야나기는 긴자의 찻집에서 한 번 더 시게코를 만났다. 그날 밤 이치야나기는 고향으로 돌아가기로 되어 있었다.

시게코는 뭔가 핼쑥해진 얼굴을 하고 있었지만 이치야나기를 미워하는 것 같지는 않았다. 이치야나기는 물이 들어간 듯 차가웠던 그날 밤의 시게코의 몸을 탁자 건너편에 떨어져서 바라보면서 상처에 바람이 닿는 듯한 아픔을 마음으로 느끼고 있었다. 떨어져 있으면 틀림없이 잊어버릴 희박한 애정이 얇은 얼음처럼 반짝반짝 아름답게 느껴졌다.

"높은 곳에 올라가 보지 않을래?"

라고 이치야나기는 말했다. 시게코와 헤어지고 나서 모임에 가기로 되어 있었기에 아타고산愛宕山의 높은 돌계단이 가까웠다. 크리스마스가 지난 뒤의 가게 장식이 시들해 보이는 긴자를 빠져나와 넓은 거리를 둘이서 오나리문御成門 쪽으로 걸어갔다.

"몇 시에 선보러 가?"

"선이라뇨? 이상해요. 그냥 만나서 이야기하는 것뿐이에요."

"그 이야기는 필시 진행될 거야."

"그럴지도 모르죠."

시게코는 이치야나기와 만난 밤부터 자신이 도둑질이라도 한 듯 겁먹고 있었다. 이치야나기와 몸을 나눈 것이 과실이라고도 죄라고도 생각지 않지만 압박감이 슬금슬금 올라와서 혼자인 자신을 누르고 있어서 숨이 가빴다.

좀 더 아무렇지도 않게 있어도 괜찮다. 자신의 몸을 자신이 허락하여 그렇게 되었던 관계를 어째서 부끄러워하지 않으면 안 되는 걸까? 그러나 거기에는 시게코가 생활하고 있는 큰아버지 집의 그 계급이 가지는 도덕과 습관이 엄연히 뿌리를 내리고 있는 것이었다. 시게코는 확실히 후지키 집안의 여자답지 않은 행동을 하고 있다. 그것이 시게코 안에서는 죄가 아니더라도 큰아버지의 딸로서는 잘 못 굴러먹은 행위임에 틀림없는 것이다. 시게코는 게다가 잘 못 굴러먹은 행위에 빠져서는 애인의 뒤를 쫓아서 가출하려는 것이 아니라 그 관계를 태연하게 초월하여 이제 결혼 상대를 만나려고 하는 것이다. 이치야나기와 시게코 사이에 구속되는 것이 없으면 그것으로 된 것이다. 처음부터 이치야나기는 결혼 따위 약속하지 않았고 새롭게 나타난 결혼 상대는 또 새로운 눈으로 보면 그것으로 되는 것이다. 시게코는 그런 식으로 구분하여 떳떳하게 있고 싶지만 실제로는 도난품을 감추고 있는 듯 한 불안함이 도사리고 있었다.

높은 돌계단을 두세 단 위에 멈춰 서서 뒤를 돌아보았다.

"무슨 일이에요?"

"싫어요, 멈추는 거는. 아래를 보면 발이 후들거려요."

시게코는 숨을 몰아쉬고 위쪽만 보고 있었다.

정상의 돌 울타리에 기대어 바라보니 흐린 날의 하늘에는 애드벌룬이 몇 개나 떠 있고 후지산은 원래보다 시바우라芝浦의 바다도 안개에 흐려져 있다.

"아무것도 보이지 않네요."

"보이지 않아도 돼."

이치야나기는 자연석에 앉아 한동안 담배를 피우고 있었다.

"3월에는 돌아갈 거야."

"이치야나기가 불쑥 말했다.

"그때쯤이면 당신은 결혼해 있을까?"

"설마......."

라고 시게코는 웃으면서 말했다.

"어떨까? 모르겠어,"

고개를 저으며 이치야나기는 꽁초를 발아래에 던졌다.

"그럼, 안녕."

"어머 벌써 가는 거예요?"

"응, 모임 시간이어서."

이치야나기는 일어서서 시게코의 손을 세게 잡았다. 그리고 미련도 없이 빠른 발걸음으로 돌계단을 내려가기 시작했다. 시게코는 순식간에 뭔가를 빼앗긴 듯 놀라서 뒤를 쫓아가려고 했지만 왠지 움직일 기분이 나지 않았다. 이치야나기의 모습은 어느 순간에 저 멀리에 작아져 갔다. 돌계단의 중간에서 이치야나기는 한 번 돌아보면서 한 번 더

"안녕."

이라고 말했다. 한손을 들고 시게코를 올려다보고 있는 눈은 밝게 눈썹이 웃고 있었다.

시게코는 그 뒤 다시 돌로 돌아와서 한동안 정처 없이 하늘을 쳐다보았다. 문득 발아래로 시선을 떨어뜨리자 이치야나기가 버린 궐련 담배 꽁구가 세게 문 손가락모양을 한 채 아직 약한 연기를 흙에 뿜고 있었다.

지금도 시게코는 이치야나기를 정말 사랑하고 있다고는 생각하지 않았다. 시게코 안에 남자를 부르는 몸의 필사적인 아우성은 처음부터 죽어있었다. 미생未生의 깊은 막 구석에서 흔들려 깨어난, 그 미묘한 지각을 시게코는 지켜보려고 하지 않을 정도로 부자연스런 관념의 노예였다.

나는 조금도 상처입지 않았다고 스스로의 의식하고 처리해 간다. 모두 내가 나답게 살아가기 위한 것이라고 스스로에게 말하면서 시게코는 신발로 이치야나기가 버린 꽁초를 강하게 밟아 껐다.

시게코가 앉아 있는 발아래로 깊은 바닥으로 가라앉아 보이는 거리는 이제 하나 둘 불이 켜지기 시작했다. 엷은 흰 안개 속에서 부르는 소리 같은 등불은 시게코 안에 흐릿하게 있는 서정을 향수鄕愁로 물들였다.

시게코는 일어서서 이치야나기가 사라진 방향으로 눈길을 주었다.

제5장

속 여자의 연기 続女の道化

　로라 카나리야, 문조, 메지로, 휘파람새, 다양한 작은 새가 제각 각 새장 안에서 제각각의 목소리로 노래를 부르고 있다. 시끄러울 정도는 아니지만 귀여운 소란 속에 종일 사는 것이 세토부인의 취미이다. 옛날 성악가를 꿈꾸었다고 하는 부인은 때때로 작은 새의 노래에 공과 같은 동그란 상체를 가볍게 흔들면서 메조소프라노의 달콤한 목소리로 "나비부인" 아리아를 부르기 시작한다. 노래 부르면서 새장 사이로 무질서하게 놓아둔 화병과 컵에 짧게 심을 잘라 한 덩어리씩 넣은 스위트피와 프리지아와 팬지의 잘린 꽃에 얼굴을 갖다 대고 향기를 맡거나 한 송이 빼서 손가락 끝에 만지작 거리면서 방을 걸어 다니곤 한다. 꽃과 새가 어지럽게 섞여서 방은 언제나 어질러져 있지만 그런 것은 개의치 않는 제멋대로의 생활방식으로 세토부인은 능숙하게 상류부인 사이를 헤엄쳐 다니고 있었다.

　오늘은 후지키 시게코와 만나기 위해 무나가타 칸지가 벌써 30분 정도 전에 와서 복도 한 켠 세토변호사의 서재에서 남편과 이야기하고 있다. 세토부인은 앞서 후지키 집에서 전화로 시즈에는 감기가 걸려 나갈 수 없어서 시게코만 저녁 전에 갈 거라는 통보를 받았다. 결혼해 버리면 보통의 유부녀가 되어버리겠지만 어쨌든 맹랑한 아가씨라고 세토부인은 요전의 후지키 집에서 시게코에게 혀를 찼던 것이다. 어찌되었든 결혼하는데 아이를 낳고 싶지 않다니, 그런 바보 같은 말을 처음부터 상대에게 말할 수는 없다. 그런 비상식적인 것을 그냥 말하도록 놔두는 후지키씨도 이상하다. 자신의 딸이 아니어도 양녀가 아닌가? 그렇게 키웠으니 그 애가 좌파가 된 것이다. 어찌되었든 시게코를 지금 무사히 결혼시키면 후지키 집안에 흠을 낼 사건은 일어나지 않는다. 후지키씨의 만년에 흠집이 남지 않도록 이 혼담을 성사시키기 위해서 남편인 변호사는 힘쓰고 있다. 중매를 하고 있는 세토부인은 남자에게 도 여자에게도 때라는 것이 있다고 생각하고 그것을 잘 타면 대체로 까다로운 남녀라 할지라도 기차를 타듯이 불평 없이 하나의 방향으로 움직인다고 생각한다. 하나의 차에 태워서 발차할 때까지 밀어주면 뒤는 뭐가 일어나도 두 사람의 책임이므로 중매는 상당하는 사례를 받고 몸을 빼면 되는 것이다. 7,8할의 남녀는 그것으로 상당한 인생의 궤도를 끝까지 달려가는 것이다. 쓸데없이 미리 하는 고생과 책임감 과잉은 중매에게는 금물이다. 세토부인은 뒤에 결점이 나온 이 성가신 양녀를 빨리 어찌되었든 후지키 집 밖으로 내보내 줄 역할을 하는 것으로 후지키 부부에게 감사받을 것이라고 믿고 있다. 후지키 부인으로 보자면 자신의 진짜 핏줄은 아니지만 남편이 어떻게 생각하든지 자신의 딸 시즈에와 견주어 뒷말 듣지 않도록 해야 한다. 그것을 세토부인은 처음부터 얕보고 있었다.

　무나가타라는 남자에 관하여 세토부부는 후지키 집안에 말할 정도로 그다지 잘 아는 사이는 아니다. 2년 정도 전에 유럽으로 여행했을 때 잠시 M철에서 시찰하러 왔던 무나가타와 함께 파르테논 유적 등을 둘러봤을 정도의 사이였다. 그때 무나가타가 아내를 최근 사별했다는 이야기를 해서 일본으로 돌아오면 재혼 돕겠다고 세토부인이 여느 중매인처럼 습관적으로 말했다. 시게코를 후지키 부인한테서 부탁받아 극장에서 시게코를 만난 뒤 세토부인은 여기저기 자신이 알고 있는 미혼 남자를 시게코의 상대로 물색해 봤지만 모두 말해 볼 필요도 없이 다음 스텝을 밟을 것 같았다.

　그 사람이라면 괜찮을지 모르겠다. 그 사람이라면 시게코의 좌파적 성향에 놀라지 않을 것 같다고 세토부인은 문득 최근 긴자 거리에서 우연히 만난 무나가타의 얼굴을 떠올리며 혼자서 끄덕였다. 무나가타는 그때 몇 집 건너 책방으로 부인을 데리고 가서 자신이 최근 낸 '중앙아시아 여행기'를 사서 건넸지만 그때 부인이 물어보니 아직 독신이라고 대답했다.

　맞선은 꽃과 새가 있는 방에서 해야 한다고 생각한 세토부인은 시게코를 그 시끌벅적한 방의 오래된 긴 의자에 앉혀두고 혼자서 서재로 들어갔다.

　"시게코씨 왔어요. 여보, 무나가타씨도 이리로 오세요."

　세토부인은 소녀같은 달콤한 콧소리로 말했다. 부인의 말에 반항한 적이 없는 세토씨는 "오오."라고 말하면서 이야기를 중단하고 일어났다.

"무나가타군, 그럼 저리로 갈까."

"여기는 안 되는 겁니까?"

무나가타는 일어서면서 일부러 오른쪽 어깨를 움찔하며 부인을 보았다. 그것은 서양에 있었을 때 몸에 밴 '저쪽'이라는 몸짓으로 무나가타는 그런 동작을 여자를 상대로 능숙하게 했지만 친숙함의 원근법이 엉켰기에 잘난 척하는 것으로 보였다.

"당연하죠. 이런 살풍경한 방에서 아가씨와 이야기할 수 있어요?"

세토부인은 머리에서 정해 놓은 박자로 말했다. 세토부인은 남편한테로 출입하는 젊은 남자에게 여자보스 같은 말을 듣는 것이 좋았다.

새장과 꽃이 가득한 방으로 세 사람이 나란히 들어왔다. 전혀 예쁘지 않은 방으로 들어왔을 때 시게코도 스프링이 튕겨 오르듯 의자에서 일어났다. 폭신폭신 큰 체격의 부인, 등 뒤에 크고 단단한 어깨의 세토변호사, 등 뒤에서 들어온 무나가타는 두 사람의 그림자가 되어 있었지만

"무나가타군이에요."

라고 말하면서 변호사가 몸을 움직이자 더블재킷 포켓에 양손을 넣은 채로 무나가타는 살짝 웃으며 머리를 숙이고 금방 어깨를 제친 자세로 긴 목을 빼고 구부린 몸으로 앉았다. 머리카락은 기

름을 발라서 뒤로 넘기고 있다. 너무나 딱 쓸어 올려서 머리카락은 진한데 돌출된 큰 이마가 벗겨진 듯 보여 남자로서는 매끈하게 쳐진 어깨와 함께 중년의 장사꾼 같은 쌘티가 났다. 강한 근시안경 아래 그늘진 작은 눈이 끈기 있게 빛나고 웃으면 희고 작은 이가 시원스레 보이는 입가와 혈색 좋은 피부만이 생생했다.

한눈으로 시게코는 역시나 하는 기분이었다. 원래 정열의 대상으로서 선택한 상대가 아니기에 실망했다는 것과는 다르지만 지금까지 무나가타라는 남자를 가정해서 맘대로 상상한 이미지와는 전혀 다른 남자가 눈앞에 앉아있기에 이제까지 상대의 사진 한 장 보지 않고 있었던 시게코는 당황하지 않을 수 없었다. 세토부부가 제공한 데이터에 의하면 시게코 안의 무나가타는 촌스러울 정도로 치장에는 관심이 없고 목도 어깨도 손도 따뜻하면서 크고 아름답지 않은 얼굴에 언제나 남성적인 활기가 넘치며 목소리도 웃음소리도 호탕하게 울리는 요컨대 그늘이 없는 밝은 남자였다.

현실의 무나가타도 음산한 기운은 커녕 자리에 앉아 세토부부가 말을 걸자 빠른 어조로 잘 떠들었다. 간단한 양식풍의 식사 중에도 거의 세토부부와 세 사람만이 이야기하고 있었고 생선과 고기 포크를 태연히 잘못 사용하거나 빵을 손으로 뜯지 않고 입으로 가져가거나 손끝 동작이 여자와 같이 조용한데도 매너는 엉망인 것이 뒤죽박죽인 느낌을 주었다. 그것보다도 시게코가 싫었던 것은 무나가타의 목소리와 말이었다.

시게코는 남자의 얼굴에는 그다지 취향이 없었지만 목소리와 말투에는 반발과 친밀함의 구별이 자신에게도 당혹스런 만큼 강하고 많았다. 다행스럽게 시게코가 접한 범위의 남성에게는 사투리와 같은 발성과 일본어의 번잡한 어법의 사용을 구별할 수 없을 정도로 조악한 남자는 거의 없었기에 시게코는 일단 교육을 받은 남자 중에 말에 관하여 둔감한 인간이 있다는 것을 알지 못했다.

그런데 무나가타가 말하는 것을 듣고 있으니 그의 목소리는 일부러 목을 눌러서 말하는 예능인처럼 맑은 울림은 전혀 없고 언어 사용도 엉성하고 말끝에 사투리가 들어갔다. 회화 중에 타인의 욕과 농담이 무신경하게 쏟아져서 이야기 전체의 조화를 어지럽혀도 전혀 신경 쓰는 모습이 없다. 그것은 도회인이 즐겨 사용하는 고추냉이와 산초와 같이 독설과 해학과는 거의 종류가 다른 역겨움이었다.

세토부인은 그러한 무나가타를 다독이며 능숙하게 자세를 취하고 있었지만 시게코가 싫다는 느끼고 있을 정도로 무나가타의 태도를 신경 쓰지는 않았다.

식사를 마치자 두 사람은 방에 남겨져 세토부부는 서재와 부엌으로 갔다. 당신들은 인텔리이니까 두 사람이 서로 이야기해 보세요. 라고 세토부인이 제의해서 시게코도 그러한 맞선의 방법을 소원하고 있었던 것이다.

"여행을 많이 다니신다고요?"

라고 시게코는 물어봤다.

"그렇죠."

라고 무나가타는 역시 주머니에 양손을 찔러 넣고 쳐진 어깨를 비스듬히 한 채로 말했다. 세토부부가 자리에 없자 무나가타는 시게코의 정면 등나무의자로 가서 앉아 나를 봐줘 라는 식의 자세를 취했던 것이다.

"당신 일은 조사하는 것이 기본이지 않아요?"

"조사만 하면 학문이 되지 않소."

그렇게 전제를 하고 무나가타는 독일어인지 영어인지 짬뽕으로 사용하며 자신이 최근에 한 만주 몽고 여행에 관해서 이야기하면서 고고학 연구는 고생은 많고 공적은 없다는 것을 설명했다. 같은 종류의 학자 사이에 진실을 파헤치기보다도 자신이 파헤친 공적만을 자랑하고 싶어서 그런 개인적 투쟁심이 학문의 발전을 해하고 있다는 것이다. 그는 그러한 자신의 학문의 추함을 영탄적으로 말하려나 보다 했지만, 이런 식으로도 말했다.

"그러나 투지가 없으면 인간은 죽은 거나 마찬가지라고 생각하오. 학문의 세계이든 실제 사회이든 상대가 있으면 그것을 무찌르는 것에 살아 있는 힘이 있지. 지면 끝이오."

"하지만 이기는 것만으로는 시시해요. 진짜를 아는 것이 아니면. 다른 의견으로 싸우는 것도 결국 진짜를 이해하기 위한 토론이지요. 그렇지 않으면 토론 따위는 바보짓이지요."

"당신은 고등학생과 같은 말을 하는군. 그런 단순한 공식론으로 정리될 인생이라고 생각하다니 유치한 이야기군. 그렇게 말하면 요전에 당신이 쓴 희곡이란 걸 읽었어요. 그럭저럭 썼지만 그것도 고등학생 수준이더군. 그런 정도로 극단에 나올 수 있다니, 여자는 수월하네요."

무나가타의 말투는 거의 남은 신경 쓰지 않는 투였다. 작품을 혹평 받은 적은 몇 번이나 있었지만 그것은 활자를 통한 것으로 시게코는 지금까지 앞에 상대를 두고서 특히 문학과 연극의 아마추어에 지나지 않는 무나가타와 같은 남자에게서 이런 무례한 말을 들은 적은 없었다. 가사마쓰 신이치가 아무리 독설을 퍼부어도 그에게는 시게코와 같은 오선지 위에서 왔다갔다하는 음의 계조가 있었다. 무나가타는 전혀 그것과는 다르다. 온실에서 자란 시게코는 그 무나가타의 거만한 모습에 화가 나면서 명확하게 손으로 맞은 듯 쇼크를 느꼈다. 그럴 때 적의를 느끼면 동시에 자신을 비판하는 상대에게 다른 종류의 호기심을 느끼는 천사귀天邪鬼[79] 를 시게코는 갖고 있었다. 싫은 사람이라고 생각하면서 시게코는 이제까지 만난 어떤 남자와도 다른 무나가타의 강한 악에 흥미를 가졌다.

무나가타는 시게코가 쓰게 웃고 있는 얼굴을 마치 안중에 담지 않으려는 듯 유물론의 모순을 변호하거나 자신이 소비에트를 여행한 짧은 기간의 인상을 들려주기도 했다.

"나는 당신보다 열 살이나 연상이고 세계를 거의 다 둘러보았

---

[79] 옛날 이야기에 나오는 악인으로 고의로 남의 말을 방해하고 말을 거슬러 고집을 부리는 사람을 일컬음

지만 어디에 가더라도 결국 인간이 하고 있는 것은 같은 것이라고 생각하오. 소비에트에서 연극을 보러 갔지만 체치린의 부인은 굉장한 미인이고 보석으로 치장해 있었소. 같은 동지라고 말해도 공산당원과 보통의 인간과는 전혀 다르지. 전 세계 어디에 가더라도 남자는 능력이 있는 자, 여자는 미인이 활약하지. 인간사회의 철칙이라고 생각하오."

"모스크바에서 일본에서 망명한 사회주의자 K를 만났소. 이미 일흔 정도로 많이 노쇠하여 아파트에 혼자 살고 있었소. 좋은 대우를 받고 있다는 소식이 있었지만 굉장히 두려워하고 있었지. 일본인을 만나 생활을 위협당하는 것의 두려움과 향수적인 그리움을 갖고 있었지. 굉장히 위축되어 힐끗힐끗 아래에서 쳐다보는 눈매를 하고 있었소. 그래서 좋은 것을 드리겠다고 하더니 방구석에서 소중한 작은 통을 들고 와서 부들부들 떨고 있는 손가락으로 살짝 한 장 떼 내는 것이 일본의 구운 김이었소. 나는 그것을 받고 함께 먹으면서 뭐라고 말할 수 없는 기분이 들었소. 인간, 나이를 먹으면 고향의 맛이 그리워지기 마련이라고……"

무나가타는 이야기를 초라하게 하는 특수한 재주를 가지고 있는 듯이 보였다. 듣고 있으니 시게코는 이름을 들은 적이 있는 K라는 사회주의자가 두터운 회색 벽의 방안에서 습기 찬 한 장의 김을 바스락바스락 이가 빠진 입으로 먹고 있는 초라한 모습을 거의 냄새까지 느낄 수 있었다. 그것이 시게코에게는 한층 강하게 무나가타에게의 반발을 키웠다.

분위기를 보고 세토부인이 갓 구운 파이를 가지고 웃으면서 들어왔다.

무나가타는 기분 좋게 파이접시를 테이블에 올리는 것을 도왔다. 시게코는 초점이 흐릿한 눈을 하고 허둥대며 손목의 시계를 보았다.

세토씨도 서재에서 나와서 홍차와 파이를 먹은 후 시게코는 서둘러 인사를 하고 새와 꽃으로 가득한 방을 나왔다. 무나가타는 뒤에도 남아있을 거로 보여서 역시나 주머니에 양손을 찔러 넣은 채 세토부부와 함께 현관까지 나왔다.

"무나가타씨는 숨김없는 사람이니까요, 시게코씨 놀랐지요?"

세토부인은 시게코의 코트를 챙겨주면서 시게코의 어깨를 털어주며 웃으면서 말했다.

"싫어! 지금까지 내가 만난 사람 중에 가장 싫은 타입의 인간이야."

다음날 아침 시즈에가 자고 있는 방으로 가서 침대 옆 의자에 앉자마자 시게코는 말했다. 그리고 그 말과 함께 무슨 영문인지 우스워져서 소리를 높여 웃고 말았다. 큰아버지와 큰어머니는 그저께부터 즈시逗子 별장으로 외출하여 안 계신다.

시즈에는 목에 천을 두르고 아직 물기어린 눈을 하고 있었지만 열은 내렸다.

"어쩌지. 내가 갔으면 그 사람의 좋은 점을 좀 더 찾아서 왔을 텐데......"

"안 돼. 시즈에가 봤다면 더 싫다고 했을 거야. 품위가 없고 오만하고 사기꾼이야. 말하고 있으면 마치 한 마디 한 마디 콜타르라도 칠해 놓은 것 같아. 그건 이상하게 박학다식이어서 뭐든 알고 있다는 것 같긴 한데, 그런 사람이 뭘 알겠어."

"그렇구나."

시즈에는 감정을 노골적으로 보일 때의 시게코의 못난 표정을 빨아들이듯 부드럽게 웃으면서 느긋해 했다.

두 사람이 이야기하고 있는 곳에 하녀가 전화가 왔다고 알렸다 세토부인으로 부터였다.

"빠르기도 해라. 어쩌지?"

"어떻게 할까? 하지만 저쪽도 거절했을지도 몰라."

"그렇다면 괜찮은데....... 그럼 일단 전화를 받아볼게."

시즈에는 겉옷을 걸치고 잠옷에 슬리퍼를 끌면서 방을 나갔다.

시게코는 침대 옆 스툴에서 일어나 창에 둔 시트라멘의 토끼귀 같은 목단색의 꽃잎을 살짝 만져 보았다. 밝은 햇살이 유리창 넘어 꽃에 깊이 물들어 반짝거렸다. 엷고 흰 맑은 겨울 하늘이 유리 밖으로 보인다. 지금쯤 이치야나기는 고향으로 돌아가서 무엇을 하고 있을까? 아마도 자신과 그 밤을 떠올리지도 않고 이동연극이라든지 농촌청년문화조직이라든지 하며 바쁘게 돌아다니고 있겠지? 그 사이에 오랜만에 아내와 아이의 얼굴을 보고 아버지다운 익숙한 애정을 쏟고 있을지도 몰라. 자신이 지금 시즈에에게 이야기한 무나가타의 인상을 이치야나기에게 이야기한다면 그는 어떻게 말할까? 그런 남자의 아내가 되는 것은 관둬, 라든가 그런 남자라면 아내가 되어도 좋을거야, 라든가 시게코는 이치야나기가 눈썹을 모으는 얼굴과 섬세하게 끄덕이는 동작은 선명하게 눈에 떠올라도 그에게서 나올 말은 전혀 상상이 안 된다. 이치야나기가 자신의 몸에 변화를 준 남자인 것은 알아도 그이상 이치야나기와 시게코 사이에서 믿을 수 있는 증거는 무엇 하나 없었다. 몸을 나눴다고 하는 것은 시게코에게는 이치야나기 얼굴에 가면을 씌우고 자신의 얼굴에도 가면을 씌운 갑갑한 상태로 변해 있었다. 가면의 작은 구멍으로 보는 남자의 가면 얼굴은 신으로도 악마로도 연기로도 보일 수 있었다. 가만히 슬픈 초조가 시게코를 삼키고 있었다.

시즈에 슬리퍼 소리가 가까워져 왔다.

"길었지? 곤란하네."

라는 시즈에는 침대에 앉았다.

"미안해. 환자를 부려먹고. 세토씨 부인이 뭐라고 해?"

"내가 생각한 대로 저쪽은 완전히 맘에 든 모양이야. 설날에 고향으로 돌아가기 전에 답을 듣고 싶다고 말한대."

"오. 아니, 난 싫어. 시즈에는 뭐라고 말했어?"

"그러니까 내가 곤란한거지. 네가 말한 것을 아버지나 어머니라면 몰라도 내가 말할 처지가 아니고 애매하게 두루뭉술하게 말하면 세토부인이 적극적이잖아? 점점 밀어붙여서 오늘이라도 여기로 온다고 하는 걸 거절했어……"

"내가 맘에 들지 않아한다고 말해 주지 않았어?"

"응, 그건 말했어. 어젯밤 말하는 모습으로는 사상적으로 맞지 않는 것 같다고 시게코가 말한다고. 그랬더니 세토부인이 펄쩍 뛰면서 그럴 일 없다고, 무나가타씨는 시게코씨와 달라 정열가라서 좋아하는 사람 앞이라 생각하니 자신을 자세히 설명하고 싶어서 흥분해서 반대로 말해버렸다고 해. 그런 남자의 맘을 몰라주는 것은 시게코씨가 곱게 자란 아가씨이기 때문이라고 하더라. 네가 돌아간 뒤 너무 맘에 든다고 혼자서 춤을 추고 갔다고 해."

"싫어."

시게코는 토할 것 같았다. 무나가타가 거기서 쳐진 어깨를 기울이고 스텝을 밟고 있는 모습을 생각하는 것만으로도 진저리 쳐졌다.

1월 7일이 지나고 나서 시게코는 큰아버지 부부가 있는 즈시 집으로 혼자서 외출했다. 외출했다고 하기보다 큰아버지로부터 호출되었다고 하는 편이 맞았다. 세토변호사와 부인은 그때부터 몇 번이나 전화를 걸어오거나 부인이 직접 오거나 하여 시게코에게 다시 한 번만 무나가타를 만나달라고 간청했다. 세토부인의 말은 거의 첫 전화 때 시즈에에게 말한 것과 같은 의미였지만 무나가타가 어쨌든 한번만 더 시게코와 만나 진심을 말하고 싶다고 한 번 더 만나면 반드시 시게코는 자신을 조금 더 깊이 이해해 줄 것이라는 의미를 편지에 자세하게 쓰고 하루 두 번이나 속달로 보내오는 둥, 현실로 그 편지를 보자 시게코는 무나가타의 무리한 방법에 기가 차면서 반은 애정을 느끼기에는 가장 인연이 없을 것 같은 이 남자가 결혼 후 자신을 구속하지 않을 남편일지도 모른다고 교활하게 우습게 생각했다. 그런 사이에 세토부인은 즈시의 마사유키가 있는 곳으로 가서 어쨌든 시게코를 불러서 잘 이야기해서 한 번 더 무나가타를 만나게 하는 것만을 허락시켜달라고 언질을 얻고 도쿄로 돌아왔다.

요코스가선橫須賀線으로 타고 시나가와까지 왔을 때 시게코는 가사마쓰 신이치가 자신 쪽으로 걸어오는 것을 보았다.

"어이, 우연이네. 즈시로 가는 거야?"

신이치는 로이드안경 아래 눈을 껌뻑껌뻑거리며 시게코의 옆 빈자리로 앉았다.

"예, 그래요. 신이치씨도?"

"응, 큰아버지가 법창法窓 뭐라는 수필 책을 내다니, 나의 임상지식에 필요한 것이 있어서. 너는 왜? 역시 호출인거야?"

"그렇지요."

"결혼한다고?"

신이치는 갖고 있던 독일책 페이지를 넘기면서 흥미로운 듯 말했다.

"거짓말이야. 누구한테서 들었어요?"

"누구한테 들었든 상관없잖아."

"그렇지 않아요. 누구? 시즈에?"

"아니."

"그럼 가쓰미씨죠?"

"응, 그런 거지. 드디어 나의 예언적중인건가. 남편될 사람 M 철강 동방협회에 있다지. 나보다 연상인가?"

"됐어요. 그런이야기. 거절할 거니까."

"거절할 수 있을까?"

신이치는 시게코의 얼굴을 멀뚱히 보고 놀리듯이 웃음을 웃었다.

"거절하지 못할 걸. 내가 예언하지. 너는 반드시 그 남자와 결혼할 거야."

시게코는 이런 똑같은 말을 이치야나기가 그날 밤에 말한 것을 떠올리며 이상한 기분이 들었다.

"왜냐면, 나는 전혀 맘에 들지 않거든요."

"저쪽이 맘에 들어하는 것 아니야?"

"그런 이야기도 들었어요? 여하튼 내 사상과 전혀 맞지 않아요."

"사상말이지...... 너의 사상 따위 중요치 않아. 결혼해서 아이 두셋을 낳고 나서 생각해 봐도 늦지 않아."

"누에[80] 에게는 누에의 고민이 있어요. 누에가 원숭이도 호랑

---

80 일본의 누에(鵺, Nue)라는 요괴. 머리는 원숭이, 꼬리는 뱀, 손과 발은 호랑이의 모습을 하고서 옛날 일본 천왕을 습격한 괴물

이도 뱀도 될 수 없는 비극을 당신이 이해할 수 있어요?

"결혼해 보렴. 바로 뭔가가 될 수 있으니까. 적어도 아이를 가진 누에란 존재하지 않아."

시게코는 입을 다문 채 미소지었다. 후지키의 집을 나와서 박봉의 학자 아내가 된다면 일단 외면적으로는 누에같은 생활을 벗어났다고 말할지도 모른다. 그러나 자신의 내부에 살고 있는 누에는 과연 그것으로 해소될까? 이것은 신이치는 물론 이치야나기에게도 전혀 이해받을 수 없을 거라고 시게코는 생각했다.

"추밀원의 아저씨무리에도 경찰이 요즘 붙었다고 해. 그럴 일이 없다고 생각하는 아이라든가 손자라든가 다들 경찰 신세가 되니 국가를 위해서 인재를 양성해야 할 제국대학이 국비로 공산주의자를 양성하는 것은 이치에 맞지 않다고 한숨 쉬고 있다고 해. 적화교수의 추방, 그리고 사법관의 자유주의화 교정, 후지키의 큰아버지가 점점 중간에 끼게 되지."

"그렇기 때문에 나와 같은 딸은 그 집에서 추방되는 편이 좋은 거예요, 결혼해서 호적이 떠나면 나에게 뭔가 일어나도 큰아버님에게도 민폐가 되지 않을 거니까."

"정략결혼이야? 놀랐어. 너는 옛날 여자구나."

신이치는 막 피기 시작한 담배를 색이 안 좋은 입술에서 떼고 정말로 기가 찬 듯 입을 벌리고 있었다.

"요전에 만난 사람은 아무래도 안된다고 생각하고 있어요. 하지만 바로 헤어지는 것은 편리할지도 모르지요. 처음부터 무엇 하나 좋아지지 않아요."

"나보다 싫어?"

"글쎄. 당신보다 훨씬 싫어요. 하지만 그 싫은 감정에 결혼할 가능성이 있을지도 몰라요."

문득 입에서 나온 말에 생각 외의 강한 현실감을 시게코는 느꼈다. 신이치의 견유犬儒[81] 취미는 바삭바삭 말라있어서 잡을 곳이 없다. 그것에 비교하면 종무나가타에게는 피와 지방과 장부가 죽는 순간에 썩기 시작해 끝에는 구더기로 변해 가는 인간 몸의 체취가 생생하게 풍겼다.

후지키 별장은 볕이 잘 드는 구릉지에 있었다. 원래 메이지 말기에 해수욕을 위해서 산 집이 지진으로 한번 무너진 것을 다시 좁고 긴 건물로 다시 지었다. 오래되었지만 남쪽 잔디밭에는 사계절 피는 장미의 변종이 몇 종류나 심어져 있어서 그것을 돌보는 별장지기 노인은 요코하마 외국인에게 어울리는 꽃집에 꽃을 파는 것으로 용돈을 벌고 있다. 지금은 잔디도 희게 말라 장미도 화분은 모두 작은 온실 안으로 옮겨져 아치형 문과 두꺼운 봉에 붙은 빛바랜 덩굴 끝에 둘 셋 진홍과 레몬색 꽃이 피어있었다. 그것보다도 마루 끝 가까이 두세 그루 매화가 좁고 가늘게 집을 장식하며 흰꽃

---

81 견유학파의 약칭으로 실천적으로 체관을 가진 윤리사상을 주로 하는 학파로 시니컬의 어원이 되었다.

을 피우기 시작하고 있었지만 도쿄에서 온 시게코의 눈에는 밝게 비쳤다. 갠 하늘에 소나무 가지에 넘치는 겨울바람도 오존이 많은 공기를 품고 있어서 따뜻했다.

마사유키는 거실에서 근처에 살고 있는 사법부 속관에 오른 노인과 바둑을 두고 있었다. 바둑소리를 들으면서 건너편의 거실에서 신이치와 시게코는 야스코와 한동안 이야기했다. 도쿄의 이야기가 주였다. 신이치가 옆에 있으니까 야스코는 혼담은 말하지 않았지만 왠지 개운하지 않는 얼굴을 하고 불안스레 바쁘게 눈을 깜빡거렸다. 평소는 점잖게 탈을 쓴 듯이 조용한 큰어머니의 눈이 등불같이 깜빡거리자 신이치도 옳은 것을 시게코는 느꼈다. 큰어머니는 예전에는 시게코와 신이치를 결혼시키려고 희망했지만 지금은 특이한 조카에게도 시조카에게도 손쓸 수 없어서 희망은 버리고 말았다.

"아, 선생님, 거기는 끊어져 있네요."

사쿠라이桜井노인은 귀가 좀 먼 것 같아 큰소리가 옆에서 들렸다.

"그런가? 아니 미안해, 미안해."

큰아버지의 목소리와 함께 또 다시 바둑을 두는 소리가 났다.

바둑을 놓으면 사쿠라이노인의 주의를 하는 듯한 반복되는 목소리가 두세 번 들려왔다.

"저 영감님 치매아니신가? 왜 저렇게 큰소리로 말하지?"

신이치가 눈을 깜빡거리며 담배를 세게 재떨이에 떨었다.

"너야말로 큰 소리를 내서는 안 돼."

라고 야스코는 눈썹을 모으며 신이치를 나무랐지만 그 뒤에 이런 말을 했다.

"아무래도 큰아버님(신이치와 시게코에게 마사유키를 일컬을 때 부르는 호칭)은 눈이 좀 안 좋은 것 같아. 나에게도 감추고 계시지만 작은 글씨가 거의 보이지 않는 것 같고 때때로 자신이 둔 것을 찾을 때도 있어."

"일전에 이리로 오셨을 때도 그런 일 없었잖아요?"

시게코는 눈을 크게 뜨고 말했다.

"그렇지. 그건 2,3년, 난시와 노안이 함께 와서 몇 번이나 안경을 맞추고 했지만 연말에 이리로 올 때까지 특별히 이상한 점은 없었어."

"그렇죠. 시즈에언니도 전혀 모르고 있는 걸요."

"그렇구나, 그럼 사쿠라이 아저씨가 큰소리를 내도 어쩔 수 없네요. 바둑 두는 장소가 틀렸겠지요. 노인성 백내장인가?"

"백내장이라고 말하지 마."

신이치의 직설적인 말을 드물게도 강하게 야스코는 나무랐다. 야스코에게 있어서 언제라도 큰 나무, 바위처럼 안심하고 기댈 수 있는 남편이었던 마사유키가 불구인듯 한 예상은 불안을 넘어서 거의 혐오였다. 야스코의 눈꺼풀을 끊임없이 떨리게 한 정체가 시게코에게는 이해되었다. 큰아버지의 다정하지만 무섭고 가늘고 긴 눈이 잃어 버릴 것을 생각하자 시게코에게도 어두운 구멍으로

주홍을 빼앗는 것朱を奪うもの

쫓기는 불안이 일었다.

예상대로 저녁 사쿠라이노인이 돌아가는 것을 보고 시게코가 현관까지 가자 시게코와도 아는 노인은 목소리를 낮춰서 속삭였다.

"아가씨, 선생님은 눈이 매우 안 좋은 것 같아요. 몇 번이나 돌을 틀리게 두고 제가 놓아둔 검은 돌도 때때로 보이지 않는 것 같더군요. 아셨어요?"

"저는 오늘 왔는데 큰어머니도 좀 전에 그렇게 말씀하셨어요. 작년 연말까지 도쿄에 계실 때는 알아차릴 정도는 아니었습니다만......."

"얼른 치료를 받아 보는 편이 좋을 것 같아요. 소중한 분이시니까요. 이런 말까지 하는 것은 그렇습니다만, 노인들의 염려증으로 걱정이 되어서요."

사쿠라이노인은 밀어붙이듯 거기까지 말하고 큰 소리로 웃어 보이고 나서 두꺼운 지팡이를 짚고 터벅터벅 언덕길을 내려갔다. 시게코는 노인의 등이 굽어진 뒷모습을 배웅하면서 큰아버지를 포함한 노년들의 슬픔이 갑자기 확 몸에 스며드는 것을 느꼈다.

저녁식사 뒤 신이치가 가지고 온 환자 임상기록을 내어 보이자 마사유키는 그것을 받고 팔락팔락 넘기면서 말했다.

"눈이 요 1,2주일 사이에 심하게 나빠졌어. 오늘은 바둑돌의 흑백이 흘깃흘깃으로 밖에 보이지 않았어. 전에 썼던 것은 괜찮지만 이래서는 앞으로 쓰는 일은 스스로는 할 수 없겠어."

"백내장이 아닌가요? 노인성 백내장이라면 수술로 나아요. 안경은 3주일 정도 끼지 않으면 안 되지만요."

"진짜 나아?"

라고 야스코가 불안한 듯 물었다.

"나아요. 다른 녹내장이라든가 하는 것은 안 되지만 큰아버지는 오이디푸스와는 인연이 없는 것 같으니 그건 괜찮지요?"

"무슨 말을 하는 거니?"

라고 야스코는 보지 않아야 할 것을 본 듯한 눈을 보였지만 마사유키는 재밌다는 듯 웃었다.

"신이치, 큰아버지 앞에서 그런 것을 말하는 바보가 어딨어? 아니 알아도 참아야지 눈이 안보이면 편한 것도 있지. 나는 때때로 얼마 전부터 그런 것을 생각했어."

"눈이 안 보이는 것은 불편한 것이라 하나와 호키이치塙保己 一[82] 이잖아요."

"아니요, 말도 안돼요. 낫는 눈이라면 뭐라도 해서 고치지 낳으면 의사의 역할이 아니지요."

야스코는 조급해 있었다. 눈이 먼 남편을 둘러싸고 음울한 집 분위기를 생각하는 것만으로 손을 저어 그 불행을 쫓아내고 싶다는 모습이었다. 마사유키도 아내에게 불행을 느끼게 하지 않으려

---

82 1746년, 무사시국 고다마 군 호키노 촌의 농민 오기노 우베에의 장남으로 태어났다. 일곱살때 시력을 잃었고, 당시 맹인에게 내려지는 최상위 관직인 검교 아메토미 스가이치의 제자가 되었다.

는 배려로 오늘까지 부부 사이에서 눈의 이야기가 나오지 않았던 것이라고 시게코는 이해했다. 야스코는 여자다운 고약함과 질투심이 거의 없는 순수한 사람이었지만 인생을 순리대로 넘어온 사람이어서 불행과 싸우는 힘이 어린 아이와 같이 전혀 없었다. 이 온실 속에 자란 아내에게 불행의 그림자를 드리우지 않도록 큰아버지에게는 앞으로 한층 힘이 필요하게 될 것임에 틀림없다. 시게코는 큰아버지의 부부가 가지고 있는 조화를 언제나 '금시 서로 어울린다' 라든가 '곤궁한 숙녀는 군자의 좋은 배필'이라든가 하는 동양적인 수사의 아름다움으로 즐겁게 바라봐 왔지만 지금 눈이 흐려진 마사유키가 야스코에게 불안을 주지 않겠다고 자신 속에 불행을 정리해 버리려고 노력하는 모습을 보니 사랑하고 있는 것은 사랑받고 있는 것보다 훨씬 고독하여 불행을 견디지 않으면 안 되는 운명을 짊어진다는 것을 새삼 느꼈다.

'방장기方丈記' 속의 기근을 서술한 부분에 '남자와 여자가 서로 생각한 것은 생각의 깊이가 앞서 죽어 갔다. 아이를 안고 어머니가 죽고 그 가슴을 갓난아이가 빨고 있는 것도 있다. 모두 사랑의 깊이로 먹을 것을 상대에게 주고 자신은 먹지 않고 먼저 죽었다'라고 되어 있다. 인간의 애정이란 많든 적든 이처럼 무거운 짐을 보다 많이 사랑하는 사람이 짊어지게 되는 것이다. 큰아버지의 사랑에 익숙해져 온 큰어머니는 슬프게도 불안하게도 무구하게 애교 부리고 있지만 그것을 껴안고 약한 자신을 감추는 큰아버지의 노력은 결코 무구하지 않음에 틀림없다.

특히 이치야나기와의 연애가 시작된 이래 큰아버지에 대한 미안함이 짙어져 있었기에 몇 개월 시게코는 가능한 큰아버지와 가까이 하지 않으려고 애써 왔다. 지금 보니 큰아버지의 눈이 나빠져갈 때 민감한 자신이 곁에 있었으면 더욱 빨리 그것을 알아챘을 것이라고 생각했다. 한편으로는 오는 도중 전철에서 신이치가 이야기한 추밀원 주위에도 전 사법관으로서 큰아버지에 대한 압력은 생각외로 거칠어서 자신의 집 안에 시게코와 같은 좌파로 기울어져 가는 딸을 껴안고 있는 것도 무언의 압력이 되어 슬금슬금 외부에서 큰아버지를 노리고 있었던 것인지도 모른다. 언젠가 나바리 이소코는 염색공장의 고랑이 있는 길에서 그녀의 아버지로부터 네가 좌파가 되면 나는 할복해서 나라에 사죄할 거라는 편지를 보내왔다고 하는 이야기를 했다. 후지키 마사유키는 지금까지 한마디도 시게코에게 그녀가 걸어가는 길에 보행금지의 가림막을 옆으로 세운 적이 없었다. 아마도 앞으로도 시게코가 아내가 있는 남자와 불장난으로 가볍게 놀아나는 것보다도 시게코가 자신이 믿는 사상과 실천에 들어가는 그 여파를 긍정해 줄 것이라고 믿고 있는 것이다. 그것은 할복을 말하는 것보다도 묵묵히 자신을 보고 있는 큰아버지에게 시게코는 압력을 느끼고 있었다. 그래서 그 위압은 지금 큰아버지가 몸으로 늙어 불행을 껴안고 있다고 생각하니 한층 강하게 무겁게 시게코에게 덮쳐왔다.

"무나가타라는 남자 너의 마음에 들지 않는다고?"

신이치가 산책하러 나간 뒤 거실에서 마사유키는 넌지시 말했
다.

"싫다는 혼담을 억지도 할 생각은 없어."

"하지만 여보, 세토씨가 저렇게 말하는데 한 번 더 만나보고 판
단하는 것이 예의라고 생각해요. 시게코도 그 정도는 할 수 있지?"

야스코는 시게코에게 말을 걸었다.

"이번은 나든지 시즈에가 따라 갈 거예요."

"아뇨, 괜찮아요. 처음부터 혼자서 만났으니 제가 한 번 더 만
나서 정하겠어요."

라고 시게코는 말했다. 새삼 큰아버지 큰어머니와 시즈에가 나
와서 결혼의 책임을 나누는 것은 비겁하다고 생각했고 어차피 이
일을 정하는 최후의 사람은 자신인 것이라고 시게코는 생각했다.
그래서 실제로는 또 한 번 무나가타와 만나면 어쨌든 결혼의 방향
으로 끌려가게 되는 것도 대강 알고 있었다.

그날 밤 시게코는 파도소리가 가까이 들려오는 툇마루가 낮은
방에 혼자서 잤다. 눈이 먼 이치야나기와 물가를 걷고 있는 꿈을
꾸었다. 주위는 밤이었지만 어둠이 사라져도 이치야나기의 눈은
영원히 밝아지지 않을 거라고 생각하자 괴로웠다. 어둠 속에서 몇
번이나 몇 번이나 입술을 맞추고 안았다. 눈물이 멈추지 않고 흘러
내렸다.

눈을 떴을 때는 가는 난간에서 흰 우윳빛의 여명이 어둠을 녹
이기 시작했다. 깨고 나서 생각하니 꿈속의 남자는 이치야나기의

꼴을 한 아버지이기도 큰아버지이기도 한 듯 생각되었다.

두 번째로 세토변호사의 집에서 시게코가 무나가타를 만났을 때 그는 이상할 정도로 딱딱하게 굳어 있었다. 세토부부, 주로 부인으로부터 주의를 받거나 지혜를 얻거나 했다고 보여서 무나가타는 이번 만남에서 시게코가 싫어하면 이제 이야기는 끝난다고 알고 있었다. 시게코라는 여자 그 자체보다도 무나가카는 후지키 가문의 딸과의 혼담을 좋아했다. 무나가타는 여자가 여자다운 몸을 갖고 있는 것에 매력을 느끼는 남자이고 특히 아름다운 여자라든가 현명한 여자라든가를 골라서 좋아하는 것은 아니었다. 백합이나 장미보다 잡초라고 하더라도 꽃이 피어있으면 좋았던 것이다. 문벌이나 가문을 아무 문제로 하지 않는 것 같은 얼굴을 하면서 무나가타는 시종 그러한 화려한 의상을 몸에 걸치고 싶어했다. 그는 대학 때 3년간 학비를 내준 어느 재벌이 졸업 후도 가족과 마찬가지로 지내자고 한 예의상 한 말을 진심으로 받아들여 제3자에게 그 집의 이름을 함부로 올리기도 했다. 그리고 돈을 잘 쓰는 친구와 사귀고 거만한 태도로 식사를 사게 하거나 돈을 빌리는 것을 잘했다. 친구들은 무나가타의 학문의 성질이 현실과 떨어져 있는 것과 무나가타 자신이 도시화 될 수 없는 촌스런 태도가 반은 재밌고 반은 자신들이 할 수 없는 것을 해낸 독특한 남자다움에 일종의 매력을 느꼈다. 그래서 무나가타는 해외조사의 여행 등 때마다 그들로부터 상당한 후원을 받았다,

나는 만나 이야기해 보면 반드시 그 상대를 아군으로 만들 힘

이 있다고 장담하고 있었지만 실제 그의 집요한 압력은 불유쾌하면서도 상대를 자신이 말하는 대로 움직이게 하는 기묘한 힘을 갖고 있음에는 틀림없었다.

무나가타는 시게코에 관해서도 그 힘을 발휘하지 않으면 안 된다고 생각하고 있었다. 시게코가 싫어한다고 하는 것이 남자로서 면목 없는 데다 세토부인의 말에 의하면 시게코에게는 많지는 않지만 자신명의의 재산도 있는 것이었다. (그것은 실제로는 세토부인의 중매인의 말로 결혼 후 무나가타를 실망시켰지만) 후지키 마사유키의 이름과, 시게코의 재능과, 밉지 않은 용모와, 얼마간의 재산과, 이것만으로 좋은 조건을 갖춘 아내지만 재혼자의 무나가타에게 두 번 다시 오지 않을 거라고 생각한다. 시게코의 좌파 경향인 것 등은 무나가타에게는 처음부터 아이 장난정도로만 여겨졌다. 타인의 가치를 과소평가하는 것은 이 남자 집안의 내력이다. 아내로 삼아 버린다면 이제 알이 껍질을 깨고 나온 어린 시게코를 자신이 생각하는 대로 길들여 보이겠다고 무나가타는 진심으로 생각하고 있었다. 시게코를 아내로 삼는 것보다도 후지키의 사위가 되는 것이 무나가타에게는 매력이 있었다. 산골짜기 작은 마을에서 가난한 장사꾼 집의 많은 형제 속에서 자란 무나가타는 그 콤플렉스가 계속 심신에 깊이 박혀 있어서 상류계급을 경멸하면서도 실제로는 그 층으로 올라가고 싶어 하는 욕망을 끊임없이 갖고 있었다. 고등학교 때 그도 그 나이또래의 청년들이 인생을 어떻게 살아가야 하나 하는 물음에 부딪혀 철학서와 종교서를 읽고 친구와 왕성하게 토론하기도 했다. 하지만 고학에 가까운 가난한 학생생활이었음에도 사회혁명 이상에는 한 번도 앞선 적이 없었던 것은 그 안에 견고하게 뿌리를 내린 인습적인 사대주의의 영향과 물질에 대한 편집적인 애착 때문이었다. 고고학이라는 특수한 학문을 선택한 것도 그런 특별한 학문으로 자신을 돋보이게 하고 싶다는 처세술이 그 안에 포함되어 있었고 실제로는 학문 그 자체에 그다지 열심인 것은 아니었다. 학문을 방패로 해서 자신의 영웅주의를 만족시키고 싶다는 치기가 다분히 있었다. 요컨대 그는 속물이지만 속물성을 감출 학문의 옷을 꽤나 교묘하게 입어 보이는 기술을 갖고 있었다. 그의 인생은 같은 학교와 같은 회사 안의 동료는 쉽게 알아보았지만 전문 이외의 특수한 학문에 흥미를 갖거나 혹은 연구생활에 대한 청년시절 동경을 버리기 어려운 사업가와 정치가 등에는 의외로 지지자가 있었다. 시게코도 두 번째 만났을 때 처음 콜타르라도 바른 듯 한 인상이 마치 뭔가에 썬 것도 아닌데 무나가타가 말하는 체험담이 묻어 있는 서민성이 강한 인간냄새 나는 이야기는 의외로 그에게 따뜻한 기질을 느끼게 했다. 대동석불사의 불상군에 대한 그이 비평과 책에서 몇 천년 전의 왕후 묘릉을 발굴하고 토우와 석상을 발견한 고생담에는 도시 문화생활에만 익숙한 시게코를 감동시키는 것이 있었다. 싫은 부분이 있었지만 이 사람은 의외로 성실한 인간인지도 모르겠다. 만약 그렇지 않다 해도 큰아버지 집을 나올 스프링보드로는 이 남자를 사용하는 것이 가장 편리하다. 큰아버지 눈이 안 좋은 것도 있고 시게코는 큰아버지 집에 언제까지나 있는 것이 방을 빌리고 있는 것처럼 불편하기도 하고 한편으로는 이치야나기와의 연애가 이미 육체의 난간을 넘은 지금 이 이상 깊어지면 어떤 형태로 자신을 현상태로는 내버려두지 않을 것이다. 자연스레 흘러가는 힘이 시게코에게는 뭐든 겁이 나는 것이다. 흐르는 곳으로 스스로 능숙하게 처리를 하고 싶다.

시게코는 무나가타를 속이려고 생각했다. 자만심이 강한 시골뜨기 재혼자인 이 남자를 속이는 것은 죄악으로는 느껴지지 않았다. 자신이 이미 처녀가 아닌 것을 이 남자에게 알릴 필요는 없다고 생각했다. 처녀가 아닌 것을 알릴 필요가 없는 것은 처녀인 것을 믿게 하는 것과는 확실하게 다르다는 것을 시게코는 무나가타와의 결혼을 승낙한 순간 다시 교활하게 자신이 일찍이 남자 손을 거친 적이 없는 여자라는 것을 무나가타 안에 인상지으려고 연기를 시작하고 있었다. 시게코는 관념으로서 처녀를 파는 습속을 경멸하고 있었는데 그 습속이 상식화되어 있는 사회에서 결혼에는 상대가 재혼자이고 자신이 초혼인 처녀라는 것은 거래상 우위의 조건을 점한다는 것을 계산에 잘 넣고 있었다. 무나가타와 같은 오만한 남자를 속이고 뒤에서 혀를 내미는 이야기책의 독부와 같은 퇴폐도 시게코 안에는 잠재되어 있었다.

하늘에 무수의 눈과 같이 빛나고 있는 별빛을 찬바람이 불어 흩어놓은 듯 보이는 밤이었다.

혼약이 거의 정해진 시게코가 세토변호사 집에서 돌아가는 것을 배웅하러 무나가타도 함께 밖으로 나왔다. 무나가타의 외투 안에 붙어 있는 호랑이 모피는 북조선의 오지에서 호랑이와 늑대를 포획해서 살고 있는 백인계 러시아인으로부터 선물 받은 것이라고 했다.

"그 남자 방 벽에는 호랑이 머리가 박제되어 몇 개나 걸려있고 제정시대의 보닛을 뒤집어쓴 러시아 미인과 두 명의 소년 사진이 있었소. 부인과 아들이었지. 지금 모두 죽고 없다고 하더군. 남자에게 호랑이는 적이기도 하고 연인이기도 한 관계인 것 같았소. 지금은 인간보다도 친한 사이지. 나는 군청색의 큰바위에 둘러싸인 남자의 오두막에 하룻밤 묵고 발자크의 사막의 정열을 떠올렸소. 인간이 가득 있는 곳이라도 뚜껑을 채우면 고독의 맛은 같아. 남자와 여자의 관계도 그 남자와 호랑이의 관계와 크게 다르지 않다고 생각하오."

그런 이야기를 할 때 무나가타에게는 메이지시대의 아름다운 문장을 포함한 영탄이 있었다. 아오야마 묘지 근처 나무가 많은 길에서 무나가타는 시게코의 손을 세게 잡고 끌어당겨졌다. 어딘가에서 샤미센의 가는 현을 켜는 소리가 났다. 갑자기 몇 개월 전에 같은 일이 있었다는 것이 시게코의 머리를 스쳤다. 그때는 다가오는 이치야나기의 입술을 시게코는 무리하게 피했다. 그때에도 근처 집에서 거문고의 소리가 들렸다. 자연은 모방하는 것이다. 시게코는 한순간 달콤쌉쌀한 웃음을 가슴으로 웃었다. 이번에는 피하지 않았다. 그러나 묘한 일이 일어났다.

무나가타가 꽉 가슴에 힘을 넣어 시게코의 가는 어깨를 안으면서 이상할 정도 슬픈 얼굴로 애원하듯이 입술을 가져 왔을 때 시게코의 이가 덜덜 소리를 내며 얼굴도 어깨도 손도 가슴도 전기라도 통한 듯이 신경질적으로 떨리기 시작했던 것이다. 몸 전체가 날갯짓하는 작은새가 된 것 마냥 무나가타는 놀라서 입술을 떼고 무서워하는 키 작은 시게코의 위를 향한 얼굴을 보았다. 이 여자는 포옹과 입맞춤에 견딜 수 있는 몸인 것일까 하고 불안한 모습이었다. 그것과 동시에 무나가타는 시게코가 이미 자신이 알고 있는 닳고 닳은 여자가 아닌 경험을 갖지 않은 처녀인 것을 확인한 것으로 확실한 만족을 맛보았다. 사람 손을 타지 않은 새로운 꽃을 따는 것이라고 생각하자 그는 이상하게 엄격한 두려움에 굳어져 다시 시게코를 가볍게 안았다.

이 충동은 처음 시게코에게도 자연스레 일어났다. 그러나 치근이 떨리기 시작했다고 생각한 순간 시게코는 그 떨림을 과장해서 무나가타에게 보여주려고 의식했다. 그러자 희한하게도목도 손도 가슴도 일제히 덜덜 떨리기 시작해 종내에는 영문 모를 눈물조차 눈꺼풀을 적셨다. 처녀인 듯이 거짓연기에 시게코는 성공했다. 찬별 하늘 아래 두 사람의 몸이 떨어졌을 때 시게코는 무나가타가 놀람과 불안과 기쁨이 혼잡된 기묘함에 어린아이 같은 얼굴로 망연해 있는 것을 보았다.

2월에 들어서 시게코는 짧은 여행을 갔다.
'여원'을 선전하기 위해 강연회로 교토와 오사카에서 4, 5일 묵는 여행이었다. 맹주인 세리카와件川부인과 젊은 부인작가와 여류 음악가가 서너 명이 함께였다. 오사카에서는 공연하러 와 있던 좌익 신극단이 참가하여 1막극의 풍자희극을 연기하기로 되어 있었다.

그 극단은 이치야나기가 소속되어 있는 그룹은 아니었지만 이 치야나기의 작품을 상연한 적도 있는 친한 관계였기에 시게코는 알고 있었다. 이치야나기의 고향과도 가깝고 나프의 오사카지부 와는 시종 연락이 있는 모양이어서 혹시 이치야나기를 오사카에 서 만날지도 모른다는 기대를 시게코는 막연히 가졌다. 이치야나 기를 만난다고 해도 무르익어 가는 무나가타와의 혼담을 깰 작정 은 아니다. 만나서 이야기할 일이 있다면 결혼한 뒤에 어떤 식으로 이치야나기와 만날까 하는 정도일 것이다.

"앞으로의 사회에서는 간통은 많아질 뿐이야."라고 언젠가 이 치야나기는 말했다. 간통이라는 말의 글자도 어감도 시게코는 싫 었다. 그것은 충신이나 정절녀라고 하는 말을 뒤집어 놓은 것으로 군주나 가장이 나라와 집을 편하게 움직여 가기 위해 입맛에 맞는 윤리를 규정한 속에서 과장된 날조된 악이었다. 게다가 그 악은 현 재(전쟁 전)의 법률 안에도 엄연히 살아 있다. 남자가 공연히 첩을 두는 것을 허용하고 있는데 남편이 있는 여자가 다른 남자와 육체 관계를 맺으면 남편은 아내와 상대 남자를 법률로 고소하여 벌줄 수 있다. 그러한 강권을 휘두르는 남편은 현대 교양 있는 남자 중 에는 드물다고 해도 국가적인 권력을 뒤에 두고 있는 남편의 위치 는 검을 허리에 차고 있는 무사와 같이 언제나 서민의 입장에 있는 아내를 무언으로 위협하고 있다. 지적이고 젊은 여자들이 가지는 사회주의를 향한 동경의 대부분은 베벨의 '부인론'과 모르간의 '고대사'에서 배양된 여성 해방 이상에 불가분하게 연결되어 있었다. 간통의 악을 시게코는 인정하고 있지 않다. 그러나 그 전에 시게코는 남자와 여자의 몸과 정신이 자연스레 맺어져 가는 과정, 애정의 윤리라고 이름 붙여진 정감에 처음부터 맹목이었다. 몸과 정신이 함께하는 젊고 소박한 친화력이 결여된 시게코에게 여자와 다른 남자의 생리는 잘 이해되지 않는다. 시게코는 서로 사랑할 가능성은 없지만 다른 다양한 장애에서 도망쳐 나오려고 무나가타와 결혼하려고 생각하고 있다. 시게코는 그 자체가 서툰 인생의 사기꾼이었다. 시게코의 타산에는 자신과 같은 또래의 여자가 입신출세 할 수 있는 상대를 원하거나 돈과 지위와 미모를 갖춘 남자와 맺어지길 원하는 의미의 통속성은 없고 시게코 자신도 그런 기성개념으로 남편을 고르는 아가씨들을 경멸했었지만 실제로는 시게코가 현실에서 이상적이라고 생각하는 아름답고 믿음직스런 상대를 열심히 원하는 여자들보다도 훨씬 부자연스럽고 황당한 모험인 것이다. 에도 말기의 패사소설과 인정본人情本 작가라면 이런 곳에 반드시 "읽는 사람 시게코는 남의 다른 행동을 보고 스스로 비교하고 명심하라, 불쾌함을 행하는 여자의 끝이 어디로 가는지를 마음으로 읽어보길."이라고 교훈과 함께 애독을 강요할 것이

다. 한화휴제閑話休題[83]. 교토에서의 강독회는 성회였다. 성회 속에서 도쿄이상으로 많은 경관의 감시가 여자들의 모임 분위기에 묘한 생생한 살기를 느끼게 했다. 매춘부를 했다는 고바타 미사小畑みさ가 탄력 있는 연극하는 것 같은 말투로 공창 폐지에 프롤레타리아 해방의 이상을 얹은 강의로 열변을 토하고 있는 때는 등 청중으로부터는 왕성하게 박수와 성원이 보내졌다. 무대 뒤에서 경관은 몇 번이나 사벨을 딸깍딸깍 하면서 중지시키려고 하고 세리카와부인은 그것을 달래고 있었다. 무대 옆을 덮고 있는 검은 비로드 막의 그늘에 몸을 맡기고 시게코가 가만히 만원 관객석을 엿보고 있으니 도요가와 스에코가 등 뒤로 다가와서 어깨를 두드렸다.

"굉장히 사람이 많네요. 이런 모임은 아무 것도 아닌데. 폴리스가 너무 많아. 하지만 오사카는 지사가 세리카와선생과 친해서 경찰도 적당히 하고 있는 것 같아요."

"올해 들어 다시 탄압이 심졌다고 해요."

시게코는 요전에 만났던 A사의 가노鹿野로부터 들은 것을 스에코에게 말했다.

"말이 되지 않는 것 같아요. 4,5일전에도 구원회 지도부에서 전부 가지고 갔어요. 연극은 거의 중지가 되고 정부는 철저한 탄압을 정했다고 해요. 한번은 조직이 궤멸되겠지요. 반드시 지하운동의

---

83 쓸데없는 이야기는 그만둔다는 뜻에 글을 쓸 때 한동안 본론에서 벗어난 이야기를 쓰다가 다시 본론으로 돌아갈 때 쓰는 말.

시대가 올 거예요. 나는 그것도 괜찮다고 생각하고 있어요. 혁명이 일어날 때 가만히 좌익을 색안경을 끼고 보는 울트라가 너무 많아요. 눈보라의 시대가 오면 그런 것은 모두 날아가 버릴 거니까요."

스에코는 팔짱을 끼고 얇은 입술을 예쁘게 움직이면서 담담하게 말했다. 부박한 열정으로 좌우되지 않는 의지를 몸으로 익힌 냉정한 말투가 시게코에게는 먼 사람으로 느껴졌다.

"이치야나기씨가 와있어요."

라고 스에코가 말해서 시게코는 발아래에서 갑자기 바람이 일어난 듯 가슴이 두근거렸다.

"그래요. 그 분 고향에 갔었지요?"

"얼마 전에 이리로 왔다고 해요. 좀 전에 복도에서 만났어요. 오늘밤이나 내일 돌아간다고 하더라구요. KS극단에 볼일이 있어서 왔다고 했으니까 대기실에 있을 거예요. 아마도."

스에코는 시게코가 묻기 어려운 것을 따지지 않고 술술 말했다.

"그 사람도 그 안에 드는 것이 아닐까요? 꽤나 움직이고 있는 것 같으니까."

"그렇지요."

"문화계통을 활발하게 할 방침인 것 같아요. 아르바이터보다 인텔리의 약한 면을 균형있게 해 가려고 한다고 생각해요."

시게코는 적당히 답을 하고 눈에 띄지 않게 스에코의 옆을 떠났다. 이치야나기가 여기로 온 것은 자신이 이 강연회에 와 있다는 것을 알고 찾아 온 것이라고 생각했다. 가슴이 뛰었다. 사람이 웅성웅성 모여 있는 무대 뒤를 빠져나와 오늘만 대기실로 하고 있는 뒤 넓은 방으로 시게코가 가려고 하자 어둑한 속을 잔걸음으로 온 베레모를 옆으로 쓴 연출조수 다케이竹#와 부딪힐 뻔 했다. 다케이는 가볍게 비켰다.

"어이구, 후지키씨네요? 지금 당신을 찾고 있었어요."

"어머 그래요? 무슨 일로?"

"이치야나기씨가 대기실에 와 있어요. 오늘밤 밤편으로 고향으로 돌아간다고 해요. 당신에게 볼일이 있다고 해서 찾았는데 만날 수 없어서 지금 돌아갔어요."

"그래요? 나는 무대 옆에 계속 있었는데....."

"아, 거기 가려져 있어서 오히려 보이지 않아요. 제가 좀 전에 몇 번이나 무대 뒤를 찾아봤는 걸요."

다케이는 그렇게 말하고 가슴 주머니에 손을 넣어 갈색 봉투를 꺼내서

"용무는 여기에 써놓았다고 해요. 기차는 10시쯤이라고 하니까 역으로 가면 만날 수 있을지도 모르겠어요."

라고 말하고 재빨리 무대 쪽으로 가버렸다.

"10시......."

라고 무의식으로 반복하며 시게코는 손목시계를 보았다. 시계의 바늘은 8시를 조금 넘었다. 모처럼 여기까지 왔으면서 찾지 못했다고 금방 돌아가 버리는 이치야나기가 시게코는 아쉬웠다. 시게코는 주위를 둘러보면서 대기실에서 누군가에게 빌린 듯 한 얇

은 갈색 봉투를 열었다. 안에는 노트를 찢은 작은 종이에 이치야나
기가 던진 글씨가 연필로 적혀 있었다.

"당신을 만나고 싶어서 여기까지 왔지만 역시 만날 수 없네요.
이제 당분간은 만날 수 없겠지요. 기차 타기 전에 하지 않으면 안
되는 일이 있어서 갑니다. 건강하게 지내요."

시게코는 그 편지를 오비 사이에 넣고 한동안 거기에 서 있었
다. 무대 쪽에서 젊은 성악가 부른 프랑스 샹송의 멜로디가 흘러
나왔다. 그것은 시게코 안에 꽈리를 튼 정감을 파도 일으키고 있었
다. 이제 당분간 만날 수 없다고 하는 이치야나기의 말이 시게코에
게는 대강 상상되었다. 이제부터 역으로 가볼까? 10시쯤 산요도山
陽道로 가는 기차라면 대개 추측할 수 있다. 모처럼 같은 곳에 와 있
으면서 이치야나기의 얼굴을 보지 않고 헤어지는 것은 뭐라 해도
부자연스럽다. 지금 이 회장을 자신이 빠져나가면 '여원'의 동인들
은 이상하게 생각할 지도 모르지만 그런 것을 신경 쓰면 안 된다.

시게코는 대기실에 둔 코트와 숄을 가지러 달려갔다. 닳아서
다다미가 넓은 방의 창틀과 한가운데에 놓아둔 조악한 탁상 거울
을 세우고 작은 슈트케이스에 화장도구 일체를 넣은 배우들은 도
랑으로 화장하고 있었다. 의상을 입은 배우도 있었다. 연출의 고이
데小出가 한가운데 양반다리를 하고 대본에 연필로 쓰고 있었다.
오늘밤 연극은 몇 번이나 이동극장 등에서 해 온 익숙한 것이어서
모두 여유가 있었다. 시게코의 얼굴을 보자 고이데는 큰 목소리로

"아, 이치야나기와 만나지 않았어?"

라고 말했다. 그 목소리로 모두 이쪽을 보았다.

"아뇨, 지금 다케이씨를 만나 이치야나기씨가 저를 찾았다고 하는 것을 들었어요. 용무는 편지로 알았구요."

"그렇군. 그럼 됐네."

라고 고이데는 깔끔하게 말했다. 남자배우의 히카리이光井가 주름 많은 노인 분장 아래에서 살짝 웃고

"이치야나기씨도 동분서주하네요. 그 속에서 또 바쁜 일이 있으니 힘들겠어요."

라고 말하자 나이든 여배우의 시노다 요코篠田陽子가 담배를 피면서

"정말, 나 너무 유들유들해서 어이가 없었어."

라고 말하고 옆의 젊은 여배우를 보았다. 젊은 여배우는 킥킥 웃기 시작하고

"힘들었어요. 어제는."

라고 말했다.

"후지키씨, 이제 강연은 끝났지요? 과자도 있어요. 드시지 않겠어요?"

라고 요코가 친절하게 말을 걸어서 시게코는 코트를 가지고 나올 수가 없었다. 어쩔 수 없이 시게코는 거기에 앉아서 요코가 따라주는 차를 한 모금 마셨다. 그 자리에 이치야나기의 소문이 돌고 있는 것이 손가락 끝에 작은 가시라도 박힌 양 시게코를 초조하게 했다.

"호텔에 갔었대요. 구사마 요시노草間よし乃와 함께."

"그래. 구사마씨는 부은 얼굴을 하고 기분이 나빠했지만 이치야나기선생은 아무렇지도 않게 우리들에게 농담을 말했어. 정말 아무것도 아닌 얼굴인거야. 하지만 이치야나기씨는 의자에 앉고 구사마씨는 침대 위에 앉아 있었어요. 아무 일이 없었다는 것은 말도 안 돼요."

"하지만 이치야나기선생 그럴 때도 조금도 부끄러워하지 않으니 대단하다고 생각했어요. 좋은 분이라고 생각돼요."

젊은 여배우는 목을 움츠리고 웃었다.

"농담이 아니야. 여자와 잔 방으로 다시 여자를 들여서 아무렇지도 않게 칭찬하다니 이치야나기도 대단한 무사네. 그러나 그런 것을 비판하지 않으면 안 돼. 우리들 동료가 성적으로 문란한 것을 긍정한다는 소문을 퍼뜨리는 놈이 많으니까. 실제 이치야나기에게는 그렇게 말해도 어쩔 수 없는 약점이 있으니까요. 아무리 그래도 구사마 요시노와 같이 돈 드는 여자와 그런 식으로 되지 않아도 될 텐데."

"하지만 예뻐요. 게다가 머리도 좋고."

라고 요코는 구사마 요시노를 칭찬했다. 구사마 요시노는 오사카에 있는 유명한 경제연구소의 미망인으로 좌익의 심퍼사이저이기도 했다. 귀를 가리고 묶은 큰 두갈래 머리, 꿈 꾸듯 빛나고 아름다운 구사마 요시노의 사진을 시게코는 몇 번인가 부인잡지의 속그림으로 본 적이 있었다.

"아무리 머리가 좋아도 부르주아의 유한부인이 아니냐? 아무렇지도 않게 침실로 너희들을 불러들이다니 여자도 여자네."

"아뇨, 그것은 불러들인 게 아니에요. 우리들이 경솔하게 노크해 버렸죠. 상대는 보이라고 생각했던 것 같아요."

요코는 다음 달 도쿄 공연의 리플릿에 이치야나기의 짧은 문장이 필요해서 자신의 숙소에서 가까운 또 한 명의 여배우와 함께 어제 정오나절 이치야나기가 묵고 있는 호텔로 찾아갔다는 것이다.

"그건 너희들이 잘못한 거야."

라고 고이데는 괴로운 듯 담배를 피웠다.

시게코는 몸 안에 불이 타오르고 있는 듯 있기 거북했지만 뭔가에 눌러 붙어 있는 양 앉아있었다. 때마침 스에코가 들어와서

"후지키씨, 세리카와선생님이 불러요. 잠시 밖으로 나와 주세요."

라고 말을 걸어왔기에 그것을 빌미로 자리에서 일어났다. 방을 나올 때 다시 한 번 손목시계를 보자 이미 9시가 가까웠다. 아직 역으로 가는 시간은 충분히 남아있었지만 시게코는 이미 안 된다고 구실을 만들어 회장을 나가려고는 생각지 않았다. 이치야나기의 바람기를 탓하기보다 역으로 갔는데 뜻밖에 구사마 요시노라도 와 있다면 그거야말로 몸 둘 곳이 없을 거라고 생각했던 것이다.

이치야나기가 여러 곳에 마음을 두는 남자인 것은 처음부터 알고 있었지만 자신을 만나러 오기 전날 밤에 뻔뻔하게 다른 여자와 지냈다는 것을 들으니 마음이 식었다. 소중하게 생각했던 처녀는

아니었다 해도 그가 바라는 대로 줘 버렸던 자신의 몸을 이치야나기는 A도 B도 X도 구별하지 않는 여자의 몸 중 하나로만 받아들였던 것인가?

벚꽃이 한창 인 시기가 지난 4월 중순, 시게코의 무나가타에게 시집가는 피로연이 도쿄회관에서 열렸다. 후지키는 안과병원에 입원중이어서 참석할 수 없었다.

다카시마다高島田[84] 에 흰 당직의 우치카케[85] 를 입고 평소와는 달리 화사하게 차리고 두꺼운 화장을 한 시게코는 무나가타와 나란히 세토씨가 신전에서 읽는 서약의 말을 고개를 숙이고 듣고 있었다. 보통의 신부와 전혀 다르지 않다. 엣날 신부의 모습으로 분장해 있는 자신이 우습게도 처량하게 보였다. 아무리 자세를 고쳐 봐도 자신의 적나라한 모습은 이런 무거운 머리에 가는 목걸이를 하고 단단한 오비에 가슴을 조여서 숨쉬기 어렵게 등을 굽히고 서 있는 인습적인 일본의 여자인 것일까? 시게코의 꾸민 모습을 "곱다'라든가 '예쁘다'라고 사람들은 칭찬했지만 시게코는 이런 모습이 될 자신을 반 년 전까지만 해도 예상도 하지 않았다.

어차피 상대는 재혼의 가난한 학자가 아닌가? 맞선결혼의 관례로서 신전에서 식을 올리는 것은 어쩔 수 없지만 시게코는 검은 가

---

84 일본 여자 머리 모양의 한 가지. 머리를 높게 틀어 올림
85 헤이안 시대 무관의 예복이었지만 에도시대에는 부인의 예복으로 사용되어 지금도 결혼식에 입음

문의 문양이 박힌 옷이라도 입고 평소 익숙한 머리모양 대로 간소한 결혼을 하고 싶었다. 그것이 이렇게 성대하게 된 것은 주로 큰 어머니 야스코가 후지키 가문의 체면을 신경 쓴 것과 상대 무나가타 쪽에서도 의외로 화려한 결혼피로연을 희망했기 때문이다.

"내가 두 번 결혼이라서 모든 것을 간략하게 해서는 시게코씨의 일생을 함부로 하는 것 같아서 후지키씨에게 미안하죠."

라고 무나가타는 세토씨 부부에게 그것을 계속 강조했다고 한다. 무나가타는 시게코와의 결혼을 세상에 확실히 알리고 싶은 기분도 있었고 동시에 평소의 빡빡한 생활을 엎고 싶기도 했다. 도쿄회관에서 피로연을 했다고 하면 그의 고향에서는 상당한 명문으로 받아들인다는 것을 상대인 시게코는 전혀 알지 못했다.

피로연의 중간부터 시게코는 대기실에 앉아서 머리를 풀었다. 기름이 덕지덕지한 머리를 미용사는 그곳에서 재빨리 감겨 평소의 머리로 고쳐주었다. 꽃다발을 든 시즈에부부와 세토부부가 환송해준 신랑신부가 오다하라小田原행의 기차를 탄 것은 8시가 넘은 시간이었다.

"비가 조금 내리기 시작했어. 하코네로 갈 때는 많이 내리지 않으면 좋으련만."

하고 시즈에가 걱정스럽게 말한 대로 오다하라에 내렸을 때는 비가 본격적으로 내리는 것을 넘어 바람까지 불어서 거칠어졌다.

호텔 포터가 열어 준 자동차 문에 구부정해 있는 짧은 사이에도 옷이 젖었다. 무나가타는 입맞춤한 것으로도 그리 떨던 시게코의 몸이 오늘밤 어떤 변화를 보일지 기대와 불안으로 긴장한 얼굴을 하고 있었다. 산길에 들어서는 차는 쉼 없이 구불구불 흔들리면서 커브의 각도에 크게 경축을 울리면서 달렸다. 헤드라이트의 광선이 그 각도에 폭풍우의 빗방울을 희게 비추었다. 비는 차체를 강하게 두드리며 폭포처럼 떨어졌다. 화난 것처럼 광장하게 쏟아진다.

"벚꽃이 피어있을까요?"

라고 시게코는 빗방울이 떨어지는 유리창에 눈을 대고 무나가타에게 독백처럼 중얼거렸다. 도쿄보다 훨씬 늦게 필 산 벚꽃이 이 어둠 속에서 미친 비바람에 가지가 흔들려 흰 꽃봉오리가 무참하게 지는 광경이 기분 좋게 시게코의 눈에 떠오르다 사라졌다.

다음날 아침은 닦아놓은 듯 쾌청했다.

조식을 먹기 위해 식당으로 나온 뒤 베란다 등나무 의자에 앉아서 무나가타와 시게코는 따로 아침 신문을 펼쳤다. 인쇄의 냄새가 나는 큰 종이 안에 얼굴을 감추자 자신 혼자가 된 듯한 편안함과 적막함이 동시에 시게코를 덮쳤다. 어제 하루 단단히 메었던 오비의 흔적으로 등이 아팠다. 의자에 등을 깊게 기대어 멍히 사회면을 보고 있으니 중간 단락에 이치야나기가 오사카에서 체포되었다는 기사가 있다. 시게코는 놀라 몸을 일으켰다. 늦든 이르든 언젠가는 이런 사실이 보도될 날이 있으리라 생각했지만 신혼 첫날 아침에 이 기사를 읽을 우연을 만나리라고는 생각도 못했다. 시게코는 천천히 신문을 덮고 테이블 위에 두고 베란다 가장자리로 걸어갔다. 베란다 밖의 정원에는 잉어가 움직이고 있는 것이 보이는 얕은 연못이 있었다. 그 반대편 돌산에서 흘러 떨어지는 물을 크고 오래된 수차가 중간에서 멈춰서 천천히 돌리고 있었다. 수차 옆에 검은 색 기둥이 두꺼운 벚꽃 나무가 있어서 만개한 꽃이 흰 거품과 같이 피어있었다. 외국인 관광객을 위해서 일부러 고풍스럽게 한 정원이 여기서는 오히려 엑조틱한 경관이 되었다.

시게코는 그 흰 벚꽃의 아래에 천천히 회전하고 있는 두꺼운 수차의 바퀴를 보고 있는 사이에 가벼운 현기증을 느꼈다. 불과 물이 서로 다르다는 것에 가슴을 태우거나 물에 빠지거나 하고 있는 것 같았다. 이치야나기의 얼굴과 말이 떠올랐다가 사라졌다. 불결한 장소에서 자유를 완전하게 빼앗긴 이치야나기를 생각하니 베인듯 가슴과 팔이 아팠다. 여기에 이렇게 무나가타와 함께 있는 자신이 거짓말처럼 지금도 조각조각이 날 것 같았다. 어찌되었든 넘어져서는 안 된다고 생각했다. 시게코는 베란다 입구의 기둥에 손을 뻗어 지탱했다. 무나가타가 뭔가 말하는 목소리가 났다. 시게코는 천천히 몸을 돌려서 떨어져 있는 등나무 의자의 무나가타에게 미소 지어 보였다. 시게코의 가면의 얼굴은 흰 벚꽃을 등 뒤로 하고 흐려졌다.

■ 엔지 후미코

엔지 후미코円地文子는 본명 富美ふみ로 1905년 저명한 국어학자 우에다 가즈토시上田萬年의 차녀로 도쿄에서 태어났다. 국어학자의 아버지와 고전에 정통한 할머니의 영향으로 어릴 때부터 고전과 희곡에 흥미를 갖고 자연스레 문학적 소양을 쌓아갔다. 10대에는 쓰키지소극장築地小劇場을 세운 오사나이 가오루小山內薰를 동경하여 희곡을 쓰기 시작한다. 1926년에는『고향ふるさと』으로 극작가로서 활동을 개시하기에 이른다. 극작가로서 출발한 엔지는 결혼을 경계로 하여 소설가로 전향하게 된다. 25세 때 신문기자였던 엔지 요시마쓰円地与志松와 결혼하고 이듬해 장녀 야스코素子가 태어나자 소설가로서 활동을 시작한다. 하지만 소설가로서 그다지 평가를 받지 못하던 엔지는 1956년『주홍을 빼앗는 것朱を奪うもの』과 단편『요妖妖』등을 발표하면서 문단에서 부동의 지위

를 확립하게 된다. 엔지는 1957년 대표작이라 불리는『여자고개女坂』를 발표하고 제10회 노마문예상野間文芸賞을 수상하며 차례차례로 명작을 세상에 내놓는다. 무엇보다 엔지의 업적 중에서도 1967년부터 1973년에 걸쳐 완성한『겐지모노가타리源氏物語』현대어역은 대중적 평가와 인기를 함께 획득한 역작으로 지금까지도 높이 평가받는 작품 중 하나라고 할 수 있다. 엔지는 1985년 문화훈장을 수장하고 이듬해 1986년 급성심부전으로 향년 81세로 타계하였다. 한마디로 엔지는 만년에 이르기까지 왕성한 문단 활동은 물론이거니와 다수의 상을 섭렵하며 그 작품성마저 인정받고 있는 일본의 대표적 여성작가이다.

이와 같이 엔지는 유복한 유년시절에다 작가로서도 인정받은 평탄한 일생을 보낸 것으로 비춰진다. 그러나 실상은 어릴 때부터 병약하였으며 평생을 병마와 싸우며 불편을 감수하는 삶을 살아야 했다. 그녀는 33세 때 결핵성유선염을 앓아 가슴을 절단하였으며 1946년 41세에는 자궁암으로 자궁을 적출하기에 이른다. 또 1969년 64세 때는 우안망막박리수술을, 1973년 68세 때는 좌안망막박리수술까지 받게 되어 이후 약시가 된 채로 작가로서의 활동을 이어간다. 이렇듯 거듭되는 수술과 병원 생활은 일상적으로도 불편과 상실감을 동반하지만 아이러니하게도 엔지가 정력적으로 작품을 쓰기 시작한 것은 가슴과 자궁이라는 이른바 여성기관을 잃고 난 뒤부터였다. 성적기관性的器官의 상실은 작가로서 엔지에

게도 다대한 영향을 끼쳤음에 분명하며 이후 그녀의 작품에는 '여성'으로의 집착이 부각되어 간다. 엔지가 중년이 되어 발표한 소설에는 여성으로서 혹은 기혼 여성으로서의 괴로움과 슬픔이 묻어나는 작품이 다수 있다. 특히 『여자가면女面』『여자고개女坂』『주홍을 빼앗는 것朱を奪うもの』과 『요妖』등 주로 '여女'에 관한 제명이 많은 것이 주목을 끈다. 억압된 여성의 자아를 냉정하면서도 관능적인 필치로 표현한 이들 작품에는 작가 특유의 일본 고전미와 요염함마저 느껴진다. 즉 '여성'으로의 집착과 요염함은 엔지 후미코라는 작가와 작품세계를 이해하고 정의하는 단서가 되는 것이다.

| 작품 소개 |

『여자고개女坂』

이 소설은 1949년에서 1957년에 걸쳐『소설신초小説新潮』등에 발표한 장편소설이다. 1957년에 가도가와쇼텐角川書店에서 간행되어 같은 해 제10회 노마문예상野間文芸賞을 수상하였다. 제목 '여자고개女坂'의 사전적 의미는 높은 곳에 있는 신사나 불당 등으로 이어지는 두 갈래 길 중에서 경사가 급한 '남자고개男坂'에 반대되는 경사가 완만한 비탈길을 일컫는 말이다. 소설에서는 주인공의 자택으로 이어지는 비탈길이기도 하며 도모倫라는 한 여성의 일생을 비유적으로 표현한 말이기도 하다.

소설은 메이지시대 고위 지방관리인 시라카와 유키토모白川行友의 아내 도모倫가 남편의 첩을 찾으러 어린 딸을 데리고 상경한 내용으로 시작하고 있다. 도모는 봉건적인 집안에서 권위적인 남편 아래 처첩동거의 생활을 하면서도 묵묵히 남편에게 순종하며 안팎으로 집안을 꾸려간다. 어린 첩을 들인 이후에도 남편의 여성편력은 끊임없고 하녀는 물론 며느리와도 관계를 갖는 파렴치한 모습이 그려진다. 그럼에도 '시라카와'라는 가문을 지키고자 인고의 세월을 보내는 도모. 그런 그녀는 예기치 못한 병으로 어이없게도 열 살이상 연상의 남편보다 일찍 죽음을 맞게 되는 것이다. 억압된 삶을 산 도모의 마지막 유언은 장례식도 거부하고 유해는 시나가와品川 앞바다에 뿌려달라는 것이었다. 남편 유키토모는 40여 년 간 자신의 곁을 지켜준 아내 도모의 마지막 부탁마저 거절한다. 하지만 인생의 마지막에 이르러 자신의 의지를 당당히 밝힌 도모의 외침은 비로소 자유를 찾으려는 한 여성의 처절한 선언으로 들린다.

『주홍을 빼앗는 것朱を奪うもの』

작가 엔지 후미코의 자전적 장편소설로 불리는 이 작품은『상처 입은 날개傷ある翼』『무지개와 수라虹と修羅』로 이어지는 3부작의 제1부이다.『주홍을 빼앗는 것』은 1956년에 발표되자마자 문단의 주목을 받았으며 1969년에 제5회 다니자키준이치로상谷崎潤一郎賞 수상했다.

제목은「논어論語」의 한 구절인 "보라가 주홍을 빼앗는다"는 말에서 따온 것으로 고대에는 주홍이 정색正色이라 불리었으나 공자시대에는 중간색인 보라紫가 널리 사랑받으면서 가짜가 진짜의 지위를 빼앗는다는 비유로 쓰인다.

시게코滋子라는 여성의 유년부터 결혼 첫날밤에 이르는 반생을 담고 있는 이 작품은 일종의 시게코의 성숙기 혹은 청춘의 성장 기록이라고 할 수 있다. 아버지와 할머니의 그늘아래에서 유복하게 자란 여성이 아버지의 부재 이후 독립된 인간으로 살아가려고 몸부림치는 과정과 그 속에서 싹트는 연애와 성性의 자각이 요염하면서도 아름답게 때로는 과감하게 섬세한 묘사로 그려져 있다. 여성의 자립과 성, 그리고 인생을 그린 '현대여성필독서'라는 평가대로 작가 엔지의 모습에 오버랩되는 주인공 시게코를 통해 메이지明治 다이쇼大正 쇼와昭和로 이어지는 근현대의 격랑 속에서 연애와 결혼을 통해 성장해 가는 한 여성의 단면을 엿볼 수 있다. 과연 '보라'에 담겨진, 혹은 '주홍'에 은유된 시게코의 감춰진 감정은 무엇일지를 탐구하며 읽게 되는 작품이다.

1905년 — 10월 2일 도쿄 아사쿠사바시浅草橋에서 도쿄대학 국어학

　　교수 우에다 가즈토시上田萬年의 차녀로 출생 본명은 후미富美

1922년(17세) — 아버지의 허락을 얻어 일본여자대학 부속 고등여학

　　교 중퇴. 이후 집에서 영문학, 불어, 한문학 등 개인교습을 받음.

1926년(21세) — 극작가 오사나이 가오루小山内薫에게 사사받으며

　　『고향ふるさと』이 '가부키'의 1막물 시대희극으로 당선되어

　　극작가 활동을 시작.

1930년(25세) — 당시『도쿄일일신문東京日日新聞』기자였던 엔지 요

　　시마쓰円地与四松와 결혼

1932년(27세) — 장녀 야스코素子를 출산

1935년(30세) — 『석춘 단편희곡집惜春 短篇戯曲集』을 출판

　　결혼을 계기로 소설을 쓰기 시작하며 '일력日暦' 동인이 되어 여

　　러 작가들과 교류

1937년(32세) — 아버지 우에다 가즈토시 직장암으로 사망

1938년(33세) — 결핵성 유선염으로 가슴수술

1939년(34세) — 『여자고개女坂 — 수필평론집』발표『도쿄일일신문

　　東京日日新聞』에『源氏物語私語』를 게재

1946년(41세)-자궁암으로 자궁적출수술 이후 폐렴 등으로 5개
월간 입원

1949년(44세)-「수국紫陽花」(이후「초화初花」로 개명한 『여자고개女
坂』제1장의 1)발표

1952년(47세)-「초화력初花曆」(이후「청포도青い葡萄」로 개명한『여자
고개女坂』제1장의 2)발표

1953년(48세)-2월「채비초彩婢抄」(『여자고개女坂』제1장의 3) 발표

11월「스물여섯날밤의 달二十六夜の月」(『여자고개女坂』제2장의 1)
발표『배고픈 시절ひもじい月日』로 제6회 여류문학자상女流文
学者賞 수상

1954년(49세)-「보라색 댕기紫手絡」(『여자고개女坂』제2장의 2)발표

1955년(50세)-「청매초青梅抄」(『여자고개女坂』제2장의 3)발표

1956년(51세)-『주홍을 빼앗는 것朱を奪ふもの』가와데쇼보河出書
房간행

1957년(52세)-1월「女坂」(『여자고개女坂』최종)발표, 3월『여자고개
女坂』가도가와쇼텐角川書店에서 간행『여자고개女坂』로 제10
회 노마문예상野間文芸賞 수상

1958년(53세)-히라바야시 다이코平林たい子 후임으로서 여류문
학자회 회장 역임

1965년(60세)-『엔지 후미코문고円地文子文庫』전8권 고단샤講談社
에서 간행

1966년(61세)-『나마미코이야기なまみこ物語』로 제5회 여류문학

상女流文学賞을 수상

1967년(62세)−9월『겐지모노 가타리源氏物語』현대역 작업에 착수

1969년(64세)−『주홍을 빼앗는 것朱を奪うもの』(1956)『상처 입은
날개傷ある翼』(1960)『무지개와 수라虹と修羅』(1968) 3부작으로
제5회 다니자키 준이치로상谷崎潤一郎賞을 수상

1972년(67세)−9월 엔지 후미코 현대역『겐지모노 가타리源氏物
語』전10권 신쵸샤新潮社에서 간행. 11월 남편 요시마쓰 향년
77세로 급성폐렴으로 사망

1976년(71세)-18년간 재임한 여류문학자회 회장을 사임

1985년(80세)−제46회 문화훈장文化勲章 수여받음

1986년(81세)−11월14일 급성심부전으로 향년81세로 사망

최은경

동아대학교 국어국문학과 졸업

일본 도쿄가쿠게이대학 대학원 졸업(일본어교육 석사)

일본 오사카대학 대학원 졸업(문학박사)

일본 도쿄가쿠게이대학 외국인연구자

현 동아대학교 특별연구원

일본 근현대 여성문학 선집 14

엔지 후미코 円地文子

초판 1쇄 발행일 2019년 3월 31일

지은이 엔지 후미코
옮긴이 최은경
펴낸이 박영희
편집 박은지
디자인 박희경
표지디자인 원채현
마케팅 김유미
인쇄·제본 태광인쇄
펴낸곳 도서출판 어문학사
　　　　서울특별시 도봉구 해등로 357 나너울카운티 1층
　　　　대표전화: 02-998-0094 / 편집부1: 02-998-2267, 편집부2: 02-998-2269
　　　　홈페이지: www.amhbook.com
　　　　트위터: @with_amhbook
　　　　페이스북: https://www.facebook.com/amhbook
　　　　블로그: 네이버 http://blog.naver.com/amhbook
　　　　　　　　다음 http://blog.daum.net/amhbook
　　　　e-mail: am@amhbook.com
　　　　등록: 2004년 7월 26일 제2009-2호

ISBN 978-89-6184-917-3 04830
ISBN 978-89-6184-903-6(세트)
정가 18,000원

이 도서의 국립중앙도서관 출판예정도서목록(CIP)은 서지정보유통지원시스템 홈페이지(http://seoji.nl.go.kr)
와 국가자료공동목록시스템(http://www.nl.go.kr/kolisnet)에서 이용하실 수 있습니다.
(CIP제어번호: CIP2019014841)